GOLDMANN

W0398748

Buch

Roger Damon, ein Literaturagent in New York, führt ein ruhiges, zurückgezogenes Leben. Obwohl er schon über sechzig Jahre alt ist, hat er erst seit kurzem einigen finanziellen Erfolg. Doch er denkt nicht daran, seinen Lebensstil dem plötzlich höheren Einkommen anzupassen, und Sheila, seine Frau, bestärkt ihn in seiner Auffassung.

Eines Nachts wird Damon von einem Anruf aus dem Schlaf gerissen und sieht sich Morddrohungen gegenüber. Der Unbekannte am anderen Ende der Leitung spricht von einem Verbrechen, das Damon begangen habe und für das er büßen müsse. Doch dieser ist sich keiner Schuld bewußt.

Indessen versucht er nun herauszufinden, wann und wodurch er sich jemanden zum Todfeind gemacht haben könnte. Und langsam erkennt er: Fast alle Menschen, die bisher sein Leben für einige Zeit mit ihm geteilt haben – die geschiedene erste Frau, Liebhaberinnen, Freunde –, könnten hinter dem Anruf stehen.

Dieses niederschmetternde Ergebnis des Rückblicks und der Gewissenserforschung macht aus dem zuvor ausgeglichenen Damon einen nervösen, ängstlich auf seine Sicherheit bedachten Menschen, der seine Arbeit vernachlässigt, der unter der brutalen Drohung fast zerbricht. In dieser Ausweglosigkeit ist Sheila seine einzige Hoffnung...

Autor

Irwin Shaw, 1913 in New York geboren und 1984 in Davos gestorben, begann früh zu schreiben. Sein Kriegsroman »Die jungen Löwen« (1948) machte ihn weltberühmt. Außer dem vorliegenden Band sind von Shaw als Goldmann-Taschenbücher erschienen:

Griff nach den Sternen. Roman (6598)
»Lucy Crown« – Im Augenblick das Leben. Roman (6733)
Paris! Paris! Mit Zeichnungen von Ronald Searle (8393)
Der Wohltäter. Roman (6644)
Zwei Wochen in einer anderen Stadt. Roman (6767)

IRWIN SHAW

Auf Leben und Tod

Roman

GOLDMANN VERLAG

Ungekürzte Ausgabe
Aus dem Amerikanischen von Walter Hasenclever
Titel der Originalausgabe: Acceptable Losses
Originalverlag: Arbor House Publishing Co, New York

Made in Germany · 1. Auflage · 8/86
Lizenzausgabe mit Genehmigung der Albrecht Knaus Verlag GmbH,
München und Hamburg
© 1982 der Originalausgabe bei Irwin Shaw
© 1984 der deutschsprachigen Ausgabe
bei der Albrecht Knaus Verlag GmbH, München und Hamburg
Umschlagentwurf: Design Team München
Umschlagfoto: Gruner + Jahr Fotoservice, Hamburg
Druck: Elsnerdruck, Berlin
Verlagsnummer: 8498
MV · Herstellung: Strohmaier
ISBN 3-442-08498-9

Für Charles Tucker

«Sir», sagte der Adjutant zum Kommandierenden General, «Planung, Abwehr, Nachschub und Transport sind übereinstimmend der Auffassung, daß der vorgeschlagene Operationsplan eine 85%ige Erfolgschance bietet, bei vertretbaren Verlusten.»
Seit diesem und anderen Einsätzen werden vierundzwanzig Maschinen unserer Luftwaffe vermißt.

Der Nationale Sicherheitsrat hat gestern vorausgeschätzt, daß sich am bevorstehenden Feiertagswochenende fünfhundertachtundfünfzig tödliche Verkehrsunfälle ereignen werden.

1

ER ERWACHTE AUS EINEM ANGENEHMEN TRAUM, als das Telefon im Schlafzimmer läutete. Im Traum war er ein kleiner Junge und ging an der Hand seines Vaters an einem sonnigen Herbsttag zur Yale Bowl, dem Footballfeld in New Haven, um zum ersten Mal in seinem Leben einem Footballspiel zuzuschauen.

«Sheila», murmelte er, «nimm du bitte ab . . .» Der Apparat stand neben dem Bett an der Seite seiner Frau. Doch da fiel ihm ein, daß seine Frau nicht da war. Er seufzte und schob sich schwerfällig übers Bett. Die Leuchtziffern der kleinen Nachttischuhr standen auf kurz vor halb vier. Er seufzte wieder, als er nach dem Telefon tastete und abhob.

«Damon», sagte eine Stimme. Es war eine Stimme, die er nicht erkannte, rauh und heiser.

«Ja?»

«Mr. Damon», sagte die Stimme. «Ich habe eben die fabelhafte Neuigkeit gehört und wollte einer der ersten sein, der Sie beglückwünscht.»

«Wie bitte?» fragte Damon benommen und mit schwerer Zunge. «Wer spricht da? Was für eine Neuigkeit?»

«Alles zu seiner Zeit, Roger», sagte die Stimme. «Ich bin Zeitungsleser wie alle anderen. Und nach dem, was ich von Ihnen weiß, gehören Sie zu den netten Menschen, die ihr Glück gern mit anderen teilen – es sozusagen verbreiten.»

«Was fällt Ihnen eigentlich ein? Es ist drei Uhr morgens! . . .»

«Es ist die Nacht zum Sonntag. Ich dachte, Sie wären vielleicht zu Hause und feierten mit Freunden. Nacht zum Sonntag, kleine Fete und was so dazugehört, und Sie würden mich zu einem Drink einladen . . .»

«Ach, hören Sie doch auf, Mister», sagte Damon verdrießlich, «und lassen Sie mich schlafen.»

«Noch massenhaft Zeit zum Schlafen. Roger, Sie haben sich als ein übler Bursche erwiesen, und das müssen Sie wiedergutmachen.» Die Stimme gab sich betont humorvoll.

«Was?» Damon schüttelte verwirrt den Kopf und fragte sich, ob er wieder träume. «Wovon, verdammt noch mal, reden Sie eigentlich?»

«Sie wissen, wovon ich rede, Roger.» Schon war die Stimme nicht mehr humorvoll, sondern drohend. «Hier spricht Zalovsky. Aus Chicago.»

«Ich kenne keine Zalovskys. Und ich war seit Jahren nicht mehr in Chicago.» Der aufsteigende Zorn ließ Damons Stimme schärfer werden. «Was zum Teufel soll das überhaupt heißen, daß Sie mich mitten in der Nacht anrufen? Ich lege jetzt auf und . . .»

«Ich rate Ihnen, nicht aufzulegen, Roger», sagte der Mann. «Ich muß mit Ihnen reden.»

«Aber ich muß nicht mit *Ihnen* reden. Gute Nacht, Sir. Schluß jetzt.»

«Ich würde bedauern, wenn Sie etwas täten, was Sie bereuen müßten - sehr bereuen, Roger - zum Beispiel, wenn Sie bei Zalovsky auflegen. Ich will mit Ihnen reden, habe ich gesagt. Und zwar noch heute nacht.»

«Ich bin nicht in Chicago. Oder ist Ihnen das nicht aufgefallen, als Sie meine Nummer wählten?» Da er jetzt völlig wach war, wollte er's dem Mann heimzahlen, wenn auch nur übers Telefon. «Und wer sind Sie eigentlich, Mann - einer von diesen anonymen Telefonstörenfrieden?» Dann fiel ihm jedoch ein, daß es vielleicht einer seiner Freunde wäre, der sich bei einer nächtlichen Party oder in einer Bar besoffen hatte und sich einen Scherz mit ihm erlauben wollte. In seinem Geschäftsleben hatte er ein paar sonderbare Freunde aufgepickt. «Okay, okay», sagte er ruhiger. «Was haben Sie für sich vorzubringen?»

«Es ist nicht meine Art, etwas für mich vorzubringen», sagte der Mann. «Ich bin hier der Boss, Mister. Und ich bin nicht in Chicago. Ich bin nur ein paar Straßen von Ihnen entfernt. In der achten Straße. Nun tun Sie mal Ihr Wollzeug runter, ziehen sich richtig an und treffen sich mit mir an Ihrer Ecke in – sagen wir – zehn Minuten. Dann haben Sie noch Zeit, sich die Zähne zu putzen und zu kämmen . . .» Der Mann lachte; ein kurzes, tonloses Bellen.

«Ich weiß nicht, was das alles soll, Mr. Zalovsky», sagte Damon, «aber wenn Sie mit irgendwem namens Damon ein Geschäft vorhaben, dann sprechen Sie mit dem falschen Damon. Sie sollten lieber aufpassen, ehe Sie irrtümlich mitten in der Nacht einen Mann anrufen und . . .»

«Es ist nicht Zalovskys Gewohnheit, sich zu irren. Ich habe den richtigen Damon, und das wissen Sie. Ich rate Ihnen, in zehn Minuten da zu sein. Wenn nicht . . .» Der Mann räusperte sich. «Wenn nicht, dann hat das Folgen, Roger, Folgen, die Ihnen leid tun werden, sehr leid . . .»

«Sie können mich am Arsch lecken», sagte Damon.

«Fluchen Sie nicht; und bevor Sie auflegen», sagte Zalovsky, «eine letzte Warnung. Es ist eine Frage von Leben und Tod. *Ihr* Leben und *Ihr* Tod.»

«Sie können mich noch mal», sagte Damon. «Sie haben zu viele Gangsterfilme gesehen.»

«Sie sind gewarnt, Roger. Ich rufe vielleicht nicht mehr an.»

Roger donnerte den Hörer auf die Gabel und schnitt die widerliche dicke Stimme ab.

Er hatte sich ausgestreckt und quer über das Bett gelegt, um das Telefon zu erreichen, aber jetzt schwang er sich herum und setzte sich auf. Er wußte, daß der Versuch, wieder einzuschlafen, zwecklos war. Er fuhr sich durchs Haar und preßte die Hände auf die Augen. Seine Hände zitterten, und er ärgerte sich deswegen über sich selbst. Es war nur gut, daß seine Frau an diesem Wochenende nicht zu Hause war, sondern ihre Mutter in Vermont besuchte. Der Anruf hätte sie erst geängstigt, dann erzürnt und schließlich argwöhnisch gemacht, und sie hätte ihn stundenlang ausgefragt, was er denn nun wirklich angestellt und was diesen Drohanruf um halb vier Uhr morgens provoziert habe. Das würde sich zu einem ihrer keineswegs häufigen Wortwechsel ausgewachsen haben, und sie hätte die Wendung «deine sattsam bekannten Neigungen» und «mit deiner Vergangenheit» benutzt. Sie war von Natur aus eine friedliche Frau, aber Geheimniskrämerei konnte sie nicht ausstehen. Wenn sie sich um ihn sorgte und wenn sie meinte, daß er ihr einen Schmerz oder ein Problem verheimlichte, beschimpfte sie ihn. Er fragte sich, ob es nicht klüger wäre, ihr von dem Anruf zu erzählen. Bevor sie zurückkam, mußte er sich auf alle Fälle eine Begründung ausdenken, warum er den Platz im Bett mit ihr tauschen wollte, denn er wollte unbedingt selbst die Anrufe entgegennehmen. Auch das würde sie argwöhnisch machen, weil sie wußte, wie ungern er telefonierte. Sie war seine zweite Frau. Er hatte weniger als ein Jahr mit seiner ersten Frau gelebt und sich scheiden lassen, als er vierundzwanzig Jahre alt war. Mit vierzig hatte er zum zweitenmal geheiratet; und im Laufe ihrer über zwanzig Jahre dauernden zweiten Ehe hatte sich Sheila eine finstere Vorstellung von seinem Lebenslauf vor ihrer Begegnung erdichtet – oder, ehrlich gesagt, nicht gänzlich erdichtet. Sie war fünfzehn Jahre jünger als er, und wenn einer schon unbedingt eifersüchtig sein mußte, dann doch wohl eher er selber. Keine Logik in so einer Ehe.

Nun ja, dachte er, das war höchstwahrscheinlich so ein Spaß, wie Kinder sich ihn ausdenken, um sich zu amüsieren – aufs Geratewohl eine Nummer im Telefonbuch aussuchen und anrufen, um obszöne Anträge zu machen oder wüste Drohungen auszustoßen, und die Freunde im Hintergrund kicherten dazu. Aber das war keine Kinderstimme gewesen, und im Hintergrund war nicht gekichert worden. Trotzdem wollte er Sheila nichts davon erzählen. Der Mann hatte gesagt, er würde vielleicht nicht wieder anrufen. Bis er's tat, hatte er jedenfalls seine Ruhe zu Hause. Er hoffte, daß Sheila ihren Besuch in Vermont genoß und daß sie gut gelaunt zurückkehren würde.

Bis dahin . . . Bis dahin, was?

Er seufzte, knipste das Licht an. Es war kalt in der Wohnung, und er zog sich einen warmen Hausmantel über, wobei ihm die höhnische Stimme wieder einfiel, die von «Wollzeug» gesprochen hatte. Er ging ins Wohnzimmer. Es war dunkel. Er war in letzter Zeit zu etwas Geld gekommen, aber seine sparsamen Gewohnheiten hatte er beibehalten. Er machte alle Lichter an. Das Zimmer war behaglich, wenn auch ein wenig verwohnt und von Büchern übersät. Die Wohnung nahm den ganzen obersten Stock eines umfunktionierten Gebäudes aus braunem Sandstein ein, das unter Mietkontrolle stand; keins der Zimmer war groß. Seine Frau redete ihm dauernd zu, er solle doch einige der Bücher verkaufen, was er auch immer wieder versprach. Aber irgendwie wurden die Bücherstapel beständig größer.

Trotz seines Schlafrocks war ihm noch immer kalt; er fröstelte ein wenig. Sein Gang war steif. Er war Mitte Sechzig, kräftig gebaut und hatte das gerötete Gesicht eines Freiluftmenschen; das rührte daher, daß er jeden Tag die fast vier Kilometer zu seinem Büro und zurück zu Fuß ging und in den Ferien lange einsame Wanderungen unternahm. Dennoch dauerte es nach dem Verlassen des Bettes eine gute halbe Stunde, bis sich seine Füße erwärmten.

Er holte sich das Telefonbuch von Manhattan aus dem untersten Fach eines der Bücherregale und legte es auf den Tisch unter das Lampenlicht. Er war stolz darauf, daß er notfalls und bei gutem Licht die Namen und Nummern im Telefonbuch noch ohne Brille lesen konnte, obwohl er sonst eine brauchte.

Er suchte unter «D». Er fand seinen Namen, Damon, Roger, und die Adresse in der zehnten Straße West. In Manhattan war nur ein einziger Roger Damon aufgeführt. Sein Name erschien allerdings auch unter «G». Dort stand Gray, Damon und Gabrielsen, literarische Agentur. Gray hatte die Firma gegründet und Damon als Partner genommen, als dieser noch keine dreißig war. Gray war nun seit Jahren tot, aber aus Treue zu dem alten Mann hatte Damon den Namen der Agentur nicht geändert. Treue hatte ihre Verdienste, besonders in einer Zeit wie der heutigen. Gabrielsen war erst vor kurzem eingetreten, und die Situation hatte sich verändert.

Er schloß das Buch und stellte es ordentlich zurück in sein Regal. Keine Anhaltspunkte für Sheila, wenn sie nach Hause kam. Er wollte für seine Schilderung des Vorfalls den passenden Augenblick abwarten. Wenn es überhaupt einen passenden Augenblick gab ...

Er mixte sich einen kräftigen Whisky-Soda und trank ihn langsam aus, tief in seinen Lieblingssessel versenkt. Der Drink half ihm nicht, in dem Vorfall um halb vier morgens einen Sinn zu entdecken. New York steckt voller Tollhäusler, dachte er. Nicht nur New York: Amerika. Die Welt. Gelegenheitsmörder, die auf den Straßen herumlungern. Präsidenten, Popen, Publikum – sie warten in den Bahnhöfen, kommen aus Kirchen oder Warenhäusern. Leben und Tod, hatte der Mann gesagt. *Ihr* Leben, *Ihr* Tod.

Wenn das Ganze kein grotesker Streich war, dann lauerte irgendwo ein Fremder auf ihn oder jemand, der ihn kannte und ihm übelwollte. Er war jetzt zu müde, um sich auszudenken, wer das wohl sein mochte und warum er wartete oder bis jetzt gewartet hatte.

Nachtgedanken.

Er fröstelte und ging in sein Schlafzimmer. Er wollte versuchen zu schlafen, aber er ließ alle Lichter im Wohnzimmer brennen.

2

ER WURDE VOM GLOCKENKLANG GEWECKT. Er hatte geträumt. Wieder einmal war ihm sein Vater im Traum erschienen, aber allein, in einem hellen Licht, das von seinem lächelnden und liebevollen Gesicht ausstrahlte. Er sah jung aus wie damals, als Damon etwa zehn Jahre alt war; nicht wie der hagere, erschöpfte Mann, der er am Ende gewesen war. Er beugte sich über eine, wie es schien, verzierte Marmorbalustrade und winkte mit einer Hand. In der anderen Hand hielt er ein kleines buntgeschecktes Steckenpferd. Sein Vater hatte Kinderspielzeug hergestellt; er machte allerlei Kinkerlitzchen und Tand. Er war schon seit zwanzig Jahren tot.

Das Läuten kam diesmal nicht vom Telefon. Kirchenglocken. Sonntag morgen. Riefen New York zum Gottesdienst. Kommt alle herbei, ihr Gläubigen dieser majestätischen Stadt - kommt, ihr Ehebrecher, ihr Erpresser, Börsenschieber, Rechtsbeuger, Säufer, Süchtige, Banditen, Mörder, Eidbrüchige, Schlampen, Disco-Freaks, Jogger, Marathonläufer, Gefängniswärter, ihr Kritiker und Rezensenten, kommt, ihr Gläubigen und Prediger falscher Lehren; kommt, betet zu Gott, mag Er euch nach Seinem Ebenbilde erschaffen haben oder auch nicht.

Damon regte sich im Bett. Daß Sheila nicht neben ihm lag, kam ihm fremd vor. Dann erinnerte er sich an den nächtlichen Anruf. Er blickte auf die Uhr. Neun Uhr. Gewöhnlich war er schon um sieben auf. Die Natur war lieb zu ihm gewesen, hatte ihn von vier bis neun schlafen lassen. Fünf Stunden des Vergessens. Geschenk des Sonntags.

Er erhob sich und tapste, statt ins Badezimmer zu gehen, sich die Zähne zu putzen und zu duschen, barfuß ins Wohnzimmer. Alle Lichter brannten noch. Er ging zur Wohnungstür, sah nach, ob dort ein Brief, eine Botschaft auf dem Boden liege. Nichts.

Er prüfte das Schloß. Es war schwach, einfach. Ein Kind hätte es mit dem Taschenmesser aufbrechen können. Während all der Jahre, die er in New York lebte, war er niemals beraubt worden, hatte er nie über Schlösser nachgedacht. Die Tür war alt, aus Holz, sie stammte noch aus der Zeit, als man das Haus gebaut hatte. Wann wohl? 1900? 1890? Er wollte sie auswechseln lassen, eine Tür mit einem Stahlpanzer besorgen, einem einbruchsicheren Schloß, einem Guckloch, einer Kette. Unten gab es keinen Pförtner, und alle Bewohner des Gebäudes, einschließlich Sheilas und seiner selbst, drückten unbesorgt auf den Öffner, wenn in der Wohnung der Summer ertönte. Die Sprechanlage, durch die man sich vergewissern konnte, wer unten war, war seit Jahren defekt. Soweit Damon bekannt war, hatten weder er noch seine Nachbarn sich jemals beim Hauswirt beschwert und verlangt, daß sie repariert werden solle. Naive, die sich in falscher Sicherheit wiegten. Morgen!

Er machte sich sein Frühstück. Wenn Sheila sonntags zu Hause war, setzte sie ihm frisch gepreßten Orangensaft, Eierkuchen mit Speck und Ahornsirup vor. Heute trank er eine Tasse Kaffee und begnügte sich mit einer Scheibe Brot von gestern.

Sein übliches Sonntagsritual war anders. Während Sheila das Frühstück bereitete, ging er aus und kaufte zwei Nummern der *Sunday Times,* weil sowohl er als auch Sheila gern das große Sonntags-Kreuzworträtsel ohne Mithilfe des anderen raten wollten; und sie verbrachten kritzelnd den Morgen in freundschaftlicher Stille an den entgegengesetzten Enden des Küchentisches. Es war für sie Ehrensache, dem Rätsel mit Tinte zu Leibe zu rücken. Die beiden Riesenbündel mit Nachrichten, Meinungen, Ergebnissen, Reklamen, Elogen und Verdammungen waren eine Art Ausschweifung, aber auch eine Wochenendfestlichkeit, und das stille Vergnügen der (annähernd) einen Stunde nach dem Frühstück war die Sache wert.

Er zog sich an und ging die trüb beleuchtete und stille Treppe hinunter. Seine Nachbarn schienen insgesamt Langschläfer zu sein. Er fragte sich, ob auch andere mitten in der Nacht angerufen worden waren. Auch in seinem Postfach fand er keine Nachricht.

Er berührte seine Tasche, um sich zu vergewissern, daß er seine Schlüssel bei sich hatte und wieder ins Haus zurückkonnte; dann trat er hinaus auf die Freitreppe, die zur Straße hinabführte. Es war ein rauher, grauer Tag mit kalten Windstößen. Der Frühling ließ in diesem Jahr auf sich warten. Er beobachtete die Straße in beiden Richtungen. Eine dicke Frau mit zwei Hunden an der Leine und ein junger Mann, der einen Kinderwagen schob, bildeten den morgendlichen Sonntagsverkehr. Soweit sich das feststellen ließ, gab es hier keinen Hinterhalt. Aber es war durchaus denkbar, daß die Straße für ein geübtes Auge gefahrdrohende Hinweise barg. Es paßte ihm nicht, daß er nervös war, und er verzog sein Gesicht.

Am Kiosk zögerte er kurz, ob er ein oder zwei Exemplare der Zeitung kaufen sollte. Er nahm zwei und ärgerte sich, wie üblich, über ihre unsinnige Masse und ihr Gewicht. Er bezweifelte, daß Sheila die *New York Times* in Vermont bekommen hatte; sie würde sich freuen, daß er in ihrer Abwesenheit an sie gedacht und ein Exemplar des Rätsels für ihre Heimkehr aufbewahrt hatte, selbst wenn sie nicht die Zeit finden sollte, es zu raten. Er überflog die erste Seite. Der Name *Zalovsky* war dort nicht zu finden. Vielleicht war das nicht sein richtiger Name; vielleicht hieß er in Wahrheit Smith oder Brown, und Zalovsky war nur sein *nom de guerre* und auf der Innenseite waren in einer Story die vielen von ihm begangenen Verbrechen beschrieben, um derentwillen die Polizei von zehn Staaten jetzt nach ihm fahndete. Allerdings hielt Damon es für einen überflüssigen Aufwand, sich für die Ausführungen eines Racheakts oder eines Verbrechens einen Namen wie Zalovsky zuzulegen. Die Überlegung ließ ihn lächeln. Als er sich auf den Heimweg machte, betrachtete er die Vorübergehenden ohne Argwohn. Der Morgen war wie jeder Sonntagmorgen, und da sich die Wolken ein paar Augenblicke teilten und die Straße die Sonnenstrahlen widerspiegelte, fand er sich behaglich summend auf seine Haustür zugehen; als er sich jedoch hinsetzte, um das Kreuzworträtsel zu lösen, konnte er nur mit Mühe ein paar Sparten ausfüllen. Entweder war das Rätsel schwieriger als gewöhnlich, oder seine Gedanken waren nicht dabei. Er schob das Magazin beiseite und schlug die Literaturbeilage mit der Bestsellerliste auf. *Klagelied* von Genevieve Dolger war noch dabei – auf Platz vier. Trotz des Titels stand es jetzt schon seit zwölf Wochen auf der Liste. Damon schüttelte reumütig den

Kopf, denn er wußte, daß er sich nur auf Drängen von Oliver Gabrielsen bereitgefunden hatte, mit der Autorin daran zu arbeiten und es den Verlagen anzubieten, und daß darüber beinahe ihre Partnerschaft zerbrochen wäre.

Oliver Gabrielsen war sein Mitarbeiter und schon fast fünfzehn Jahre bei ihm tätig. Er war ein Allesleser mit erstaunlichem Gedächtnis und einem gewitzten, wenn auch etwas exzentrischen Riecher für ungewöhnliche Texte. Oliver hatte Mrs. Dolger bei einer Gesellschaft in der Nähe von Roslyn, Long Island, kennengelernt – keineswegs ein Ort, an dem man gewöhnlich auf Bestseller stieß. Die Verfasserin war eine Frau in den Fünfzigern; ihr Ehemann war Vizepräsident einer kleinen Bank. Sie hatte vier Kinder und hatte nie zuvor etwas geschrieben; nach Damons Dafürhalten hatte sie vor allem deshalb zu schreiben begonnen, weil das Leben als Vorstadtmatrone sie anödete. Es war eine schlichte Story von einem armen Mädchen, das durch den Einsatz seiner Schönheit und seines Körpers und mit seiner Gier nach Männern seinen Weg in der Welt macht, um schließlich tragisch zu enden. Dies war ein uraltes Thema, und Damon hatte nicht begreifen können, warum Oliver darauf so versessen gewesen war. Meistens hatten sie einen ähnlichen Geschmack, aber als Oliver sagte: «Geld. Bei diesem Buch sagt alles: Geld. Wir wollen uns wenigstens ein einziges Mal ein Stück von dem großen Kuchen sichern», hatte Damon nur skeptisch den Kopf geschüttelt. «Oliver, mein armer Freund», hatte er gesagt. «Ich fürchte, du arbeitest zuviel und besuchst zu viele Parties.»

Immerhin hatte er, um den Frieden im Büro zu wahren, und weil es die stille Jahreszeit war, während der alle Leute den Sommer außerhalb New Yorks verbrachten, mit der Autorin, einer friedlichen und anspruchslosen Person, an dem Buch gearbeitet, um es einigermaßen annehmbar zu machen, indem er die allzu aufdringlichen Liebesszenen entfernte, die ungeübte Sprache flüssiger machte und die Grammatik korrigierte. Zu allem ließ sie sich leicht überreden, außer zu einer Änderung des Titels. Obwohl er ihr versichert hatte, daß *Klagelied* die Art Titel sei, die die Kunden aus den Buchläden vertreibt, blieb sie allen Argumenten gegenüber unnachgiebig. Er hatte geseufzt und nachgegeben. Zu ihrer Ehre sei gesagt, daß sie ihm nach dem Erfolg des Buches niemals seine düstere Prophezeiung vorgeworfen hatte. Unprofessionell wie in allen ihren Handlungen hatte sie darauf bestanden, daß er 20 Prozent aller Tantiemen des Buches statt der üblichen 10 Prozent für die Agentur haben solle. Halb im Scherz hatte er ihr anempfohlen, diesen Akt ungehemmter Großzügigkeit streng geheimzuhalten; denn sollte sich diese Kunde verbreiten, so riskierte sie, von allen Schriftstellerorganisationen des Landes für den Rest ihres Lebens boykottiert zu werden.

Es war nicht die Art Buch, mit der er oder sein alter Partner Gray sich je zuvor abgegeben hatten. Sie waren auf die Jagd nach jungen Talenten gegangen, hatten sie für gute Kritiken und bescheidene Verkaufserfolge zurechtgetrimmt und die Autoren oft aus ihrer eigenen Tasche am Leben gehalten, bis sie ihre Bücher oder Stücke zu Ende geschrieben hatten. Keiner von ihnen hatte jemals viel Geld eingebracht, und eine entmutigende Anzahl dieser jungen Männer und Frauen hatte nur ein einziges Buch geschrieben, hatte sich den Drogen oder dem Trunk ergeben oder war in Hollywood verschwunden.

Er hatte auf Mrs. Dolgers Buch nur geringe Hoffnungen gesetzt und fühlte sich fast erleichtert, als ein halbes Dutzend Verlagshäuser schnell nacheinander das Buch ablehnten. Er war schon drauf und dran, die Dame in Roslyn anzurufen und ihr mit höflichem Bedauern mitzuteilen, daß das Buch unverkäuflich sei, als ein kleiner Verlag es annahm und für die erste kleine Auflage einen winzigen Vorschuß zahlte. Doch schnell kletterte es an die Spitze der Bestsellerliste, wurde für eine Million Dollar an einen Taschenbuchverlag verkauft und von Hollywood erworben.

Die Tantiemen waren – aus seiner Sicht – astronomisch.

Zum ersten Mal wurde sein Name in den Zeitungen erwähnt, und in seinem Büro häuften sich Manuskripte von bekannten und hochdotierten Autoren, die aus irgendeinem Grund mit ihren derzeitigen Agenturen unzufrieden waren und die er zumeist in seinem langen Geschäftsleben nicht ein einziges Mal zu Gesicht bekommen hatte.

«Wie der Würfel fällt», hatte Oliver selbstzufrieden gesagt. «Einmal mußten wir ja eine Sechs werfen.» Er hatte verlangt, daß sein Gehalt verdoppelt und sein Name als der des Partners an der Tür angebracht würde. Damon war froh, beiden Forderungen entsprechen zu können; er hatte den Firmennamen in Gray, Damon und Gabrielsen umgeändert und Oliver nur gebeten, künftig weniger Parties zu besuchen. Aber er hatte sich standhaft geweigert, aus dem, wie Oliver es nannte, «traurigen Zwei-Zimmer-Alibi-für-ein-Büro» in großartigere und, wie Oliver bei ihrem neuen Wohlstand meinte, angemessenere Quartiere umzuziehen. «Sieh doch mal den Tatsachen ins Auge», hatte Oliver gesagt, «wenn jemand hier reinkommt, glaubt er, wir hätten diese Räume als Bühnenbild für *Das kahle Haus* ausgestattet und will sich vergewissern, ob wir noch mit Federkielen schreiben.»

«Oliver», hatte Damon gesagt, «jetzt will ich dir mal meine Meinung sagen, obwohl du inzwischen schon so lange mit mir zusammenarbeitest, daß das eigentlich nicht mehr nötig sein sollte. Ich habe fast mein gesamtes Arbeitsleben in diesem von dir sogenannten ‹Alibi› verbracht; hier habe ich mich wohl gefühlt und bin jeden Morgen wieder gern hierher zur Arbeit gekommen. Ich habe keine Lust, ein Big Boss zu werden, und ich hab mir einen anständigen Lebensunterhalt verdient, wenn vielleicht auch nicht gerade das, was moderne junge Leute für einen angemessenen Standard halten. Mir liegt nichts daran, ein Meer von Arbeitstischen zu überblicken und zu wissen, daß die dazugehörigen Leute für mich arbeiten und verlangen, daß ich sie einstelle, rauswerfe, beurteile; daß ich ihre Sozialversicherung bezahle und ihre Altersversorgung und

Gott weiß was sonst noch alles. Der Fall *Klagelied* ist eine Laune des Schicksals, der Blitz, der einmal einschlägt. Ehrlich gesagt, hoffe ich, daß nichts dieser Art noch einmal passiert. Ich zucke zusammen, wenn ich es im Vorbeigehen im Schaufenster liegen sehe, und meine Wochenenden haben darunter gelitten, daß ich es jeden Sonntag auf der Bestsellerliste der *Times* finde. Ich habe unendlich viel mehr Vergnügen an zehn brillanten Zeilen im Manuskript eines unbekannten jungen Autors, als ich jemals aus den Tantiemenabrechnungen für *Klagelied* beziehen werde. Aber du, mein alter Freund, du bist jung und, wie es heute üblich ist, geldgeil.» Das war nicht ganz fair, wie Damon sehr wohl wußte, aber er wollte seine Pointe haben. Oliver Gabrielsen war nicht mehr ganz jung – er näherte sich den Vierzig – und er war genauso versessen auf gute Texte wie Damon selbst; und wenn er je um eine Gehaltserhöhung eingekommen war, dann hatte er sich fast noch dafür entschuldigt. Damon wußte, daß Oliver ohne das Einkommen seiner Frau kaum mehr als das Allernotwendigste hätte. Er wußte außerdem, daß Oliver mehrmals Angebote erhalten hatte, für ein viel besseres Gehalt, als er von Damon bezog, als Verlagslektor zu arbeiten, und daß er sie wegen der zügellosen Geschäftemacherei der großen Firmen ausgeschlagen hatte – Firmen, die sich leisten konnten, ihm, gemessen an dem Existenzminimum, das er von Damon empfing, vergleichsweise fürstliche Gehälter zu zahlen. Aber unter der unerwarteten Flut von Geld, das durch die Firma rollte, schien er zeitweilig ausgeflippt zu sein, und der Prozentsatz an Provision, den er jetzt als Partner erhielt, hatte merklich den Stil seiner Kleidung und die Qualität der Restaurants, in denen er zu Mittag speiste, beeinflußt; er war zudem aus der schäbigen Wohnung auf der Westseite der Stadt in eine schicke Adresse der sechziger Straßen auf der Ostseite umgezogen. Damon gab, wie zu erwarten war, Olivers Frau Doris die Schuld daran, die ihre Stellung aufgegeben hatte und jetzt von Zeit zu Zeit, in einen Nerzmantel gehüllt, im Büro auftauchte.

«Du bist vielleicht noch zu jung, Oliver», fuhr Damon fort und freute sich über die Gelegenheit, sich über ein Thema auszulassen, über das sich sein alter Chef, Mr. Gray, des öfteren verbreitet hatte, «das Labsal der Bescheidenheit zu kennen; besser noch, den Dünkel, an bescheidenen Zielen und noch bescheideneren weltlichen Errungenschaften Freude zu finden, zu wissen, daß die Dinge, die zu erlangen andere Menschen sich zu Tode quälen, für dich keine Bedeutung haben. Ich bin in meinem Leben nicht einen einzigen Tag krank gewesen, ich habe weder ein Magengeschwür noch zu hohen Blutdruck gehabt, noch einen Psychiater besucht. Ich war ein einziges Mal in einem Krankenhaus, weil ich beim Überqueren einer Straße von einem Auto angefahren wurde und mit einer Beinverletzung im Bett liegen mußte.»

«Klopf mal auf Holz», hatte Oliver gesagt. «Klopf nur ja mal auf Holz!» Damon merkte, daß Oliver seine Belehrungen nicht besonders schätzte.

«Ich schlage ja nicht vor, daß wir uns den Trump Tower kaufen, zum Kuckuck noch mal», fuhr Oliver fort. «Aber es würde uns nicht umbringen, wenn jeder ein eigenes Zimmer hätte und einen zusätzlichen Raum, wo wir eine zusätzliche Sekretärin unterbringen könnten, die uns mit der ganzen verdammten Post zur Hand geht. Und bei all den Anrufen, die uns zur Zeit plagen, ist es angeberisch, nur einen Telefonanschluß zu haben. Erst vergangene Woche hat mir ein Mann von Random House erzählt, er habe zwei Tage hintereinander unsere Nummer gewählt, bis er endlich durchgekommen sei. Wenn wir hier ein Schaltbrett anbringen, dann ist deswegen noch keineswegs die ganze Welt überzeugt, daß wir unsere Seele an die Philister verkauft haben. Es wäre auch kein sündiger Luxus, wenn unsere Fenster alle sechs Monate einmal geputzt würden. Wenn ich hier drinnen wissen will, wie draußen das Wetter ist, muß ich das Radio anstellen.»

«Wenn ich einmal nicht mehr bin», erwiderte Damon würdevoll, «dann kannst du dir eine Etage im Rockefeller

Center mieten und die Miss America des Jahres als Empfangsdame anstellen. Aber solange ich noch hier unten weile, betreiben wir das Geschäft wie gehabt.»

Oliver zog geräuschvoll Luft durch die Nase ein – eine seiner typischen Gewohnheiten. Er war ein winzig kleiner blonder Mann, beinahe ein Albino, der sich zum Ausgleich sehr gerade hielt, mit militärisch zurückgenommenen Schultern. «Wenn du nicht mehr bist», sagte er. «Du bist in tausend Jahren noch da.» Sie waren gute Freunde, wie es sich auch gehörte, da sie Tag um Tag so dicht beieinander in Hemdsärmeln arbeiteten; und sie gingen nicht förmlich miteinander um.

«Ich habe dir wiederholt gesagt», erklärte Damon, «daß ich beabsichtige, mich so bald wie möglich zur Ruhe zu setzen und endlich all die Bücher zu lesen, für die ich keine Zeit hatte, solange ich dieses Büro in Schwung halten mußte.»

«Das glaube ich erst, wenn ich's sehe», sagte Oliver. Er lächelte aber, als er das sagte.

«Ich verspreche, dich in deinen prunkvollen neuen Räumlichkeiten niemals auch nur zu besuchen», sagte Damon. «Ich werde mich damit begnügen, vierteljährlich die Schecks einzulösen, die du mir vertragsgemäß schicken mußt, und hoffe, daß du dir inzwischen keinen betrügerischen Buchhalter angeheuert hast, der die Bücher manipuliert.»

«Ich werde dich nach Strich und Faden betrügen», erwiderte Oliver. «Ehrenwort.»

«So sei es», sagte Damon und klopfte ihm auf die Schulter. «Und dabei lassen wir's. Als Zugeständnis an dein Feingefühl werde ich aus eigener Tasche einen Mann bezahlen, der morgen die Fenster putzt.»

Sie lachten beide und gingen wieder an die Arbeit. Als er in seinem überfüllten Wohnzimmer saß, beim Geläut der Sonntagsglocken und der aufgeschlagenen Literaturbeilage mit der Bestsellerliste vor sich, dachte er an das Gespräch mit Oliver und an Olivers Worte: «Geld. Bei diesem Buch sagt alles: Geld.» Oliver hatte recht gehabt. Leider.

Damon erinnerte sich auch an das, was Zalovsky gesagt hatte – «ich bin Zeitungsleser wie jeder andere». Aber Zalovsky konnte nicht wissen, daß ein großer Teil der Tantiemen durch die Abzahlung alter Schulden und die Ausführung notwendiger Reparaturen an einem kleinen Haus auf Long Island, in Old Lyme, Connecticut, verschlungen worden war, das ein in Sheila vernarrter, kinderloser Onkel ihr testamentarisch vermacht hatte. Sie verbrachten dort ihre Sommerferien und gelegentlich ein Wochenende, wenn sie es arrangieren konnten; dabei versuchten sie, über seine Baufälligkeit hinwegzusehen. Jetzt sollte es ein neues Dach, neue Installationen und einen neuen Anstrich erhalten. Es sollte bereitstehen, wenn Damon die Zeit für seinen Ruhestand für gekommen hielt.

Ein simpler Fall von versuchter Bedrohung oder Erpressung, dachte Damon, der Preis für ein paar Zeilen in einer Zeitungsspalte an einem flauen Tag. Aber war es wirklich so simpel?

Es war immerhin ein Hinweis. Er wählte die Nummer in Roslyn. «Genevieve», sagte er, als die Hausherrin selbst den Anruf entgegennahm, «haben Sie heute früh die *Times* gelesen?»

«Ist das nicht großartig?» sagte Genevieve. Ihre Stimme war kleinlaut und abwehrend, als sei sie gewohnt, daß ihr Mann und die Kinder ihr bei jeder Gelegenheit widersprachen. «Woche um Woche. Es ist wie ein Märchen.»

Mehr, als du jemals wissen wirst, mein Schatz, dachte Damon. Aber er sagte: «Sie haben die Leser in aller Welt mitten ins Herz getroffen.» Vor seinem Vertrag mit dem Taschenbuchverlag wäre er bei diesen Worten rot geworden. «Ich hätte noch eine Frage – hat vielleicht jemand namens Zalovsky bei Ihnen angerufen?»

«Zalovsky? Zalovsky?» Genevieve schien unsicher. «Ich kann mich nicht erinnern. Es rufen zur Zeit so viele Menschen bei mir an. Fernsehen, Hörfunk, Interviews ...

Mein Mann sagt, er will eine Geheimnummer beantragen.»

Wieder eine Geheimnummer, dachte Damon. Erfolg haben und sich verstecken. Die amerikanische Masche.

«Zalovsky», sagte Genevieve noch einmal. «Warum fragen Sie?»

«Man hat mich angerufen. Wegen des Buches. Er war sehr vage. Er sagte, er würde vielleicht noch mal anrufen, und ich dachte, er hätte sich vielleicht direkt mit Ihnen in Verbindung gesetzt. Wie Sie wissen, besteht mein Büro nur aus Oliver, mir und der Sekretärin, und da Sie so groß herausgekommen sind, haben wir Schwierigkeiten, allen Anforderungen gerecht zu werden ... Es ist eben nicht so wie in manchen großen Firmen mit Dutzenden von Angestellten und Abteilungen und dergleichen ...»

«Ich weiß. Die haben alle mein Buch abgelehnt, bevor ich zu Ihnen kam.» Ihre Stimme war jetzt nicht mehr defensiv, sondern bitter und kalt. «Und auch nicht mit der gebührenden Höflichkeit. Sie und Oliver waren die ersten beiden wahren Gentlemen, denen ich seit der Niederschrift meines Buches begegnet bin.»

«Wir versuchen, den alten Leitsatz zu beherzigen, den mein früherer Partner, Mr. Gray, immer im Munde führte – Verlegen ist ein Geschäft für Gentlemen. Das liegt allerdings schon lange zurück, und die Zeiten haben sich gewandelt. Trotzdem hört man's gern, daß Manieren in gewissen Kreisen noch etwas gelten.» Er fühlte sich stets beklommen, wenn er mit Genevieve Dolger sprach. Seine Rede klang ihm in den Ohren wie gestärkt und gebügelt. Es störte ihn, daß er mit dieser Frau, die durch die Umstände in sein Leben geraten war, nicht normal reden konnte. Er war kein Heuchler. Seine Maxime verlangte, daß er seinen Klienten genau das sagte, was er dachte, sei es Lob oder Kritik. Wenn sie sich gegen seine Beanstandungen auflehnten, zornig wurden oder kalt abweisend, sagte er ihnen unverblümt, daß sie in einer anderen Agentur besser aufgehoben wären. Nur so könnte er arbeiten, erklärte er ihnen. Und jetzt veranlaßte ihn diese Frau, die ihn reich gemacht hatte, zu reden, als hätte er den Mund voller Kunsthonig.

«Sie sollen nicht glauben, daß ich Ihnen jemals Ihre Hilfe vergessen werde, und das, was ich Ihnen verdanke», sagte Genevieve mit bebender Stimme. «Ich werde mein ganzes Leben lang in Ihrer Schuld bleiben.»

«Gewiß», sagte Damon und dachte dabei an alle Autoren, die irgendwann einmal genau dasselbe gesagt hatten, um dann, zuweilen verschämt, zuweilen verärgert, zu größeren Agenturen überzuwechseln, die sie mit Filmstars bekannt machen, ihnen ein Auto mit Fahrer an den Flughafen schicken, in der letzten Minute Theaterkarten für auf Monate hinaus ausverkaufte Broadway-Hits verschaffen, landesweite Reklamekampagnen im Fernsehen veranstalten und sie zum Lunch in die besten Restaurants der Stadt einladen konnten. «Lassen Sie es mich unbedingt wissen, wenn Sie eine Geheimnummer kriegen.»

«Sie werden der erste sein, den ich anrufe, Roger», sagte sie mit, zu Rogers Kummer, von echtem Gefühl erfüllter Stimme.

«Ach ja», sagte er und stellte die Frage, auf die sie, wie er wußte, schon wartete: «Wie geht's mit dem neuen Buch?»

Genevieve seufzte, ein leises melancholisches Geräusch am Telefon. «Ach, es ist einfach grauenhaft», sagte sie. «Ich komme, scheint's, nicht richtig in Gang. Ich schreibe eine Seite, lese sie durch und merke, daß sie absolut gräßlich ist, zerreiße sie und backe einen Kuchen, um nicht heulen zu müssen.»

«Machen Sie sich keine Sorgen», sagte Damon, sehr erleichtert über diese Nachricht. «Der Anfang ist immer am schwersten. Und zwingen Sie sich nicht. Sie wissen, es hat keine Eile.»

«Sie müssen Geduld mit mir haben», sagte sie.

«Ich bin's gewöhnt, daß Schriftsteller blockiert sind», sagte Damon, dem klar war, daß er so tun mußte, als akzeptiere er diese Frau als Zunftgenossin in seiner erhabenen und fürchterlichen Profession. «Das kommt und geht. Also dann, nochmals meine Glückwünsche, und denken Sie daran – wenn Sie mich brauchen, rufen Sie mich einfach an.»

Er legte auf. Wenn er Glück hatte, würde sie hundert Torten backen, bevor sie das neue Buch vollendet hätte, aber er hätte dann schon längst das Büro verlassen und sich in das kleine Haus in Old Lyme, am Gestade des Sunds, zurückgezogen. Immerhin, dachte er, als er den Hörer auflegte, war Zalovsky nicht bis zu ihr vorgedrungen. Wäre er's, dann hätte sie sich bestimmt an seinen Namen erinnert.

Er ging ruhelos in der Wohnung umher. Er hatte sich ein umfangreiches Manuskript mit nach Hause genommen, um es übers Wochenende zu lesen; jetzt nahm er's zur Hand und versuchte, ein paar Seiten zu lesen, aber sie waren ihm unverständlich, und er schob sie beiseite. Er ging ins Schlafzimmer, um dort sorgfältig das Bett zu machen; das hatte er seit seinem Hochzeitstag nicht mehr getan. Genevieve Dolger mit ihren Torten, und er mit seinem Bett. Er sah auf seine Uhr. Sheila kam erst in sechs Stunden zurück. Der Sonntag war langweilig ohne sie. Er entschloß sich, auszugehen und einen Spaziergang zu machen, bis es Zeit zum Mittagessen war. Aber als er gerade den Mantel anziehen wollte, läutete das Telefon. Er ließ es sechsmal läuten, ohne sich dem Apparat zu nähern; er starrte ihn an und hoffte, daß der Anrufer, wer immer es sei, des Wartens überdrüssig und auflegen würde. Der Apparat klingelte zum siebenten Mal. Er hob ab und erwartete, die dicke heisere Stimme zu hören. Aber es war die Frau, deren Manuskript er mit nach Hause genommen hatte.

«Ich wollte nur fragen, ob du mein Buch zu Ende gelesen hast», sagte sie. Die Stimme war das Beste an ihr – tief und melodisch. Er hatte vor zwei Jahren ein kurzes Verhältnis mit ihr gehabt. Als Sheila durch eine Freundin davon erfuhr, sagte sie nur, daß diese Frau sich ihm an den Hals geworfen habe. Sheilas Phrasen! Aber mit dieser

Phrase hatte sie ins Schwarze getroffen. Nach dem zweiten Rendezvous hatte die Frau gesagt: «Das mußt du wissen: Ich habe noch keinen Mann erlebt, dessen Gesicht so sexy war wie deines. Wenn du ins Zimmer trittst, dann ist es, als ob der Stier in die Arena kommt.» Sie hatte ein Jahr in Spanien gelebt und zuviel Hemingway gelesen, und ihre Ausdrucksweise war mit Anspielungen auf spanische Lebensumstände gespickt. Hätte sie das Wort *cojones* gebraucht, er hätte weder sie noch ihr Manuskript auch nur angerührt. Aber sie unterließ es, und er verfiel ihr, obwohl er sich nicht in dem Bild erkannte, das sie sich von ihm machte. Tatsächlich kam es ihm eher so vor, als watschele er, wenn er ein Zimmer betrat. Und er hatte noch nie einen Stier mit hellgrauen Augen gesehen. Blicke in den Spiegel, und du siehst ein fremdes Gesicht!

Die Frau war recht hübsch und recht intelligent und keine schlechte Schriftstellerin, und sie hielt ihren Körper durch tägliche Gymnastik in Form. Es hatte ihm geschmeichelt, daß eine Frau sich so viele Umstände machte, um ihn in ihr Bett zu kriegen. In seinem Alter! Na ja, sechzig und ein bißchen – das war nicht der Rand des Grabes. Sheila hatte ihm gesagt: «Du *verschwendest* dich an Frauen.» Die Ehe hatte ihn von dieser besonderen Schwäche nicht kuriert. Das Verhältnis war angenehm gewesen, aber nicht mehr.

«Das bisher Gelesene gefällt mir», sagte er. Vor seinem geistigen Auge sah er sie nackt auf dem Bett liegen, mit straffen Brüsten und muskulösen Sportlerwaden. Fast hätte er sie eingeladen, mit ihm zu lunchen, entschied sich aber dagegen. Trag nicht zu dem Zeugnis bei, das gegen dich erhoben wird! «Ich will versuchen, bis heute abend damit fertig zu werden. Ich rufe dich an», sagte er.

Dann ging er aus und strich ziellos durch die Straßen von Greenwich Village. Niemand schien ihm zu folgen. Gewöhnlich nahmen Sheila und er sonntags einen späten Lunch in einem kleinen italienischen Restaurant, das ihnen beiden zusagte. *Buon giorno, Signor, Signora, va bene?* Ein

Gangster war vor ein paar Jahren dort erschossen worden. Spaghetti mit Muschelsauce. Trauliche Sonntagnachmittage, wenn sie sich gemeinsam entspannten und den Stress der vergangenen und der bevorstehenden Woche über einer Flasche Chianti vergaßen.

Das Restaurant war voll; er mußte auf einen Tisch warten. Der Eigentümer hatte sich nach dem Befinden der abwesenden Signora erkundigt. Die lärmenden Menschen an den anderen Tischen ließen ihn sein Alleinsein mehr spüren als je zuvor, und die halbe Flasche Wein machte die Sache nicht besser. Während er aß, dachte er darüber nach, wie das wohl sei, wenn man in einem kleinen italienischen Restaurant erschossen wurde.

3

ALS ER NACH DEM LUNCH ZURÜCKKEHRTE, fand er einen Zettel im Schlitz seines Briefkastens. Er betrachtete ihn voller Unruhe, zögerte, bevor er ihn berührte, und zog ihn schließlich heraus. Der Zettel war von einem Skizzenblock abgerissen worden, und die mit einem dicken schwarzen Bleistift geschriebene Botschaft stammte von Gregor. «Wir sind gerade vorbeigekommen», lautete die Botschaft, «und haben bei Dir geklingelt. Wir fühlen uns verstoßen. Versteckst Du Dich vor uns? Freunde sollten sonntags zu Hause sein. Wir feiern. Ich erzähl Dir davon, wenn wir uns sehen. Wir wollen unsere Freude mit unseren Kameraden teilen. Wenn Du dieses vor Mitternacht liest, komm zu uns. Es soll ein Fest in ungarischem Stil werden. Wein wird da sein und Frauen und genug Salami. Zumindest *eine* Frau und *eine* Salami. Avanti.»

Damon lächelte, als er die Botschaft las, und blickte dann, als er die Treppe zu seiner Wohnung hochstieg, auf seine Uhr. Es war noch nicht drei Uhr, und Sheila war erst um sechs Uhr fällig. Er war immer gern in Gregors Gesellschaft. Außerdem vertrat Damon einen Dramatiker, dessen

Stück im September geprobt werden sollte; er hoffte, daß Gregor die Bühnenbilder dazu entwerfen würde. Gregor hatte ihm einmal den Prozeß seiner Amerikanisierung beschrieben und gesagt, er habe begonnen, westwärts zu wandern, als die Russen 1956 in Budapest eindrangen, und erst wieder aufgehört, als er New York erreicht hatte. «Was immer geschah», hatte Gregor Damon anvertraut, «ich wußte, es würde schlecht sein für Menschen. So habe ich mir die Frage gestellt – bin ich, Gregor Khodar, Mensch? Ich habe geprüft pro und contra. Ich habe entschieden, ja, vielleicht nicht höchste Klasse Mensch, aber immerhin gute Klasse.»

Damals war er zwanzig gewesen, ein bettelarmer Kunststudent, und er hatte, bevor er sich in New York niederließ, schlimme Zeiten erlebt, von denen er niemals sprach. Er äußerte sich auch nie darüber, ob er eine Familie zurückgelassen hatte oder nicht.

Obwohl er stolz war auf seine ungarische Abstammung («ein kultiviertes Volk, das immer ins falsche Jahrhundert gerät», sagte er von seinen Landsleuten), wurde er nicht sentimental. «Zentraleuropa», sagte er, «ist wie ein Korallenatoll im Pazifik. Die Flut läuft auf – du siehst es nicht. Die Flut läuft ab – es ist da. Das Beste, was man darüber kann sagen, daß es Gefahr ist für Schiffahrt. Wenn ich Tokajerwein trinke und bin ein bißchen betrunken, glaube ich, da ist Nachgeschmack von Blut und Meerwasser.»

Mit seiner hohen Stirn und dem zurücktretenden spärlichen schwarzen Haar, mit dem milden archaischen Lächeln und einem runden behaglichen Bäuchlein der mittleren Jahre glich er, wie Damon ihm einmal gesagt hatte, einem Buddha, der auf Schabernack sinnt.

Er sprach mit einem weichen seltsamen Akzent, sein dunkles, magyarisches Gesicht wurde von tiefliegenden, spöttischen Augen erhellt, seine Lippen waren auf eine besondere Art geschwungen und glichen einem Bogen, der vielleicht als Wandschmuck dienen könnte, aber nicht zum Töten, und erweckten den Eindruck, daß nichts, was er sagte, ernst genommen werden müsse. Er war jedoch ein passionierter und begabter Künstler und hatte, abgesehen von seinen Gemälden, die in Galerien im ganzen Land ausgestellt waren, Bühnenbilder für viele Aufführungen am Broadway geschaffen. Er malte langsam und gewissenhaft und lehnte Aufträge für Schauspiele dutzendweise ab, wenn sie ihm nicht zusagten; er konnte sich daher nicht leisten, wie ein reicher Mann zu leben, aber er nahm seine Armut leicht, wenn er sie mit dem Wohlstand seiner bereitwilligeren Kollegen verglich.

Ebba, seine Frau, eine große, dünne, liebe Person mit dem verwitterten Gesicht einer Pioniersfrau, stammte von schwedischen Siedlern in Minnesota ab und war Kostümbildnerin. Abgesehen davon, daß sie einander liebevoll zugetan und ein gesellschaftlich höchst anregendes Paar waren, bildeten sie auch ein ungemein ergiebiges Arbeitsteam.

Damon hatte keine Ahnung, was Gregor feiern wollte, aber ein paar Stunden Lärm und Gespräch in ihrem Bodengeschoß dicht am Hudson, das die Khodars in ein Studio umgewandelt hatten und in dem sie beide arbeiteten, wäre ganz sicher besser, als einsam brütend den langen Sonntagnachmittag zu vertrödeln.

Für den Fall, daß Sheila vorzeitig zurückkommen sollte, hinterließ er auf einem Zettel, daß er sich bei Gregor befinde und sie dort anrufen solle. Sheila schätzte die beiden und hatte sogar einmal, im vergangenen Sommer, als die Khodars sie in Connecticut besuchten, so lange stillgesessen, daß Gregor ihr Porträt malen konnte. Gregor war mit seiner Arbeit nicht zufrieden gewesen und ließ sie auf der Staffelei in seinem Studio stehen, um von Zeit zu Zeit daran klecksen zu können. «Das Problem, Sheila», hatte er ihr gesagt, «ist, daß du bist edel, Gesicht, Figur, Charakter, alles, und sie machen nicht Farben in modernem Zeitalter, um edel auszudrücken. Zumindest nicht in Menschen. Leute sehen einfach nicht mehr edel aus. Nur gewisse Hunde, Neufundländer, Jagdhunde, irische Setter. Laß mir

Zeit, laß mir Zeit. Ich muß zurücksteigen in fünfzehntes Jahrhundert. Das ist nicht eine kurze Fahrt mit Subway.»

Damon begrüßte Gregor mit einer Umarmung und Ebba mit einem schüchternen Kuß auf die Wange. Gregor, der eine eigene Auffassung davon hatte, wie ein Künstler sich kleiden sollte, trug ein kariertes Flanellhemd mit einem leuchtendorangefarbenen Wollschlips und eine ausgebeulte Cordhose. Darüber hatte er eine dicke schokoladenfarbene Tweedjacke gezogen, die er selbst beim wärmsten Wetter trug. Es war, als sei ihm einmal im Leben so kalt gewesen, daß er niemals wieder richtig warm werden könne.

Im Gegensatz zu anderen Künstlern standen keine Proben von Gregors Schaffen zur Besichtigung. Sheilas Porträt auf der Staffelei war mit einem Tuch bedeckt, und seine anderen Gemälde waren mit der Vorderseite zur Wand gestapelt. «Ich fürchte mich», hatte Gregor erklärt, «das bereits Geschaffene anzusehen, wenn ich an etwas anderem arbeite. Wenn ich müde bin oder mit Schwierigkeiten kämpfe, dann ist es eine große Versuchung, sich leicht davonzumogeln - mich selbst ... zu plagiieren. Wenn ich spätabends betrunken bin, die ganze Tagesarbeit getan ist, sehe ich sie an. Ich lache oder ich weine, dann verstecke ich sie wieder.»

Damon sah mit Erleichterung, daß es keine große Party war, nur Mr. und Mrs. James Franklin, denen er schon mehrere Male bei Gregor begegnet war. Sie besaßen eine Galerie, die sie gemeinsam in der Madison Avenue betrieben. Beide Franklins trugen Plaketten mit «Atomwaffen - nein danke», und Damon erinnerte sich, gelesen zu haben, daß an dem heutigen Tag eine Demonstration gegen Nuklearwaffen stattgefunden hatte.

Außerdem war da noch eine liebenswürdige, hübsche Dame zugegen namens Bettina Lacey, etwa sechzigjährig, die jetzt einen Antiquitätenladen führte, und zu ihrer Vergangenheit gehörte ein geschiedener Mann. Sie tranken alle miteinander Wein, wie Gregor versprochen hatte, und dünne Scheiben luftgetrockneter ungarischer Salami waren, mit Radieschen garniert, auf einer großen Platte angerichtet.

Nachdem man sich begrüßt und sich in bunter Reihe um einen großen gescheuerten Tisch gesetzt hatte, fragte Damon: «Was wird denn hier gefeiert?»

«Alles zu seiner Zeit, mein Freund», sagte Gregor. «Trink erst mal.» Er goß Damon ein Glas Wein ein. Damon sah das Etikett. Es war Tokajer. Als er ihn schlürfte, schmeckte er jedoch weder nach Blut noch nach Meerwasser.

«Und jetzt», sagte Gregor, «muß Bettina ihre Geschichte erzählen. Feier erst danach . . . Bettina . . .» Mit ausladender Geste - wobei er etwas Wein vergoß - wies er auf die Dame, die den Antiquitätenladen hatte.

«Gregor», protestierte Mrs. Lacey, «ihr habt sie gerade alle gehört.»

«Nicht Roger», sagte Gregor. «Ich möchte wissen, was er damit anfängt. Er ist ein nüchtern denkender, ehrlicher Mann, und ich schätze seine Ansicht von allem, was ich selbst nicht begreife. Los, fang an.»

«Na schön», sagte die Dame nicht allzu widerstrebend, «es betrifft meine Tochter. Ich habe Ihnen, glaube ich, schon erzählt, daß sie in Rom studiert.»

«Ja», sagte Damon.

«Nebenher versucht sie, die Augen offenzuhalten und nach Antiquitäten zu schauen - Möbel, altes Silber und dergleichen Dinge, die in Italien ans Licht kommen und mich interessieren könnten. Vergangenen Sonntag fand eine große Antiquitätenmesse direkt vor den Toren Roms statt, und sie sagte mir, sie würde hingehen und mir schreiben, was sie gesehen hätte und was zu haben sei. Nun habe ich gerade vor zwei Tagen einen Brief von ihr erhalten, in dem sie mir erklärt, warum sie nicht dort gewesen ist, obwohl sie schon ein Auto gemietet hatte, um hinzufahren.» Mrs. Lacey nippte an ihrem Wein, als sei die Geschichte, die sie erzählen sollte, peinigend für sie, und sie müsse sich stärken, um sie zu berichten. «Als sie am Sonntagmorgen erwachte, hatte sie, wie sie mir schrieb, schon bevor sie aus dem Bett aufstand, ein Gefühl, das sie nie zuvor gehabt hatte – eine grauenhafte Vorahnung, Angst. Wie in einem Vakuum, sagte sie, ohne Grund. Sie habe sich kaum soweit zusammenreißen können, sich ein Frühstück zu machen, und beim Gedanken, daß sie mit dem Auto aus der Stadt hinausfahren müsse, sei sie in Tränen ausgebrochen. Sie war allein und kam sich albern vor, aber sie konnte nicht aufhören zu weinen. Und doch ist sie ein Mädchen, das nicht leicht weint. Schon als Kind nicht. Sie war von einem Zittern befallen, und es dauerte länger als eine Stunde, bis sie angezogen war. Das ungute Gefühl ließ sie den ganzen Morgen, ja, den ganzen Tag nicht los, und auch das Auto holte sie sich nicht. Sie setzte sich im Garten der Villa Borghese in die Sonne, sah niemanden an, sprach mit niemandem, bis es dunkel wurde. Dann erst ging sie heim, legte sich ins Bett und verfiel in einen todesähnlichen Schlaf, um erst am nächsten Morgen um neun wieder aufzuwachen.» Mrs. Lacey seufzte, ihr Gesicht war von Schmerz gezeichnet, als fühle sie sich schuldig, weil sie ihre Tochter an einem solchen Tag nicht hatte trösten können. Sie versuchte zu lächeln, als sie fortfuhr: «Woran sie auch immer am Vortag gelitten hatte, es war vergangen; sie fühlte sich wohl und ausgeruht und ging auf die Straße und kaufte auf dem Weg zur Bibliothek, wo sie arbeitet, die Morgenzeitung. Dann sah sie die Schlagzeile. In dem alten hölzernen Gebäude, in dem die Ausstellung stattfand, war ein fürchterlicher Brand ausgebrochen, die Türen waren verschlossen gewesen und dreißig Menschen waren umgekommen.» Sie stieß einen tiefen Seufzer aus, als hätte das Erzählen sie erschöpft.

Einen Augenblick lang herrschte Schweigen im Zimmer.

«Glauben Sie an Vorahnungen, Mr. Damon?» fragte Franklin. Er war ein gediegener, geschäftstüchtiger Mann, der mit realen Dingen befaßt war. Damon merkte an seinem Ton, daß er dem Bericht der Tochter keine allzu große Bedeutung beimessen wollte.

«Bitte», sagte Damon, der von der Erzählung Mrs. Laceys tiefer erschüttert war, als er zeigen wollte, «schließlich ... denken Sie doch an Jung und Arthur Koestler ...»

«Aber das beweist doch gar nichts», sagte Franklin. «Was meinst du dazu, Gregor?»

«Ich glaub an alles, was sich nicht beweisen läßt», sagte Gregor. «Ich meine, wir alle brauchen noch einen Drink.»

Als er in die Küche ging, um eine zweite gekühlte Flasche Wein zu holen, sagte Mrs. Lacey: «Schade, ich wollte Gregor nicht die Party verderben. Jedenfalls werde ich bis zum Ende meiner Tage dem lieben Gott für das, was immer es war, dankbar sein.»

Danach herrschte eine kleine unbehagliche Stille; die Festtagsstimmung war einen Augenblick lang gebrochen. «Was gibt es denn zu begießen?» fragte Damon nicht nur, um sich von Spekulationen über das Erlebnis von Mrs. Laceys Tochter und dessen verwirrende Bedeutung zu befreien, als vielmehr dem Gespräch eine leichtere Wendung zu geben.

«Wir beide haben ein Stipendium bekommen», sagte Gregor, «Ebba und ich. Für ein Jahr in Europa. Großzügig. Um unsere Talente an Quelle von Kultur aufzufrischen.» Er grinste. «Museen, Oper, Kirchen, üppige Diners, französische Weine. Ist besser als Essensgutscheine. Amerika ist vermögendes Land. Ölgesellschaften, Kongreß, die neuen Medicis. Und keine Einschränkungen: Ich muß nicht Bilder machen vom Ölbohrturm oder Porträts von Aufsichtsratsvorsitzendem oder seiner Frau. Und Ebba muß nicht Ballkleid entwerfen für Debütantinnen. Ich versichere euch, wir werden gute Kapitalisten sein; wir werden auf unsere Kosten kommen. Wir fahren in einer Woche. Was ist los, Roger, du siehst nicht glücklich aus.»

«Natürlich bin ich glücklich», sagte Damon. «Euretwegen! Aber ich hatte gehofft, ihr würdet euch ein Theatermanuskript ansehen, das bei mir liegt. Das Stück soll im Herbst herauskommen, und ich dachte, ihr wäret vielleicht daran interessiert.»

«Stück ist ein Bild, zwei Personen, stimmt's?» fragte Gregor.

Damon lachte. «Drei Personen», sagte er.

Gregor nickte. «Shakespeare hatte vielleicht dreißig, vierzig Personen, zwanzig wechselnde Szenen.»

«Shakespeare brauchte sich nicht mit den Shuberts, den Banken, den Gewerkschaften auseinanderzusetzen.»

Gregor nickte wieder. «Armes Shakespeare. Wertvolle Erfahrung vorenthalten. Zeigt sich in Werk, wie? Roger, mein Freund, das Theater in New York ist zu Größe von vertrocknete Walnuß zusammengeschrumpft. Straßenverkäufer für Schlipse. Nimm dir doch einen Tischler oder Innenarchitekt. Kannst mir das Bühnenbild schildern, wenn Premiere kommt. Ich bin dann in La Scala bei Zauberflöte. Schlafgemächer, Straßenszenen, hundert Rollen für Ensemble, Statuen, Höllenfeuer. Wenn du Stück findest mit Zügen, die einfahren in Bahnhöfe, mit Kathedralen, Palästen, Wäldern, marschierenden Armeen, Pöbelszenen, zweihundert Kostümen, alle verschieden, ruf uns an! Amerika, reichstes Land der Welt, und dann Stücke mit einem Bild, Couch von Psychiater, Doktor da und Patient. Akt eins: Doktor, ich habe Probleme. Akt zwei: Ich habe immer noch Probleme, Doktor. Ende.»

Damon lachte. «Du bist ein wenig streng mit deinen Zeitgenossen, Gregor», sagte er. «Es gibt auch gute Stücke.»

«Schmal, schmal», sagte Gregor verdrossen.

«Ich finde dir ein Musical.»

«Ja», sagte Gregor. «Arbeite Jahr, zwei Jahr, tausend Entwürfe, Hysterie, kostet genug, um Kambodscha sechs Monate zu ernähren, wird nach erster Aufführung abgesetzt. *Après moi le déluge* und die Guillotine nächste Woche. Ich bin nicht ein Mann, der Verschwendung ertragen kann. Ich werfe nie etwas weg, *nichts,* nicht ein Stück Schnur, nicht Farbtube, die noch einen Klecks Farbe drin hat.»

«Wie immer, Gregor», sagte Damon versöhnlich, «kann man mit dir nicht streiten.»

Gregor strahlte. «Wenn doch jeder so klug wäre wie du, mein Freund. Ich will dir Postkarte schicken aus Florenz. Wenn du inzwischen einen Künstler finden kannst, der schönes großes Studio billig für ein Jahr will, schick ihn zu mir. Aber muß schlechterer Maler sein als ich. Ich werde Europa nicht genießen, wenn ich weiß, der Mann benutzt mein Atelier, um Meisterwerke zu produzieren. Aber auch nicht einen von den Leuten, die mein Freund Jim Franklin in Galerie ausstellt – zwei Linien auf Leinwand, zwei Meter mal zwei Meter. Hintergrund Acrylsäure aufgesprüht. Mittelmaß kann ich hier vertragen, aber nicht Entweihung.» Er funkelte Franklin an.

«Sachte», sagte Franklin ungekränkt. «Ich habe *dich* auch ausgestellt.»

«Wie viele Gemälde verkauft?»

«Eins.»

«Ha!» schnaubte Gregor. «Du läßt sie die Geometrie anbeten. Rundung, Leidenschaft, Entzücken, Bewunderung für das menschliche Antlitz und menschliche Figur – *kaputt*! Ich bin streunender Hund in deiner Galerie.» Das war offenbar ein wunder Punkt für Gregor, und die gute Laune war aus seiner Stimme verschwunden.

«Gregor, bitte», sagte Ebba. «Jim ist nicht allein für die letzten fünfzig Jahre moderner Kunst verantwortlich.»

«Er kunkelt mit dem Verbrechen», sagte Gregor dunkel. «Fünfzehn Ausstellungen im Jahr. Sieh sie dir an mit ihren *buttons.*»

Franklin berührte das Ding an seinem Revers voller Unbehagen. «Was ist dagegen einzuwenden, wenn man gegen den Atomkrieg ist?» fragte er abwehrend.

«Ich habe nichts dagegen, daß du gegen Atomkrieg bist», sagte Gregor laut. «Aber ich bin gegen Plaketten. Was besagen sie? Ich gehör zu einer bestimmten Klasse, die ein anderer definiert hat, ich hör zu, ich tu, wie man mir sagt, das erklärt der *button.* Ich mache mich fit, selbst wenn das heißt, das Hirn rausoperieren, das kündigt er an.» Er war jetzt in vollem Zuge, nicht mehr im Scherz. «Marschieren, über die Straßen Amerikas.»

«Ich lade dich zum Mitmarschieren ein, wenn das nächste Mal demonstriert wird. Sieh's dir selber an», sagte Franklin noch ruhig, obwohl Damon spürte, daß er über den Angriff des Malers verärgert war.

«Wenn du gleiche Anzahl Russen, Tschechen, Ungarn, Ostdeutsche, Polen, Esten, Letten, Kubaner zum Marschieren mit gleichem *button* zusammenkriegst», sagte Gregor, der durch die Mühe, die Namenliste abzuhaspeln, fast außer Atem geriet, «dann marschiere ich mit dir. Währenddessen sehen sie im Kreml Bilder von marschierenden Amerikanern, Engländern, Franzosen in den Zeitungen, und lachen sich tot und schicken weitere hunderttausend Soldaten nach Afghanistan, und suchen sich die besten Häuser in Amerika, Park Avenue, The Hamptons, Beverly Hills, auf geheimer Landkarte aus, wo die Kommissare wohnen werden, wenn sie hier sind.»

«Gregor», sagte Ebba scharf. «Hör auf, so ungarisch zu sein. Wir sind nicht in Budapest.»

«Niemand hört jemals auf, ungarisch zu sein», sagte Gregor. «Und ganz sicher nicht, wenn er russische Panzer auf den Boulevards gesehen hat.»

«Und was nun?» fragte Franklin verärgert. «Fangen wir gleich an, Bomben zu schmeißen?»

Gregor faßte sich an den Kopf, er blickte düster und nachdenklich. «Ich brauche Drink vor Antwort. Ernste Frage.» Er schenkte sich ein volles Glas Wein ein, trank einen langen Zug, setzte das Glas nieder. «Ich bin gegen Atomkrieg, den wir haben werden, ganz gleich, wer marschiert. Ich finde mich damit ab, wie's auch läuft; das Menschengeschlecht kann's kaum abwarten. Ich sehe einen Ausweg. Gewisser Typ Nuklearwaffe. Manche haben vor kurzem großes Geschrei darum gemacht. Ich weiß nicht, warum. Neutronenbombe. Fünfunddreißigtausend, vierzigtausend nukleare Sprengköpfe. Ende der Welt in dreißig Sekunden, Männer, Frauen, Kinder, Vögel in der Luft, Fische im Meer, keine Städte mehr, nichts mehr. Aber Neutronenbombe erfunden von Dichter, Philosoph, Kunstliebhaber. Gewiß, sagt er nach Beendigung von Kalkulationen, Welt fliegt in die Luft. Aber Neutronenbombe hinterläßt etwas. Sicher, tötet alle Menschen, aber läßt Bauwerke stehen, Kirchen, Museen, Bibliotheken, Stilleben, Statuen, Bücher, hinterläßt etwas für zwei-, dreihundert übriggebliebene Menschen, Indianer am Amazonas, Eskimos am Nordpol, um neu zu beginnen. Großer Gestank. Alle wollen's total – wir weg, Bauten auch weg, Bilder auch weg. Machst du mir meinen Typ Parade, marschier ich mit dir.»

«Gregor», sagte Mrs. Franklin, die zum ersten Mal sprach, «du hast keine Kinder, daher kannst du so reden.»

«Stimmt», sagte Gregor leise, «wir haben keine Kinder, Ebba und ich. Nicht unsere Schuld. Gottes Schuld.» Er beugte sich zu Ebba, die immer so dicht wie möglich neben ihm saß, und küßte ihre Wange.

Damon stand auf. Das Gespräch hatte ihm mehr zugesetzt, als er zeigen wollte. Er konnte sich die Frage nicht verkneifen, ob er die letzte Explosion nicht begrüßen würde, wenn Mr. Zalovsky mit Sicherheit dabei ausgelöscht würde. «Ich muß jetzt nach Hause. Sheila ist jede Minute fällig, und sie kommt nicht gern in ein leeres Haus zurück.»

Als er nach Hause ging, war er nicht sicher, ob sein Besuch bei Gregor an diesem Nachmittag ein guter Gedanke gewesen war. Zunächst einmal war er neidisch auf das Jahr in Europa, das die Khodars erwartete. Er überlegte, wie köstlich es wäre, wenn er einfach Tickets für sich und Sheila kaufen, morgen nach Paris oder Rom fliegen und dabei alle Verantwortung, alle Verträge, Geschäfte, Drohungen hinter sich lassen könnte; wenn er wüßte, daß er sich zwölf sorgenfreie Monate lang dies alles aus dem Kopf schlagen könnte. Der Vorteil, Künstler zu sein.

Die Stimmung im Studio hatte weiß Gott nicht zum Frohsinn verführt. Bettina Laceys Bericht vom Erlebnis ihrer Tochter war, gelinde gesagt, verwirrend mit seinem Schatten des schaurigen Todes, obwohl die Tochter gerettet worden war. Und Gregors schwarzer Humor mit der Neutronenbombe hatte Ängste aufgerührt, die Damon, wie alle Männer und Frauen seines Zeitalters, möglichst schnell zu unterdrücken suchte.

Er wäre besser dran gewesen, fand Damon, wenn er nach dem Lunch nicht nach Hause gegangen wäre, um dort Gregors Botschaft vorzufinden, sondern sich in eine Bar gesetzt, ein paar Drinks zu sich genommen und sich im Fernsehen ein Baseballspiel angesehen hätte.

4

ALS SHEILA UM SIEBEN UHR noch nicht zu Hause war, fing er an, sich Sorgen zu machen. Sie hatte gesagt, sie würde um sechs zurück sein, und sie war sonst bewundernswert pünktlich. Er bedauerte, daß er sie nicht morgens im Haus ihrer Mutter angerufen und gebeten hatte, doch noch vor Sonnenuntergang zurückzukommen, denn er wollte nicht, daß sie bei einbrechender Dunkelheit allein die fünf Blocks von der Garage zu Fuß gehen sollte, wo sie den von einer Freundin für die Fahrt geliehenen Wagen abstellen mußte. Er hätte ihr sagen können, daß sich im Village in den letzten Tagen ein paar Raubüberfälle ereignet hätten – was sowieso nicht weit von der Wahrheit entfernt war.

Um acht war er beinahe bereit, die Polizei anzurufen, und ging nervös auf und ab, als er den Schlüssel im Schloß hörte. Er eilte zur Tür, umarmte Sheila und drückte sie fest an sich, als sie die kleine Diele betrat. Gewöhnlich bestand die Begrüßung in einem kurzen Schmatz auf die Wange; nun löste sie sich überrascht aus seinen Armen: «Mein Gott», sagte sie, «was soll denn *das* heißen?»

«Du kommst so spät.» Er nahm ihr die kleine Tasche ab. «Das ist alles.»

«Wenn es das ist», sagte sie lächelnd, «werde ich von jetzt ab öfter zu spät kommen.»

Ihr ganzes Gesicht war verwandelt, wenn sie lächelte, und selbst nach so vielen Ehejahren vergötterte er es. Ihr entspanntes Gesicht war ernst und dunkel, sie ähnelte den Bäuerinnen, wie man sie auf nüchternen Fotos in Bilderbüchern über Italien finden mochte. Er hatte ihr einmal gesagt, daß ihr Lächeln sie zurück nach Amerika hole.

«Wie war's in Vermont?» fragte er.

«Ein Glück, daß ich nur eine Mutter habe», sagte sie. «Wie war es hier?»

«Einsam. Ich habe ein Exemplar des Kreuzworträtsels für dich aufgehoben.»

«Lieber Mann», sagte sie. Sie streifte den Mantel ab. «Ich hebe es mir für später auf. Jetzt will ich mich erst etwas frisch machen und mir das Haar kämmen, und dann wirst du mir einen Drink mixen und mich in ein hübsches Restaurant ausführen, wo wir eine anständige Mahlzeit kriegen können. Meine Mutter ist seit meinem letzten Besuch Vegetarierin geworden. Klimakterium in der Küche.» Sie blinzelte ins Deckenlicht, das sie selten anmachten, das aber jetzt zusammen mit allen anderen Lichtern im Zimmer leuchtete. In ihrem Alter, meinte sie, sollte das Deckenlicht ihren Feinden vorbehalten bleiben. «Was hast du denn hier angestellt – hast du Fotos gemacht für den Nackedei des Monats im *Playboy*?»

«Ich hab eine Telefonnummer nachgesehen», log er. Er drehte das Deckenlicht aus. «Die Drinks waren eine gute Idee, aber ich dachte, wir sollten hier etwas zu uns nehmen – Eier, oder was immer wir in Dosen haben. Ich habe spät zu Mittag gegessen und bin nicht hungrig.» Die Erläuterungen fingen schon an, aber es war zu früh zu sagen, warum er das eigene Heim dem vorzog, was ihn vielleicht auf dem Weg zum Restaurant an der Ecke des nächsten Blocks erwartete.

«Ach, sei lieb, Roger», sagte Sheila. «Sonntag abend.»

Er zögerte, hätte sie fast gebeten, sich hinzusetzen, damit er die ganze Geschichte loswerden konnte. Aber er wollte ihr nicht die Heimkehr vermiesen. Ja, wenn es sich machen ließ, wollte er ihr *niemals* die ganze Geschichte erzählen. «Also gut, ein Restaurant», sagte er. «Dein Drink ist gleich soweit.»

Sie blickte ihn aufmerksam an. Er kannte den Blick. Er nannte ihn ihren Krankenhausblick. Als er sie kennenlernte, lag er im Bett und hatte den Fuß im Streckverband, weil ihn ein Taxi angefahren hatte. Er teilte das Krankenzimmer mit einem Mann namens Biancella - der ebenfalls überfahren worden und zudem Sheilas unverheirateter Onkel war. Sie standen sich sehr nahe, was weitgehend damit zusammenhing, daß beide Sheilas Mutter - die Biancellas Schwester war - als einen hoffnungslosen Fall betrachteten.

Er und Biancella hatten sich im geteilten Unglück angefreundet. Damon hatte erfahren, daß Biancella, ein kleiner, dunkler, gutaussehender Mann mit krausem, angegrautem Haar, in Old Lyme, Connecticut, eine Autoreparaturwerkstatt betrieb und nur einmal im Jahr nach New York kam, um seine Nichte zu besuchen. «Das wäre mir in Old Lyme nie passiert», hatte Biancella gesagt, indem er wehmütig auf den hüfthohen Gipsverband klopfte. «Meine Mutter hatte mir geraten, die großen Städte zu meiden.»

«Ich lebe seit Jahren in New York», sagte Damon, «und ich bin vom Bürgersteig auf die Straße getreten, genau wie Sie.»

Sie lachten über ihre jeweilige Nachlässigkeit. Beide waren auf dem Wege der Besserung und konnten sich das Lachen leisten.

Sheila kam jeden Tag ihren Onkel besuchen, wenn sie mit ihrer Arbeit im Kindergarten fertig war, und bei diesen Besuchen hatte Damon ihren Krankenhausblick entdeckt. Biancella gab sich Mühe, stets eine fröhliche und klaglose Miene aufzusetzen, wenn seine Nichte ins Zimmer trat, selbst wenn der Tag bis zu diesem Zeitpunkt besonders schlimm gewesen war. Und er hatte tatsächlich einige sehr schlimme Tage in seinem Bett, das Damons Bett gegenüberstand. Aber wenn Sheila das Zimmer betrat, mochte sie schon beim ersten Blick sagen: «Nun versuche ja nicht, mir was vorzumachen, Onkel Federico! Was fehlt dir heute? Hat eine Krankenschwester dich gequält oder ein Arzt dir weh getan?»

Stets hatte sie recht. Während der drei Wochen, in denen sie täglich kam, hatte sie auch Damon mehr oder weniger adoptiert; aber seine Versuche, Schmerzen stoisch zu ertragen, wurden von der dunkelhaarigen, hübschen jungen Frau mit den ernsten Augen entlarvt; immer wieder zwang sie ihn zu dem Geständnis, daß nicht alles bei ihm stimme, daß man ihm nicht genug Sedativa gebe, damit er einschlafen könne, daß seine Beschwerde beim Arzt, der Gipsverband sei zu eng, unbeachtet bleibe. Sie machte sich bei den Ärzten und einigen Schwestern unbeliebt, wenn sie sofortige Abhilfe verlangte, aber Damon sah ihr zu, wenn sie die Kissen ihres Onkels ordnete, ihn beschwatzte, die Leckerbissen zu essen, die sie ihm gebracht hatte und an denen Damon auf ihr Drängen teilhaben sollte, wobei sie besänftigend mit leiser, wohllautender Stimme ihrem Onkel Neuigkeiten von der Familie auftischte, ihn mit bitterkomischen Anekdoten von ihrer Mutter unterhielt, von Theateraufführungen erzählte, die sie gesehen hatte, oder von den Leistungen der Kinder in ihrer Klasse. Damon begann, den Nachmittagsvisiten als dem Höhepunkt eines jeden Tages mit Vergnügen entgegenzusehen.

Sie trieb Vasen auf für die vielen Blumen, die seine Freunde ihm schickten, und sie war kühl korrekt, wenn auch nicht herzlich, wenn ihre Visiten mit denen einiger Damen aus Damons Bekanntschaft zusammenfielen. Sie war gelassen und artig, und Damon fand es nur zu verständlich, wenn Biancella, ein hagerer und von Schmerzen geplagter alter Mann, von seiner Nichte sagte: «Wenn sie mir die Hand auf die Stirn legt, um zu fühlen, ob ich Fieber habe, dann tut sie mehr für meine Genesung als alle Ärzte und Schwestern und Injektionen zusammen.»

Nachdem Damon zwei Wochen im Krankenhaus verbracht hatte, war er zu dem Schluß gekommen, daß seine geschiedene Frau und die meisten Mädchen und Frauen, die er gekannt hatte, verglichen mit Sheila Branch – so lautete ihr Mädchenname – unerträglich frivol und unreif waren, und daß er sie, ungeachtet ihres Altersunterschiedes (er war über vierzig und sie fünfundzwanzig) heiraten würde, wenn sie ihn haben wollte.

Aber ihr feines Gespür, so angenehm im Krankenhaus, war in einer Ehe manchmal schwer zu ertragen, so wie jetzt, im Augenblick ihrer Heimkehr, während sie sich die Handschuhe abstreifte, die sie am Steuer getragen hatte. Sie sagte: «Du siehst furchtbar aus. Was ist passiert?»

«Nichts», sagte er brüsk und mit dem ärgerlichen Ton, der zuweilen ihren Fragen Einhalt gebot. «Ich habe den ganzen Tag gelesen und versucht, mir klarzuwerden, was an dem Manuskript nicht stimmt, und wie man das ändern kann.»

«Es ist mehr als das», sagte sie, störrisch wie eine Bäuerin. So hatte er es ihr gegenüber mehr als einmal bezeichnet. «Du hast mit deiner Verflossenen Mittag gegessen», sagte sie vorwurfsvoll. «Daran liegt's. Du kommst von solchen Begegnungen immer zurück, als donnere es dir im Kopf. Was ist los? Will sie wieder mehr Geld?»

«Dir kund und zu wissen: Ich habe allein geluncht und ich habe meine Ex-Frau seit über einem Monat nicht mehr gesehen.» Er war froh über die Gelegenheit, unschuldsvoll und aufrichtig gekränkt zu klingen.

«Na», sagte Sheila, «dann mach ein freundlicheres oder wenigstens ein anderes Gesicht, wenn wir zum Essen ausgehen.» Sie lächelte und beendete damit die Auseinandersetzung – wenigstens fürs erste. «Ich bin's, die eigentlich aussehen sollte wie ein Donnerwetter, nach zwei Tagen mit *mamma mia*.»

«Du siehst schön aus», sagte er und meinte es. Wenn sie

auch niemals von den Modellagenturen als Titelfoto von *Harper's* oder *Vogue* ausgewählt worden wäre, so waren doch die ernsten, eindrucksvollen Linien ihres Gesichts, die großen dunklen Augen, das schwere, dichte schwarze Haar, das schulterlang geschnitten war, der kräftige, üppige, olivenhäutige Leib mit den Jahren für ihn zum Maßstab geworden, nach dem er Wert und Charakter einer Frau beurteilte.

Trotzdem hatte er sich immer wieder kurz, aber unwiderstehlich zu Frauen hingezogen gefühlt und sich, wie mit jener iberischen Schönheit, mit dieser und jener vergnügt. Die langen Jahre freudiger Junggesellenschaft nach dem Scheitern seiner Ehe waren zwei Dingen gewidmet gewesen – Arbeit und Begehren, und seine zweite Ehe hatte ihn in dieser Hinsicht nicht geläutert. Er war kein religiöser Mensch, und wenn er sich gezwungen sah, über die Religion nachzudenken, entschied er sich für die Agnostik. Trotzdem hatte er das Gefühl, sündig zu sein, wenn denn der Trieb selbst schon Sünde war. Er fluchte nicht oder gab falsches Zeugnis, er stahl nicht und tötete nicht, aber von Zeit zu Zeit begehrte er das Weib seines Nächsten. Sein Trieb war kräftig und natürlich, und er gab sich wenig Mühe, ihn zu zügeln, obwohl er nach Möglichkeit versuchte, bei seiner Befriedigung weder sich noch seiner Partnerin zu schaden. New York war in diesen Jahren kein Zentrum der Enthaltsamkeit. Er war ein schöner junger Mann gewesen, und, wie es bei Menschen, die in der Jugend gut aussahen, meistens der Fall ist, benahm er sich mit Unbefangenheit und Sicherheit, auch als das Alter bereits Spuren in seinem Äußeren hinterlassen hatte. Er hatte nicht versucht, diese Seite seines Charakters vor Sheila zu verheimlichen. Das wäre wohl auch nicht möglich gewesen – sie hatte die Parade der Frauen gesehen, die ihn in seinem Krankenzimmer besucht hatten. Die Dame aus Spanien hatte Sheila durch ihre Indiskretion erzürnt. Offengestanden hatte sie auch ihn geärgert, und er hatte der Dame mit einem Gefühl der Erleichterung den Laufpaß gegeben; in den zwei Jahren seit ihrer Trennung hatte es auch keine andere gegeben.

Da nun Sheila vor ihm stand, sicher heimgekehrt, schloß er sie ein weiteres Mal in die Arme und küßte sie auf die Lippen; die vertrauten weichen Lippen, die sich gelegentlich auch zu eigensinniger Härte verschließen konnten, drückten sich weich gegen die seinen. «Sheila», murmelte er und hielt sie noch umschlungen, flüsterte ihr aber ins Ohr, «ich freue mich so, daß du wieder da bist. Die zwei Tage kamen mir vor wie Jahrhunderte.»

Sie lächelte wieder, berührte seinen Mund mit der Fingerspitze, als wolle sie ihm Schweigen gebieten, und ging ins Schlafzimmer. Die Art, wie sie ging, aufrecht, ohne Wiegen, den Kopf erhoben und unbewegt, während der Körper sich bewegte, erinnerte ihn, nicht zum ersten Mal, an ein junges Mädchen, das ihm, kurz nach seiner Ankunft in New York, gefallen und mit dem er ein Verhältnis gehabt hatte. Sie war Schauspielerin mit dunklem Haar, und sie hatte, wie Sheila, eine italienische Mutter. Irgendwo in ihren Genen – wie in Sheilas – mußte sich eine rassische Erinnerung an Frauen mit schweren Krügen auf dem Kopf erhalten haben, die auf den sonnengebadeten Pfaden Kalabriens wandelten. Ihr Name war Antoinetta Bradley; er liebte sie den größten Teil eines Jahres und glaubte, daß auch sie ihn liebe; sie hatten sogar über die Ehe gesprochen. Es stellte sich jedoch heraus, daß sie einen seiner besten Freunde, Maurice Fitzgerald, liebte, mit dem er eine Wohnung in Manhattan teilte. Sie losten mit einer Münze um die Wohnung, und Damon verlor.

«Das Glück im Los», hatte Fitzgerald gesagt, als Damon seine Sachen packte.

Antoinetta Bradley und Maurice Fitzgerald gingen bald darauf nach London; sie hatten, wie Damon erfuhr, geheiratet und waren dort ansässig geworden. Er hatte seit dreißig Jahren keinen von beiden wiedergesehen, aber er erinnerte sich noch an Antoinettas Gang und an Fitzgerald, wie er gesagt hatte: «Das Glück im Los.»

Während er in der Küche das Eis für die Drinks holte, seufzte er in Erinnerung an die Zeit vor dem Krieg und unmittelbar danach, als er Schauspieler gewesen war und auf den Durchbruch gehofft hatte, der ihn zum Star machen würde. Es ging ihm nicht schlecht und er bekam genügend kleinere Rollen, die ihm ein einigermaßen behagliches Leben sicherten; es wäre ihm damals nicht eingefallen, daß er sich irgendwann einmal in etwas anderem als dem Theater, oder vielleicht dem Film, versuchen würde.

Bei den Proben zu einem der Stücke in den späten vierziger Jahren geschah etwas, das seinem Leben eine andere Wendung gab. Mr. Gray, der den Autor als Agent vertrat, erschien gelegentlich zu den Proben; Damon und er hatten sich angewöhnt, in den hinteren Reihen des dunklen Zuschauerraums während der langen Perioden, in denen Damon auf der Bühne nicht gebraucht wurde, im Flüsterton Gespräche zu führen. Mr. Gray hatte ihn um sein Urteil über das Stück gebeten, und Damon hatte ihm offen erklärt, seiner Meinung nach werde es durchfallen, und auch, warum. Gray war von seiner Meinung beeindruckt gewesen und hatte ihm gesagt, er befinde sich am falschen Ende des Geschäfts, und falls er einmal einen Job brauche, dann stünde ihm in der Gray-Agentur einer offen. «Sie haben mir Ihre ehrliche Meinung über das Stück gesagt», erklärte er. «Sie sind offenbar ein intelligenter und gebildeter junger Mann, und ich kann Sie brauchen. Auf der Bühne liegen die Dinge anders – Sie überzeugen mich nicht, und ich bin fast sicher, daß Sie auch die Zuschauer nicht überzeugen werden. Wenn Sie weiterhin versuchen, als Schauspieler Karriere zu machen, werden Sie meiner Ansicht nach als erfolgloser und enttäuschter Mann enden.»

Zwei Wochen nachdem das Stück abgesetzt war, arbeitete Damon in Mr. Grays Agentur.

Als Damon das Eis aus der Küche brachte und zwei Drinks einschenkte, verzog er in Gedanken an Mr. Grays Worte ein wenig das Gesicht. Heute abend mußte er gewissermaßen wieder Theater spielen, mit nur einer Zuschauerin. Er wollte die bestmögliche Darstellung geben, aber die Jahre hatten seine dramatischen Talente nicht verbessert, und er war sich fast sicher, daß er nicht überzeugen würde. Ihm stand ein langer Abend bevor.

«Oliver», sagte Sheila zu Oliver Gabrielsen, nachdem sie in einem Restaurant im südlichen Teil Manhattans – von den New Yorkern kurz *downton* genannt – ihren Lunch bestellt hatten, «ich habe dich gestern deswegen so früh angerufen – gleich nachdem Roger sich auf den Weg ins Büro gemacht hatte –, weil er nicht wissen darf, warum ich dich treffen wollte.» Sie hatte Oliver schon gestern gebeten, irgendwo mit ihr zu Mittag zu essen, wo sie Damon bestimmt nicht treffen würden. Doch er hatte bereits eine Verabredung, die er nicht absagen konnte, und jetzt war es Dienstag.

«Meine Frau war mißtrauisch», sagte Oliver. «Sie ist es nicht gewöhnt, daß mich die Damen schon beim Frühstück anrufen und sich mit mir verabreden. Sie sagt, du seist umwerfend schön. Auf eine altmodische Art und Weise.» Er lächelte und berührte über den Tisch hinweg Sheilas Hand. «Die gefährlichste Art, sagt sie. Und daß ich mir immer eine Mutter suche, um mit ihr zu schlafen. Sie beneidet dich und versucht, dich zu kopieren. Hast du gemerkt, daß sie seit vergangenem Jahr ihr Haar so trägt wie du?»

«Habe ich bemerkt. Ehrlich gesagt, ich fand es ein bißchen streng für ihr jugendliches Gesicht», sagte Sheila. Sie fügte ihrer Beschreibung nicht das Wort «leer» hinzu, obwohl es das Bild genauer getroffen hätte. Sie war Doris Gabrielsen nicht besonders zugetan und fand, daß sie Oliver nicht ebenbürtig sei.

«Und ich habe sie einmal dabei ertappt, wie sie vor dem Spiegel deinen Gang geübt hat», sagte Oliver.

«Den wird sie nie schaffen», sagte Sheila, die sich über diesen Einblick in eine andere Ehe ärgerte. «Ihr Gang hat ein eingebautes Schwänzeln. Verzeih mir, wenn ich lästere. Sie erinnert mich daran, wie alt ich bin.»

«Mach dir darüber keine Gedanken», sagte Oliver. «Sie lästert zuweilen auch über dich. Heute morgen hat sie gesagt, es sei verdammt komisch, daß du mich allein sprechen willst. Sie war ziemlich verärgert, als ich ihr sagte, ich hätte keine Ahnung, worum es sich handele, und sie sagte, sie wisse, daß ich lüge. Sie sagt, du und Roger und sie und ich seien kein Quartett – wir seien ein dreieinhalbfaches Trio, und sie sei das restliche halbe.»

«Tut mir leid», sagte Sheila.

Oliver zuckte die Achseln. «Tut ihr gut. Hilft, die notwendige Spannung in der Ehe erhalten.»

«Gut, denk dir eine Geschichte aus, aber erzähl ihr nicht die Wahrheit, denn die hat mit Roger zu tun», sagte Sheila.

«Das habe ich mir gedacht.»

«Also das hier bleibt zwischen dir und mir. Ich war zwei Tage verreist, und während ich weg war, muß irgendwas passiert sein. Er hat etwas getan, was – für ihn – ganz aus dem Rahmen fällt. Du weißt doch, daß er überall zu Fuß hingeht ...»

Oliver nickte. «Und wie ich darunter leide! Wenn wir eine Verabredung außerhalb des Büros haben, weigert er sich, selbst wenn es am anderen Ende der Stadt ist, ein Taxi zu nehmen; und er geht so schnell, daß ich überall keuchend und schweißbedeckt ankomme. Ihn hält das fit, aber mich erinnert es daran, daß alle Männer in meiner Familie früh an einem Herzleiden gestorben sind.»

«Nun ja», sagte Sheila, «fit oder nicht fit, als wir am Sonntagabend zum Essen ausgingen, bestand er auf einem Taxi, obwohl das Restaurant nur etwa zehn Minuten zu Fuß entfernt war, und dann wollte er auch mit dem Taxi zurück. Er sagte, die Straßen seien zu gefährlich geworden, als daß man sie heutzutage nachts zu Fuß gehen könne. Und als wir dann nach Hause kamen, begann er über den Hauswirt zu schimpfen, der den Summer noch nicht repariert hat, und daß jedermann zu jeder Tages- und Nachtzeit ins Haus könne. Und er sagte, er wolle eine neue Wohnungstür einbauen lassen mit einer Kette und richtigen Schlössern und einem Guckloch. Und eine Geheimnummer will er auch haben. Du weißt, er ist kein ängstlicher Mann – ich habe gesehen, wie er auf der Straße den Kampf zwischen zwei riesigen Grobianen beendet hat –, aber ich konnte nicht aus ihm rauskriegen, was ihn plötzlich so ängstigt. Er sagte sogar, wir sollten vielleicht umziehen – in eins dieser großen neuen, grauenhaften Apartmenthäuser mit einem sogenannten Sicherheitssystem – du weißt schon, Television in den Fahrstühlen und zwei Mann an der Haustür und eine Schaltzentrale, wo jeder seinen Namen sagen muß und angemeldet wird.» Sie schüttelte verstört den Kopf. «Das sieht ihm so gar nicht ähnlich. Er liebt die Wohnung und haßt im allgemeinen jede Änderung. Ich bin seit Jahren hinter ihm her, die Wände streichen zu lassen – die Farbe blättert schon überall ab –, und er hat sich geweigert, mich anzuhören oder auch nur ein paar von den Büchern loszuwerden, die uns den Platz wegnehmen.»

Oliver nickte. «Als ich ihm vorschlug, es sei doch vielleicht an der Zeit, in ein größeres Büro umzuziehen, hat er gebrummt wie ein Bär und mir einen langen Vortrag über die Vorzüge der bescheidenen Lebensführung gehalten.»

«Ehrlich gesagt», erklärte Sheila, «war ich wie vor den Kopf geschlagen. Zwei kurze Tage, und ich kehre zu einem anderen Mann zurück.» Sie schüttelte wieder den Kopf. «Ich habe versucht herauszukriegen, was los ist, aber er sagte, die Zeiten seien eben so und die Welt stehe kopf, und das sei ihm plötzlich klargeworden. Ich erwiderte ihm, das sei Unsinn, und ich glaubte ihm nicht, und wir hatten selbstverständlich einen Streit, und dann hörte ich ihn mitten in der Nacht im Wohnzimmer auf und ab gehen und sah, daß er alle Lichter angemacht hatte. Gewöhnlich schläft er, als hätte ihn einer mit dem Hammer über den Schädel gehauen. Ich mache mir Sorgen. Er ist ein Vernunftsmensch, und das alles ist so unvernünftig ... Der Grund, weswegen ich dich sehen wollte: hast du etwas bemerkt ...?»

Oliver wartete schweigend, bis der Kellner ihnen die Teller vorgesetzt hatte. Er bewegte ein wenig nervös die Hände und starrte Sheila über den Tisch aufmerksam an; seine grauen Augen waren ernst. «Ja», sagte er, als der Kellner fort war, «etwas *ist* geschehen. Als er gestern ins Büro kam, tigerte er herum und fummelte dauernd am Schloß der Eingangstür, die wir, wie du weißt, immer offenhalten – was soll einer schon von uns stehlen? Etwa tausend abgelehnte Manuskripte? Und er hat Miss Walton, unserer Sekretärin, gesagt, sie solle es auswechseln und so ein kleines Fenster aus kugelsicherem Glas anbringen lassen, wie man sie in den Banken hat, mit einer Sprechanlage, durch die man reden kann. Und er sagte, wir sollten das Telefon nicht abnehmen, wenn es klingelt – nur Miss Walton solle es von nun an beantworten und feststellen, wer anruft und worum es sich handelt, bevor sie zu einem von uns durchstellt. Ich fragte ihn, ob er meint, daß wir in den Diamantenhandel eingestiegen seien, und er sagte: ‹Das ist nicht komisch.› Er sagte, überall in der Stadt würde in Büros eingebrochen und er wüßte von einer Sekretärin, die an ihrem Schreibtisch vergewaltigt worden sei, als sie zur Mittagszeit allein war. Du kennst Miss Walton – sie ist fast sechzig und wiegt etwa zwei Zentner, und ich habe gesagt, sie würde es wahrscheinlich himmlisch finden. ‹Oliver›, sagte er, ‹du hast einen frivolen Charakterzug; das weiß ich schon längst, aber bisher habe ich mich noch zurückgehalten. Jetzt muß ich dir sagen, daß ich ihn nicht billige.› Danach hielt ich den Mund.»

«Wie erklärst du dir das?»

Oliver zuckte wieder die Achseln. «Ich weiß nicht. Geld vielleicht. Er ist nicht daran gewöhnt. Ich ja schließlich auch nicht, aber ich bin nicht gewillt, ein Stück kugelsicheres Glas nur deshalb zu kaufen, weil wir innerhalb von zwanzig Jahren an ein einziges Buch geraten sind, das eine Superbombe ist. Alterserscheinung?»

«Ein Mann altert nicht innerhalb von zwei Tagen», sagte Sheila ungeduldig. «Hat er Feinde?»

«Wer hat keine Feinde? Warum fragst du?»

«Ich habe irgendwie das Gefühl, daß er bedroht worden ist, während ich weg war, und daß er so darauf reagiert.»

«Was man auch sonst über unseren Beruf sagen mag», meinte Oliver, «er ist friedlich. Schriftsteller laufen nicht rum und töten Menschen, wenn sie nicht gerade Hemingway sind, und leider haben wir keinen Hemingway auf unserer Liste. Gewiß, Mailer hat auf eine seiner Frauen eingestochen, aber wir haben auch keinen Mailer.» Er versuchte, tröstlich zu lächeln und tätschelte wieder Sheilas Hand. «Vielleicht ist es nur eine vorübergehende Laune. Vielleicht war er schwermütig, weil du weg warst, und das ist seine Art, es zu zeigen.»

«Ich bin früher schon länger als zwei Tage weggewesen», sagte Sheila, «und er hat sich deswegen nicht entschlossen, in einer Festung zu leben.»

«Vielleicht hat er's bisher verheimlicht, und die zwei Tage waren der Tropfen, der das Faß zum Überlaufen brachte?»

«Literarische Anspielungen sind keine Antwort auf spezielle Probleme», sagte Sheila kurz. «Gibt es sonst etwas, was du mir verraten könntest?»

Oliver zögerte, stocherte im Essen auf seinem Teller. «Eine Sache. Zwei Sachen, genauer gesagt.»

«Was?» Sheilas Stimme war hart. «Du darfst nichts verschweigen, Oliver. Nicht mir.»

«Nun gut», sagte er widerstrebend, «er sollte übers Wochenende ein Manuskript lesen – es ist von einer Frau, mit der wir bisher einiges Glück hatten, und im schnellen Lesen dieser Sachen ist er immer so zuverlässig –, aber am Montagmorgen hat er mir das Manuskript auf den Tisch geworfen und gesagt, er könne nichts damit anfangen und bat mich, es zu lesen und ihm zu sagen, ob es etwas tauge oder nicht. Es stellte sich heraus, daß es durchaus annehmbar war, und er sagte: ‹Okay, du übernimmst den Fall›, obwohl er doch gerade für diese Autorin bisher jedesmal die Verträge gemacht hatte. Ach, ich hab's vergessen, ich habe nichts zu trinken bestellt. Hättest du gern ein Glas Wein?»

«Lassen wir den Wein. Du hast gesagt, zwei Sachen. Was war die zweite?»

Oliver machte ein unglückliches Gesicht. «Ich weiß nicht, ob du das hören willst, Sheila», sagte er.

«Ich muß Roger helfen», sagte Sheila, «und du auch. Und das können wir nicht, wenn wir voreinander Geheimnisse haben. Was ist das zweite?»

«Roger hat mir einmal gesagt, du erinnerst ihn zuweilen an Medea», sagte Oliver, um Aufschub bemüht. «Jetzt begreife ich, was er gemeint hat.»

«Ich würde jeden umbringen, der versucht, meinem Mann zu schaden», sagte Sheila gemessen. «Und das hat nichts mit einem jungen Mann zu tun, der mit seinen Kenntnissen der griechischen Literatur angibt und weiß, wer Medea war.»

«Ich bin dein Freund, Sheila», sagte Oliver gekränkt. «Und Rogers. Das weißt du.»

«Beweise es.» Sie sprach ohne Erbarmen. «Was ist das zweite?»

Oliver hustete, als hätte er etwas in der Kehle, und trank ein halbes Glas Wasser. «Das zweite», sagte er, als er das Glas niedersetzte, «ist, daß er Miss Walton bat, im Rathaus anzurufen und festzustellen, wie man an einen Waffenschein für eine Pistole kommt.»

Sheila schloß die Augen. «Du lieber Himmel!» sagte sie leise.

«Das war's», sagte Oliver. «Was wirst du Roger jetzt sagen?»

«Ich werde ihm jedes Wort von unserem Gespräch wiederholen», sagte Sheila.

«Er wird es mir nie verzeihen.»

«Das wäre ein großer Jammer», sagte Sheila.

5

DAMON BLICKTE UNGEDULDIG AUF SEINE UHR. Er hatte seine verflossene Frau Elaine angerufen und sie aufgefordert, ihn um ein Uhr im Restaurant zu treffen. Jetzt war es zwanzig Minuten nach eins. Sie war immer zu allem zu spät gekommen, was einer von vielen Gründen für ihre Scheidung gewesen war, und sie hatte sich nicht geändert. Auch in ihren anderen Gewohnheiten hatte sich nichts geändert. Sie rauchte immer noch drei Päckchen Zigaretten am Tag, trank von morgens bis nachts und verspielte alles Geld, dessen sie habhaft werden konnte. Der Geruch nach Zigarettenrauch und Alkoholdunst, der ihr anhaftete, machte ihm immer noch den Routine-Begrüßungskuß auf die Wange zur Qual. Sie hatte sich stets schlampig gekleidet, etwa wie ein Mädchen, das an einem Wochentagmorgen in Northhampton bei Regen in die Schule geht, und sogar jetzt, als dickliche, sechzigjährige Frau, war sie immer noch imstande, mit Jeans und einem um zwei Nummern zu großen Sweater bekleidet in einem Restaurant aufzutauchen. Was einmal bei einem jungen Mädchen als reizvoller Mangel an Eitelkeit erschienen war – damals, als er ihr das erste Mal in dem Buchladen begegnete, in dem sie arbeitete –, war nun, bei der Frau, nur eine berechnete Attitüde von Jugendlichkeit.

Sie war ein hübsches Mädchen gewesen, als er sie heiratete, mit einem kecken, lausbübischen kleinen Gesicht und langem rotem Haar, und sie war gescheit und witzig gewesen und hatte ein weites, mitfühlendes Herz, aber ihr leichtfertiger Umgang mit Geld und die träge Vernachlässigung ihrer eigenen und seiner Person und ihrer Wohnung hatten – zusammen mit ihren drei Süchten – die Ehe scheitern lassen. Sie hatten übereilt geheiratet – zehn Tage nach ihrer ersten Begegnung – und hatten vor der Trauung nicht miteinander geschlafen. Die Entdeckung, daß sie sich gegenseitig sexuell nicht befriedigten, hatte die Ehe als unerwartetes und verwirrendes Mißgeschick beginnen lassen, von dem sie sich schließlich nicht mehr erholte. Trotz alledem war die Scheidung freundschaftlich verlaufen. Befreit von den Banden körperlicher Verpflichtungen, blieben sie Freunde. Ihr literarischer Geschmack war sehr vielseitig und verläßlich. Damon gab ihr zuweilen Manuskripte zu lesen, um ihre Reaktion kennenzulernen; und ihr Rat war für gewöhnlich brauchbar. Erst in den letzten drei Jahren, nachdem ihr zweiter Mann gestorben war, hatte sie begonnen, Geld von ihm zu verlangen. Ihr Mann war ein Berufsspieler gewesen; mit ihm zusammen hatte sie den größten Teil ihrer Zeit in Las Vegas und auf den Pferderennbahnen des ganzen Landes verbracht, wobei sie gelegentlich, je nach der Schnelligkeit der Pferde oder der Drehung des Glücksrades, in großem Stil lebte, sich aber zuweilen auch gezwungen sah, die Juwelen zu versetzen, mit denen ihr Mann sie während einer Glückssträhne überschüttete.

Damon war kein geiziger Mann, und selbst bei seinen beschränkten Mitteln – vor *Klagelied* – hätte er ihr die verhältnismäßig kleinen Summen, die sie von ihm verlangte, nicht vorenthalten, wenn er nicht gewußt hätte, daß das Geld schließlich in den Händen von Spirituosenhändlern, Buchmachern und Spielern landen würde, die am Backgammonbrett mehr Geschick bewiesen als sie. In solchen Zeiten kam er mit grimmiger Miene und übellaunig nach Hause und mußte Sheilas Vorwürfe über sich ergehen lassen.

Dennoch hatte sich Elaine die ganze Zeit über die Fähigkeit bewahrt, ihn zu amüsieren. Nur heute, dachte er grämlich, als er wieder auf die Uhr blickte, würde das Gespräch nicht heiter sein.

Er sah sie das Restaurant betreten und kurzsichtig nach ihm Umschau halten. Ihr Haar war jetzt kurz geschnitten und in einem schreienden Magentarot gefärbt, das die grauen Strähnen verdecken sollte. Dankbar bemerkte er, daß sie ein dezentes blaues Kleid trug und Schuhe mit hohen Absätzen statt der üblichen abgelatschten Mokassins.

Die Düfte, die ihm in die Nase stiegen, als er sie auf die Wange küßte, waren allerdings noch die gleichen.

Ihr Gesicht war überraschend jugendlich und faltenlos, und ihre grünen Augen waren, entgegen aller Wahrscheinlichkeit, klar.

«Du siehst sehr gut aus», sagte er, als sie sich, Seite an Seite, auf der Sitzbank niederließen. «Sehr chic, wenn ich das so sagen darf.»

«Ich hatte eine Glückssträhne bei den Pferden», erwiderte sie. «Das fördert die Gesundheit. Und ich habe einen neuen Freund, der darauf bestanden hat, daß ich meine alten Kleider verbrenne.»

«Guter Mann», sagte Damon und dachte bei sich, daß sie sich auch mit achtzig noch neue Männer angeln würde.

Sie drehte sich etwas auf der Sitzbank, um ihn genauer in Augenschein zu nehmen. «*Du* siehst nicht eben gut aus. Was ist los – bekommt dir das Glück nicht?»

«Ich habe dich nicht hergebeten, um über meine Gesundheit zu reden», sagte Damon. «Es geht um etwas anderes.»

«Wenn's um Geld geht, das ich dir schulde» – sie hatte stets den Schein gewahrt, daß das gegebene Geld kein Geschenk war, sondern eine Anleihe – «dann könnte ich wahrscheinlich das meiste bei meinem Freund rausquetschen. Er ist Verteiler.»

«Verteiler von was? Von Kleidern für Damen ohne eigenes Einkommen?»

Elaine lächelte still, ungerührt von dieser Spitze. Sie war nie übellaunig gewesen, außer wenn sie betrunken war und alle, deren sie ansichtig wurde, beschimpfte. «Spielautomaten. Das ist ein hübsches Einkommen, wenn es auch bedeutet, daß man dann und wann mit sehr anrüchigen Herren Arbeitsessen hat.»

«Gerade deswegen», sagte Damon, «habe ich dich heute zum Lunch gebeten. Solange ich dich mit deinem Hang zum Glücksspiel kenne, hast du mit anrüchigen Herren – zumindest aus meiner Sicht – Umgang gepflogen. Jockeys,

Pferdetrainer, Spieler, Buchmacher, Schlepper und Gott weiß, was sonst noch.»

«Ein Mädchen ist berechtigt, sich seine Freunde selbst auszusuchen», sagte Elaine mit Würde. «Die meinen sind viel amüsanter als diese trübseligen Schriftsteller, die du mit nach Hause gebracht hast und die dauernd von Henry James redeten. Wenn du vorhast, mich zu schurigeln, dann gehe ich lieber gleich wieder weg.»

Sie wollte schon aufstehen, aber er zog sie wieder auf ihren Platz.

«Setz dich, setz dich.» Er sah zum Kellner hoch, der vor dem Tisch stand. «Was willst du essen?»

«Bietest du mir nichts zum Trinken an? Ziehst du immer noch gegen meinen Hang zur Trunksucht zu Felde?»

«Ich hab nicht dran gedacht. Was willst du haben?»

«Was trinkst du denn?» Sie deutete auf das kleine Glas neben seinem Teller.

«Sherry.»

Sie schnitt eine Grimasse. «Grauenhaftes Zeug. Höllisch für die Leber. Wodka auf Eis ist gut um diese Tageszeit. Oder weißt du es nicht mehr?»

«Nur zu gut.» Damon sah zum Kellner hoch. «Ein Wodka auf Eis.»

«Noch einen Sherry für Sie?» fragte der Ober.

Damon schüttelte den Kopf. «Ich habe damit genug. Darf ich dann bitte auch gleich bestellen?»

Das Restaurant war bekannt für die Qualität seiner französischen Küche, aber Elaine warf nicht einmal einen Blick auf die Speisekarte und bestellte einen Hamburger mit gebratenen Zwiebeln.

«Immer noch auf Abfalldiät, wie ich sehe», sagte Damon.

«Wie ein echt amerikanisches Mädchen», erwiderte Elaine lachend. «Oder eine echt amerikanische Dame, in Anbetracht meiner Jahre. Nun zur Sache – warum interessierst du dich urplötzlich so sehr für meine übel beleumundeten Freunde?»

Damon schöpfte tief Atem, wiederholte dann langsam und deutlich sprechend, um sicher zu sein, daß Elaine jedes Wort verstand, das Telefongespräch mit Zalovsky wörtlich und unterbrach sich nur einen Augenblick, als der Kellner mit dem Wodka zurückkehrte. Es war ein Gespräch, an das man sich ohne Schwierigkeit erinnern konnte.

Elaines Gesicht wurde ernst beim Zuhören, und sie rührte ihren Drink erst an, als er geendet hatte. Dann trank sie die Hälfte davon mit einem Schluck. «Was für eine verteufelte Nacht das gewesen sein muß. Kein Wunder, daß du so mies aussiehst. Kennst du denn jemand mit Namen Zalovsky?»

«Nein. Du vielleicht?»

«Nein. Ich werde Freddie fragen – das ist mein Freund –, ob der ihn kennt, aber die Chance ist sehr gering.»

«Macht dein Freund vielleicht auch ein bißchen in Erpressung, wenn er gerade keine Spielautomaten vertreibt?»

Elaine machte ein verstörtes Gesicht. «Das wäre möglich. Aber dann nur geschäftlich.» Sie leerte ihr Glas und klopfte dagegen, um dem vorbeigehenden Kellner anzuzeigen, daß sie ein zweites wollte: «Er weiß natürlich von dir, aber von seiner Warte aus hätte unsere Ehe auch zur Zeit des Bürgerkrieges sein können. Die einzigen Agenten, die er kennt, sind vom FBI, und das einzige, was er liest, sind die ‹Rennberichte›.»

«Kommst du schon mal nach Chicago?»

«Ach, gelegentlich mal, wenn ein großes Rennen in Arlington stattfindet oder Freddie mich auffordert, auf einer seiner Geschäftsreisen mitzukommen und wir auf dem Weg nach Vegas dort Station machen.»

«Natürlich», sagte Damon, «könnte jemand das auch für einen zwar gemeinen, aber doch ganz lustigen Streich gehalten haben.»

Elaine schüttelte den Kopf. «Das klingt mir nicht nach Streich. Ich möchte dich nicht mehr als nötig ängstigen, aber mir scheint, das ist ein ernster Fall. Todernst. Wie willst du dich verhalten, wenn er wieder anruft?»

«Ich weiß nicht genau. Ich dachte, du hättest da vielleicht etwas vorzuschlagen.»

«Laß mich mal nachdenken.» Sie schlürfte ihren zweiten Wodka, zündete sich eine Zigarette an und versuchte, den Rauch mit einer Handbewegung zu vertreiben. «Ich kenne da einen Kriminaler von der Mordkommission. Soll ich mit dem mal reden und auskundschaften, wozu er dir rät?»

«An dieser Kommission stört mich das ‹Mord›.»

«Tut mir leid», sagte sie, «er ist der einzige Kriminaler, den ich kenne.»

«Sprich mit ihm, und vielen Dank.»

«Ich rufe dich an und lasse dich wissen, was er sagt.»

«Ruf mich im Büro an. Ich will nicht, daß meine Frau am Apparat ist, wenn Zalovsky wieder anruft.»

«Du hast ihr, mit anderen Worten, gar nicht erzählt, daß du bedroht wirst?» Es war ihm klar, daß Elaine das als Vorwurf meinte.

«Ich will sie nicht unnötig alarmieren.»

«Unnötig, du lieber Gott! Wenn du in Gefahr bist, ist sie's auch. Konntest du dir das nicht zusammenreimen? Wenn der Betreffende, der hinter dir her ist, aus irgendeinem Grunde deiner nicht habhaft werden kann, was tut er dann wohl, deiner Meinung nach – wird wohl Kolpingbruder, was? Der greift *sie.*»

«Ich habe nicht so viel Erfahrung in diesen Dingen wie du.» Er wußte, daß sie recht hatte, aber zugleich wußte er auch, daß seine Verstimmung über ihre Zurechtweisung mit durchklang.

«Nur weil ich ein paarmal im Jahr nach Las Vegas fahre, brauchst du nicht zu reden, als sei ich oberstes Pistolenweib bei der Mafia.» Ihre Stimme war zorngeladen. «Das ist nichts weiter als gesunder Menschenverstand, verdammt noch mal.»

«Da könntest du schon recht haben», sagte er widerwillig. «Ich werd's ihr erzählen.» Wieder eine große Nacht, die in der Damon-Heimstatt bevorstand, dachte er, als er dem Kellner zusah, der Elaines Hamburger und sein Schollenfilet auf den Tisch stellte.

«Sollen wir auch Wein bestellen?»

«Natürlich. Was willst du haben?»

«Was willst *du* haben? Der Gastgeber bestellt gewöhnlich den Wein, und ich nehme an, daß dieser Lunch auf deine Kosten geht.»

«Ich trinke nicht gern mitten am Tag», sagte er. Es war schon immer schwierig gewesen, in Elaines Gesellschaft nicht scheinheilig zu tönen.

«Eine halbe Flasche Beaujolais», sagte sie zu dem Kellner. In den alten Tagen hätte sie eine ganze bestellt. Vielleicht, dachte er, ist sie mäßiger geworden.

«Zalovsky aus Chicago», murmelte sie mehr zu sich selbst, als sie ihr Hamburger Steak mit Tomatenketchup übergoß. «Hast du eine Ahnung, wie er aussehen könnte?»

«Ich habe nur ein paar Minuten mit ihm am Telefon gesprochen», sagte Damon, «aber ich habe mir in der Tat nach seiner Stimme eine Vorstellung von ihm gemacht. Fünfundvierzig, fünfzig vielleicht, ein schwerer Mann, auffällige Kleidung, kein Anzeichen von Bildung.»

«Was hast du in dieser Sache unternommen?» fragte Elaine.

«Dagegen läßt sich nicht viel unternehmen – bis jetzt. Ach ja, ich habe einen Waffenschein für eine Pistole beantragt.»

Elaine machte ein finsteres Gesicht. «Das halte ich für keinen sehr guten Gedanken. Weißt du, was ich an deiner Stelle tun würde? Ich würde eine Liste anlegen.»

«Was für eine Liste?»

«Von Leuten, die aus irgendeinem Grund einen Groll gegen dich hegen. Irre, die in dein Büro gekommen und abgewiesen worden sind, Menschen, die glauben, du hättest sie irgendwie übers Ohr gehauen, Damen, denen du den Laufpaß gegeben hast . . .» Sie grinste, und ihr Gesicht war augenblicklich wieder keck und alterslos. «Junge, das gäb eine Liste! Und reichte weit zurück! Die Leute lassen die Dinge jahrelang eitern, werden mit zunehmendem Alter neurotisch – haben eine Pechsträhne und suchen nach einem Sündenbock oder sehen einen Film über eine Rache oder eine verschmähte Frau oder Gott weiß was sonst. Ein verrückter Schriftsteller mag dir ein Manuskript angeboten haben, das du nicht mal gelesen und mit einer Ablehnung von einer Zeile zurückgeschickt hast; dann hat er *Klagelied* gelesen und auf der Bestsellerliste gesehen und glaubt nun wirklich, man hätte ihn plagiiert. Mein Gott, ich bin seit Olims Zeiten nicht mehr auf vertrautem Fuß mit dir, aber selbst *ich* könnte eine ganz beachtliche Liste anfertigen, ohne mich besonders anzustrengen. Und suche gar nicht erst unter dem Buchstaben ‹Z› nach Spuren. Der Name kann bedeutungslos sein. Und wenn du mit dem Kriminalbeamten sprichst, der übrigens Lieutenant Schulter heißt, dann halte mit deinen Eroberungen nicht hinterm Berg. Er kann vielleicht etwas auffangen, einen Hinweis, an den du nie gedacht hast. Und . . .» Sie zögerte, mit erhobener Gabel. «Und du könntest auch deine Frau bitten, ihre Vergangenheit genau zu überprüfen. Sie ist eine schöne Frau, habe ich gehört, oder ist zumindest eine schöne Frau *gewesen,* und ich habe noch keine schöne Frau gekannt, die in ihrem Leben nicht kübelweise Kummer gehabt oder wenigstens einmal einen wirklich falschen Mann aufgepickt hat. Und sie ist eine halbe Italienerin, und du weißt nie, was die Italiener für Bindungen haben, die sie lieber nicht an die große Glocke hängen.»

«Ach, hör bitte mit dieser italienischen Masche auf. Ihr Onkel hatte eine Garage in Connecticut.» Das war eine alte Schlacht zwischen ihnen. Elaine stammte aus einer sittenstrengen deutschen Familie in Wisconsin, was auch ihre Keuschheit vor dem Hochzeitstag erklärte – allerdings nicht, was danach kam –, und hatte unerschütterliche Ansichten über die üblen Charaktereigenschaften von Italienern, Griechen, Juden, Stewardessen bei Fluglinien, Iren und Schotten. Wäre sie je einem Bulgaren oder einem Bewohner der Äußeren Mongolei begegnet, dann hätte sie wahrscheinlich entdeckt, daß man auch denen nicht trauen könne.

Elaine beobachtete den Kellner, der den Wein eingoß, mit eigensinniger Miene. Der Ober war dunkel und hatte ein mediterranes Aussehen. Damon hoffte, daß er das Ende von Elaines Tirade nicht mitgekriegt hatte.

«Er hatte also eine Garage in Connecticut», sagte Elaine, als der Kellner gegangen war und sie ein halbes Glas Wein hinuntergegossen hatte. «Ich wette, da gibt es acht andere Onkel, die niemals eine Garage, dafür aber eine Menge anderer Dinge erblickt haben, die die Polizei von Zeit zu Zeit interessiert haben könnten.»

«Ich habe gesagt, hör auf mit der italienischen Masche.»

«Du hast meine Hilfe erbeten.» Jetzt war sie gekränkt. «Wenn du mir nicht zuhören willst, dann brauche ich dir gar nicht erst zu sagen, was ich denke.»

«Okay, okay», sagte er verdrossen, «ich werde diese Liste anfertigen.»

«Und sieh dir auch die Liste deiner Frau gut an, wenn du schon mal dabei bist», sagte Elaine. «Und ich hoffe, du bist am Ende dieser ganzen Affäre noch verheiratet. Bitte» – ihre Stimme wurde weicher – «bitte, sei vorsichtig. Sieh zu, daß dir nichts passiert. Ich muß wissen, daß du okay und gut zuwege bist. Heute wie eh und je. Ich freue mich, dich zu sehen, aus welchem Anlaß auch immer. Tun wir so mit dem Rest der Flasche, als ob dies ein romantischer, erinnerungsträchtiger Lunch wäre und du mein herrlicher alter Liebhaber, der seit dreißig Jahren an gebrochenem Herzen leidet, weil wir uns getrennt haben.»

Sie schenkte sich noch ein Glas Wein ein und hob es ihm zu einem Toast entgegen. «Nun wollen wir die Sache für den Rest der Mahlzeit vergessen und versuchen, aus unserem Zusammensein etwas Freude zu schöpfen, weil wir immer noch fähig sind, zu essen und zu trinken, ohne einander umbringen zu wollen. Und nun mal ehrlich: Findest du, daß ich mir das Gesicht liften lassen sollte?»

6

NACH DEM LUNCH GING ER LANGSAM IN SEIN BÜRO ZURÜCK und überdachte, was Elaine ihm gesagt hatte, während sie ihrem Drink zu Leibe rückte; dabei nahm er kaum die Menschen wahr, die sich um ihn herum bewegten; und die Namen von Männern und Frauen, die er in seinem langen Leben gekannt hatte, ordneten sich in seinem Hirn keineswegs zu einer übersichtlichen und brauchbaren Liste, wie Elaine vorgeschlagen hatte, sondern quirlten nebelhaft und konfus durcheinander. Dann sah er plötzlich einen etwas vornübergeneigten kleinen alten Mann mit dicken Brillengläsern in einem schwarzen Mantel mit Pelzkragen auf sich zukommen. Bisher hatte er nur einen Mann mit einem solchen Mantel gekannt - Harrison Gray.

«Harrison!» rief er, eilte ihm entgegen und streckte die Hand aus.

Der Mann blieb stehen und sah ihn verwundert und durch den Gruß halb erschrocken an. Er legte die Hände auf den Rücken. «Hier muß ein Irrtum vorliegen, mein Herr», sagte der alte Mann. «Mein Name ist George.»

Damon trat zurück, blinzelte ein paarmal und schüttelte den Kopf, um seine Gedanken zu klären. «Ich bitte um Entschuldigung», sagte er, beinahe stammelnd. «Sie sehen einem meiner besten Freunde täuschend ähnlich. Ich weiß nicht, woran ich gedacht habe. Er ist tot, müssen Sie wissen . . .» Der Mann sah ihn mißtrauisch an, schnüffelte, als entdecke er die vor dem Lunch genossenen Martinis in Damons Atem. «Ich bin nicht tot», sagte er gekränkt. «Wie Sie hoffentlich sehen.»

«Verzeihen Sie, mein Herr», sagte Damon lahm. «Ich muß Geister gesehen haben.»

«Das ist das allermindeste», sagte der Mann trocken. «Und wenn Sie mir jetzt gestatten würden ...»

«Gewiß.» Damon trat zur Seite, um den alten Herrn vorbeizulassen. Dann schüttelte er abermals heftig den Kopf; und während er fühlte, wie ihm am ganzen Körper der kalte Schweiß ausbrach, setzte er den Weg zu seinem Büro fort, wobei er jeden Schritt bedachte und sorgsam beim Überqueren einer Straße auf das Nahen schneller Autos achtete. Als er jedoch vor der Tür seines Hauses in der 43sten Straße stand, hielt er an, starrte dumpf auf die Leute, die ein und aus gingen, und wußte, daß er nicht imstande sein würde, einzutreten, den Fahrstuhl zu nehmen, Miss Walton und Oliver Gabrielsen gegenüberzutreten, als sei dies ein gewöhnlicher Nachmittag und sie könnten sich darauf verlassen, daß er seine Arbeit mit der üblichen Routine erledigen würde.

Tote Männer auf der Straße ansprechen. Er fröstelte bei dem Gedanken. Oft hatte er gerade zu dieser Stunde mit Mr. Gray seinen Lunch eine Straße weiter *uptown* im Algonquin eingenommen, und noch öfter sich vom Speisesaal zur Bar begeben, der Mr. Gray durch viele Jahre eines stillen Säufertums zugetan war, um einen Nachmittagsbrandy zu trinken, Mr. Grays Lieblingsgetränk.

Fast automatisch schlug Damon den Weg zur Sixth Avenue ein, die jetzt Avenue of the Americas hieß (O Amigo, was ist Amerika?), bog in die 44ste Straße ein und betrat die Algonquin-Bar, die er seit Mr. Grays Tod nur noch selten besucht hatte. Er mochte die Bar und hatte sich keine Rechenschaft über die Gründe gegeben, weshalb der Tod seines Freundes und Partners ein Signal gewesen war, sie zu meiden.

Die Toten haben ihre Ansprüche, dachte er, als er sich an der kleinen vertrauten Bar niedersetzte; die Orte, an denen unsere Gespräche in der Stille eines Nachmittags stattgefunden haben, sind ihnen vorbehalten. Bis auf ihn war die Bar leer, und er kannte den Barmann nicht mehr. Er bestellte einen Cognac, nicht den üblichen Scotch, denn ihm fiel ein, daß Mr. Gray (seltsamerweise dachte er trotz ihrer langen Freundschaft an ihn als Mr. Gray, statt ihn bei seinem Vornamen zu nennen) Bisquit Dubouchet bevorzugt hatte. Der Geruch beflügelte die Erinnerung, und einen Augenblick war Mr. Gray ein lebendiges Wesen an seiner Seite. Seine Gegenwart war nicht makaber, die Erinnerung nicht leidvoll, sondern warm und tröstlich.

Das letzte Mal, daß er Mr. Gray gesehen hatte, war an seinem und Sheilas zehntem Hochzeitstag gewesen. Damals hatten sie eine kleine Party in ihrer Wohnung gegeben und ein paar Autoren der Agentur eingeladen, die sie besonders schätzten, außerdem einen alten Freund Damons, Martin Crewes, der ein Klient gewesen und nach Hollywood gezogen war, wo er jetzt als hochbezahlter Filmskriptautor lebte und einen Manager hatte, der die Abschlüsse für ihn tätigte. Damals war er gerade in New York, um mit einem Regisseur zu verhandeln, und Damon hatte sich gefreut, als er am vorhergehenden Tag seine Stimme am Telefon gehört hatte. Sie waren gut Freund gewesen, und er hatte sich stets als ehrlicher und begabter Mann und angenehmer Gesellschafter erwiesen. Er hatte zwei schöne Romane über die Kleinstadt in Ohio geschrieben, in der er aufgewachsen war, aber diese hatten sich fast gar nicht verkauft, und Crewes hatte Damon und Mr. Gray gesagt, daß er an die Westküste übersiedeln wolle. «Zum Teufel damit. Ich gebe auf. Ich bin das Verhungern leid. Es muß eine obere Grenze dafür geben, wie oft man mit dem Kopf gegen die Mauer rennt. Das einzige, was ich kann, ist schreiben, und wenn mich jemand dafür bezahlen will, dann soll Gott ihn schützen. Ich will versuchen, keine Scheiße zu fabrizieren, aber wenn sie von mir verlangt wird, dann werde ich sie liefern.» Er war ein witziger Mann mit viel Geschmack, als Damon ihn kannte, aber nach einigen Minuten, während der Drinks vor dem Essen, merkte Damon zu seinem Kummer, daß sich sein Freund in einen humorlosen und hochtrabenden Schwätzer verwandelt hatte, der öde Anekdoten über Produzenten, Regisseure und Filmstars erzählte und seine Unterhaltung mit einem hohen, nervösen Kichern akzentuierte, das Damon irritierte und ihm auf die Nerven ging.

Er war ein kompakt gebauter, dicklicher junger Mann gewesen, aber jetzt war er bis auf die Knochen abgemagert, und Damon nahm an, daß er mindestens zwei Stunden am Tag Gymnastik trieb und nur Obst und Nüsse aß, um seine straffe Ballettänzerfigur zu pflegen. Sein Haar glänzte in einer unnatürlichen schwarzen Farbe und war zu einer Art Pagenfrisur gestutzt, die die Ohren völlig bedeckte. Er trug einen schwarzen Rollkragenpullover und eine dicke Goldkette, die auf seiner Brust prangte, eine schwarze Hose und ein beigefarbenes Kaschmirjackett. Der Kleinstadtjunge aus Ohio, über den er einst geschrieben hatte, war total zum Verschwinden gebracht worden.

Er war noch kaum zehn Minuten da, als er den anwesenden Gästen bereits mitgeteilt hatte, daß der Film, den er soeben vollendet hatte, eine kühle Sieben gekostet habe, daß der nächste von epischer Breite sein würde und man sich glücklich schätzen könne, wenn er unter Zehn herzustellen sei. Es dauerte eine Weile, bis Damon begriff, daß die Sieben sieben Millionen und die Zehn zehn Millionen waren. Mr. Gray, der später kam als die anderen Gäste, machte aus seiner Abneigung gegen Crewes keinen Hehl. Er begrüßte ihn mit den Worten: «Aha, Stonewall Crewes ist endlich zurückgekehrt, um die Huldigung seiner zwar kritischen, aber treuen Truppen entgegenzunehmen» – und Damon merkte, daß es ein Fehler gewesen war, den Skriptschreiber zu dieser Party einzuladen. Als Mr. Gray zurücktrat, um Crewes zu mustern wie ein Gemälde im Museum, und dann im Ton gespielten Erstaunens ausrief: «Ist das die Uniform der Paramount?», da wußte er, daß Crewes ihn nie mehr aufsuchen würde, wann immer er auch nach New York kommen mochte.

Dennoch war die Party gelungen; Crewes ging früh, nachdem er lediglich etwas Sodawasser, in dem eine Zitronenscheibe schwamm, getrunken und ein wenig am Salat und an den Rändern des gebackenen Schinkens geknabbert hatte, den ihm Sheila auf den Teller getan hatte.

Die Damons wollten am nächsten Tag zu einer Europareise aufbrechen, die einen Monat dauern sollte; und die Freunde, die Europa schon kannten, erzählten ihnen von Orten, die sie auf keinen Fall versäumen dürften; die Freunde hingegen, die Europa nicht kannten, sagten ihnen, wie sehr sie die Reiselustigen beneideten, und Mr. Gray beschenkte Damon mit einer feierlichen Rede und einem ledergebundenen Tagebuch, in dem er seine Eindrücke von der Reise niederlegen sollte; er gab Sheila einen Rechenschieber in einem Etui aus Wildleder, von dem man ablesen konnte, wie man Meter und Zentimeter in Yards und Inches und fremdländische Währungen in Dollars umrechnete.

Die Party endete spät, aber Damon merkte, daß Mr. Gray noch nicht gehen wollte; er schenkte ihm den dritten Brandy des Abends ein und flüsterte: «Bleiben Sie doch noch ein Weilchen», bevor er sich von den anderen Gästen verabschiedete. Sheila begab sich ins Schlafzimmer, um noch das Allerletzte einzupacken, und Damon mixte sich einen Drink und setzte sich auf den Sessel neben dem Couchende, auf dem Mr. Gray Platz genommen hatte.

«Ich muß mich entschuldigen, Roger», sagte Mr. Gray, «für das, was ich Crewes angetan habe. Er war schließlich einer Ihrer Gäste.»

«Unsinn», sagte Damon. «Jeder Mensch, der in einer solchen Aufmachung zu einer Party in New York erscheint, hat verdient, was er kriegt.»

«Ich konnte mich nicht zügeln», sagte Mr. Gray. «Sie wissen, ich habe nichts gegen Filme an sich. Ich liebe sie sogar. Und ich habe auch nichts gegen die Leute, die sie machen. Aber wenn ich einen Mann sehe, der so begabt war wie Crewes und sich dann so hat gehenlassen und in zehn Jahren kein brauchbares Wort mehr geschrieben hat, dann werde ich traurig. Was da vergeudet ist, Mann, was da vergeudet wird! Wir haben Autoren gehabt, denen ich geraten habe, da- oder dorthin zu gehen und dort zu bleiben, weil ich wußte, daß sie besser damit fahren würden, anderer Leute Material zu bearbeiten und damit die schwere Bürde, selbst kreativ sein zu müssen, nicht mehr zu tragen hätten. Dafür würden sie dann auch noch bezahlt. Ich unterschätze keineswegs die Liebe zum Geld, die manche Leute hegen, und jedenfalls ist es keine Phrase, wenn man sagt, daß der Verlierer sein Leben lang nur im Auftrag schreiben darf. Dann gibt es aber andererseits auch Männer, denen ich geraten habe, einen eigenen Film zu machen, um der Erfahrung und des Geldes willen, weil ich wußte, daß sie zurückkommen und das Werk vollbringen würden, für das sie geboren waren.» Er schlürfte traurig seinen Brandy. «Und in Crewes' Fall war es eine persönliche Enttäuschung. Ich dachte, ich könnte ihn formen. Ich habe einen Einakter von ihm in einer dieser Aufführungen der Equity-Bibliothek gesehen und habe ihn aufgesucht und ihm gesagt, er sei ein Romanschriftsteller und kein Dramatiker, und ich habe ihn ein ganzes Jahr lang finanziert, während er an seinem ersten Buch arbeitete, und er war einer der verheißungsvollsten jungen Männer, die mir je ins Büro gekommen sind. Was ist er jetzt? Ein sonnenverbrannter Gockel, der im Hühnerhof kräht.» Er verzog den Mund vor Ekel. «Ach, warum weiterreden? In unserem Beruf ist Enttäuschung das einzige, das wir todsicher in jeder Morgenpost wiederfinden.» Eine Weile nuckelte er schweigend an seinem Getränk und starrte dabei nachdenklich in die Glut des verlöschenden Feuers. «Nicht nur in unserem Beruf», sagte er bitter. «Mein Sohn, zum Beispiel.»

«Was?» sagte Damon überrascht. Er wußte, daß Mr. Gray verheiratet gewesen und bereits Witwer war, als er ihn kennenlernte, aber den Sohn hatte er noch nie erwähnt.

«Mein Sohn», wiederholte Mr. Gray. «Er ist ein Getreidehändler, der Termingeschäfte macht und dergleichen. Während des Krieges ist er vermögend geworden. Auch danach. Wartete ab, bis die Preise stiegen, bevor er den hungernden Millionen in Europa und Asien Weizen verkaufte. Er war ein brillanter Bursche, schon fast ein Genie. Sein Gebiet waren Mathematik und Physik. Er hätte an jeder Universität eines jeden Staates der Star seiner Fakultät sein können. Er war eine goldene Frucht einer ansonsten verfehlten Ehe. Er machte durchaus von seinen Talenten Gebrauch - zu deichseln, zu feilschen, sich eines jeden Tricks und Winkelzugs zu bedienen, die Gesetz und Marktlage ihm boten. Ich habe vor nicht langer Zeit gelesen, daß er der jüngste Multimillionär der Vereinigten Staaten sei, der sich seine Millionen durch eigene Arbeit erworben hat. Mit dem steinernen Herzen eines Wächters im Konzentrationslager. Das stand im *Time-Magazin.*»

«Das hab' ich nicht gelesen», sagte Damon.

«Ich hab's nicht in der Tasche mit mir rumgetragen, um es den Freunden zu zeigen.» Mr. Gray lächelte schwach.

«Ich habe nicht einmal gewußt, daß Sie einen Sohn haben», sagte Damon.

«Es schmerzt mich, von ihm zu reden.»

«Sie haben auch nicht von Ihrer Frau gesprochen. Ich hatte angenommen, *das* sei das schmerzliche Thema.»

«Meine Frau ist jung gestorben.» Mr. Gray zuckte die Achseln. «Auch kein großer Verlust. Ich war schüchtern, und sie war demütig, und sie war das erste Mädchen, das sich von mir küssen ließ. Sie ist, glaube ich, vor Verlegenheit gestorben, Verlegenheit, am Leben zu sein und auf dem Planeten Platz wegzunehmen. Es war kein Funken wahren Lebens in ihr; vom Tag ihrer Geburt an hatte sie die Seele einer Sklavin. Mein Sohn hat sich, meiner Überzeugung nach, zu dem entwickelt, was er ist, weil er sich seine Mutter angesehen und sich gesagt hat, er wolle in jeder nur möglichen Hinsicht anders sein als sie. Und mich hat er verabscheut. Das letzte Mal, daß er mit mir sprach - ich höre noch heute die Verachtung in seiner Stimme, als er es sagte -, hat er mir erklärt, ich sei's zufrieden, in meiner Ecke zu hocken und mein Leben von Brosamen zu fristen;

er sei's nicht.» Mr. Gray stieß ein kurzes Gelächter aus. «Nun ja, da sitze ich immer noch in meiner Ecke, und er ist der jüngste *self-made*-Multimillionär in Amerika.» Er seufzte, trank seinen Brandy aus, sah Damon fragend an. «Glauben Sie, ich könnte mir noch einen genehmigen?»

«Gewiß», sagte Damon und füllte sein Glas von neuem.

Mr. Gray beugte den Kopf, wie um den Duft des Cognacs einzuatmen. Damon hatte den Eindruck, daß er weine und es zu verbergen suche. «Ach», sagte er schließlich, den Kopf noch gesenkt, «ich habe Sie nicht aufgehalten, um über mein Privatleben zu jammern. Ein alter Mann, spät in der Nacht, unter dem Einfluß von einem kleinen bißchen zuviel Brandy . . .» Seine Stimme verlor sich. «Wenn's Ihnen nichts ausmacht, Roger, ich habe meine Mappe in der Diele gelassen; könnten Sie sie mir bitte holen?»

Damon ließ sich mit dem Holen der Mappe Zeit, damit Mr. Gray seine Tränen trocknen konnte. Er hörte ihn laut die Nase schnauben. Die Mappe war schwer, und Damon überlegte sich, was wohl darin sein könne oder warum Mr. Gray eine Mappe zur Party mitgebracht habe.

«Aha, da wären wir», sagte Mr. Gray fröhlich, als Damon den Raum betrat. «Sie haben sie gefunden.» Er stellte sein Glas Brandy nieder und nahm die Mappe auf die Knie. Die Mappe war für gewöhnlich mit Manuskripten gefüllt, die er mit nach Hause nahm, um sie nach den Bürostunden und an Wochenenden zu lesen. Er streichelte das abgegriffene Leder und entnahm ihr ein Pillenfläschchen. Er schüttelte sich eine Pille heraus und steckte sie unter die Zunge. Damon merkte, daß die geäderte, leberfleckige Hand zitterte. «Der Brandy bringt das Herz zum Rasen», sagte Mr. Gray fast entschuldigend, als sei er als Gast dem Gastgeber gegenüber unhöflich, wenn er sich seine eigene Nahrung verschaffe. «Die Ärzte warnen mich, aber ganz ohne Laster kann ich nicht leben.» Seine Stimme wurde unvermittelt stärker, und seine Hände hörten auf zu zittern. «Was war das für eine nette Gesellschaft! Und Sheila sieht immer so großartig aus in ihrem eigenen Haushalt. Zehn Jahre, stimmt's? Mein Gott, wie die Jahre verfliegen!» Er war einer der Trauzeugen gewesen. «Ihr paßt zueinander. Wäre ich jünger, dann wäre ich eifersüchtig auf eure Ehe. Und wenn ich Sie wäre, dann würde ich sehr sorgfältig alles vermeiden, was sie stören könnte.»

«Ich weiß, worauf Sie anspielen», sagte Damon unbehaglich.

«Diese kleinen nachmittäglichen Abwesenheiten, diese Anrufe . . .»

«Wir haben eine Übereinkunft, Sheila und ich», sagte Damon. «Eine schweigende Übereinkunft. Gewissermaßen.»

«Ich mache Ihnen keine Vorhaltungen, Roger. Ich habe mir sogar ein anteiliges Vergnügen aus Ihren nachmittäglichen Abwesenheiten gemacht. Ich habe mir in meiner Phantasie vorgestellt, wie es sein würde, wenn man so gut aussieht wie Sie, so scharf ist, so einer, hinter dem die Frauen her sind . . . das hat mir so manchen trüben Tag erhellt. Aber Sie sind nicht mehr jung, das Feuer sollte jetzt unter Kontrolle sein, Sie haben etwas Kostbares zu hüten . . .»

«Sie haben vorhin schon ganz richtig gesagt, man könne nicht ganz ohne Laster leben.» Damon lachte, um das Gespräch leichter zu gestalten. «Und ich trinke sehr selten Brandy.»

Darüber mußte auch Mr. Gray lachen, ein alter Freund, ein Kumpel am selben Arbeitsplatz. «Na ja», sagte er, «immerhin – Sie können sich das erlauben.» Dann wurde seine Miene wieder ernst. Noch einmal öffnete er die Lasche seiner Mappe, die er auf dem Schoß hielt. Er zog einen prall gefüllten großen Umschlag heraus. «Roger», sagte er leise. «Ich möchte Sie um einen großen Gefallen bitten. Jahre der Arbeit stecken in diesem Umschlag und eine lebenslange Hoffnung. Es ist ein Manuskript.» Er lachte unfroh. «Es ist ein Buch, das ich gerade erst zu Ende geschrieben habe. Das einzige Buch, das ich geschrieben habe oder wahrscheinlich je schreiben werde. Als ich ein junger Mann war, wollte ich Schriftsteller werden. Ich hab's versucht, aber es führte zu nichts. Ich hatte zuviel gelesen, um noch glauben zu können, daß das von mir Geschriebene überhaupt etwas wert sei. Da habe ich dann das Nächstbeste getan, wie ich meine. Ich wollte zum Gefäß werden, zum Mittler, zum Flußbett gewissermaßen, für das Werk guter Schriftsteller. Hier und da, könnte man sagen, ist mir das auch gelungen, aber darauf kommt's nicht an. Mit dem Alter, sozusagen, mit dem Eintauchen in Worte, mit der jahrelangen Beobachtung, Kritik, Redaktion meinte ich, genügend Weisheit gesammelt zu haben, um selbst etwas schaffen zu können, das dem Rest meines Lebens bleibenden Wert leiht. Wenn Sie jetzt auf Reisen gehen, wird es vielleicht Regentage geben, an denen Sie Ihr Hotel nicht verlassen können, vielleicht auch lange Fahrten im Zug, Nächte, in denen Sie es satt haben, einer fremden Sprache zuzuhören. Wenn Sie zurückkommen, haben Sie es hoffentlich gelesen. Niemand außer mir, nicht einmal eine Tippse, hat es bisher zu sehen gekriegt.» Er holte tief Atem, legte die Hand an die Kehle, als wolle er sich dort nach einer Anstrengung Erleichterung verschaffen. «Wenn Sie mir sagen, daß es gut ist, dann werde ich's rumzeigen. Wenn Sie mir sagen, daß es nichts taugt, werde ich's verbrennen.» Damon nahm den Umschlag. Darauf stand in Mr. Grays sauberer runder Handschrift geschrieben: «*Einzelreise* von Harrison Gray». «Ich kann kaum abwarten, es zu lesen», sagte er.

«Bitte», sagte Mr. Gray, «Sie müssen mindestens dreitausend Meilen weit weg sein, bevor Sie ein Auge auf die erste Zeile werfen.»

Die Reise war alles, was sie sich erhoffen konnten – und mehr. Sie wanderten ohne Zeitplan, wie die Laune sie trieb, reisig und frei, und fanden ein neues Vergnügen am vierundzwanzigstündigen Zusammensein Tag um Tag; sie gingen Hand in Hand wie ein junges Liebespaar an der Seine entlang und an den Ufern des Tibers, durch den Palazzo degli Uffici, auf einem Gebirgspfad in den Schweizer Alpen, über die Brücken der Kanäle nahe der großen Lagune. Sie standen schweigend vor der Kathedrale von Chartres und stiegen empor zum Gipfel von Mont St. Michel. Zusammen lasen sie, was Henry James über Paris geschrieben hatte, Ruskins *The Stones of Venice* und Stendhals Betrachtungen über Rom, sie aßen im Frühlingssonnenlicht eine Bouillabaisse im Restaurant, das den Hafen von Antibes vor sich hatte, und *fettuccine al pesto* an Tischen, die das Ligurische Meer überblickten. Wäre Mr. Grays Manuskript nicht gewesen, dann hätte Damon sich keine vollkommeneren Ferien vorstellen können. Als Sheila ihn fragte, wie ihm das Buch gefiele, sagte Damon, es sei gut. Aber er log. Das Buch lag tot in seinen Händen. Harrison Gray war als junger Mann ein paar Monate auf einem Trampdampfer um die Inseln des südlichen Pazifik gereist, und das Buch war eine in Romanform erzählte Erinnerung an diese Reise. Es kam ihm vor wie eine langweilige Paraphrase auf Conrads *Jugend.*

Mr. Gray, dieser zartsinnige und pedantische junge Mann, der so sehr auf die Formulierung einer Phrase achtete, so hellhörig war im Entdecken einer falschen Note in einer erdachten Person, so scharf im Entlarven unechter Töne oder hohler Rhetorik, so versunken in den Glanz der großen Literatur und ihr so ganz ergeben, hatte ein so schales, tolpatschiges Buch voller Gemeinplätze geschrieben, daß Damon innerlich weinte, als er sich durch die Seiten quälte, auf denen keine zwei Sätze standen, die einander bedingten, und keine Spur von der Musik oder der Würze der englischen Sprache war darin zu finden. Als sich der Reisemonat dem Ende näherte, schrak Damon vor dem Gedanken an die Heimreise und den Augenblick zurück, an dem er im Büro seinem alten und geliebten Freund gegenübertreten würde.

Aber Mr. Gray, ein Gentleman mit Zartgefühl bis zu seinem Ende, ersparte Damon die Konfrontation. Als er am ersten Tag nach seiner Heimkehr, das Manuskript unter dem Arm, sein Büro betrat, wurde er an der Tür von der weinenden Miss Walton empfangen, die damals dünner war und ihr mäusiges Haar in koketten Fransen trug; sie erzählte ihm, daß sie nicht gewußt habe, wo sie ihn in Europa erreichen könne, um ihm mitzuteilen, daß Mr. Gray in der vergangenen Woche gestorben war. In jener Nacht entzündete Damon, obwohl es warm und New York schon von der Macht des Sommers ergriffen war, ein Feuer im Kamin des Wohnzimmers und übergab *Einzelreise* Seite um Seite den Flammen. Es war das mindeste, was er tun konnte, um das Gedächtnis seines Freundes zu ehren.

In Erinnerung an alle diese Dinge starrte Damon auf die Bar und das Glas mit Brandy nieder, hob das Glas und trank es leer, zahlte dem Barmann und verließ das Hotel.

Ausnahmsweise ging er nicht die drei Kilometer nach Hause zu Fuß. Angesichts der vor ihm liegenden langen Nacht mit seiner Frau, mit all den Erklärungen, Geständnissen, Ängsten und Befürchtungen, war er nicht gestimmt, noch anderen betrauerten Toten auf den Straßen New Yorks zu begegnen.

Er hielt ein Taxi an und fuhr stumm nach Hause.

7

ALS ER SHEILA AM NÄCHSTEN MORGEN beim Aufbruch zur Arbeit küßte, sah sie ernst und spitz aus. Es war eine strapaziöse Nacht gewesen, die damit begonnen hatte, daß Sheila ihn beim Eintreten fragte: «Was soll das mit der Pistole?»

«Wo hast du was von einer Pistole gehört?» hatte er geantwortet, schon reuig, daß er sie auch nur einen Tag lang in Unkenntnis des Geschehenen gelassen hatte.

«Ich habe mit Oliver zu Mittag gegessen», sagte sie. «Er ist ebenso um dich besorgt wie ich.»

«Na schön», sagte er. «Setz dich hin. Wir müssen etwas miteinander besprechen – ziemlich viel sogar.»

Dann erzählte er ihr mit denselben Worten, die er beim Lunch mit Elaine gebraucht hatte, von dem nächtlichen Telefonanruf. Er beichtete ihr sogar das meiste, wenn auch nicht alles, von dem, was Elaine ihm über die Aufstellung einer Liste von Leuten geraten hatte, die ihm vielleicht übelwollten. Aus Angst, sie zu verletzen oder sie glauben zu lassen, daß er ihr mißtraue, überging er Elaines Rat, Sheila solle eine eigene Liste anfertigen. Aus anderen Gründen überging er auch den Namen einer Frau, mit der er einmal vor langer Zeit eine Affäre gehabt, die ihn jedoch erst vor kurzem aus Chicago angerufen hatte und deren Familie (vielleicht aber auch sie selbst) von dem Gedanken an Rache – sei es mit Gewalt oder in barer Münze – verlockt sein könnte.

«Ich frage dich sehr ungern, Sheila», hatte er nach stundenlangen Diskussionen und Spekulationen, die sich immer wieder im Kreise drehten und, wie es ihm schien, zu keiner Entscheidung führten, gesagt, «aber könnte es vielleicht sein, daß jemand etwas gegen dich hat und sich durch mich an dir rächen will?»

«Hat Elaine so etwas angedeutet?»

«Etwas dieser Art.»

«Sieht ihr ähnlich», sagte Sheila kalt. «Hat sie dich wieder wegen Geld angezapft?»

«Nein, sie hat jetzt einen reichen Freund.»

«Man muß dem Himmel auch für kleine Gaben danken», sagte Sheila ironisch. «Laß mich nachdenken, ob ich meine Feinde zählen kann. Ja, da gibt es einen fünfjährigen Jungen in einer meiner Klassen, der gesagt hat, daß er mich haßt, denn ich habe ihn für zehn Minuten in die Ecke gestellt, weil er ein Mädchen zum Weinen gebracht hatte.» Sie lächelte. «Ach, mein Kopf ist müde und es ist spät. Gehn wir zu Bett; vielleicht wird morgen früh alles klarer sein.»

Aber jetzt war es Morgen und ein gewöhnlicher Arbeitstag, und sie verabschiedete sich von ihm mit besorgter und bekümmerter Miene. Er konnte an den Schatten unter ihren Augen erkennen, daß sie nicht gut geschlafen hatte. Auch er hatte nicht gut geschlafen und wieder davon geträumt, daß sein Vater auf der Marmorbalustrade stand, ein Spielzeugpferd in der Hand hielt, ihm zulächelte und einladend zuwinkte.

Sie küßten sich an der Tür noch einmal, lang und innig, und sie sagte: «Sei auf der Hut», und er sagte: «Gewiß» und ging die Treppe hinunter und aus dem Haus in einen heulenden kalten Frühlingssturm. Unter anderen Umständen hätte er das Wetter als Ermunterung für den langen Marsch *uptown* empfunden, aber heute verkroch er sich in seinem Regenmantel, schlug den Kragen hoch bis über die Ohren und ging so schnell wie möglich, um einigermaßen warm zu bleiben. Die Gesichter der Leute, an denen er vorüberging, schienen spitz und feindlich, und wenn Gesichter *en masse* etwas darstellten, dann war es ein allgemein gewordener, allumfassender Haß und eine innere Gewißheit, daß alle Menschen – oder zumindest alle New Yorker – seine Feinde seien.

Im Büro war es nicht viel besser. Als Oliver eintrat, schloß Damon die Tür, die das Zimmer, in dem sie arbeiteten, von dem äußeren Zimmer trennte, um zu verhindern, daß Miss Walton ihr Gespräch mitanhörte. Dann sagte er barsch und zu laut: «In was für ein altes Weib hast du dich eigentlich verwandelt? Daß du über die ganze Stadt Klatsch verbreitest! Ich dachte, wir hätten eine Übereinkunft, daß Vorgänge in dieser Firma in der Firma bleiben.»

«Aha», sagte Oliver. «Sheila hat dir erzählt, daß wir zusammen geluncht haben.»

«In der Tat.»

«Hör zu, Roger», sagte Oliver mit ruhiger Stimme, obgleich Roger merkte, daß er verletzt war. «Sheila war von der Art deines Verhaltens seit ihrer Rückkehr aus Vermont betroffen und ich ebenso. Einen Revolver, um Himmels willen! Du schreist seit Jahren nach einem Gesetz zur Beschränkung der Waffenscheine, und ich habe deinen Namen auf Dutzenden von Petitionen an Kongreßabgeordnete gesehen.»

«Gut – dann habe ich eben meine Meinung geändert», sagte Roger immer noch mit zu lauter Stimme. «Das ist keine Rechtfertigung dafür, daß du hinter meinem Rücken Klatsch erzählst.»

«Roger, wenn ich mit deiner Frau ein Problem erörtere, das nichts mit dem Geschäft zu tun hat, dann verbreite ich keinen Klatsch über die ganze Stadt», sagte Oliver.

«Was macht dich so sicher, daß es nichts mit dem Geschäft zu tun hat? Vielleicht hat es verdammt viel damit zu tun.» Noch während er sprach, wußte Damon, daß er unfair war, aber er konnte sich nicht zügeln. «Und von jetzt an halte deinen verflixten Mund.»

Als Oliver sich abwandte und schweigend durch das Zimmer an seinen Schreibtisch ging, dachte Damon: Ein weiterer Minuspunkt für mich.

Sie sprachen den ganzen Morgen kein Wort mehr miteinander, und Damon konnte nur so tun, als arbeite er, indem er ärgerlich Papiere auf seinem Schreibtisch hin und her schob. Es war fast elf Uhr, als sein Apparat schnarrte.

«Mrs. Damon am Apparat», sagte Miss Walton.

Damon war überrascht. Sheila hatte es sich zur Pflicht gemacht, ihn niemals bei der Arbeit anzurufen. Falls sie doch mal im Büro anrief, dann erst gegen fünf Uhr, wenn sie wußte, daß er im Begriff war, das Büro zu verlassen, und sie ihn bitten wollte, auf dem Heimweg etwas abzuholen, oder wenn sie selbst in der Stadt war und ihn gern in der Nähe des Büros zu einem Drink getroffen oder mit ihm Abendbrot gegessen oder sich einen Film angesehen hätte.

«Stellen Sie durch», sagte er.

«Roger», sagte Sheila ohne jegliche Einleitung, «ich habe über deine Worte nachgedacht, ob ich vielleicht Feinde hätte.»

«Handelt es sich um den kleinen Jungen, den du in die Ecke gestellt hast?» fragte Damon. «Ist er tückisch geworden?» Es war ein schlechter Scherz, und er wußte es, sobald er ihn aussprach.

«Es freut mich, daß du bei so guter Laune bist», sagte Sheila ärgerlich. «Ich bin's nicht.»

«Tut mir leid.»

«Da hat sich im letzten Trimester etwas zugetragen, woran ich hätte denken sollen. Da war nämlich ein Mann, der in der Nähe der Schule rumlungerte, den Kindern Süßigkeiten anbot und sie fragte, ob sie nicht zu einem Eiscreme-Soda mit ihm kommen wollten. Du weißt ja, daß die Mütter ihre Kinder zuweilen verspätet abholen; und die anderen Lehrer und ich selber sind zu sehr beschäftigt, um auf die Straße zu gehen und auf das Erscheinen der lieben Damen zu warten; wir geben den Kindern zwar strenge Anweisungen, sich nicht von dem Außentor wegzurühren, aber bei Vier- oder Fünfjährigen kann man nie wissen. Ich fing an, mir Sorgen zu machen, und bin an einem Nachmittag hinuntergegangen und habe dem Mann gesagt, es gefiele mir gar nicht, daß er vor der Schule herumlungere und die Kinder anspreche. Er war etwa fünfzig Jahre alt und recht gut gekleidet, aber ich wurde bei seinem Anblick schon mißtrauisch gegen ihn. Er tat, als fühle er sich gekränkt und sagte, er sei ein einsamer alter Mann im Ruhestand und liebe Kinder, und er fände es beleidigend, wenn ich auf schlimme Gedanken käme, bloß weil er ein paar Kindern Süßigkeiten anbiete. Danach kam er nicht mehr so oft, aber von Zeit zu Zeit sah ich ihn wieder; dann tat er so, als käme er ganz zufällig gerade vorbei, wenn die Schule aus war. Ich habe den Polizisten davon unterrichtet, und der Polizist hat ihn erwischt, wie er wieder vor der Schule herumlungerte, und ihm gesagt, wenn er ihn noch einmal hier erwische, dann würde er ihn auf Verdacht verhaften. Ich habe ihn seitdem nur noch ein einziges Mal gesehen, rein zufällig, und zwar in unserer Straße und vor unserem Haus, und er hat mich wütend angesehen und gesagt: ‹Du lesbisches Weibsstück! So, und nun geh hin und melde *das* der Polizei!›» Sie seufzte. «Ich habe ihn ausgelacht, und ich habe nie wieder daran gedacht - bis heute morgen. Aber ich habe gerade meinen Schreitisch durchstöbert und den Zettel gefunden, auf dem ich den von der Polizei ermittelten Namen aufgeschrieben habe. Willst du ihn wissen? Vielleicht bedeutet er nichts, aber wer weiß?»

«Wie ist der Name?»

«McVane. Seinen Vornamen weiß ich nicht. Das ist schon so viele Monate her, daß es eigentlich nicht möglich erscheint . . .» Ihre Stimme verlor sich.

«Alles ist möglich. Danke, Sheila.»

«Es tut mir so leid, daß ich dich in deiner Arbeit unterbrochen habe, aber ich dachte, du wolltest das gern wissen.»

«Tue ich.»

«Wie geht's heute morgen im Büro?»

«Wie geschmiert.»

«Hoffentlich hast du Oliver nicht ausgeschimpft.» Ihre Stimme klang besorgt.

«Wir hatten eine kurze Auseinandersetzung.» Er sah, daß Olivers Rücken, der ihm zugewandt war, sich versteifte, und war sicher, daß Oliver wußte, mit wem er sprach und wovon das Gespräch handelte.

«Großer Gott», sagte Sheila. «Welch ein Mist.»

Dann unterbrach Miss Walton. «Mr. Damon», sagte sie, «ein anderes Gespräch wartet auf Sie, ein Herr, der angibt, sein Name sei Schulter. Es sei wichtig, sagt er, und er ruft von einer Telefonzelle an und kann nicht warten.»

«Ich muß jetzt auflegen, Sheila», sagte Damon. «Wenn ich ein bißchen später nach Hause komme, mach dir keine Sorgen.»

«Letztes Bulletin, um dir den Tag zu versüßen», sagte Sheila. «Heute morgen hat mir der kleine Junge gesagt, daß er mich liebhat.»

«Das tut die ganze Welt», sagte Damon und hörte gleich darauf das Knacken, als sie auflegte.

Danach gab es ein paar Geräusche im Telefon, als Miss Walton mit der altmodischen Schaltanlage im Vorzimmer hantierte. Dann sagte eine Männerstimme: «Schulter.» Die Stimme war barsch und erinnerte Damon an das Geräusch, das eine schwielige Hand verursacht, wenn sie über ein rauhes Stück Borke fährt.

«Jawohl», sagte Damon.

«Mrs. Sparman hat mich gebeten, Sie anzurufen.»

«Wer?»

«Elaine Sparman.»

«Ach so.» Er hatte vergessen, daß Sparman der Name ihres zweiten Mannes gewesen war. Wenn er an sie dachte, dann als Mrs. Damon.

«Ich bin in Ihrer Nähe. Ich gehe jetzt in die große Sandwich-Bar in der Sixth Avenue. Können Sie dorthin kommen?»

«Wann?»

«Gleich. Da sind noch einige andere Individuen in der Nachbarschaft, mit denen ich reden muß, und bei denen muß ich mich noch vor dem Lunch einstellen.»

«Ich bin in wenigen Minuten dort. Wie erkenne ich Sie?»

Schulter lachte. «Ich bin der einzige Kriminalbeamte im Lokal, und so sehe ich auch aus – von Kopf bis Fuß. Aber für alle Fälle trage ich einen grauen Mantel und habe in meiner Hand eine Nummer des *Wall Street Journal.*»

«Verstanden. Und vielen Dank.»

«Noch keinen Dank. Ich habe bisher noch nichts für Sie getan. Also in zehn Minuten.»

Damon blieb einen Augenblick sitzen und starrte auf seinen Schreibtisch. Dabei versuchte er, sich vorzustellen, welch düsteres Geschäft Mr. Schulter von der Mordkommission mit diesen anderen Individuen aus der Nachbarschaft, wie er sie nannte, zusammenführen mochte, und ob sich seine Bekanntschaft mit Elaine in der Ausübung seines Berufs ergeben hatte. Er fragte sich darüber hinaus, was das wohl für ein Kriminalbeamter sein mochte, der das *Wall Street Journal* las. Dann stand er auf und ging, ohne ein Wort an Oliver, in das Vorzimmer, um sich den Mantel zu holen, beauftragte Miss Walton, die Anrufe für ihn entgegenzunehmen, er wisse nicht, wann er zurück sein werde, und ging hinaus. Der Fahrstuhl kam erst nach langer Zeit, und er drückte ungeduldig immer wieder auf den Knopf. Mr. Schulter klang wie ein männlicher Typ, der zehn Minuten meinte, wenn er zehn Minuten sagte. Wenn er in der elften Minute anlangte, wäre, nach Damons Überzeugung, Mr. Schulter verschwunden.

Aber er war nicht verspätet, und als er die Bar betrat, sah er einen stämmigen Mann in einem grauen Mantel, der das *Wall Street Journal* las, allein saß und eine Tasse Kaffee trank.

«Mr. Schulter?» sagte Damon, als er an den Tisch trat.

Schulter blickte auf. Er hatte ein quadratisches, monumentales Kinn, blauschwarze Bartstoppeln, die aussahen, als könnten sie Rasierapparaten den Garaus machen, und kleine bergblaue Augen über schweren Säcken; diese Augen verrieten keine Spur von Zuneigung oder Vertrauen zum Menschengeschlecht. Als er aufsah, fühlte sich Damon an die Geschütze von Schlachtschiffen erinnert, die sich in den Türmen bewegen, wenn sie zu einer Breitseite ansetzen. Dieser Mann, dachte Damon, versteht etwas von verklausulierten Drohungen und Warnschüssen.

«Setzen Sie sich.» Der Kriminalbeamte faltete seine Zeitung sorgsam zusammen und legte sie neben sich auf den Tisch. Er fragte Damon nicht, ob er etwas zu essen oder trinken haben wollte. Er verplemperte keine Zeit mit Artigkeiten. «Mrs. Sparman hat mir erzählt, daß Sie übers Telefon bedroht worden sind», sagte er. Er klang gelangweilt, als hätte Damon schon längst wissen sollen, daß jeder Mensch in dieser oder jener Weise bedroht würde, daß dies ein Bestandteil des Lebens sei wie das Wetter und daß dagegen wenig, vielleicht auch gar nichts getan werden könne. «Sie hat mir das Wesentliche von dem erzählt, was der Bursche am Telefon gesagt hat. Das gibt nicht viel her, wenn Sie keine Vorstellung haben, wer es war und warum er gerade zu dieser Zeit angerufen hat.»

«Nun ja», sagte Damon. «Ich bin Literaturagent, und ...»

Schulter nickte, die Kanonen zielten ein wenig höher. «Mrs. Sparman hat mich über Ihre Arbeit aufgeklärt.»

«Ich habe einen besonders profitablen Abschluß für eine unbekannte Autorin erzielt, der einen ziemlichen Aufruhr in literarischen Kreisen erregt hat; ich bin interviewt worden, und mein Name und Bild sind in den Zeitungen erschienen.»

Schulter nickte abermals. «Die verdammten Zeitungen», sagte er. «Störenfriede. Ich habe so manche todsichere Überführung dadurch eingebüßt, daß sie in einigen Fällen die Katze aus dem Sack ließen, bevor ich meine Beweisführung vor Gericht sichern konnte. Also – dieses Individuum glaubt, daß es Ihnen etwas anhängen kann und Sie sich's etwas kosten lassen würden, wenn es die Schnauze hält. Klingt Ihnen das einleuchtend, Mr. Damon?»

«Ja.»

«Können Sie sich erklären, warum der Betreffende Sie einen ‹üblen Burschen› genannt hat?» Schulter starrte Damon mit kaltem Blick an, und Damon wußte, daß er etwas in seinem Gesicht suchte, ein Zucken, eine Änderung des Ausdrucks, die dem Detektiv verraten würden, ob Damon lügen wollte oder nicht.

«Ich habe nicht die leiseste Vorstellung», sagte Damon. Es gab keinen Hinweis in den eisigen blauen Augen des Detektivs, ob er ihm glaubte oder nicht.

«Diese Person, dieser Mr. Zalovsky, hat keine Geldsumme genannt?»

«Nein.»

«Aber er hat gesagt, Sie müßten zahlen, weil Sie ein übler Bursche waren?»

«Ja.»

»Bezahlen bedeutet nicht immer Geld. Es könnte sich auch um Rache handeln.»

«Daran habe ich schon gedacht.»

«Haben Sie eine Vorstellung?»

«Nicht eigentlich», sagte Damon.

«Was soll das heißen?»

Damon hatte aufgrund des barschen, heischenden Tones in Schulters Stimme den Eindruck, daß der Mann von der Mordkommission mit dem Verhör fertig war, ein Paar Handschellen hervorziehen und ihn abführen würde. «Das heißt», sagte Damon, «daß so ziemlich jeder Mensch jemanden kennt, der glaubt, man habe ihn beleidigt.»

«Könnten Sie mir bitte ein Beispiel nennen? Das Sie betrifft?»

«Es betrifft eigentlich nicht mich», sagte Damon. «Meine Frau hat sich heute morgen an etwas erinnert und mit mir am Telefon darüber gesprochen, kurz bevor Sie anriefen.»

«Ihre Frau», sagte der Detektiv. «Mrs. Sparman hat sie erwähnt. Woran hat sie sich erinnert?»

Schulter blickte auf seine Uhr, und Damon erzählte ihm so kurz wie möglich von dem Mann, der vor der Schule herumgelungert hatte, und von Sheila, die zur Polizei gegangen war, und von dem Zusammenstoß vor ihrem Hause, und daß der Mann sie ein «lesbisches Weibsstück» genannt hatte. «Sie hat seinen Namen auf einem Papierfetzen in ihrer Schreibtischschublade gefunden», sagte Damon. »McVane. Kein Vorname.»

Schulter schniefte verächtlich über die kriminologische Achtlosigkeit der Menschen, mit denen er sich abgeben mußte. «Weiß sie den Namen des Polizisten, bei dem sie sich beschwert hat und der angeblich diesen Burschen verwarnt hat?»

«Mit ziemlicher Sicherheit, nein», sagte Damon kleinlaut.

«Die Nummer seines Abzeichens?»

«Ich werde sie fragen, aber vermutlich weiß sie auch das nicht.»

Schulter schüttelte ärgerlich den Kopf. «Wenn die Leute nur lernen wollten, daß sie der Polizei helfen müssen, wenn sie von ihr geschützt werden wollen . . .»

«Weder meine Frau noch ich», sagte Damon, nun seinerseits ärgerlich, «haben bisher mit der Polizei zu tun gehabt. Wir sind komplette Amateure in Kriminalität.»

«Es gibt immer ein erstes Mal», sagte Schulter. Er sagte es, als könnten Damon und seine Frau von jetzt an eine Reihe von Vorfällen erwarten, die sie zu einer mehr professionellen Einstellung zum kriminellen Verhalten zwingen würden. «Auf alle Fälle werde ich McVanes Namen durch den Computer prüfen lassen und sehen, was das hergibt. Wahrscheinlich nichts.»

Damon zögerte, holte tief Luft. «Ich habe vor etwa zwei Monaten einen Anruf aus Gary im Staat Indiana erhalten», sagte er. «Von einer Dame. In meinem Büro. Ich habe niemandem ein Wort davon erzählt, und ich will nicht, daß meine Frau davon erfährt. Ich möchte Sie sehr bitten, keine Äußerung zu tun, die ihr zu Ohren kommen könnte . . .»

«Sie sind derjenige, der bedroht wird, Mr. Damon», sagte Schulter kalt. «Niemand bedroht *mich*. Ich will mein Bestes tun, aber ich kann nichts versprechen. Wenn Sie jedoch Schutz haben wollen, dann erzählen Sie lieber.»

Es war warm im Restaurant, und Damon zog sein Taschentuch hervor, um sich den Schweiß von der Stirn zu wischen. Schulter hatte seinen schweren Mantel nicht abgelegt, aber nichts deutete darauf hin, daß die Hitze ihm zusetzte oder daß irgendeine klimatische Spitze ihn im geringsten beeinflussen könnte. Damon sah sich um, ob irgendwer an einem der Tische ihnen nahe genug war, um seine Worte zu hören. «Es war ein Mädchen», sagte er und senkte die Stimme so, daß er beinahe flüsterte und Schulter sich zu ihm beugen mußte, um zu hören, was er sagte. Zum ersten Mal erschien eine Spur von Interesse, ja fast von Vergnügen auf dem Gesicht des Kriminalbeamten. «Ein Mädchen», fuhr Damon fort, «in Wirklichkeit eine junge Frau, verheiratet. Ich hatte ein Verhältnis mit ihr. Ihr Mann war der Trainer eines Schul-Footballteams in Gary, Indiana. Sie war in New York, um ihre Eltern zu besuchen, und ich habe sie kennengelernt. Sie wurde – also sie wurde schwanger. Durch mich. Bisher hatten die beiden es nicht fertiggekriegt, Kinder zu haben. Sie gaben sich alle Mühe, erzählte sie mir, aber es kam nichts dabei heraus. Sie wollte keine Abtreibung. Sie wollte das Kind behalten, sagte sie, und ihrem Mann den Glauben lassen, es sei seins.»

«Aha», sagte Schulter mit Genugtuung, «dann sind Sie also doch ein übler Bursche.»

«Ich habe keine Schuldgefühle», sagte Damon. «Sie hat von mir Gebrauch gemacht statt von einer künstlichen Befruchtung, das ist alles.»

«So künstlich war das nun auch wieder nicht.» Dieses eine Mal erschien ein Funke der Belustigung im Auge des Kriminalbeamten. «Wollen Sie mir ihren Namen sagen?»

«Ja, das müßte ich wohl. Mrs. Julia Larch.»

«Da könnte ein Zusammenhang bestehen», sagte Schulter nachdenklich.

«Sie wohnt in Gary. Der Anrufer hat gesagt, er käme aus Chicago.»

«Gary ist nicht weit von Chicago. Machen wir ein bißchen weiter. Woher wissen Sie, daß das Kind zur Welt gekommen ist?»

«Sie hat mir einen Brief ins Büro geschrieben.» Damon schloß die Augen und sah den Brief noch einmal vor sich, die übersteile Handschrift auf duftendem blauem Papier. *«Ich gratuliere»,* hatte er gelesen und ein wenig die Nase gerümpft, weil das schwere Papier so stark duftete, *«Du bist jetzt der Vater eines siebenpfündigen Knaben.»* Er erinnerte sich an die Mischung von Scham und Jubel, als er den Brief und den Umschlag zerriß und die Fetzen in den Papierkorb warf. Er und Elaine, die von Anbeginn gespürt hatten, daß ihre Ehe nicht dauern würde, hatten eine Schwangerschaft sorgfältig vermieden. Sheila hatte sich Kinder gewünscht, aber ihre Mühen waren erfolglos geblieben. Sie hatten sich den Kummer erspart und nicht feststellen lassen, an wem es lag. Jetzt wußte er, daß zumindest er fruchtbar war. Nach dem Tode seines älteren Bruders Davey, der dreizehnjährig an Leukämie gestorben war, war er selbst als Einzelkind aufgewachsen; nun hatte er endlich einen

Sohn, selbst wenn er dessen Namen nicht kannte und ihn wahrscheinlich niemals zu Gesicht bekommen würde. Sein Blut würde weiterleben.

Schulter stellte ihm eine Frage, und er öffnete die Augen. «Wie kommt es», sagte Schulter, «daß sie Sie plötzlich so viele Jahre später, sozusagen aus heiterem Himmel, wieder angerufen hat?»

«Vor etwa einem Jahr hat sie mir wieder geschrieben. Sie käme mit ihrem Sohn nach New York, und sie wollte, daß ich sie und ihn sehe. Sie gab mir die Adresse einer ihrer Freundinnen, wohin ich ihr unbesorgt schreiben könne.»

«*Haben* Sie das Kind gesehen?»

«Nein, ich habe ihr geschrieben, das läge so weit zurück, und ich fände, wir sollten die Dinge lieber nicht komplizieren», sagte Damon. «Tatsächlich ist mir im Lauf der Jahre aufgegangen, daß ich von dieser Frau eigentlich nichts wußte, daß sie bei ihrem Aufenthalt in und um New York mit einem Dutzend Männern geschlafen haben konnte und daß ihr Sohn jedermanns Sohn gewesen sein kann. Als sie dann wieder anrief, sagte sie, sie hätte meinen Brief in einem Versteck aufgehoben und ihr Mann hätte ihn gefunden.»

Schulter nickte. «Daraus können Sie lernen: machen Sie nie etwas schriftlich. Weiter. Was hatte die Dame sonst noch am Telefon mitzuteilen?»

«Sie weinte, und deshalb fiel es ihr schwer zu sprechen, und sie sprach nicht sehr zusammenhängend, aber ich konnte mir so viel zusammenreimen, daß der Mann angefangen hatte, sie zu schlagen, bis sie die ganze Geschichte preisgab. Wahr oder nicht wahr. Er hätte geschworen, mich zu Brei zu verarbeiten, wenn er mir je begegnete. Und er sagte, ich sollte für den Lebensunterhalt und den Bildungsweg des Jungen aufkommen, wenn mir mein Leben lieb sei.»

«Haben Sie gezahlt?»

«Ich habe ihr einen Scheck über tausend Dollar geschickt.»

«Das war ein Fehler», sagte Schulter. «Da steht Ihr Name drauf und alles andere.»

«Ich sah keinen anderen Ausweg», sagte Damon matt. Wahrheit und die Folgen, dachte er, das war nicht zum Lachen, das war bitterer Ernst.

«Haben Sie ihre Adresse?»

»Ja.« Damon zog ein kleines Notizbuch aus der Tasche, schrieb die Adresse auf, riß das Blatt aus dem Notizbuch und überreichte es Schulter.

«Ich werde einen Polizeihauptmann anrufen, den ich in Gary kenne», sagte Schulter, «und ich werde ihn bitten, den Kerl zu durchleuchten.»

«Bitten Sie ihn um Himmels willen, diskret zu sein.»

«Diskret –» Schulter verzog die Oberlippe. «Das ist ein Wort, das ein Polizeihauptmann im Lexikon nachschlagen muß. Was wollen Sie tun, wenn Sie von diesem Zalovsky das nächste Mal angerufen werden?»

«Ich dachte, Sie könnten mir vielleicht einen Rat geben, was ich tun soll.«

Schulter dachte einen Augenblick nach und nahm einen Schluck von dem kalten Kaffee. «Falls er anruft, versuchen Sie, sich mit ihm auf den nächsten Tag zu verabreden. Dann teilen Sie mir mit, wo und wann das Treffen stattfindet, und ich werde versuchen, da oder wenigstens in der Nähe zu sein, und hoffe, daß er mich nicht bemerkt.»

«Als er mich anrief, hat er gesagt, er wolle mich in zehn Minuten sprechen. An der Ecke. Ich nehme an, der nächste Anruf wird so ähnlich sein. Ich werde keine Zeit haben, Sie zu rufen.»

Schulter blies die Luft durch die Zähne und verursachte dabei ein pfeifendes Geräusch. «Könnten Sie nicht so ein Gerät kaufen, mit dem Sie sich an das Telefon anschließen, so daß Sie seine Worte auf Band aufnehmen? Man kann dieses Zeug in jedem Laden für elektronische Anlagen kaufen.» Er sah auf seine Uhr und schob Tasse und Untertasse von sich. «Ich muß weiter. Wenn Sie noch andere hübsche kleine Geschichten in Ihrer Vergangenheit haben, wie die von Mrs. Larch, dann versuchen Sie lieber, sich zu erinnern und sie für unsere nächste Begegnung aufzuschreiben – mit Namen und Daten.» Er stand auf, untersetzt, massig, ohne in seinem schweren Mantel zu schwitzen, und setzte sich einen dunkelbraunen Filzhut mit schmaler Krempe auf, der auf seinem massigen Schädel lächerlich klein wirkte.

«Noch ein letztes», sagte er, als Damon aufstand. «Mrs. Sparman hat mir gesagt, daß Sie eventuell eine Lizenz für eine Pistole beantragen wollen.»

«Das stimmt.»

«Wie alt sind Sie, Mr. Damon?»

«Fünfundsechzig.»

«Haben Sie je zuvor eine Handwaffe bedient?»

«Nein, ich habe nie in meinem Leben eine Pistole angerührt.»

«Wo waren Sie während des Krieges?»

«Ich war in der Handelsmarine. Dort wurden keine Feuerwaffen ausgegeben.»

Schulter nickte. «Eine Pistole würde Ihnen mehr schaden als nützen», sagte er. «Es gibt sowieso schon zu viele verdammte Pistolen auf der Straße. Handelsmarine, wie?» Man konnte die Verachtung in der Stimme nicht überhören. «Bezahlte Überstunden für Tage in den Kampfzonen. Schweren Dienst haben wir das gewöhnlich genannt.»

«Sind *Sie* denn im Krieg gewesen?»

«Erste Marinedivision», sagte Schulter. «Keine bezahlten Überstunden.»

«Waren Sie nicht furchtbar jung? Wie alt sind Sie jetzt – fünfzig?»

«Siebenundfünfzig», sagte Schulter. «Ich habe mich gemeldet, als ich siebzehn war. Lauschige Tage im romantischen Südpazifik. Ein paarmal im Jahr werde ich immer noch gelb. Ja, ich muß jetzt gehen. Ich habe nicht die Zeit, Ihnen meine Lebensgeschichte zu erzählen. Diese blöden Juden im Diamantenviertel – die laufen rum mit Diamanten im Wert von hunderttausend Dollar im Attachéköfferchen – sie könnten ebensogut eine Inschrift auf ihren Rükken pinnen: ‹Kommt und holt mich›. Dann sind sie überrascht, wenn sie ermordet werden. Wenn ich die wäre, dann würde ich mir einen Zug Infanterie von der israelischen Armee ausleihen, die auf der 47sten Straße patrouilliert. Ich habe einen schweren Nachmittag vor mir – ich muß die liebsten Freunde von zwei Toten genauer unter die Lupe nehmen.» Er drückte seinen lächerlich kleinen Hut fester auf den kahl werdenden Kopf. «Bleiben Sie nach meinem Verschwinden noch ein bis zwei Minuten hier. Ich will nicht, daß wir zusammen auf die Straße treten. Und hoffen wir das Beste.»

Einen Händedruck gab es nicht, und der alte Marinesoldat ging auf die Bar zu; dabei schlingerte er wie ein Seemann im Sturm, als er durch die Tür trat.

8

WÄHREND ER LANGSAM DIE SIXTH AVENUE ENTLANGGING, fiel ihm ein, daß nahe bei der 50sten Straße ein großer Laden war, in dem es elektronische Geräte zu kaufen gab. Er fühlte sich nach dem Treffen mit Lieutenant Schulter körperlich angeschlagen. Es war, als hätte er sich einer ausnehmend strapaziösen Massage unterzogen.

Schulter war keine große Hilfe gewesen, hatte sogar mehr Fragen aufgeworfen als Antworten gegeben. Zudem war es peinlich gewesen, von Julia zu erzählen. Nach all diesen Jahren weinend aus der Vergangenheit aufzutauchen, um ihm mit einem solchen Problem zuzusetzen, das nicht er geschaffen hatte! Er erinnerte sich an den Abend, an dem sie sich trafen. Er und Sheila waren zu einer kleinen Party gegangen, bei der sich das Gespräch vornehmlich um Bücher drehte. Jemand hatte Julia zu dieser Party mitgebracht. Als er sich mit ihr unterhielt, erfuhr Damon, daß sie vor ihrer Ehe Bibliothekarin gewesen war, und daß sie bedauerte, New York verlassen zu haben. Sie beteiligte sich nur hin und wieder am allgemeinen Gespräch, aber das wenige, was sie sagte, ließ deutlich erkennen, daß sie fast alle Werke der zeitgenössischen Schriftsteller gelesen hatte und alle Bücher kannte, die im Laufe des Abends erwähnt wurden. Sogar in Gary hielt sie sich im literarischen Klatsch auf dem laufenden, indem sie eine Menge Zeitschriften las und mit Freunden korrespondierte, die sie in New York zurückgelassen hatte und die sich am Rande der Verlags- und Theaterwelt bewegten. Sie war ein hübsches, zierliches Persönchen, etwas bläßlich, unkonturiert und schüchtern, und sie machte auf Damon keinen besonderen – weder guten noch schlechten – Eindruck.

Er hatte damals einen schweren Stand bei Sheila. Er trank viel, weil sein Geschäft schlecht lief und einige seiner erfolgreicheren Klienten abgewandert waren. An mehreren Abenden in der Woche blieb er bis zwei oder drei Uhr morgens bei Freunden, bei denen man sicher sein konnte, daß sie schon um Mitternacht sinnlos betrunken waren. Er selbst kam meistens auf unsicheren Beinen in seine Wohnung zurück und mußte lange herumtasten, bevor er das Schlüsselloch der Wohnungstür fand. Seine Ausflüchte waren lahm, und Sheila hörte sie sich mit eisigem Schweigen an. Sie hatten sich schon seit Wochen vor dieser Abendgesellschaft nicht mehr geliebt. Als sie wieder zu Hause waren, wünschten sie einander kaum gute Nacht, ehe Sheila das Licht auf dem Nachttisch ausknipste.

Er fühlte sich voller Lust, hatte eine kräftige Erektion und faßte zu ihr hinüber, um sie zu liebkosen. Sie stieß seine Hand ärgerlich zurück. «Ich schlafe nicht gern mit Säufern.»

Von Selbstmitleid überwältigt, legte er sich wieder zurück. Nichts hat mehr seine Richtigkeit, dachte er, alles schlittert bergab, diese Ehe wird nicht mehr lange halten.

Am Morgen wartete er nicht ab, bis Sheila ihm das Frühstück richtete, sondern trank auf dem Weg zum Büro in einer Cafeteria einen Kaffee. Wundersamerweise hatte er keinen Kater. Klaren Sinnes entschied er sich, daß sein Verhalten in den letzten paar Monaten ebenso sehr Sheilas Schuld gewesen sei wie seine eigene. Die Ehekrise hatte mit einem Streit um Geld begonnen. Er brachte sehr wenig nach Hause, Sheila verdiente nicht viel, und die Rechnungen stapelten sich. Dann hatte ihm ein Verleger von zweifelhaftem Ruf, der sich sein Vermögen durch die Veröffentlichung sensationeller, semipornographischer Bücher erworben hatte, einen Job in seinem Betrieb angeboten, um einen gehobeneren Ton einzuführen. Die Bezahlung wäre sehr ansehnlich gewesen, aber der Verleger war ein Prolet, und Damon meinte, man würde zehn Damons brauchen, um ihn respektabel zu machen. Er hatte das Angebot abgelehnt und dann den Fehler begangen, Sheila davon zu erzählen.

Sie war wütend geworden und zeigte es ihm.

«Du hast es bisher zu leicht gehabt, mein lieber Herr Gemahl», hatte sie gesagt. «Integrität ist schön und gut, aber damit bezahlt man keine Rechnungen. Wenn du jemals mit mißbrauchten, verschüchterten, gewalttätigen Kindern zu tun gehabt hättest, so wie ich, dann wüßtest du, was es heißt, die niedrigste und häßlichste Arbeit zu tun, um nicht zu verhungern.»

«Mach kein Drama.»

«Das Drama machst du! Opferst alles, um die heilige Flamme der Literatur am Brennen zu halten. Okay, bleib nur rein, und dreimal Hoch für Roger Damons kostbare Integrität! Ich kenne dich zu gut, um auch nur eine Sekunde lang zu glauben, daß du mir zu Gefallen das geringste ändern würdest. Geh wieder in den schäbigen Schrein deines Büros, rauch deine Pfeife und warte geruhsam, bis der nächste T. S. Eliot durch die Tür kommt und dich mit einem unterschriebenen Vertrag salbt.»

«Sheila», hatte er traurig gesagt, verwirrt von diesem Echo auf Mr. Grays Bericht über sein letztes Gespräch mit seinem Sohn und der Verachtung dieses Sohnes, der gesagt hatte, sein Vater begnüge sich damit, sein Leben von

Brosamen zu fristen und in seiner Ecke sitzen zu bleiben. «Sheila, jetzt redest du nicht wie Sheila.»

«Eins kann ich dir garantieren, mein lieber Gemahl», sagte Sheila hart, «und zwar, daß Armut ein sicheres Mittel ist, den Ton deiner Liebsten zu ändern.»

Danach hatte er das Trinken angefangen und die Zeit bis spät in die Nacht mit den «Boys» verbracht, wie Sheila sie abschätzig nannte. Ein Sturm entschuldigt alles, dachte er, da er zu ehrlich war, um alle Schuld von sich abzuwälzen.

In der Erinnerung an all diese Dinge und an Sheilas vorwurfsvolles, eigensinniges Gesicht, das nun schon seit Monaten diesen Ausdruck trug, dachte er: Sie sieht aus wie eine Bauersfrau und sie benimmt sich wie eine Bauersfrau. Das war häßlich, und das mißfiel ihm; und wenn er auch nicht wissen konnte, wie es schließlich enden würde, war er doch sicher, daß er es nicht länger ertragen konnte.

Er hatte an seinem Schreibtisch gesessen, freudlos seine Konten studiert und voller Zorn daran gedacht, wie Sheila in der vergangenen Nacht seine Hand zurückgestoßen hatte, als das Telefon klingelte. Er nahm den Hörer ab. Es war Julia Larch. Er versuchte, die Überraschung aus seiner Stimme zu verbannen, als sie ihren Namen nannte. «Ich habe daran gedacht, wie nett es war, Ihnen gestern abend zu begegnen», sagte sie, «und um wieviel netter es wäre, Ihnen wieder zu begegnen.»

«Das ist sehr lieb von Ihnen, Mrs.... äh... Mrs. Larch», sagte Damon.

«Ich habe von Ihnen geträumt, kurz bevor ich heute morgen aufwachte.» Sie lachte leise. «Das war vor etwa zehn Minuten.»

«Ich hoffe, es war ein angenehmer Traum», sagte Damon, der verlegen wurde und hoffte, daß Oliver an seinem Schreibtisch nicht ahnte, was am anderen Ende der Leitung gesagt wurde.

Sie lachte wieder. «Er war sehr sexy», sagte sie.

«Das ist eine gute Nachricht.»

«Und ich habe mir überlegt, ob es nicht ein guter Abschluß meiner Ferien in New York wäre, wenn Sie jetzt gleich zu mir aufs Zimmer kommen würden, bevor ich den Traum vergesse, und mich lieben.»

«Aber ich . . . ich», stammelte Damon. «Das ist sehr verlock . . .»

«Ich bin im Borden-Hotel. Das ist auf der Ostseite der 39sten Straße, Zimmer Nummer 426. Die Tür ist nicht abgeschlossen.» Und sie legte auf.

Damon legte langsam den Hörer auf die Gabel und war sich peinlich bewußt, wie sehr ihn nach wochenlanger Enthaltsamkeit die Stimme am Telefon erregt hatte.

«Etwas Wichtiges?» fragte Oliver.

«Nur jemand, der sich verabschiedet hat.» Er blieb noch fünf Minuten sitzen und blickte auf die schlimmen Zahlen, die auf der vor ihm liegenden Seite aufgeführt waren; dann stand er auf und verließ das Büro, ging quer durch die Stadt zur 39sten Straße Ost und zu der Hotelzimmertür, die ihm nicht verschlossen sein würde.

Er dachte immer noch über diesen Anruf von vor etwa elf Jahren nach, um ihm zu folgen hatte er sich durch den dichten Mittagstrubel der Sixth Avenue hindurchgekämpft. Im Bett erwies sich Julia weder als bläßlich noch als konturlos oder gar schüchtern, und als die Nacht hereinbrach, hatte er mehr Orgasmen erlebt als je zuvor an einem Tag oder in einer Nacht – auch als er noch ein achtzehnjähriger Jüngling war.

Und wie der Zufall es wollte, nahm von da an sein Schicksal eine jähe Wendung zum Besseren. Ein Klient, dessen zwei letzte Bücher keine Resonanz gefunden und sich nicht verkauft hatten, trat mit einem Roman an die Öffentlichkeit, der sich zwei Monate lang etwa in der Mitte der Bestsellerliste hielt; Damon setzte einen Vertrag für einen Zeitungsmann durch, der zusammen mit einem Filmstar eine Autobiographie verfassen wollte, und vereinbarte einen riesigen Vorschuß; eine Tante in Worcester starb und hinterließ ihm testamentarisch zehntausend Dollar. Er fühlte kein Bedürfnis mehr zu trinken, und Sheila, die zunächst argwöhnte, daß dies eine vorübergehende Phase wäre, wurde schließlich wieder die alte Sheila und entschuldigte sich für ihre Nörgeleien. Es war nicht mehr nötig, im Bett nach ihr zu greifen, weil sie jetzt nach ihm griff.

Rückblickend konnte er sein Glück der letzten Jahre auf den Tag datieren, an dem er zu Julia Larch aufs Zimmer gegangen war. Wenn er sich jedoch jetzt die Ereignisse der letzten Tage ins Gedächtnis rief, dann wurde er von dem Gefühl übermannt, daß eine neue Ära, düster und kalt, eine Ära der Drohungen und Warnungen, begleitet von Menschen, die mit Mord befaßt waren, eine Ära peinvoller Erinnerungen, angekündigt durch die fortwährende Anwesenheit längst Verstorbener, für ihn ihren Anfang nahm. Er wußte, daß er sich am Nachmittag betrinken würde. Er wußte aber auch, daß Sheila, deren Vertrauen zu ihm als verläßlichem Ernährer inzwischen wiederhergestellt war, es ihm verzeihen würde.

Er hatte den Laden erreicht, in dem elektronische Geräte verkauft wurden; als er sich das Schaufenster betrachtete, staunte er ob der unbegrenzten Erfindungsgabe der Menschheit, die so klug die verzwicktesten, von der Natur gestellten Probleme gelöst und die winzigen Computer, die Radios, die Kassettenrekorder und kleinste Fernsehgeräte geschaffen hatte. Bevor er hineinging, beschloß er, für sein Haustelefon einen automatischen Anrufbeantworter zu kaufen, aber nicht das raffinierte Ding, das sein Zuhause in ein Aufnahmestudio verwandeln konnte. Ich bin nicht zum Spionieren geboren, sagte er sich selbstgerecht. Doch insgeheim wußte er, daß er ein Perfektionist war. Wenn er Zalovskys nächsten Anruf auf Band speicherte, dann würde er sich auch gezwungen fühlen, ihn zu sehen. Wenn aber das Band nicht besprochen war, hätte er, wie er sich vorredete, keinen Grund, dem Manne gegenüberzutreten.

Er trat ein und ging geradewegs zum Ladentisch, wo der

Verkäufer einen Kunden bediente. «Ich will etwas so Kleines und Leichtes, daß ich es auf Reisen in meine Handtasche packen kann», sagte der Kunde.

Damon fuhr zusammen, als er die Stimme hörte. Es war die Stimme des Mannes, der vor dem Krieg mit ihm in der Schauspielschule, später sein Schiffskamerad und enger Freund gewesen war und mehrere Jahre mit ihm eine Wohnung geteilt hatte, Maurice Fitzgerald. Zu der Zeit, als Damon sich entschloß, die Schauspielerei an den Nagel zu hängen, war Fitzgerald bereits sehr erfolgreich auf der Bühne und ständig gefragt. Sie waren gute Freunde geblieben, auch als Damon vom Theater abgewandert war, hatten sich aber sehr frostig getrennt. Ihre Freundschaft hatte einen unheilbaren Bruch erlitten, und Damon war nicht zu der Abschiedsparty gegangen, die für Fitzgerald und Damons frühere Geliebte, Antoinetta Bradley, am Vorabend ihrer Abreise nach London stattfand. Als er jetzt jedoch das vertraute, sorglose Gesicht unter der irischen Tweedmütze sah, schwand die Kälte, und die alte kameradschaftliche Wärme der Tage auf dem Schiff und in der Junggesellenwohnung kehrte zurück. In London hatte Fitzgerald mit seiner sonoren, irischen Stimme und seiner Gabe, jede Rolle zu spielen, eine solide Karriere als zuverlässiger zweiter Hauptdarsteller gemacht. Er hatte gewußt, daß er trotz seiner Begabung niemals ein Star sein würde. Er war klein, und sein Gesicht, das beweglich war und verschlagen, stand einem Komödianten in einer Burleske an. Man konnte ihn beim besten Willen nicht hübsch nennen, selbst seine Mutter nicht, wie er mit wehmütigem Lächeln zu sagen pflegte.

Damon fühlte sich versucht, dem Mann, dessen Rücken ihm jetzt zugewandt war, auf die Schulter zu tippen und zu sagen: «An Deck, Maat.» Doch über seinen ganzen Körper lief ein sonderbares, verwirrendes Kribbeln, und er erinnerte sich an die Begegnung mit dem alten Herrn, den er für Mr. Gray gehalten hatte. So wartete er ab, um noch einmal genau hinzusehen, bevor er etwas sagte. *Eine* Begegnung in der Woche, wie die mit dem falschen Mr. Gray, hätte jedem gereicht. Als sich der Mann jedoch umdrehte, sah Damon, daß es in der Tat Fitzgerald war; nicht der junge Mann, den er gekannt hatte, mit schwarzem Haar und ungefurchtem Gesicht, sondern ein Mann gesetzten Alters mit grauen Koteletten unter der Mütze.

«Sieh mal einer an», sagte Fitzgerald. «Roger Damon.»

Doch selbst, als sie sich die Hände reichten, wußte Damon, daß er, aus reiner Geisterfurcht, unter keinen Umständen als erster gesprochen hätte. «Was tust du hier im Heimatland?» fragte Damon.

«Ich spiele in einem Stück, für das wir morgen mit den Proben beginnen. Ich hätte nicht gedacht, daß New York mich wieder so packen würde. *Gibt's einen Mann so tot im Geiste,* und so weiter ... Und am zweiten Tag dir in die Quere zu laufen, ist wie der Zuckerguß auf dem Kuchen.» Er musterte Damon liebevoll. «Du siehst gut aus, Roger.»

«Du auch.»

«Ein bißchen ausgefranst an den Rändern.» Er nahm die Mütze ab und berührte seinen Kopf. «Graues Haar. Sorgenfalten um die Augen. Die Augen nicht mehr glänzend und unschuldig. Na, ich bin froh, daß du auch noch deine Haare hast.» Er grinste. «Zwei alte Gockel. *Leere zerstörte Chöre, wo spät die süßen Vögel sangen,* und so weiter.»

«Du siehst überhaupt nicht alt aus», sagte Damon. Er spach die Wahrheit. Nach äußerster Schätzung sah Fitzgerald nicht älter aus als fünfzig, obwohl er einige Monate älter war als Damon.

«Das Dasein im Auge der Öffentlichkeit. Das wirkt, in einer vertrackten Weise, Wunder für die bleibende Illusion der ewigen Jugend.»

«Sir», fragte jetzt der Verkäufer, der geduldig beiseite gestanden und den beiden Männern zugeschaut hatte, «Sir, wollen Sie dieses Gerät mitnehmen?»

«Ja.» Fitzgerald warf eine Kreditkarte auf den Ladentisch. «Was kaufst du hier in diesem Zauberschloß?»

«Ich gucke nur und kaufe nicht.» Damon hatte keine Lust, Fitzgerald zu erklären, warum er ein Gerät brauchte, das Telefonanrufe entgegennahm und einen entschuldigte, daß man das Gespräch nicht persönlich führte. «Ich finde, das Wiedersehen sollte man begießen. Findest du nicht?»

Fitzgerald schüttelte bedauernd den Kopf. «Verdammt noch mal. Ich esse Mittag mit dem Produzenten des Stükkes. Kann die Prominenz doch nicht warten lassen. Ich bin ohnehin schon verspätet.»

«Wie wär's mit morgen abend? Zum Essen bei uns. Ich möchte, daß du meine Frau kennenlernst.» Fitzgerald hatte Elaine gekannt und Damon beglückwünscht, als er sie losgeworden war, aber er war lange vor Damons zweiter Ehe nach London gezogen.

«Das klingt toll», sagte Fitzgerald. «Welche Zeit und wo?»

«Acht Uhr abends. Hier, ich gebe dir meine Adresse.» Er brachte sein Notizbuch zum Vorschein, aus dem er eine Seite herausgerissen hatte, um für Schulter die Adresse Julia Larchs aufzuschreiben. Nun schrieb er seine eigene Adresse für Fitzgerald auf. Die örtlichen Wohnlichkeiten und Namen von Freunden und Feinden, ausgerissen aus einem Notizblock für einen Vierteldollar. Poetenwerk, wie Shakespeare angemerkt hatte.

«Bevor du gehst», sagte Damon und zögerte, ehe er die Frage stellte, «ist Antoinetta mit dir hier?»

Fitzgerald sah ihn mit sonderbarem Ausdruck an. «Sie ist bei einem Flugzeugunglück umgekommen», sagte er fast tonlos. «Vor zehn Jahren. Die Maschine ist in die Irische See gefallen. Die ganze Besatzung vermißt.»

«Das tut mir leid», sagte Damon lahm. «Sehr leid.»

Fitzgerald zuckte die Achseln. «Wen das Los trifft», sagte er. «Ach, ich versuche, das so leichthin abzutun, und ich hatte gedacht, ich könnt's verwinden, aber ich kann es nicht.» Er lächelte mühsam. «Zwecklos, es zu versuchen.» Er machte eine kleine, schwer zu deutende Geste, abschließend, Beileid abwehrend? Damon war sich nicht sicher.

Sie traten zusammen hinaus auf die Avenue.

«Bis morgen um acht», sagte Fitzgerald. «Sag deiner Frau, ich esse alles, was es gibt.» Er sprang behende in ein Taxi. Damon sah, wie er in dem Taxi davonfuhr, dann ging er zurück in denselben Laden zum selben Tisch und kaufte ein Gerät, das Telefonanrufe aufnahm.

Mit dem in eine Schachtel verpackten Gerät ging er in die nächste Bar, bestellte den ersten Drink des Nachmittags und dachte an die guten und schlechten Zeiten, die er gemeinsam mit Fitzgerald durchlebt hatte.

Dazu gehörten die langen Nächte in Downeys Restaurant oder Harolds Bar, wo sich die Schauspieler versammelten, wenn ihre Aufführungen beendet waren; er und Fitzgerald pflegten mit allen, die sich einfanden, über die verschiedenen Talente von O'Neill, Odets, Saroyan, Williams, Miller und George Bernard Shaw zu diskutieren. Fitzgerald, der ein untrügliches Gedächtnis hatte, konnte alle und jeden zitieren, um einen Standpunkt zu beweisen. Darstellungsstile wurden geprüft, und Fitzgerald bezeichnete «Die Methode», wie sie beispielhaft vom «Group Theatre» zelebriert wurde, als die «New Yorker Schule des Nuschelns». Sein Vater war Ire gewesen und hatte am Trinity College in Dublin studiert; seinem Sohn hatte er eine klare und angenehm musikalische Redeweise vererbt, die sich zu Shakespeareschen Höhen aufschwingen oder zu einem schwebenden irischen Akzent herablassen konnte, wenn er Passagen von Joyce zitierte.

Trotz seiner Statur und seines Komödiantengesichts wirkte er anziehend auf Mädchen, von denen stets zwei oder drei zur Hand waren und ihn baten, ihre Lieblingsgedichte aufzusagen und einen der großen Monologe, die Fitzgerald mit gezügelter Leidenschaft und bewundernswerter Klarheit vortrug, auch wenn er noch so betrunken war.

Er hatte zudem ein bemerkenswertes Talent, sich Mädchen auszusuchen, die kochen konnten, und sie im

Triumph in seine Wohnung zu bringen, wo sie Schlemmereien in Gestalt von *bœuf bourgognon* und *fritto misto* und *canard à l'orange* zubereiteten. Wenn er ein Mädchen fand, das besser kochen konnte als die gegenwärtige Titelinhaberin, dann setzte er diese skrupellos ab und ernannte die neue zur *Maîtresse de la Maison.* Damon konnte den *Maîtresses de la Maison,* die bei ihnen verschlissen wurden, während sie zusammen hausten, nicht zählen.

Als Damon Antoinetta zum ersten Mal in die Wohnung mitbrachte, fragte Fitzgerald sie sofort: «Kannst du kochen?»

Antoinetta sah Damon erstaunt an. «Wer ist dieser seltsame Vogel?» fragte sie.

«Halt ihn dir bei Laune», sagte Damon. «Er hat so eine Marotte mit dem Kochen.»

«Sehe ich aus wie eine Köchin?» fragte Antoinetta, und Fitzgerald antwortete:

«Du siehst aus wie eine Göttin, die aus dem Schaum emporsteigt, und der Schaum besteht aus *mousse au chocolat.*»

Darüber mußte Antoinetta lachen. «Die Antwort ist: Nein. Ich kann entschieden nicht kochen. Was kannst *du* denn?»

«Ich kann einen Habicht von einer Handsäge unterscheiden und ein zusammengefallenes *soufflé* von einem Lendensteak.» Er wandte sich an Damon. «Was kann ich sonst noch?»

«Diskutieren», sagte Damon, «spät in den Morgen hinein schlafen und die Balken dröhnen lassen, wenn du Yeats zitierst.»

«Kennst du *In Flanders Fields*?» fragte Antoinetta. «Ich habe es einmal in der Schulaula aufgesagt, als ich zehn war. Die haben gejubelt, als ich fertig war.»

«Kann ich mir denken», sagte Fitzgerald boshaft. Damon kannte Antoinetta gut genug, um zu wissen, daß sie scherzte und für die Frage, ob sie eine Köchin sei, Vergeltung übte. Man konnte jedoch mit Fitzgerald über Dichtung nicht scherzen. Er wandte sich an Damon: «Heirate diese Dame nicht, lieber Freund», sagte er. Er verriet Damon nie, ob er das gesagt hatte, weil Antoinetta nicht kochen konnte, oder weil er *In Flanders Fields* nicht mochte.

Schließlich und endlich, dachte Damon, als er sich einen zweiten Drink bestellte, hatte er Fitzgeralds Rat befolgt. Er hatte Antoinetta nicht geheiratet.

Bevor er sie mit nach Hause brachte, hätte er Antoinetta darauf vorbereiten sollen, daß Fitzgerald bei den irischen Lyrikern zur Höchstform auflief. Dann hätte sie vielleicht die Kränkung unterlassen, und Fitzgerald hätte sich von Anfang an für sie interessiert und allen dreien eine Menge Unheil erspart.

Fitzgeralds größte Bewunderung galt dem Poeten William Butler Yeats, und während der langsamen Fahrt eines Geleitzugs über den Atlantik stand er mit Damon am Bug des Liberty-Schiffes, das sich durch die langen Wogen des Nordatlantik schob, und sprach die zauberischen Verse des Dichters. Er rezitierte *Seefahrt nach Byzanz* als Sondervergünstigung, wenn es so schien, als seien sie außer Gefahr und wenn die See ruhig war. Damon hatte es so oft gehört, daß er es jetzt an einer Bar in der Sixth Avenue stehend mit Fitzgeralds irischem Tonfall flüstern konnte.

Er flüsterte, weil er nicht wollte, daß die anderen Leute in der Bar ihn für einen Verrückten hielten, der Selbstgespräche führte.

Das ist kein Land für Greise. Jugend schlang
Arm unter Arm, in Bäumen Vogelbrut
– Die sterbenden Geschlechter – im Gesang,
Fälle voll Lachs, makrelensatte Flut,
Fisch, Fleisch, was fliegt, lobpreist allsommerlang,
Was nur erzeugt, geboren wird und stirbt,
Sinnen-, musikverstrickt, läßt man verwaist,
Was Denkmal ist vom alterslosen Geist.

Fitzgerald pflegte leise zu weinen, wenn er ans Ende der ersten Strophe gelangte, und Damon spürte, wie ihm selbst die Tränen in die Augen stiegen, als er sich an diese Augenblicke erinnerte.

Fitzgerald schien den gesamten Shakespeare auswendig zu kennen, und in Vollmondnächten, wenn sich der Geleitzug als perfektes Ziel für die Wolfsrudel der Unterseeboote gegen den Horizont abzeichnete, zitierte er mit dem Mute der Verzweiflung Hamlets Monolog nach Fortinbras' erstem Auftritt:

Beispiele, die zu greifen, mahnen mich,
So dieses Heer von solcher Zahl und Stärke,
Von einem zarten Prinzen angeführt,
Des Mut, von hoher Ehrbegier geschwellt
Die Stirn dem unsichtbaren Ausgang beut
Und gibt sein sterblich und verletzbar Teil
Dem Glück, dem Tode, den Gefahren preis
Für eine Nußschal'. Wahrhaft groß sein heißt,
Nicht ohne großen Gegenstand sich regen,
Doch einen Strohhalm selber groß verfechten,
Wenn Ehre auf dem Spiel. Ich seh' indes beschämt
Den nahen Tod von zwanzigtausend Mann,
Die für 'ne Grille, ein Phantom des Ruhms
Zum Grab gehn wie ins Bett; es gilt ein Fleckchen,
Worauf die Zahl den Streit nicht führen kann,
Nicht Gruft genug und Raum, um die Erschlag'nen,
Nur zu verbergen? O, von Stund' an trachtet
Nach Blut, Gedanken, oder seid verachtet.

Als er eines Nachts gerade den Monolog gesprochen hatte, wurde ein Schiff aus dem Geleitzug torpediert. Das Schiff explodierte, und sie hatten voll Entsetzen die Flammen beobachtet und die unheilvolle Säule leuchtenden Rauches, als das Schiff unterging. Es war das erste Mal, daß sie die Vernichtung eines ihrer Schiffe mitansahen, und Fitzgerald stieß einen trockenen Schluchzer aus, bevor er mit leiser Stimme sagte: «Guter Freund, wir sind die Eierschale, und alle Gedanken auf See und in ihrer Tiefe sind blutig heute nacht.» Dann hatte er sich gefaßt und mit ironisch schwingendem Rhythmus aus dem *Sturm* zitiert:

Fünf Faden tief liegt Vater dein,
Sein Gebein wird zu Korallen;
Perlen sind die Augen sein;
Nichts an ihm, das soll verfallen,
Das nicht wandelt Meereshut
In ein reich' und seltnes Gut;
Nymphen läuten stündlich ihm:
Da horch! ihr Glöckchen – Bim! bim! bim!

Danach schwieg Fitzgerald einen Augenblick still; dann sagte er: «Shakespeare; das Wort für alle Lebenslagen. Nie werde ich dazu kommen, den Hamlet zu spielen. Ach, ich hau mich in meine Koje. Sag mir nicht Bescheid, wenn wir von einem Torpedo getroffen werden!»

Sie hatten Glück und wurden nie von einem Torpedo getroffen; sie kamen zurück nach New York, fröhlich, jung und erpicht, die Arbeit wiederaufzunehmen, für die sie geboren waren, wie Mr. Gray bei anderer Gelegenheit gesagt hatte. Damals entschlossen sie sich, gemeinsam eine Wohnung zu mieten. Sie fanden eine nahe dem Hudson, in einer Straße, in der es vorwiegend Gebrauchtwagenhändler und Speicher gab. Es war eine weiträumige, verkommene Wohnung, die sie mit zusammengewürfelten Möbelstükken einrichteten, schnell mit Büchern vollstopften und mit Theaterplakaten garnierten; ihre rasch wechselnden Freundinnen versuchten, sie in Ordnung zu halten.

Genau wie Damon hatte er vor dem Krieg geheiratet, von seiner Frau jedoch einen jener stereotypen «Lieber-Hans-Briefe» erhalten, in dem sie ihm gestand, daß sie sich in einen anderen Mann verliebt hätte, den sie nun zu heiraten gedenke. «Es war eine kalte Scheidung», sagte er. «Die gesetzlichen Bande wurden in Reno gelöst, während ich südlich von Island im Atlantik weilte.»

Er schwor, nie wieder zu heiraten, und als eine junge Frau, die drei Monate in der Wohnung überdauert hatte, deutlich zu erkennen gab, daß sie von ihm geheiratet werden wolle, hatte er ihr in Damons Gegenwart stark überzogen einen heroischen Monolog aus einem Stück vorgetragen, in dem er aufgetreten war: «Ich bin von Frauen beschwindelt, von Frauen geschröpft, von Frauen verschmäht, von Frauen geschieden, verlassen, verhöhnt, genarrt, von Frauen verzogen, belogen und betrogen worden. Es bedürfte der Wortgewalt Shakespeares, um meine Beziehungen zu Frauen zu schildern. Ich war der Mohr auf dem Meer, der dämliche Däne, der trippelnde Troilus, der delirische Lear, der falsche Falstaff, der prostituierte Prospero, Mercutio mit einem Loch im Leib zweimal so tief und fünfmal so weit wie eine Kirchentür – und alles durch Frauen.»

Dann gab er der Dame einen keuschen Kuß auf die Stirn. «Gibt dir das eine schwache Vorstellung von meinen Gefühlen zu diesem Thema?»

Die Dame hatte gelacht, wie er erwartet hatte, und das Thema nicht wieder angeschnitten. Sie hatte weiterhin friedlich und gemeinsam mit den anderen Mädchen seine Wohnung besucht.

Um die Freundschaft zu erhalten, hatten Fitzgerald und Damon eine Übereinkunft getroffen, daß der andere die Hände von den Mädchen lassen würde, die der eine ins Haus brachte, und das funktionierte sogar bei den wildesten Parties, bis Damon mit Antoinetta ankam, die bald eine Art Fixpunkt in ihrem Leben wurde, drei- oder viermal die Woche bei Damon übernachtete und sogar versuchte, für sie eine Mahlzeit zu zaubern – in einer jener seltenen Zeiten, da Fitzgerald von allen Köchinnen verlassen war.

In der mittäglichen Stille der New Yorker Bar bestellte Damon, zwar frei von Unterseebooten, aber die Beute anderer Gefahren, noch einen Drink. «Doppelt für diese Runde», sagte er zu dem Barmann. Obwohl er seit dem Frühstück nichts zu sich genommen hatte und auf leeren Magen trank, hatte der Whisky keine Wirkung auf ihn. Er fühlte sich nüchtern und melancholisch in seinen Gedanken an die verlorenen, überschwenglichen Jahre und schließlich an den einen wahrhaft schlimmen Vorfall mit Fitzgerald.

Damon merkte sofort, daß etwas geschehen war, als er nach der Arbeit in die Wohnung trat. Es war ein eiskalter New Yorker Winterabend. Auf dem Heimweg von Mr. Grays Büro war er bis auf die Knochen durchgefroren; er freute sich auf einen Drink und die Wärme des Kaminfeuers, das Fitzgerald, wie er hoffte, entzündet hatte.

Es brannte jedoch kein Feuer, und Fitzgerald hatte gerötete Augen und lief noch im Schlafrock umher, was bedeutete, daß er den ganzen Tag nicht ausgegangen war. Er ging schwankend mit einem Drink in der Hand im Wohnzimmer auf und ab, und Damon erkannte auf den ersten Blick, daß er den ganzen Nachmittag getrunken hatte, was er sonst vor einem Bühnenauftritt niemals tat – und ein solcher stand am selben Abend bevor.

Fitzgerald machte ein verwundertes Gesicht, als Damon das Zimmer betrat. «Ah», sagte er und hob sein Glas, «du hast mich auf frischer Tat ertappt. Für einen Schauspieler ein unverzeihliches Verbrechen, sich alkoholisiert zur Arbeit zu melden.»

«Ist was, Maurice?»

«Bloß», sagte Fitzgerald, «daß ich ein Scheißkerl bin, falls man das heutzutage überhaupt noch Scheißkerl nennt. Hol dir auch was zum Trinken. Wir werden's heute abend beide brauchen.»

«In weniger als drei Stunden geht der Vorhang hoch, Maurice.»

«Ich kann mich durch diesen einträglichen Broadwayschund im Schlaf durchwursteln», sagte Fitzgerald verächtlich. «Ich kann auch den Vorhang ohne mich hochgehen und die Zuschauer raten lassen, wer fehlt.»

«Schluß damit, Maurice. Was ist passiert?»

«Na schön, aber hör auf, mich zu gängeln.» Fitzgerald trat zum Tisch, auf dem die Flaschen, das Eis und die Gläser standen. «Hier, laß dir einen Drink brauen. Die Mädchen sind alle geflohen. Und es wurde auch Zeit.» Seine Hände zitterten, als er einen Drink für Damon mixte und den eigenen auffüllte. Der Flaschenrand klirrte gegen den Rand des Glases. Aus beiden Gläsern Whisky verschüttend, schwankte er durch das Zimmer auf Damon zu. Damon nahm ein Glas, nippte daran und setzte sich.

«So ist's recht, lieber Freund, setz dich. Das wird vielleicht ein langes Palaver.»

«Also, Maurice», sagte Damon, «worum handelt sich's?»

«Es», erwiderte Fitzgerald, «handelt sich um Antoinetta. Oder genauer gesagt, Antoinetta und deinen lieben Freund Maurice Fitzgerald, zutreffend genannt Scheißkerl, Sohn von Gerald.»

«Du brauchst es nicht weiter auszuschmücken», sagte Damon ruhig, obwohl er den Drang bekämpfen mußte, diesem Mann, an dessen Seite er den Krieg überlebt und Hunderte von ausgelassenen Nächten gefeiert hatte, an die Gurgel zu fahren.

«Du hast nichts geahnt?» Fitzgerald gab sich Mühe, reuig auszusehen, aber nach all dem Alkohol war das bewegliche Komödiantengesicht nur eine bösartige Fratze.

«Nein», sagte Damon. «Ich habe nichts geahnt.»

«Gott segne die Unschuldigen in dieser bösen Welt.» Plötzlich schleuderte Fitzgerald sein Glas in den leeren Kamin. Der Whisky zog eine Spur über den Fußboden, und das Glas zersplitterte an der Rückwand des Kamins.

«Wie lange läuft das schon zwischen euch beiden?» Noch war Damon imstande, mit gedämpfter Stimme zu sprechen. Er wollte keine Einzelheiten oder Erläuterungen, er wollte nichts weiter, als das gerötete, höhnische Gesicht loswerden, das über ihm hing. Aber seine Worte kamen automatisch.

«Einen Monat. Gerade genug Zeit für eine Lady, um sich zu entscheiden.»

«Du lieber Gott», sagte Damon, «sie hat das ganze vergangene Wochenende und die letzte Nacht mit mir geschlafen, verdammt noch mal, und du warst im Nebenzimmer.»

«*Amor omnia vincit*», sagte Fitzgerald. «Oder vielleicht andersherum. *Omnia amor vincit.* Männer und Frauen, guter Freund, Männer und Frauen. Bestien des Dschungels.»

«*Wirst* du sie denn heiraten?»

«Vermutlich; zu gegebener Zeit», sagte Fitzgerald. «Hier muß klar Deck geschaffen, Bedauern erklärt werden.» Er hatte eine lange Liebschaft mit einer der Köchinnen gehabt, die er ins Haus gebracht hatte. Sie war ihm bis zum Überdruß ergeben, und Damon vermutete, daß das eins der Decks war, die «klar»gemacht werden mußten.

«Wir haben's nicht eilig zur Kirche», sagte Fitzgerald. «Ich werde Antoinetta eines Tages zu einer anständigen Frau machen.»

«Du *bist* ein Scheißkerl», sagte Damon bitter.

«Das habe ich als erster gesagt», erwiderte Fitzgerald, «aber ich habe nichts gegen das Zitat. Wo zum Teufel ist mein Drink?»

«Du hast ihn in den Kamin geschleudert.»

«Oh, der verlorene und windverwehte Geist einer Flasche Scotch. Aus den Schriften Thomas Wolfes, eines berühmten amerikanischen Schriftstellers. Ein Stein, ein Blatt, ein ungefundnes Tor. Ebenfalls von dem berühmten Schriftsteller. Gott! Ich kann nie etwas vergessen. Welch eine Last. Ich werde dich nicht vergessen, guter Freund.»

«Danke.» Damon stand auf. «Ich will jetzt packen und dann nichts wie raus.»

Fitzgerald streckte die Hand aus, um ihn aufzuhalten. «Das kannst du nicht. Ich bin's, der gehen muß.»

«Ich bin nicht erpicht, in einem Bordell zu wohnen», sagte Damon. «Vor allem, nachdem ich festgestellt habe, was das rote Licht im Fenster bedeutet.»

«Einer von uns muß bleiben», sagte Fitzgerald. «Unser Mietvertrag läuft noch ein Jahr.»

Damon zögerte. Er konnte eine andere Wohnung nicht bezahlen, wenn er zugleich die halbe Miete für diese Wohnung zahlen mußte.

«Ich will einen Vor-Vorschlag machen», stotterte Fitzgerald trunken. «Wir werfen Kopf oder Schrift. Der Verlierer bleibt und zahlt die volle Miete.»

Damon seufzte. «Okay», sagte er.

«Hast du 'ne Münze?» fragte Fitzgerald. «Mein ganzes Kleingeld liegt auf dem Tisch in meinem Zimmer, und ich schaudere bei dem Gedanken, dich auch nur eine Minute allein zu lassen, mein Freund.»

«Nun halte mal die Schnauze, Maurice», sagte Damon und suchte in seiner Tasche nach einer Münze. Er zog einen Vierteldollar heraus. «Und wenn du mich noch einmal guter Freund nennst, dann poliere ich dir die Fresse. Ich werfe. Du nennst es.»

«Schrift», sagte Fitzgerald.

Damon warf die Münze, fing sie mit der Handfläche auf und bedeckte sie endlose zehn Sekunden lang mit der anderen Hand. Dann hob er die Hand. Fitzgerald beugte sich vor, um die Münze zu sehen. Mit einem langen zischenden Laut stieß er die Luft aus.

«Es ist Kopf. Ich habe verloren. Ich bleibe», sagte er. «Das Glück im Los. Akzeptable Verluste, wie die Militärs es so zartsinnig formulieren, wenn sie die Pläne für die nächste Invasion ausarbeiten, die nur achtzehntausend Menschenleben fordern wird. Tut mir leid, Roger.»

Damon flippte die Münze auf Fitzgerald, der keine Anstalten machte, sie zu fangen. Sie traf ihn an der Stirn, bevor sie auf den Boden fiel.

Danach ging Damon packen. Das dauerte nicht lange, und als er aus dem Zimmer kam, hörte er Fitzgerald, der sich auf seinen abendlichen Auftritt vorbereitete, unter der Dusche singen.

Fünf Faden tief liegt Antoinetta, dachte Damon und rückte mit seinem Glas ans Ende der Bar, weil eine Gruppe von Männern eingetreten war, die sich neben ihm laut über ein Fernsehspiel stritten, für das einer der Männer den Sponsor vertrat, während die anderen Werbeleiter und Leute waren, die auf irgendeine Weise mit dem Programm zu tun hatten.

Fünf Faden tief, dachte Damon. Gibt es Korallen in der Irischen See? Er hatte Antoinetta nie wiedergesehen. Die Wunde war lange verheilt, und ihr doppelter Treuebruch hatte ihm die Freiheit geschenkt, viele Jahre später Sheila zu heiraten, gesegnete Frau, Geliebte, erztreuer Kumpan. Fitzgerald hatte ihm einen Dienst erwiesen, von dem allerdings weder er noch Damon damals etwas ahnen konnten. Vor der Abschiedsparty für Fitzgerald und Antoinetta Bradley, zu der Damon eingeladen worden, aber nicht gegangen war, hatte er einen Brief von Fitzgerald erhalten, in dem sein bisheriger Freund geschrieben hatte: «Verzeih mir. Ich liebe Dich wie einen Bruder, und ich gehöre nicht zu denen, die das Wort ‹Bruder› leichthin gebrauchen. Aber Brüder sind vom Schicksal ausersehen, einander Leids anzutun. Denke an Kain. Und wenn wir uns das nächste Mal sehen, hoffe ich, daß wir uns umarmen können.»

Nun denn, dieser Nachmittag war das nächste Mal gewesen, an dem sie sich gesehen hatten, und wenn Damon solchen Gesten zwischen Männern allgemein gehuldigt hätte, dann hätte er seinen alten ränkevollen Freund umarmt. Wenn Maurice am folgenden Abend zum Essen kam, wollte er ihn an seinen Brief erinnern und ihn umarmen.

Inzwischen hatte der Whisky begonnen, seine Wirkung zu tun; die Welt verschwamm vor seinen Augen, und ohne zu wissen warum, versuchte er, die erste Strophe von *Seefahrt nach Byzanz* zu wiederholen; doch er stolperte über die Worte, konnte die mittleren Zeilen nicht mehr zusammenkriegen und kicherte vor sich hin. Würdevoll sagte er zum Barmann: «Bitte, die Rechnung.»

«Befangen in seinen Gedanken», wie Fitzgerald es formuliert hätte, ließ er den Anrufbeantworter auf dem Schanktisch liegen. Zalovsky oder Lieutenant Schulter lagen in diesem Augenblick seinen Gedanken fern.

Er fand nie die Gelegenheit, Fitzgerald zu umarmen. Als er am nächsten Morgen die *New York Times* zur Hand nahm, fand er Fitzgeralds Bild auf der Titelseite und daneben die Story: «Maurice Fitzgerald, der bekannte Schauspieler, dessen Karriere an amerikanischen und später auch englischen Bühnen mehr als vierzig Jahre umfaßte, erlitt in dem Restaurant, in dem er mit dem Theaterproduzenten Mr. Nathan Brown speiste, einen Herzanfall und brach zusammen. Er wurde von einer Ambulanz in das Lenox Hill Hospital eingeliefert, wo man jedoch nur noch seinen Tod feststellen konnte.»

Damon legte die Zeitung neben die Kaffeetasse auf den Tisch und starrte leeren Blickes aus dem Fenster auf das gegenüberliegende Haus. Dann senkte er den Kopf und bedeckte seine Augen mit den Händen.

Sheila, die Damon am Frühstückstisch gegenübersaß, merkte an seinem Gesichtsausdruck, daß etwas Schlimmes passiert war. «Was ist los, Roger?» fragte sie besorgt. «Fehlt dir was? Du bist leichenblaß geworden.»

«Maurice ist plötzlich gestorben, gleich nachdem wir uns gestern nachmittag getroffen hatten.»

«Ach, der Ärmste», sagte Sheila. Sie langte hinüber und nahm die Zeitung. Sie überflog die kleine Überschrift unten auf der ersten Seite; dann las sie den kurzen Artikel. «Er war erst fünfundsechzig», sagte sie.

«Mein Alter», sagte Damon. «Zeit zu gehen.»

«Hör auf damit!» erwiderte Sheila scharf.

Damon spürte, daß er sogleich in unbeherrschtes Schluchzen ausbrechen würde. Und dem entgegenzuwirken, flüchtete er sich in einen abgeschmackten Scherz. «Auf alle Fälle», sagte er, «ist ihm heute abend eine gute Mahlzeit durch die Lappen gegangen.»

9

ALS ER IN SEIN BÜRO KAM, entschuldigte er sich als erstes bei Oliver für seinen Ausbruch am Vortag.

«Ach was, jeder hat das Recht, ab und zu mal etwas ärgerlich zu werden», sagte Oliver, verwirrt durch diese Entschuldigung. «Sheila war besorgt, und, ehrlich gesagt, ich auch.» Er schenkte Damon ein kindliches Lächeln. «Ein kleiner Ausbruch reinigt die Luft.»

«Nun ja», sagte Damon. «Sheila weiß inzwischen über alles Bescheid – oder zumindest über alles, was *ich* weiß. Es besteht für sie daher keine Notwendigkeit mehr, täglich Berichte vom Büro zu erhalten.» Er sagte das ohne Zorn, aber Oliver verstand es.

«Ganz wie du meinst, Boss», sagte er. «*Omerta,* wie man in Sizilien sagt. Der Code des Schweigens. Aber wenn du jemals Hilfe brauchst . . .»

«Danke», sagte Damon. «Das geht schon in Ordnung.»

Damon suchte die Telefonnummer von Nathan Brown, dem Produzenten, heraus und rief ihn an. Er mußte lange warten. «Es tut mir furchtbar leid, daß ich Sie habe warten lassen», sagte das Telefonfräulein, als er seinen Namen genannt hatte. Ihre Stimme klang verlegen, und sie war den Tränen nahe. «Dieser Morgen hier . . . Leute aus der ganzen Welt haben angerufen. Sie können sich gar nicht vorstellen, wie es in unserem Büro zugeht. Ich verbinde Sie mit Mr. Brown.»

Man hörte wiederholt ein Knacken in der Leitung, dann war Brown am Apparat. «Seine letzten Worte galten Ihnen», sagte Brown. «Er erzählte mir nur, ‹ich habe eben, bevor ich zu Ihnen zum Lunch kam, einen wunderbaren alten Freund getroffen. Das ist ein glückliches Omen. Roger Damon, kennen Sie . . .?› und bevor ich erwidern konnte, fing er an, auf seinem Stuhl hin und her zu schwanken. Aber ehe ich zugreifen konnte, um ihm zu helfen, kippte er zu Boden. Im Restaurant wurde es plötzlich grabesstill. Ich nehme an, daß ein Kellner einen Krankenwagen herbeitelefoniert hat, denn schon ein paar Sekunden später, wie mir schien, hörte ich die Sirene. Kurioserweise war mir der Zeitsinn abhanden gekommen. Der Notarzt tat sein möglichstes, aber jede Hilfe kam zu spät, und sie trugen ihn fort. Es ist ein fürchterlicher Verlust für uns alle ... So ein feiner und begabter Mann ...»

«Wer trifft die Vorkehrungen für die Beerdigung?» Auf dem Weg vom Büro *uptown* war es Damon gelungen, die Herrschaft über seine Nerven zurückzugewinnen, und er sprach zur Sache.

«Als ich – nachdem alles vorüber war – vom Krankenhaus in mein Büro zurückkam, habe ich auf gut Glück seine Nummer in London angerufen. Eine Dame war am Apparat. Ich wußte nicht, wer sie war – seine Frau oder sonstwer. Ich habe sie gefragt, und sie erwiderte, sie sei eine Freundin, eine sehr enge Freundin, und sie wisse, daß Maurice in England begraben sein wollte. Ich habe mir ihren Namen aufgeschrieben. Den gebe ich Ihnen jetzt und auch die Telefonnummer. Vielleicht wollen Sie sie anrufen.»

«Das will ich», sagte Damon. «Wer richtet die Feierlichkeiten aus?»

«Ich», sagte Brown. «Oder will es zumindest versuchen. Es ist so kompliziert!» Das klang verdrossen und unsicher. Er hatte sich auf den Anfang der Proben eingerichtet und stand nun dort, wo der Vorhang nach dem letzten Akt der Vorstellung niedergeht. «Wollen Sie ihn noch einmal sehen? Er ist in dem ...»

«Nein», sagte Damon. «Ich will den Leichnam nicht sehen, vielen Dank.»

Das Bewußtsein, daß Maurice tot war, bedeutete für ihn die Grenze des Tragbaren; er wollte mit dem fühllosen Faktum des Todes nicht konfrontiert werden. Sein Freund war jetzt nur noch eine Erinnerung in einem langgestreckten Kasten; er hätte nichts dagegen, allein zu der Frau zu reisen, die in seiner Londoner Wohnung den Anruf beantwortet hatte und jetzt den Mann vollends mit Beschlag belegen würde, der während des Zusammenlebens mit ihr von dem Gedanken an eine Frau besessen gewesen war, die vor langer Zeit in der Irischen See ertrunken war. Es wäre grausam, sie mit einem amerikanischen Freund zu belasten, der vielleicht unbeherrscht und unvermittelt Geschichten aus der Vergangenheit preisgeben würde, die sie nicht hören wollte.

«Wissen Sie, welcher Religion er angehörte?» fragte Mr. Brown.

«Er war Katholik», sagte Damon. «Kein sehr eifriger. Ich bezweifle, daß er an die jungfräuliche Geburt geglaubt hat.»

«Ja, heutzutage.» Brown seufzte, betrübt über den Verfall des Glaubens seit Moses und Jesus. «Trotzdem habe ich den Priester im Krankenhaus gebeten, ihm die Letzte Ölung zu geben. Im Falle eines Falles, verstehen Sie?»

«Das hat nichts geschadet.» Damon konnte sich nicht erinnern, daß Fitzgerald je die Messe besucht hätte.

«Ich denke, es wäre vielleicht angemessen, wenn wir in ein, zwei Wochen einen Gedenkgottesdienst für ihn abhalten würden. In einem kleinen Theater. Konfessionslos. Er war sehr populär bei seinen Schauspielerkollegen, obwohl sich der größte Teil seiner Karriere in England abgespielt hat. Er hat verschiedene Shakespearetexte für die BBC gesprochen. Davon könnten wir etwas abspielen, und vielleicht könnte jemand ein paar Gedenkworte sagen. Würden Sie, als sein ältester Freund . . .?»

«Nein. Tut mir leid», sagte Damon. Er erinnerte sich der Reden Fitzgeralds an jenem Abend, als sie die Münze um die Wohnung geworfen hatten, mußte jedoch bezweifeln, daß selbst eine religiös gemischte Zuhörerschaft, die zum Gedenken an Fitzgerald versammelt war, sie mit Vergnügen anhören würde.

«Hatte er einen Lieblingschoral? Oder ein Gedicht?»

«Als ich ihn kannte, war es *Seefahrt nach Byzanz*. Sein Geschmack kann sich seitdem gewandelt haben.»

«Wären Sie gewillt, es zu lesen, Mr. Damon?»

«Nein, nehmen Sie einen Schauspieler. Wenn ich es läse, würde er sich im Grabe umdrehen.»

Mr. Brown stieß ein kurzes trauriges Lachen aus. «Wir sind an eine solche Bescheidenheit im Theater nicht gewöhnt», sagte er. «Dabei fällt mir ein, hätten Sie vielleicht einen brillanten jungen Dramatiker unter Ihren Klienten, der darauf brennt, beim Theater anzukommen und einen Produzenten braucht?»

Business, wie üblich, auch wenn tote Freunde ins Flugzeug verladen werden, um über den Ozean zu fliegen. Das Schauspiel geht weiter. Auftritt abgesetzt, das nächste Rennen angesetzt. «Leider nein», sagte Damon.

Mr. Brown seufzte. «Ich muß die Inszenierung des Stükkes absagen, mit dessen Proben wir gerade anfangen wollten. Mir fällt keiner ein, der ihn ersetzen könnte.»

Gute Inschrift für den Grabstein, fand Damon. Hier ruht Maurice Fitzgerald. Unersetzlich. «Haben Sie die Nummer der Dame in London greifbar?»

«Vor mir.» Brown teilte sie Damon mit, und Damon schrieb sie auf einen Notizblock. «Der Zeitunterschied beträgt sechs Stunden, wie Sie wissen. Ich habe sie geweckt. Sie klang bemerkenswert gefaßt, als ich sie anrief. Englisches Phlegma. Meine Frau würde unter ähnlichen Umständen ihre Kleider zerreißen und gegen ihr Fleisch wüten. Andere Sitten, rassische Eigenheiten. Wohl ähnliche Trauer, nehme ich an.»

Damon hatte den Mann bisher nur flüchtig gekannt und hatte gute Stücke und schlechte Stücke in seiner Inszenierung gesehen, jetzt begann er ihn zu schätzen. Er hatte sich unerfreulichen Anforderungen gegenübergesehen und hatte sich ihnen gestellt. «Sagen Sie mir Bescheid», sagte Damon, «wann die Trauerfeier stattfindet. Ich würde gern dabeisein.»

«Gewiß», sagte Brown. «Und danke sehr. Es ist ein trauriger Tag für uns alle.»

Damon fühlte sich von einer Welle der Müdigkeit überspült und benommen, wie nach einer Narkose. Er blickte sehnsüchtig auf die Couch aus rissigem Leder, die schon seit Mr. Grays Zeiten im Büro stand und nur gebraucht wurde, wenn zwei oder mehr Personen zu einer Konferenz im Büro waren. Was für Hoffnungen waren dort geweckt, welche Mißerfolge bestätigt worden!

«Oliver», sagte er, «gib doch bitte Miss Walton Bescheid, daß sie uns das Telefon nicht durchstellen soll. Ich möchte mich hinlegen und will versuchen, ein paar Minuten zu schlafen.»

«Gewiß», sagte Oliver. Er machte ein besorgtes Gesicht. Keiner von ihnen hatte je auf der Couch geschlafen. «Fehlt dir was, Roger?»

«Nur ein bißchen schläfrig. Ich hatte eine schlechte Nacht.»

Oliver gab den Auftrag an Miss Walton weiter, und Damon streckte sich auf der Couch aus. Er schlief sofort ein, aber der Schlaf brachte ihm keine Ruhe. Er hatte einen wirren und erschreckend erotischen Traum: Er lag in einem großen Bett, in dem er noch nie geschlafen hatte, mit der jungen und üppigen Antoinetta Bradley und Julia Larch, die Obszönitäten murmelte, und beide gaben sich ihm mit boshafter Zügellosigkeit hin. Maurice Fitzgerald, der in Kleidung und Aussehen genau jenem Fitzgerald glich, den er am Vortag im Elektroladen getroffen hatte, stand mit einem Glas in der Hand dabei und grinste nieder auf das Schauspiel vor seinen Augen; und irgendwo stand auch Damons Vater lächelnd, in goldenes Licht getaucht und einladend winkend auf seiner Balustrade.

Als Damon die Augen öffnete, war er maroder als vor dem Hinlegen und erschüttert durch die Vision von Lust, Verrat und Anklage, durch die lüsterne Verflechtung von Toten und Lebenden, die sein Unterbewußtsein in ein paar Schlafsekunden heraufbeschworen hatte.

Oliver blickte beunruhigt von seinem Schreibtisch zu ihm herüber. «Das war kein richtiger Schlaf», sagte er. «Du hast fürchterliche Geräusche von dir gegeben.»

«Ich habe geträumt.» Damon setzte sich auf und rieb

sich die Augen. «Heute abend werde ich wieder Freud lesen.»

«Es klang, als ob du weintest . . .»

«Ich habe nicht geweint», sagte Damon. «Ganz im Gegenteil.» Er ging zu seinem Schreibtisch. Seine Beine waren bleiern. Er drückte den Knopf seines Telefons, nahm den Hörer und sagte Miss Walton, daß sie wieder Gespräche durchstellen könne.

«Ein Mr. Schulter hat vor kurzem angerufen», sagte Miss Walton. «Ich habe ihm gesagt, Sie seien im Augenblick nicht zu sprechen. Er hat eine Nummer hinterlassen.» Sie gab ihm die Nummer, und er schrieb sie auf. Immerhin, dachte er, war Schulter in seinem Traum nicht vorgekommen. Davon war er verschont geblieben. Er ließ nicht Miss Walton anrufen, sondern wählte die Nummer selbst. Er wollte nicht, daß Miss Walton sich den Kopf darüber zerbrach, warum er mit einem Kriminalbeamten der New Yorker Polizei ein dienstliches Gespräch führte. Als eine männliche Stimme am Telefon sagte: «Mordkommission», wußte er, daß er recht getan hatte, als er selbst durchwählte.

«Bitte Lieutenant Schulter», sagte er zu dem Mann. «Hier ist Mr. Damon, der den Lieutenant zurückruft.»

«Hallo, Mr. Damon», sagte Schulter. Am Telefon ähnelte seine Stimme für Damons Ohr der Stimme Zalovskys. «Ich habe Nachrichten für Sie. Wir haben Ihren Mr. McVane durch den Computer gesucht und haben einen McVane gefunden, der in Ihrer Nähe am West Broadway wohnt. Es ist sehr wahrscheinlich derselbe Mann. Er ist auf die Beschwerde einer Kindergärtnerin an einer öffentlichen Schule in Manhattan-Süd festgenommen worden, weil es ihr nicht gefiel, wie er bei den Kindern herumlungerte. Als man ihn durchsuchte, fand man ein großes, an der Wade befestigtes Jagdmesser.»

«Ist er im Gefängnis?»

«Sechs Monate, auf Bewährung ausgesetzt, wegen Besitz einer versteckten Waffe», sagte Schulter. «Wir fassen nach. Wenn wir das Messer an ihm finden, verbüßt er die Strafe.»

«Danke, Lieutenant», sagte Damon.

«Und nun», sagte Schulter, «haben Sie was für mich? Neue Anrufe?»

«Nein, ich warte noch.»

«Haben Sie schon die Liste aufgestellt, um die ich Sie gebeten habe?»

«Ich arbeite daran», sagte Damon.

«An Ihrer Stelle», sagte Schulter, «würde ich nicht zu lange damit warten.»

«Sie können sie in ein, zwei Tagen haben.»

Schulter knurrte, als glaube er nicht, daß Damon sie in ein, zwei Tagen fertig haben würde. «Ich habe mit meinem Freund in Gary gesprochen. Er wird eine . . . äh . . . Prüfung veranlassen. Wie war noch das Wort, das Sie gebraucht haben?»

«Diskret.»

«Genau. Ich habe ihm gerade gesagt, er solle unter der Hand nachforschen, keine Bundessache daraus machen. Er sagt, er hätte den Mann, Larch, gesehen, der wäre ein Footballtrainer und so. Er sagt, er ist beliebt; er hat drei erfolgreiche Spielzeiten hintereinander gehabt.»

«Das beruhigt mich sehr», sagte Damon. Das war, wie er merkte, ein Fehler, denn Schulter knurrte wieder, lauter denn je zuvor. Er war nicht der Mann, wie Damon feststellte, der Gefallen an Ironie fand, wenn sie die Ausübung seines Berufs betraf.

«Übrigens», sagte Schulter, «haben Sie das elektronische Zeug besorgt, wie ich Ihnen geraten habe?»

Jetzt erst erinnerte sich Damon, daß er das Paket am gestrigen Nachmittag auf dem Bartisch hatte liegenlassen. «Ja», sagte er, «ich habe einen automatischen Anrufbeantworter gekauft.» Er hielt es nicht für ratsam, dem Detektiv mitzuteilen, daß er ihn ein paar Stunden nach dem Kauf in einer überfüllten Bar vergessen hatte.

«Was zum Teufel soll das nützen?» fragte Schulter verächtlich. «Glauben Sie, Mr. Zalovsky wird Ihnen die Nachricht hinterlassen, daß er Sie entweder erpressen oder Ihnen eine Kugel durch den Kopf jagen will?»

«Der Verkäufer hat gesagt, die einzigen Geräte, die er zur Aufzeichnung von Telefongesprächen anbieten kann, geben einen Pfeifton, um den Anrufer darauf aufmerksam zu machen, daß das Gespräch auf Band genommen wird. Und warum soll das nicht gut sein?»

«Über eins bin ich froh, Mr. Damon», sagte Schulter, «nämlich, daß Sie nicht bei mir in der Mordkommission arbeiten. Meinetwegen bauen Sie das verdammte Gerät ein, und wir werden sehen, was daraus wird. Wenn Sie die Liste fertig haben, rufen Sie mich an.»

Darauf folgte ein extra lautes «Klick» im Telefon, als ob Schulter den Hörer auf die Gabel geknallt hätte. Damon blickte nachdenklich auf die Couch, bevor er sich erhob. «Ich muß schnell noch mal weg», sagte er zu Oliver. «Ich habe gestern etwas in einer Bar vergessen, und das ist mir gerade eingefallen.»

Sobald er sich an der frischen Luft befand, war er froh, daß seine Besorgung ihn aus dem Büro hinausführte, fort von der morbiden Versuchung der Couch und den neugierigen, fragenden Blicken, die Oliver ihm verstohlen zuwarf, wenn er glaubte, daß Damon es nicht merkte.

Es war erst elf Uhr, aber die Bar war bereits von hingebungsvollen Vormittagstrinkern aus der Nachbarschaft bevölkert. Der Barmann war derselbe, der ihn am Vortag bedient hatte. Als Damon ihn fragte, ob jemand ein Paket abgegeben hätte, das er gestern hier habe liegenlassen, wurde sein Gesichtsausdruck leer. «Du, Eddy», rief er dem Barmann zu, der die Gäste vorn im Lokal bediente, «haben wir gestern ein Paket gefunden? Dieser Herr sagt, er hätte es hier liegenlassen – um wieviel Uhr etwa, Mister?»

«Vier, fünf – so etwa um die Zeit», sagte Damon.

«Vier, fünf Uhr glaubt er, Eddy.»

Der zweite Barmann schüttelte den Kopf. «Nicht, daß ich was gehört hätte», sagte er.

«Nicht, daß er was gehört hätte», wiederholte der Barmann, als nehme er an, daß Damon taub sei. «Tut mir leid. Trinken Sie heute 'nen Schluck?»

«Klingt wie ein vernünftiger Vorschlag», sagte Damon.

«Was wünschen der Herr?» Da sich Damon jetzt in einen Kunden verwandelt hatte, wurde er berufsmäßig höflich.

Wünschen, dachte Damon, würde er sich, diese Bar zu verlassen, diese Stadt zu verlassen, in ein fernes, fremdes Land zu reisen, wo die Menschen, die gestorben waren, ihm alle unbekannt waren, an einem Strand zu liegen und zu lauschen, wie die Wogen über dreitausend Meilen unbefahrenen Ozeans flüsternd heranrollten. «Einen Scotch mit Soda», sagte er.

Die Toten formierten sich neben ihm an der morgendlich stillen Bar. *Was steht zu Diensten, meine Damen und Herren?* Ein Schuß Jack Daniel mit einem Tropfen Wasser vom Brunnen in Lourdes? Antoinetta, ein Becher Meerwasser gewürzt mit Reue? Maurice, alter Shakespeare-Speier, etwas Kuchen und Ale? Mr. Gray, noch einen Cognac versetzt mit Nepenthe, der alles Leid auslöscht, damit Sie Ihren geschäftstüchtigen Sohn vergessen? Mrs. Larch – wenn auch noch lebendig und munter in Gary, Indiana, wo sie in Träumen zwischen Gräbern geistert –, wie wär's mit einem Pokal voller Nektar für einen fleischlichen Morgen in der 39sten Straße Ost oder einem Glas Champagner in der Sixth Avenue, um einen Geburtstag zu zelebrieren?

Damon schüttelte den Kopf, ärgerlich über seine eigenen Phantasien. Zurück ins Land der Lebenden: McVane mit seinem Messer, Sheila, die am Frühstückstisch Kaffee einschenkt, Elaine mit geliftetem Gesicht und magentarot gefärbtem Haar – und ihrem neuen Freund; Mrs. Dolger, die am Herd steht und Torten bäckt, während die Tantiemen eintrudeln, Lieutenant Schulter zwischen ermordeten Juden, der Listen von Männern und Frauen in dieser realen und körperlichen Welt fordert und möglicherweise im nächsten Augenblick, Pistole in der Hand, in die Bar tritt, auf Mord erpicht.

Mr. Damon, noch ein Scotch?

Eine vernünftige Idee, Mr. Damon, zu dieser Zeit, an diesem Ort und unter diesen Umständen. Bitte noch einen Scotch.

Noch vor kurzen fünf Tagen war er ein ziemlich glücklicher Mann von robuster Gesundheit, zufrieden in seiner Ehe, behaglich in seinem Zuhause, geachtet in seinem Beruf, der ohne Angst die Straßen von New York bei jedem Wetter und zu jeder Tages- und Nachtzeit durchmaß, der nie einen Polizisten um mehr als die Richtung angesprochen hatte, dessen Gedenken an seine Toten durch die Zeit und die Erkenntnis, daß sich die Generationen in unvermeidlichen und ewigen Rhythmen ablösten, verklärt wurde. Dann hatte ein Mann, dem er, soviel er wußte, niemals begegnet war, eine Münze in einen Schlitz gesteckt, eine Nummer gewählt, und die Gräber hatten sich geöffnet. Jetzt stieß er im hellen Tageslicht auf Phantome, erfuhr, daß eine Frau, die er geliebt hatte, schon seit zehn Jahren auf dem Meeresgrund lag, ohne daß er von ihrem Schicksal gewußt hatte. Er war einem Freund begegnet, der ihn einst Bruder genannt hatte, war an eine der schmerzlichsten Minuten seines Lebens erinnert worden, hatte die Hand des Freundes in dankbarer Versöhnung ergriffen, hatte ihn zu einem Essen eingeladen, das nie aufgetragen worden war, weil der Freund nach diesem Händedruck zwischen zwei Gängen einer Mahlzeit in einem vornehmen Restaurant tot umgefallen war.

«Miss Otis Regrets». Ein alter Schlager. *«Sie kann zum Tee nicht kommen.»* Würde er es wagen, jemals wieder einem Mann die Hand zu schütteln? Konnte er verlangen, daß alle Schlitze abgeschafft, alle Münzen aus dem Umlauf gezogen würden? Konnte er mit verbundenen Augen auf der Straße gehen, so daß er nicht Männer im Fleisch erkannte, die sich längst in nacktes Gebein verwandelt hatten? Konnte er sich selbst befehlen, seine Träume der Zensur zu unterwerfen? War er nicht einfach nur ein Agent für Bücher, Dramen, Erzählungen, milde, harmlose Erdichtun-

gen, bei denen man bloß die Seite zu wenden braucht, wenn man den Tod einer Person beklagte? Oder war er der geheime und furchtbare Agent eines unbekannten Klienten, ein Mittelsmann, der den Tod als Ware verhökert und dessen – echte oder eingebildete – Berührung ihn zum Künder und unbewußten Protokollführer der vergangenen und künftigen Zersetzung machte?

Er war zu einem übersinnlichen Sonargerät geworden, das die Tiefe der Träume nach tödlichen Beutemachern auslotete, das die Formen alter Wracks nachzeichnete, höhnenden und täuschenden Echos nachspürte, die von Walen stammen mochten, von Elritzenschwärmen, von den Liedern der Delphine, den Stimmen der Meerjungfrauen, die in einer nicht gelernten Sprache sangen – aber sie alle sagten: «Hüte dich.»

Er war nicht Hamlet, der Geist seines Vaters schalt ihn nicht, von den grauen Zinnen des Schlafes spornte er ihn nicht an zur Rache, doch er stand stumm im hohen Sommersonnenlicht, ein Kinderspielzeug in der Hand und winkte ihm. Er war kein antiker Grieche, er war nicht mit Odysseus gesegelt, die Schatten der Eltern und Kriegskameraden, die der ihnen zukommenden Bestattungsriten beraubt waren, hatten aus ihrer letzten Bleibe in der Unterwelt keinen Anspruch an ihn.

Er war ein Mann seiner Zeit, vernunftbegabt, überzeugt, daß er, wie seine Mitmenschen, die die äußersten Grenzen des Alls erforscht hatten, ein Abkömmling von Echsen und Affen sei, ein Mann, der von primitiven Gottheiten weder begünstigt noch benachteiligt war, ein wissenschaftlicher Deuter irdischer Phänomene, ein Mann, der an das glaubte, was er berühren, sehen, riechen oder aus bekannten Größen ableiten konnte, und er fühlte sich in ein eisiges, nebelumwalltes Meer der Totenbeschwörung hinübertreiben.

Er erinnerte sich an das Gespräch in Gregors Studio.

«Glaubst du an Vorahnungen?»

«Ich glaube an alles, was sich nicht beweisen läßt.»

War er lediglich ein Wegweiser an der Straße zu einem jenseitigen Vernichtungsort, wo für Menschen, die er geliebt oder die ihn geliebt hatten, oder deren Lebenslauf auf seinen geheimnisvollen Wegen den seinen kaum berührt hatte, eine Endlösung harrte? Oder wurde er gestraft oder zum Werkzeug der Bestrafung? Und wenn er eines von beiden oder beides war – warum? Ein Vertrauensbruch, ein paar Stunden beiläufigen Geschlechtsverkehrs, die Zeugung von Bastarden? Selbstzufriedenheit, die egoistische Mißachtung menschlichen Leidens auf allen Kontinenten des Planeten? Da das zwanzigste Jahrhundert nach Christi Tod nun dem Ende entgegenging: wer hatte die Regeln geschaffen, und wie lauteten sie?

Welche an ihn gerichtete Botschaft war in alldem enthalten? Wer konnte es ihm sagen, welche Ehefrau, welcher Kamerad oder Priester oder Rabbi oder Zigeuner konnte es ihm offenbaren? Gab es einen Kriminalbeamten in der Mordkommission, der sie entschüsseln und ihm in hausbackenem, alltäglichem Englisch sagen konnte, wie sie lautete? Wollte er es wirklich wissen? Trug er, wie die toten jüdischen Diamantenhändler, die Schrift auf dem Rücken: *Greift mich. Hier bin ich*?

10

DER BARMANN STELLTE NOCH EIN GLAS vor ihn auf die Theke. Damon konnte sich nicht entsinnen, daß er es bestellt hätte, aber die Aufmerksamkeit des Mannes gefiel ihm. Er nippte an dem Drink und dachte: Ich muß eine Liste für Lieutenant Schulter anfertigen. Wo soll ich anfangen?

Ordnung muß sein. Er zog sein Notizbuch heraus, schrieb auf die linke Seite *Potentielle Feinde – beruflich*, und auf die gegenüberliegende rechte Seite *Potentielle Feinde – persönlich*. Jetzt, dachte er mit Genugtuung, komme ich voran, Organisation ist alles; ich habe Kategorien geschaffen, wie Gregor es ausdrücken würde.

Er nahm einen weiteren Schluck von seinem Drink. Wer hatte ihn jemals offen bedroht? Schritt Nummer eins. Er beglückwünschte sich ob der Klarheit und Logik seines Denkens. Kandidat Nummer eins. In der Erinnerung an einen Gerichtssaal schloß Damon die Augen. Er war geladen worden, um als Zeuge in einem Beleidigungsprozeß auszusagen. Die Wahrheit, die ganze Wahrheit und nichts als die Wahrheit, so wahr mir Gott helfe. Gott selbst war durch die Jahrtausende verunglimpft worden. Der Name des Mannes war Machendorf. Er war sein Klient gewesen, ein übellauniger, hagerer, dunkelhaariger, ziemlich junger Mann, dessen Gesicht die ganze Welt verdammte.

Damon hatte die beiden ersten Romane Machendorfs vertreten, und sie waren beide erschienen. Ihre Handlung war voller Roheit und Gewalt; aber sie waren stilistisch unverkennbar von einer gewissen rauhen Ehrlichkeit, und Damon fand, daß Machendorfs Schilderung der abstoßenden Kehrseite des *American way of life* ein Recht auf Gehör hatte. Der Autor hatte sich korrekt, wenn auch nicht dankbar verhalten, und Damon konnte sich nicht zwingen, ihn zu mögen. Wenn er jedoch nur Leute vertreten wollte, die er mochte, dann hätte er sein Büro schon nach sechs Monaten schließen müssen.

Jetzt lag das Manuskript von Machendorfs drittem Roman, dessen Lektüre er in der vorigen Nacht beendet hatte, wie eine Schranke zwischen ihm und seinem Klienten auf dem Tisch. Machendorf starrte mit finsterem Blick darauf nieder.

Während Machendorf noch an dem Buch arbeitete, hatte er einmal zu Damon gesagt: «Jetzt werden diese Scheißer aufhorchen und Notiz nehmen müssen. Wenn die Kritiker den Verstand haben, mit dem sie geboren sind, müssen sie merken, daß sie's mit einem amerikanischen Céline zu tun haben.»

Als Damon die letzten Zeilen des Buches gelesen hatte, wußte er, daß niemand mit klarem Verstand Machendorf als einen amerikanischen Céline oder einen amerikanischen Sonstwas begrüßen würde.

Damon hatte dem Autor einen guten Rat gegeben: Er hatte ihm von der Veröffentlichung des Manuskripts abgeraten.

Roman oder nicht, aber der Held war der Öffentlichkeit vertraut, seine Bräuche waren ihr wohlbekannt. Machendorf hatte ihn aufs genaueste beschrieben. Die Persönlichkeit wäre von der ersten Seite an fast jedem erkennbar, der die New Yorker Zeitungen las. Der Mann hieß John Berkely; Machendorf hatte ihn ungescheut James Berkin genannt. Berkely war ein waghalsiger Grundstücksspekulant und hatte drei oder vier der anspruchsvollsten Bürohäuser im Zentrum von Manhattan hochgezogen. Er besaß einen Rennstall mit Vollblutpferden und war mit einer bildschönen Frau, einem früheren Filmstar, verheiratet. Er spielte gern den Mäzen, indem er Theaterinszenierungen finanzierte, und wurde oft mit seiner Frau am Arm bei spektakulären Premieren oder im Kreis von Rennsportsiegern fotografiert, wo er mit breitem Lächeln und mit aller Behutsamkeit den Siegern in hochdotierten Rennen den Hals tätschelte.

Machendorf hatte - ohne Gespür und wie von einem böswilligen Dämon zum eigenen Untergang getrieben - der Hauptperson des Buches Berkelys Beruf, seinen Rennstall, seine Filmstar-Frau und seinen Hang, in Theaterinszenierungen zu investieren, unverändert belassen. Im Buch hatte Machendorf ihn zur Verkörperung des Bösen gemacht, anrüchig und hassenswert. Berkin und die anderen, ebenfalls dem Leben nachgezeichneten Persönlichkeiten, die in denselben Kreisen verkehrten wie Berkely-Berkin, waren in einer düsteren Prosa beschrieben, obszön und profan, wie man sie etwa bei den Graffiti in öffentlichen Bedürfnisanstalten findet.

Vor der Veröffentlichung seines ersten Buches hatte Machendorf als Sekretär in Berkelys Büro gearbeitet und war fristlos von ihm entlassen worden; seine Rachsucht pulsierte in jeder Zeile. Vielleicht war Berkely tatsächlich schlimm, vielleicht aber auch nicht. Damon war ihm mehrere Male bei Premieren begegnet, aber sie hatten sich nur flüchtig begrüßt, und Damon kannte den Mann nicht genügend, um über ihn urteilen zu können. Während jedoch die Beschreibung seines Charakters und seiner verschiedenen Interessen der Wirklichkeit sehr nahekamen, waren einige Handlungen, die Machendorf seinen Helden begehen ließ, eindeutig erfunden und in übelster Weise dargestellt; Damon hatte nicht den geringsten Zweifel, daß jede Geschworenenbank sich in einem Prozeß gegen den Autor entscheiden würde.

Machendorf hörte in schwelendem Schweigen zu, als Damon ihm so schonend wie möglich erklärte, daß er sich Ärger, großen Ärger auf den Hals laden würde, wenn er das Buch veröffentlichte oder auch nur den Verlegern zeigte. «Demnach», sagte Machendorf, «versuchen Sie mir beizubringen, daß Sie es nicht unter dem Namen der Agentur anbieten wollen.»

«Ich werde es auf keinen Fall anbieten. Punktum.»

«Sie haben viel Geld an mir verdient.»

«Nicht viel. Einiges.» Die zwei Bücher, die Machendorf vor diesem letzten geschrieben hatte, waren mäßig gut gegangen.

«Demnach», sagte Machendorf, «weigern Sie sich, mich zu vertreten.»

«Ja», sagte Damon. «Nicht mit diesem Buch. Ich habe keine Lust, mich auf Millionen Dollar verklagen zu lassen.»

«Sie sind ein scheißdämlicher, spießiger Schuft», sagte Machendorf bitter. «Sie kriegen nie wieder eine Zeile von mir zu sehen, Vertrag oder nicht. Beschränken Sie sich doch auf Kinderbücher – *Bobby und Joan im Sommercamp spielen Onkel Doktor* – und ähnlichen Mist. Das ist genau Ihre Masche. Und dasselbe gilt für diesen schwulen Albino, den Sie für sich arbeiten lassen und der Ihnen in den Arsch kriecht.»

«Wenn ich jünger wäre», sagte Damon, «dann würde ich Ihnen dafür eine reinhauen. Jetzt werd ich Ihnen mal zeigen, was ich von Ihrem Vertrag halte.»

Machendorf sah schweigend und mit funkelnden Augen zu, wie Damon aufstand, zum Aktenschrank ging, ihn öffnete, die Ordner durchmusterte und einige zusammengeheftete, juristisch aussehende Dokumente herausgriff. «Dies ist Ihr Vertrag, Mr. Machendorf», sagte er und begann, die Blätter zu zerreißen. Machendorf sah ihm mit bösartigem Lächeln zu. Damons Hände zitterten, und er hatte Mühe, jeweils mehr als eine Seite des kräftigen Papiers zu zerreißen. «Zum Teufel damit», sagte er. «Sie haben hoffentlich begriffen, was gemeint ist.» Dann warf er das Papierbündel auf den Boden, Machendorf vor die Füße. «Und jetzt machen Sie, daß Sie hier rauskommen», sagte er.

«Ich will mein Manuskript», sagte Machendorf.

«Hier ist es.» Damon schob den dicken, sauber gehefteten Papierstapel zum Rand seines Schreibtischs. «Es verpestet das Zimmer.»

Machendorf nahm das Manuskript und fuhr mit der Hand liebevoll über den Umschlag. «Sie beschissener Wursthändler», sagte er. «Zehn Prozent. Das ist die Zahl, die zu Ihnen paßt. Zehn Prozent von null Komma nichts. Ich werde Sie auslachen, wenn dieses Buch erscheint und ich auf meiner Jacht sitze und die Kritiken lese.»

«Wäre ich Ihr Freund und wollte Ihnen wohl, dann würde ich hoffen, daß niemand sonst auf der ganzen Welt es auch nur lesen, geschweige denn verlegen würde. Da ich aber Ihr Freund nicht bin, hoffe ich, daß die erste Firma, der Sie es zeigen, es herausbringt und die dickste Reklame dafür macht. Das wäre dann Ihr Ende. Und jetzt entschuldigen Sie mich, ich muß auf die Toilette. Ich glaube, ich muß kotzen.»

Er ließ den Mann im Büro zurück, stieß aber beim Hinausgehen gegen die Tür, so daß sie offen blieb und sowohl Miss Walton wie Oliver aufmerksam wurden, falls Machendorf Lust bekam, seinen Schreibtisch oder die von Büchern berstenden Regale als letzten Racheakt zu verwüsten.

Oliver sah ihn fragend an. Es war das erste Mal gewesen, daß Damon ihn gebeten hatte, das Zimmer zu verlassen, während er mit einem Klienten verhandelte. «Was ist pass ...?» setzte Gabrielsen zu einer Frage an.

Damon winkte ab. Er mußte sich tatsächlich übergeben; das war keine Redewendung gewesen. Er eilte aus dem Büro, den Gang entlang zur Herrentoilette und erreichte die Kabine gerade noch zeitig genug, während ihm das Essen schon in die Kehle stieg. Er spuckte, bis sein Körper von trockenem Würgen erschüttert wurde, wusch sich Gesicht und Hände und spülte sich den Mund.

Als er ins Büro zurückkehrte, war Machendorf verschwunden, und Gabrielsen saß wieder an seinem Schreibtisch. «Was hatte das alles zu bedeuten?» fragte er. «Als Machendorf bei dir rauskam, sah er aus, als hätte er gerade eine Kiste Nägel verschluckt.»

«Ich hätte sie ihm gern Stück für Stück zu fressen gegeben», sagte Damon. «Sing Halleluja und streich einen unserer Kunden aus!»

Damons Wunsch sollte sich erfüllen. Das Buch erschien, wenn auch nicht im ersten Verlag, dem Machendorf es vorlegte. Doch der Cheflektor des Verlags, der Machendorfs frühere Bücher verlegt hatte, rief zwei Wochen nach jenem Auftritt Damon in seinem Büro an und erzählte ihm, daß Machendorfs Manuskript vor ihm auf dem Schreibtisch liege. «Was steckt dahinter?» fragte der Lektor. «Warum haben wir das Manuskript nicht wie üblich von Ihnen bekommen?»

«Fragen Sie doch den Autor.»

«Habe ich.»

«Was hat er gesagt?»

«Daß Sie ein alter Furz wären, daß Sie die Fühlung verloren hätten und daß er Sie rausgeschmissen hätte.»

Damon lachte. «Haben Sie das Manuskript gelesen?»

«Genug davon», erwiderte der Lektor, «um zu wissen, daß wir's nicht anrühren werden. Unsere Versicherung würde nicht im entferntesten die Summe decken, die Mr. Berkely zugesprochen würde, wenn wir vor Gericht kämen. Zudem ist es übler Schund.»

«Das sind zwei der Gründe, weswegen ich Machendorf erklärt habe, daß ich ihn nicht mehr vertreten will», sagte Damon. «Ein weiterer ist der, daß er ein äußerst ungehobelter Bursche ist.»

«Das alles habe ich mir schon selbst zusammengereimt, Roger», sagte der Lektor, «aber ich wollte es von Ihnen hören. Vielen Dank. Mr. Machendorfs Manuskript wird noch heute abend auf die Post gehen.»

Das Buch erschien sechs Monate später, und zwar im Verlag jenes Pornographen, der seinerzeit versucht hatte, Damon als Mitarbeiter zu gewinnen. Die sind einander würdig, dachte Damon mit Befriedigung, als er die Ankündigung der Veröffentlichung las. Von den angesehenen Kritikern wurde es fast gar nicht besprochen, aber es erregte breites und hämisches Aufsehen in den Klatschspalten. Einen Monat nach der Veröffentlichung wurden Machendorf und sein Verleger gemeinsam von Mr. Berkelys Anwälten auf einen Schadensersatz von zehn Millionen Dollar verklagt.

Damon und Oliver Gabrielsen veranstalteten an dem Tag, an dem der Bericht in der *Times* erschien, ein stilles Festessen im Algonquin.

Damon war nicht überrascht, als er von Berkelys Anwälten gebeten wurde, zugunsten ihres Klienten vor Gericht auszusagen, und antwortete, daß es ihm ein Vergnügen sein werde. Er war kein rachsüchtiger Mensch, aber er fand, daß Machendorfs Betragen eine Strafe verdiene. Es machte ihm auch nichts aus, im Gerichtsgebäude zu warten, während andere Zeugen, die man vor ihm aufgerufen hatte, endlos lange vernommen wurden, und daß täglich in den Zeitungen an prominenter Stelle über den Prozeß berichtet wurde. Die Anwälte verfolgten eine bestimmte Absicht und hoben sich seine Aussage bis zum Schluß auf.

Als er schließlich in den Zeugenstand gerufen wurde und den Eid geleistet hatte, neigte sich die Verhandlung schon dem Ende zu. Er vermied es absichtlich, zu dem Tisch hinüberzublicken, an dem Machendorf und sein Verleger mit ihren Anwälten saßen. Er wollte den Schriftsteller vor seiner Vernehmung nicht sehen. Er wollte ruhig und ausgewogen sprechen, ohne Gehässigkeit, und er fürchtete, daß er sie beim Anblick des haßerfüllten Gesichts nicht mehr aus dem Ton seiner Stimme bannen könne.

Nach einleitenden Fragen zur Person fragte Berkelys Anwalt: «Mr. Damon, wie viele Jahre waren Sie Mr. Machendorfs Agent?»

«Sechs», erwiderte Damon.

«Sie haben seine Rechte beim Verkauf seiner anderen beiden Bücher vertreten?»

«Jawohl.»

«Sie vertreten seine Rechte nicht mehr. Trifft das zu?»

«Ja.»

«Darf ich Sie bitten, dem Gericht mitzuteilen, unter welchen Umständen Sie sich von dem Autor getrennt haben?»

«Mir hat das Buch nicht gefallen. Es war mir zuwider.»

«Gab es noch einen anderen Grund?»

«Ich wollte vor diesem Gericht nicht als der Beklagte erscheinen.»

Im Gerichtssaal brach Gelächter aus, und der Richter schlug einmal mit dem Hammer auf den Tisch.

«Warum haben Sie geglaubt, es bestehe Grund zu der Annahme, daß Sie bei einer Fortsetzung Ihrer Verbindung mit Mr. Machendorf als Beklagter vorgeladen werden könnten?»

Damon dachte einen Augenblick nach. Das letzte Gespräch, das er mit Mr. Gray vor dessen Tode geführt hatte, fiel ihm wieder ein. «Ich wäre das Gefäß, der Mittler, gewissermaßen das Flußbett für das verleumderische Werk eines Schriftstellers geworden und gleichermaßen verantwortlich», sagte er mit Mr. Grays Worten.

«Ich danke Ihnen, Sir», sagte der Anwalt. «Ihr Zeuge», sagte er zu dem gegnerischen Anwalt.

Machendorfs Anwalt schüttelte verdrossen den Kopf, und Damon trat aus dem Zeugenstand. Als er an dem Tisch vorbeikam, wo Machendorf sich Notizen machte, sah dieser mit haßverzerrtem Gesicht zu ihm auf und flüsterte: «Du Schweinehund, damit hast du den letzten Nagel in den Sarg geschlagen. Dafür wirst du mir büßen.»

«Ich zittere», sagte Damon lächelnd.

Er bestellte einen dritten Drink an der Bar. Das war vor über drei Jahren geschehen, und das Gericht hatte Berkely einen Schadensersatz von vier Millionen Dollar zuerkannt, von denen zwei vom Verfasser und zwei vom Verleger bezahlt werden sollten. Das Gericht hatte alle Vermögenswerte Machendorfs beschlagnahmt, und der pornographische Verleger hatte Konkurs angemeldet, sein Geschäft aufgegeben und sich einen Job als Anzeigenakquisiteur in einem der anrüchigen Girlie-Magazine gesichert. Machendorf war in der Versenkung verschwunden, wenn Damon auch vor einiger Zeit gehört hatte, daß er mit einem neuen Roman die Runde machte, mit dem keiner etwas zu tun haben wollte.

Drei Jahre waren eine lange Zeit, aber ein Mann, der im Gerichtssaal zu ihm gesagt hatte, «Schweinehund, dafür wirst du mir büßen» und der annehmen konnte, durch einen Mann, der gegen ihn ausgesagt hatte, seinen Beruf verloren zu haben, war ein geeigneter Kandidat für die Liste berufsbedingter Feinde.

Damon schrieb Machendorfs Namen auf die linke Seite seines Notizbuchs.

11

DAMONS BLICK GLITT NACHDENKLICH ÜBER DIE BAR. An der Wand hinter dem Tresen befand sich ein langgezogener Spiegel, der sein Bild zurückwarf. Der Spiegel war alt und gesprungen und dunkel, fast eisenfarben. Das eigene Gesicht kam Damon fern und wesenlos vor, als schwanke es in einem wogenden düsteren Dunst. Wenn ich schon trinken muß, dachte er, dann sollte ich eine Bar aufsuchen, die mir mehr zusagt. Doch er hatte seinen letzten Drink kaum angerührt. Ich darf mein Geld nicht vergeuden, dachte er, ich werde vielleicht schon bald den letzten Cent brauchen, den ich habe.

Das Heft lag noch offen vor ihm, und als er darauf niederblickte, sah er die rechte Seite, die noch leer war bis auf die Überschrift *Mögliche Feinde – persönlich.*

Es war ihm nie eingefallen, daß er persönliche Feinde haben könne. Machendorfs Fall lag anders, und trotzdem hatte Damon über ein Jahr nicht mehr an ihn gedacht. Das Gedächtnis war eine verzwickte Angelegenheit, und oft war das Vergessen ein Mittel, mit dem sich der Verstand gegen vergangenes Leid und Bedauern über ungenutzte Gelegenheiten abschirmte.

Persönliche Feinde. Jetzt, da er sich zum Erinnern zwang, schrieb er zwei Namen nieder – Frank Eisner und, in Klammern, Melanie Deal.

Er hatte Melanie Deal vor etwa anderthalb Jahren kennengelernt. Als Sekretärin eines Theaterproduzenten namens Proctor war sie mit einigen Verträgen zu ihm ins Büro gekommen, die sich der Produzent von seinem Anwalt hatte aufsetzen lassen. Die Verträge betrafen ein Stück mit dem Titel *Ein Apfel für Helena,* und das Stück lag bei Damon. Es war schon später Nachmittag, und Oliver Gabrielsen sowie Miss Walton waren bereits nach Hause gegangen. Damon selbst zog sich gerade den Mantel an, um zu gehen, als das Mädchen eintrat. Sie war jung und hübsch, zwei- oder dreiundzwanzig Jahre alt, nach Damons Schätzung. Blonde Strähnen zogen sich über der Stirn durch ihr dichtes braunes Haar, als habe sie lange Stunden am Strand in der Sonne liegend verbracht. Ihre Augen waren ebenfalls braun, aber auch sie hatten den Schimmer einer anderen Farbe, was sie ein wenig andersartig, ja, ausgefallen erscheinen ließ, als lächele sie innerlich über einen andauernden Scherz, den nur sie verstand. Damon hatte sie schon einmal gesehen, als er mit Oliver in Proctors Büro gewesen war, um die Vertragsbedingungen für das Theaterstück auszuhandeln. Als die beiden Männer miteinander das Büro verließen, sagte Oliver: «Mensch! Hast du das Mädchen gesehen? Da braut sich was zusammen.»

«Mir schien sie durchaus in Ordnung. Und ihr Chef hat mir gesagt, daß sie sehr tüchtig ist.»

Oliver lachte. «Roger», sagte er, «du wirst alt. Ihr Chef konnte die ganze Zeit, während der sie im Zimmer war, keinen Blick von ihr wenden, und als sie aufstand und in ihr eigenes Zimmer ging, hat er sie mit seinen Blicken praktisch ebenda und dort ausgezogen. Ihm hing buchstäblich die Zunge aus dem Hals, und er machte einen hoffnungslos frustrierten Eindruck. Miss Deal ist vielleicht tüchtig im Büro, aber ich möchte wetten, daß sie ungleich tüchtiger im Bett ist. Und ehrlich gesagt, war ich selber nach fünf Minuten auch reichlich frustriert.»

«Dann scheine ich tatsächlich alt zu werden, wie du sagst.» Damon lächelte. «Ich habe an ihr nichts Besonderes feststellen können.»

Das war das Mädchen, das das Büro betrat, als Damon sich vor dem Weggehen den Mantel anzog. Nach dem, was Oliver gesagt hatte, und aus alter Gewohnheit, die er seit der Zeit der iberischen Dame gebrochen glaubte – er hatte sich seitdem zu unkomplizierter Monogamie gemausert –, sah Damon sie mit mehr Interesse an, als er bei ihrem ersten Anblick aufgebracht hatte, und kam zu dem Schluß, daß sie Oliver mit Recht so durcheinandergebracht hatte. Lüste des Geistes wie des Fleisches. Nymphe, möge in deinen Gebeten all meiner Sünden gedacht sein. Nachdem Damon das Büro abgeschlossen hatte, fuhren sie zusammen im Fahrstuhl nach unten, und Damon sagte: «Ich kehre gewöhnlich auf meinem abendlichen Heimweg irgendwo zu einem Drink ein. Würden Sie mir dabei Gesellschaft leisten?»

Sie sah ihn mit einem Schimmer wissender Belustigung in den Augen an; männliche Annäherung war ihr offenbar nicht fremd. «Das fände ich sehr hübsch, Mr. Damon», sagte sie bescheiden. «Ich hatte gehofft, daß Sie mich fragen würden.» Ihre Stimme klang ein wenig belegt und paßte zu ihrer Erscheinung; Damon vermutete, daß sie daran gearbeitet hatte – entweder in einer Schauspielschule oder bei einem Gesangslehrer. Im Vestibül des Algonquin, wohin er sie mitgenommen hatte, obwohl es nicht der von ihm für einen ersten Feierabend-Drink bevorzugte Ort war, stellte sich heraus, daß seine Vermutung zutraf.

«Ich hatte deswegen auf eine Einladung zu einem Drink gehofft», sagte sie, als sie an ihrem Glas Weißwein nippte, «weil ich mit Ihnen über *Apfel* sprechen wollte.»

Er lächelte ein wenig darüber, daß sie einfach voraussetzte, sie seien beide Professionals und, wie es bei Theaterleuten üblich ist, den Titel des Stückes abkürzte. «Ich bin eigentlich gar keine Sekretärin», sagte sie. «Ich arbeite bei Mr. Proctor lediglich in der Zeit zwischen zwei Engagements.» Sie sprach in schnellen kleinen Stößen, als ob ihr die Wörter ununterdrückbar in der Kehle hochsprudelten.

«Haben Sie schon auf der Bühne gestanden?»

«Ein paarmal. Off-Broadway. Off-off-Broadway. Liebhaberaufführungen in der Equity-Bibliothek. Theaterschulinszenierungen. Krähwinkel.» Und voller Selbstironie in der Stimme: «Der übliche steinige Weg zum Star. Haben Sie mich mal gesehen?»

«Nicht, daß ich wüßte», sagte Damon. «Nein, ich bin sicher. Wenn ich Sie auf der Bühne erlebt hätte, dann hätte ich mich bestimmt an Sie erinnert.» Er war zu galant, um sich anders auszudrücken.

«Man sollte vor Sardis Restaurant ein Monument errichten. Mit einer ewigen Flamme: Der Unbekannten Schauspielerin.» Sie lachte, ohne Bitterkeit. «Das letzte Stück, in dem ich aufgetreten bin, wurde *downtown* in einem Theater gespielt. *Mann plus Mann.*»

«Ich habe das Stück gesehen – allerdings nur die ersten zehn Minuten.» Er erinnerte sich gut. Es war am Tag nach der Premiere wieder abgesetzt worden; das war der Abend gewesen, an dem er mit Sheila hingegangen war. Er sagte dem Mädchen nicht, warum er gegangen war. «Sie müssen später aufgetreten sein.»

«Zweiter Akt», erwiderte sie. «Sie haben nichts versäumt. Ich hatte einen großen Auftritt im zweiten Akt. Aber keine Kritik. Die Kritiker sind alle in der Pause gegangen.» Sie lachte fröhlich. «Mutter und Vater auch. Ich hätt's auch getan, wenn ich nicht einen Vertrag unterschrieben hätte.»

«Ich erinnere mich an den Abend», sagte Damon. Er war von dem Produzenten, einem Mann namens Guilder, eingeladen worden. Er kannte ihn selbst nicht, nur seinen zweifelhaften Ruf. Dieser Produzent war ein sehr reicher junger Mann, dessen Familie Bergwerke in Colorado besaß. Er hatte ein paar Theaterproduktionen finanziert, die alle geplatzt waren. Sein Ruf gründete sich weder auf seinen Reichtum noch auf seine Theaterlaufbahn. Er war wegen Überfalls und schwerer Körperverletzung mit Tötungsabsicht verhaftet worden, nachdem er in einer Bar einen jungen Mann aufgegabelt und ihn später in seiner Wohnung aufs übelste verprügelt hatte. Er hatte zu seiner Verteidigung vorgebracht, daß der junge Mann homosexuelle Annäherungsversuche unternommen und er darauf in seiner Wut den Burschen geschlagen habe. Er hatte gewitzte und hochbezahlte Anwälte; und obwohl so ziemlich jeder Mensch im Gerichtssaal wußte, daß Guilder selbst, gelinde gesagt, homosexuelle Neigungen und einen Hang zur Gewalttätigkeit hatte, wurde er freigesprochen.

In einem Presseinterview hatte Guilder die Produzenten der New Yorker Theaterszene wahllos wegen ihrer rückständigen Prüderie, ihrer Stoffwahl und ihrer Inszenierungen angegriffen und verkündet, daß er von nun an selber und ohne Partner Stücke produzieren werde. *Mann plus Mann* war seine erste eigenständige Produktion Off-Broadway in einem Theater nahe Damons Wohnung, und da Sheila und er am Abend der Premiere nichts Besonderes vorhatten, machten sie noch in letzter Minute von den geschenkten Karten Gebrauch; mehr aus Neugierde als in der Hoffnung, daß das Stück ihnen viel Freude bereiten würde.

Aber auf das, was sich ihnen bot, waren sie nicht vorbereitet. Das Stück handelte von einem Transvestiten und seinen Freunden; und während Damon, dem Zeitgeschmack entsprechend, der Frage der Homosexualität neutral gegenüberstand und oft genug seine eigenen schwulen Klienten zum Essen in seine Wohnung eingeladen hatte, waren die rüde Sprache und die kichernde Zurschaustellung von Nacktheit eine zu große Zumutung für ihn. Er stand mitten in der ersten Szene auf und sagte zu Sheila im vollen Bewußtsein dessen, was er tat: «Komm, gehen wir. Ich habe genug. Das ist der reinste Dreck.»

Sie saßen in der ersten Reihe, und Damon sprach laut und deutlich und ging dann, gefolgt von Sheila, den Gang hinauf. Noch bevor er und Sheila den Ausgang erreicht hatten, waren andere Paare ihrem Beispiel gefolgt, von denen einige laut ihren Protest zur Bühne hinaufriefen.

Guilder stand im Hintergrund des Theaters, als die Damons an ihm vorbeigingen. Damon erkannte ihn nach Fotos in Zeitungen und, in poetischer Pose, auf dem Programmumschlag, aber er ging wortlos an ihm vorüber.

Das Stück wurde nach dieser einzigen Aufführung abgsetzt.

«Ich habe niemals einen Mann so wütend gesehen», sagte Melanie Deal. «Er erklärte dem Ensemble, Sie hätten das Stück absichtlich ruiniert, denn Sie konnten sicher sein, daß alle oder praktisch alle Leute im Premierenpublikum wußten, wer Sie sind, und Ihren Einfluß kannten. Beim zweiten Akt war kein einziger Kritiker mehr anwesend. Der Grund Ihres Handelns sei gewesen, daß Sie ein verkappter Homo seien und nicht vertragen könnten, die Wahrheit auf der Bühne zu sehen; und er versprach dem Ensemble, er würde Sie in Theaterkreisen ruinieren und in die Wüste schicken, wo Sie hingehörten.» Sie kicherte. «Hat er Sie ruiniert?»

«Wie Sie sehen», sagte Damon lächelnd, «kann ich mir noch leisten, Drinks für eine hübsche junge Dame im Algonquin zu bezahlen. Allerdings habe ich gerüchtweise gehört, daß er mich in der ganzen Stadt mies gemacht und zweimal Produzenten überboten hat, die von mir vertretene Stücke aufführen wollten, sie aber dann doch nicht gebracht haben.» Damon zuckte die Achseln. «Man muß sich im Theater auf verzogene reiche Jungens gefaßt machen. Niemand nimmt ihn ernst. Wenn ich *wirklich* für die Absetzung des Stückes verantwortlich war, dann müßte ich dafür eine Medaille für öffentliche Dienste bekommen. Mr. Guilder interessiert mich nicht. Er ist unwichtig. Reden wir statt dessen lieber von etwas Dringlicherem. Was hatten Sie in Sachen *Apfel* auf dem Herzen?»

«Als Sie im Büro über die Besetzung sprachen . . . Sie haben beschrieben, wie Helena aussehen müßte. Wie sie die Rolle auffassen sollte.» Sie sprach kurz, stoßweise. «Ja, da habe ich mir gedacht: das bin doch ich, die dieser nette Mann beschreibt.»

Damon lächelte wieder. «Vielleicht war ich . . . äh . . . in meinem Unterbewußtsein beeinflußt.» Der kleine Flirt war nach seinem Geschmack. «Haben Sie mit Mr. Proctor über einen Test für diese Rolle gesprochen?»

Sie schüttelte energisch den Kopf, wobei ihr das dichte, schimmernde Haar ums Gesicht flog. «Mr. Proctor sieht mich ausschließlich als Sekretärin und als Sexobjekt.» Ein boshaftes Vergnügen spiegelte sich in dem kleinen, feinen Gesicht. «In seiner Vorstellung lebe ich nur an der Schreibmaschine oder im Bett.» Sie lachte rauh; ihr Gelächter klang ein wenig unbeherrscht. «No Hope, New Jersey. Das sollten Sie ihm sagen, falls er fragt.»

«Und was bedeutet das?»

«Ich habe im Sommertheater in New Hope gespielt, im Bundesstaat New Jersey», sagte sie. «Alles ging schief. Jedesmal wenn wir mit Proben für ein neues Stück anfingen, hat einer gesagt: No hope – also hoffnungslos – in New Jersey. Das wurde unser Stichwort für die Erkenntnis: Nicht eine Chance in Millionen.»

Damon spürte das elektrische Kribbeln des Begehrens und wünschte sich, er hätte das Büro schon früher verlassen und Oliver gebeten, dichtzumachen. Morgen mußte er Oliver mitteilen, daß sein Chef doch noch nicht so alt war, wie er schien.

«Mr. Proctor», fuhr das Mädchen fort, «legt großen Wert auf Ihren Geschmack und Ihre Erfahrung. Wenn Sie ein Theaterstück schicken, liest er es sofort, ganz gleich, was sonst noch auf seinem Schreibtisch liegt. Wenn Sie ein gutes Wort für mich einlegen, dann hört er darauf.» Sie sprudelte die Worte atemlos heraus und beugte sich dabei vor, so daß er unwillkürlich die lockende Form ihrer Brüste in dem engen Kaschmirpullover wahrnahm, unter dem sie keinen Büstenhalter trug. Ein generöses Angebot, dachte er in wehmütiger Erinnerung an seine jungen Mannesjahre, und auf dem Silbertablett gereicht. Er verstand jetzt Proctors verzückten Blick, während er mit Melanie Deal vor Augen über Verträge zu sprechen suchte.

Verwirrt bestellte er sich einen neuen Drink, um zu verhindern, daß ihm der Abend außer Kontrolle geriet. Melanie trank ihren Wein aus, und er bestellte ein zweites Glas für sie. Ihr Gesicht war vom Wein und von dem Ungestüm, mit dem sie gesprochen hatte, gerötet. «Ach ja», sagte er und sah sich in der Hotelhalle um, ob vielleicht jemand da wäre, der ihn kannte und das Gerücht verbreiten würde, daß der alte Roger Damon neuerdings Kinder vernasche. Es war aber niemand anwesend, der ihm bekannt war; das erleichterte ihn ein wenig. «Ach ja», sagte er, «die Rollenbesetzung ist vorläufig noch Zukunftsmusik. Und noch haben wir keinen Regisseur. Und außerdem muß der Verfasser den ganzen ersten Akt umschreiben.»

«Das weiß ich alles», sagte sie ungeduldig. «Aber wenn Sie Mr. Proctor den Floh ins Ohr setzen, dann warte ich auch.»

«Ich rate Ihnen, Miss Deal . . .»

«Melanie.»

«Ich würde Ihnen raten, Melanie», sagte er mit einem Versuch, väterlich zu klingen, «keine von den Rollen auszuschlagen, die Ihnen wahrscheinlich angeboten werden, während wir auf den Beginn der Produktion warten.»

«Ich verlange nichts als die Chance vorzuspielen.» Sie war jetzt ganz ernst; sie beugte sich vor und packte seinen Unterarm mit einer erstaunlich kräftigen Hand. «Sie brauchen nichts weiter zu tun als mich vorzuschlagen.» Sie strich sich das Haar aus der blassen, hohen Stirn zurück. «Sehen Sie her», sagte sie herausfordernd, mit zurückgeworfenem Kopf und funkelnden Augen, «bin ich das Mädchen, das Sie im Büro beschrieben haben, oder nicht?»

«Sie sind schön», sagte er leise, versuchte aber gleich, sich zu fangen und das Kompliment mit einem väterlichen «meine Liebe» banal klingen zu lassen. Irgendwo hörte er eine Uhr schlagen. «Oh, es wird schon spät. Meine Frau wird sich Sorgen machen.» Sheila machte sich niemals Sorgen um die Zeit, zu der er aus dem Büro nach Hause kam, solange es vor acht Uhr abends war, oder wenn er sie angerufen hatte, daß er eine, zwei Stunden später kommen würde, aber er wollte vor diesem verführerischen Mädchen, das den Jahren nach – gelinde gesagt – seine Tochter sein könnte, lieber als Pantoffelheld erscheinen.

«Ich wohne in Ihrer Nähe», sagte sie. «Ich habe im Telefonbuch nachgesehen, nachdem Sie neulich in unserem Büro waren.» Sie lachte. Wieder lag etwas Wildes und Ungehemmtes in ihrem Lachen. «Wir können zusammen gehen. Ich wohne in der 23sten Straße West.»

«Gut», sagte er und wußte schon nicht mehr, ob er sich freute oder bedauerte, sie zu einem Drink eingeladen zu haben, «ich gehe gewöhnlich zu Fuß.»

«Ich bin eine begeisterte Fußgängerin», sagte sie grinsend und nagelte ihn damit fest. «Ich bin eine der berüchtigsten Geherinnen in New York. Und ich trage keine hohen Absätze zur Arbeit.»

«Na schön», sagte er. Er spürte den Drang nach frischer Luft. Und er bezweifelte, daß sie auf einer öffentlichen Verkehrsader um halb sieben Uhr abends etwas Unziemliches begehen würde.

«Wenn Sie es so wünschen», sagte er, «dann können wir gemeinsam *downtown* gehen.»

«Genau das wünsche ich mir. Ich bin ein hartnäckiges Scheusal, stimmt's?» sagte sie triumphierend. Sie grinste; ihre vollkommenen Zähne blitzten in ihrem jugendlichen Gesicht.

«Sie werden's noch weit bringen, Melanie», sagte er, als er seine Rechnung beglich. «Innerhalb wie außerhalb des Theaters.»

«Darauf können Sie sich verlassen», sagte sie. Sie half ihm in seinen Mantel, klopfte ihm dabei auf die Schulter, und dann gingen sie aus dem Hotel, wobei sie ihre Hand besitzergreifend unter seinen Ellbogen schob.

Das Wetter hatte sich inzwischen verschlechtert; ein feiner Sprühregen fiel vom Himmel. Damon meinte, es wäre sadistisch, ein Mädchen mit so schönem Haar ohne Kopfbedeckung in so hübschen Mokassins und so zarten Strümpfen an den schönen langen Beinen fast zwei Kilometer im Regen laufen zu lassen. Er wartete einen Augenblick am Hoteleingang und sagte: «Das ist keine Nacht für eine Fußwanderung.»

«Mir macht's nichts aus», sagte sie. «Laß den Nordwind wehn, laß den Himmel stürzen.»

«Haben Sie einen Schal oder etwas Ähnliches?»

Sie schüttelte den Kopf. «Es war sonnig, als ich heute morgen zur Arbeit ging.»

«Wir nehmen uns ein Taxi», sagte er. «Falls wir eins ergattern.»

Gerade in dem Augenblick kam ein Taxi angefahren und hielt vor dem Hotel, und ein Paar stieg aus. Melanie ließ Damons Arm fahren, schoß über den Bürgersteig und hielt die Tür auf, bevor noch der Mann, der gerade ausgestiegen war, diese schließen konnte, und bevor eine Frau, die das Taxi gesehen hatte, als es in die 44ste Straße einbog, und ihm winkend und «Taxi, Taxi» rufend nachgelaufen war, es erreichen konnte.

«Scheißpech, meine Dame», sagte Melanie in grimmigem Siegesbewußtsein, als die Dame keuchend anlangte. Dann winkte sie Damon ungeduldig zu, er solle sich beeilen. Er trabte über den Bürgersteig und sagte, als er in das Taxi stieg, beschämt: «Tut mir leid, meine Dame.»

«Die jungen Leute von heute», sagte die Frau keuchend. «Barbaren. Und diese Sprache!»

Melanie stieg ins Taxi und gab dem Fahrer ihre Adresse. Dann machte sie sich's neben Damon bequem und legte ihm die Hand auf den Oberschenkel. «Das ist ein Omen», sagte sie.

«Was ist ein Omen?»

«Daß wir an diesem regnerischen Abend ein Taxi ergattert haben», sagte sie. «Obwohl ihm in den Straßen von New York die Leute millionenweise nachgerannt sind.»

«Ein gutes Omen oder ein schlechtes?»

«Gutes, Dummerchen.»

«Für die Frau da war's nicht so gut.»

«Alte fette Schlampe», sagte Melanie, ohne der Tatsache Rechnung zu tragen, daß der Mann an ihrer Seite der alten Schlampe um mindestens zwanzig Jahre voraus war. «Die kann gehen, wohin sie will, auf die wartet keiner mehr. Sind Sie abergläubisch? Wegen Omen und dergleichen?»

«Ja, ich ziehe mir morgens immer zuerst den linken Schuh an und steige auf der linken Seite aus dem Bett.» Er lachte. «Bei meinem Alter.»

«So alt sind Sie doch nicht.»

«Meine liebe junge Dame», sagte Damon, «wenn Sie mal eines Morgens aufwachen und Ihre Knochen so knirschen hören wie ich die meinen, dann würden Sie das nicht sagen.»

«Ich will Ihnen mal was erzählen, Mr. Damon», sagte sie und streichelte dabei seinen Schenkel, «Sie sind einer der attraktivsten Männer in New York, egal, wie alt Sie sind.»

«Großer Gott!»

«Wollen Sie hören, was ein paar Damen aus Ihrer Bekanntschaft mir von Ihnen erzählt haben?»

«Bestimmt nicht.» Das Kribbeln, das er im Büro gespürt hatte, als er sie zum ersten Mal genauer angesehen hatte, hatte inzwischen eine alarmierende Anzahl Volt erreicht.

«Ich erzähl's Ihnen trotzdem.» Sie lachte aus boshaftem, fröhlichem Schabernack. «Damen in meiner Schauspielerklasse. Gereifte Damen. Umgetrieben. Wissen, wovon sie reden. Drei Stück. Gut erhalten. Wir haben während einer Pause im Unterricht zusammen Kaffee getrunken. Das Gespräch kam auf Sex. Damenklatsch in der Garderobe.» Sie lachte wieder auf ihre leichte, wilde Weise.

«Ich hätt's lieber, wenn Sie damit aufhören, Melanie», sagte Damon mit aller Würde, die er aufbringen konnte.

«Tun Sie nicht so prüde.» Sie hob ihre Hand von seinem Schenkel, um ihn gleich darauf mit dem Finger scharf ins Bein zu pieken. «Nach dem, was ich von Ihnen gehört habe, halten Sie dieses Benehmen nicht durch. Ganz zufällig hatten alle drei Damen eine Affäre mit Ihnen.»

«Sie sind unmöglich, liebes Kind», sagte er verwirrt. «Ich will nicht wissen, was sie erzählt haben oder wer sie sind.» Er log. So wie sie die Sache erzählte, wußte er, daß ihre Darstellung schmeichelhaft sein und ihn an erfreuliche Augenblicke seiner Vergangenheit erinnern würde.

«Alle diese Frauen», sagte Melanie, «zensierten ihre verschiedenen Liebhaber. Wer der beste war und wer der schlechteste. So in dieser Art. Wenn ich Ihnen die Namen dieser Damen verraten würde, dann wüßten Sie, daß sie auf eine Menge Vergleiche zurückgreifen können. Das Urteil über Nummer eins auf der Liste war einstimmig. Sie wurden mit Abstand zum besten Liebhaber der Stadt erklärt.» Sie lachte wieder. «Die schlechtesten Liebhaber, die sie je getroffen hatten, waren allemal die eigenen Ehemänner.»

Er stimmte notgedrungen in ihr Gelächter ein. Dann sagte er: «Das war vor langer Zeit.» Er erriet, wer die Damen waren. «Ich war damals jünger und aktiver.»

«Vor nicht so sehr langer Zeit», sagte sie. «Und reden Sie nicht dauernd vom Alter. Mein derzeitiger Liebhaber ist fünfzig. Er ist Makler in der Wall Street und hat eine Platinplatte im Schädel. Sie haben ihm in Korea ein Stück von der Schädeldecke weggeschossen. Er war ein großer Held und hat die Brust voller Medaillen, und sein ganzes Haus hängt voller Feuerwaffen, die er von dort mitgebracht hat. Ach ja, er ist kein großer Held mehr, und niemand würde ihm heute für was auch immer eine Medaille anheften. Von Zeit zu Zeit wähnt er sich in einem Schützenloch, oder was er sonst in Korea hatte, und glaubt, ich sei ein Chinese, der sich anschleicht, und sein Haar ist grauer als Ihres, und wir haben's großartig miteinander.»

«Das klingt nach einem Backfischtraum», sagte Damon trocken.

«Ich habe einen Vaterkomplex», sagte Melanie, «und liebe ihn.»

«Schön», sagte Damon, «ich habe keine Tochter, und ich habe keinen Tochterkomplex, und das liebe ich.» Er versuchte, ohne Erfolg, einen gereizten Ton anzuschlagen. «Ich habe seit weiß Gott wie lange niemand anderen mehr berührt als meine Frau.»

Das Mädchen ignorierte seine Worte und strich mit der Hand unter seinem Mantel weit das Bein hinauf. «Ich mache einen Annäherungsversuch, Mr. Damon», sagte sie tonlos, ohne Emotion.

Er streckte seine Hand aus und packte ihren Arm so nachdrücklich, daß sie nicht bis zum oberen Ende gelangte. Er war von ihrer brüsken Unverblümtheit sowohl entzückt als auch verärgert; verärgert, weil es möglich, ja mehr als möglich war, daß ihr Angebot nicht wegen seines Rufes bei den Damen in der Schauspielklasse erfolgte, sondern als Hebel dienen sollte, damit er sie bei Mr. Proctor für die Rolle in dem Stück vorschlug.

«Zu meiner Zeit», sagte er, «haben die Damen darauf gewartet, daß man sie bat.»

Sie machte keinen Versuch, ihre Hand noch höher zu schieben, sondern sagte: «Dies ist nicht mehr Ihre Zeit, Mr. Damon, und ich bin keine Dame. Ich will wählen und nicht gewählt werden. Mir gefiele es, wenn wir eine lange, schmachtende Liebschaft miteinander hätten, die heute nacht beginnt. Verstohlene Nachmittage, an Wochenenden Entwischen in ländliche Gasthäuser . . .»

«Das ist aber ziemlich romantisch, ‹verstohlene Nachmittage›», sagte er ironisch.

Sie überhörte seine Ironie. «So ist das heute: Sie können zu gleicher Zeit pragmatisch und romantisch sein», sagte sie ungerührt. «Kämpfen Sie nicht dagegen an. Und erzählen Sie mir nicht, daß Sie nie zuvor erwählt worden sind.»

Er erinnerte sich an Julia Larch. «Kann schon sein», sagte er, erwähnte aber das Hotel in der 39sten Straße nicht. «Nun, die Damen haben es für sich behalten. Sie waren so huldvoll, mir den ersten Zug einzuräumen. Und den zweiten und den dritten.»

«Andere Zeiten, andere Sitten. Haben Sie noch nie von der sexuellen Revolution gehört?» Eine Straßenlaterne warf ein grelles Licht auf ihr Antlitz, aber in dem Licht sah sie jung und lieblich und verletzlich aus.

«Lassen Sie den alten Mann in Frieden ziehen», sagte er milde.

«Ich will Ihnen keinen Frieden geben.» Noch einmal lachte sie, verweigerte jegliche Sentimentalität. Sie blickte aus dem Fenster. «Mein Gott, ich bin schon fast zu Hause.» Als wäre das ein Signal, warf sie sich quer über seine Schenkel, zog seinen Kopf zu sich herab und küßte ihn. Ihre Lippen waren weich und rege, und sie roch wunderbar. Es war ein langer Kuß, und sie ließ erst von ihm ab, als das Taxi vor dem Haus hielt, in dem sie wohnte. Sie setzte sich auf, strich sich den Mantel glatt, und das Gesicht, mit dem sie ihn ansah, war voll von jenem Schabernack, der schon die ganze Zeit knapp unter der Oberfläche verborgen lag. «Letzte Chance», sagte sie. «Kommst du mit rauf zu mir?»

Er schüttelte traurig den Kopf.

«Du wirst es bereuen», sagte sie.

«Sicherlich.»

Sie zuckte die Achseln. «Ich wünsche Ihnen einen fröhlichen häuslichen Abend mit Ihrer Gattin», sagte sie. «Sie brauchen ihr nicht zu erzählen, daß Sie ein guter Mann sind. Ich bin sicher, sie weiß es.» Sie sprang aus dem Taxi und rannte die Vordertreppe des Hauses hinauf, gewandt, anmutig, schnell, ein Kind ihrer Zeit. Seine Zeit war andersgeartet.

Damon sah ihr nach, wie sie davonging, ein Schwall von Trauer übermannte ihn; dann gab er dem Fahrer seine Adresse und lehnte sich zurück auf dem Kunstledersitz, der nach altem Zigarettenrauch stank, schloß die Augen und versuchte, sich auf die Namen der drei Damen zu besinnen, die, wic er vermutete, ihre Kaffeepause mit Melanie Deal verbracht hatten.

Das nächste Mal, daß er sie sah, stand sie in der Eingangshalle seines Bürogebäudes, als er nach Büroschluß herunterkam. Es war eine Woche später.

Sie trug ein Kopftuch, und ihr Gesicht sah verhärmt und besorgt aus. Hätte Oliver sie in diesem Aufzug gesehen, dachte er, dann hätte er sich kaum zu dem Ausruf veranlaßt gefühlt: «Junge, hast du das Mädchen gesehen?»

«Ich muß mit Ihnen sprechen, Mr. Damon», sagte sie unvermittelt. «Allein. Sie sind in Gefahr. Darf ich mit Ihnen gehen?»

«Gewiß.» Er nahm ihren Arm, und sie traten auf die Straße. Automatisch schlug er den Weg zur Fifth Avenue ein. Es war ein schöner Frühlingsabend, der letzte Sonnenglanz färbte den westlichen Himmel; die Menschen um sie her, von der Last des Tages erlöst, schienen im Vorgeschmack ihrer Freiheit und in der Aussicht auf den kommenden Abend von geheimer Wonne überzusprudeln.

Eine Zeitlang gingen sie nebeneinanderher, ohne zu sprechen; das Mädchen in sich gekehrt und an den Lippen nagend. «Wieso bin ich in Gefahr?» fragte Damon ruhig.

«Ich habe etwas Schreckliches getan. Unverzeihlich, aber ich hoffe, Sie werden mir verzeihen.» Sie klang wie ein verängstigtes Kind.

«Was ist das Schreckliche?»

«Ich habe Ihnen doch von meinem Liebhaber erzählt, dem fünfzigjährigen . . . dem Börsenmakler. In der Wall Street.»

«Ja.»

«Er heißt Eisner.»

«Ich kenne ihn nicht», sagte Damon scharf. «Was hat er mit mir zu schaffen?»

«Er sagt, er wird Sie umbringen», sagte sie. «Das hat er mit Ihnen zu schaffen.»

Damon blieb stehen und sah dem Mädchen ins Gesicht. «Das ist doch wohl ein Witz!»

Sie schüttelte den Kopf. «Leider nicht.»

«Warum will ein Mann, den ich in meinem Leben nicht gesehen habe, mich töten?» fragte Damon ungläubig.

«Er ist wahnsinnig eifersüchtig. Vielleicht liegt's an der Platinplatte, die man ihm in Korea in die Schädeldecke eingesetzt hat.»

«Ich hab doch gar nicht . . . ich meine, mit Ihnen . . .», stammelte Damon.

«Ich habe ihm aber gesagt, Sie hätten. Ich habe ihm gesagt, ich sei wild auf Sie, und Sie wären wild auf mich.»

«Wozu, in Gottes Namen, haben Sie das getan?» Damon war von eisiger Wut erfüllt und sah mit Genugtuung, daß seine Stimme und sein Gesichtsausdruck das Mädchen zurückschrecken ließen. Er zog sie rauh an sich.

«Er hat mich bei einer Party ins Gesicht geschlagen.» Sie weinte jetzt. «Er glaubte, daß ich mit jemand flirtete. Vor mehr als zwanzig Menschen.» Dann wurde ihre Stimme trotzig und hart. «So was lasse ich keinem Menschen durchgehen. Keinem einzigen. Ich wollte ihm weh tun, und ich habe es getan. Sie waren der erste, der mir eingefallen ist, und er weiß, wer Sie sind und daß Sie erheblich älter sind als er. Das hat's zum Klappen gebracht.»

«Gut gemacht», sagte Damon wütend. «Na schön, Sie gehen jetzt zurück zu dem Idioten und erklären das Ganze: daß Sie gelogen haben, daß wir nichts miteinander gehabt haben und daß zumindest ich todsicher bin, daß wir's auch nie werden. Er kann seine verdammte Pistole wegstecken und zurück zur Wall Street gehen und aufhören, sich aufzuführen wie ein Idiot.»

«Das wird nichts nützen», sagte sie und schniefte die Tränen hoch, wobei sie mehr als je einem verstörten kleinen Mädchen glich. «Das habe ich ihm schon alles in der vergangenen Nacht erzählt – daß ich gelogen habe. Er hat mir nicht geglaubt. Er hat nur in seinem Wohnzimmer gesessen und seinen Revolver geölt, den er aus Korea mitgebracht hat.»

Damon holte tief Atem. «Na schön», sagte er grimmig, «wenn er so verflucht darauf versessen ist, dann sagen Sie ihm heute abend, daß ich morgen in der Fifth Avenue, im Block vor Saks Warenhaus genau zur Mittagszeit unbewaffnet nach Norden gehen werde. Sollen doch die Soldaten schießen und Schluß machen. Und jetzt», sagte er mit eisiger Wut, «machen Sie, daß Sie fortkommen, und kommen Sie nicht mehr in meine Nähe.» Er ließ ihren Arm los und schritt die Avenue entlang in Richtung auf sein Zuhause.

Pünktlich zur Mittagszeit war er am nächsten Tag an der Ecke der Fifth Avenue und der 49sten Straße. Das Wetter war mild und sonnig, und die jungen Mädchen aus den umliegenden Bürohäusern, die ihre Mittagspause machten, die Frauen, die in den schillernden Läden ein und aus gingen, sie alle schienen leuchtende Farben zu tragen, um das Kommen des Frühlings zu bestätigen. Das war für den einen Mann weder der rechte Ort noch die rechte Zeit, mit einer Pistole auf der Lauer zu liegen, noch für den anderen, seine Hinrichtung zu erwarten.

Damon straffte die Schultern und ging langsam und bedächtig von einem Ende des Blocks zum andern. Das dauerte vier Minuten. Niemand näherte sich ihm. Kein Schuß fiel. Melodrama, dachte er verächtlich. Spiegelfechterei. Phantastische Liebesspiele. Das übergeschnappte, ehrgeizige junge Mädchen, das sich den Anschein gab, als sei es so modern und so abgebrüht. Der arme Schuft mit der Platte im Schädel, der ostentativ und ihr zur Lehre den Revolver ölte.

Er kannte ein gutes Restaurant in der 63sten Straße, und während er dorthin schlenderte, freute er sich am Frühlingssonnenschein, an den Schaufenstern und den leuchtenden Farben der Frauen, an denen er vorüberging. Dann genehmigte er sich einen ausgesuchten und kostspieligen Lunch samt einer ganzen Flasche Wein.

Er sah, daß sein Glas leer war, dachte, was zum Teufel soll's, und bestellte sich noch einen Whisky. Er wußte, daß er an diesem Tag nicht mehr arbeiten würde; und wenn er bis zum Abend fertig werden wollte, würde ihm der Whisky dabei helfen.

Seit jenem Gespräch in der Fifth Avenue hatte er von Melanie Deal nichts mehr gehört, und das lag nun schon über zwei Jahre zurück. Mr. Eisner, dem Wall-Street-Makler mit der Platinplatte, den Feuerwaffen und der ordenstarrenden Brust, war er nie begegnet. *Ein Apfel für Helena* war durchgefallen, und der Verfasser versuchte immer noch, den ersten Akt umzuschreiben.

Wenn jedoch ein Mann erklärt hatte, er wolle Damon töten – auch wenn er vor dem Kaufhaus Saks nicht erschienen war, um seine Drohung wahrzumachen –, dann war das keine lebenslange Garantie für seine Immunität. Dieses alberne Heldenstück hatte damals ausgesehen wie ein Sieg, und Damon hatte seinen Lunch genossen, aber ein bewaffneter Mann überlegt sich's wohl zweimal, ehe er einen Rivalen mitten am hellichten Tage im Gewimmel der Menschen auf der belebtesten Avenue der Stadt New York niederschießt. Er könnte beschlossen haben, sich Zeit zu lassen, eine weniger öffentliche Gelegenheit abzuwarten, auf der Lauer zu liegen, seinen Rachetraum monate-, ja jahrelang zu nähren. Eifersucht war die hartnäckigste der Leidenschaften, die nicht innerhalb von vierundzwanzig Stunden hochwallte und wieder verlosch. Damon war sich sicher, daß Lieutenant Schulter etwas über Eisner wissen wollte. Nach Damons Dafürhalten hatte sich der Makler seinen Platz auf der Liste der persönlichen Feinde verdient, und vielleicht gehörte Melanie Deal mit ihrem Leichtsinn und ihrer Unberechenbarkeit auch dahin. Auf alle Fälle würde es sich lohnen, sie anzurufen.

Er suchte in seinen Taschen nach Münzen fürs Telefon, hielt aber plötzlich inne. Mr. Eisner war nicht der einzige Mann gewesen, der ihn nach ihren Angaben bedrohte. Damon erinnerte sich an Melanie Deals Schilderung von der flammenden Rede, die Guilder nach der Premiere von *Mann plus Mann* vor dem Ensemble gehalten hatte. Guilder hatte geschworen, ihn zu ruinieren, und hatte so viel Schaden gestiftet, wie Geld und ein geflüsterter Rufmord dazu beitragen konnten. Es hatte nichts genützt, aber sein Mißerfolg mochte seit jener Zeit so sehr an seiner Seele genagt haben, daß er sich zu direkteren Maßnahmen veranlaßt sah. Damon hatte ihn als unwichtig abgetan. Das war sein Fehler gewesen. In seiner jetzigen Lage durfte kein einziges Indiz, so fadenscheinig es auch erscheinen mochte, leichthin übergangen werden. Und die Macht eines frustrierten, irren und reichen jungen Mannes, der nur knapp einer langjährigen Gefängnisstrafe für schwere Körperverletzung mit Tötungsabsicht entronnen war und genügend Geld besaß, um sich Mordgesellen zu dingen, durfte nicht unbeachtet bleiben. Kein Zweifel, dachte Damon, als er zwei Zehn-Cent-Münzen in seiner Tasche fand, Melanie Deal war einen Anruf wert.

Er ließ sein Glas Whisky auf der Bar stehen und ging durch das Lokal zur Telefonzelle. Er fand ihre Nummer im Band Manhattan, denn er erinnerte sich, daß sie in der 23sten Straße wohnte; erinnerte sich auch an ihre weichen Lippen auf den seinen und an ihre Worte im Taxi: «Ich habe einen Vaterkomplex, und ich liebe ihn.»

Er wählte die Nummer. Eine automatische Durchsage beantwortete den Anruf: «Kein Anschluß unter dieser Nummer.» Er holte sich seine Münzen zurück und dachte einen Augenblick nach. Er konnte zwar Proctors Büro anrufen und feststellen, wie das Mädchen zu erreichen wäre; aber in Erinnerung an Olivers damalige Bemerkung, daß Proctor sie in seinem Büro praktisch mit den Blicken entkleide, fand er es peinlich, sich dort nach ihr zu erkundigen. Gott weiß, was sich zwischen ihnen abgespielt haben mochte, obwohl sie seine Chancen bei ihr mit dem Ausspruch «No Hope, New Jersey» abgetan hatte.

Einen Augenblick dachte er nach, dann schlug er die Nummer der Schauspielergewerkschaft Equity nach. Dort mußte sie registriert sein, und sein Name würde genügen, um ihn als Theaterfachmann auszuweisen; damit wäre sein Anruf legitimiert. Man würde ihm ihre Nummer ohne weiteres mitteilen. Beim Wählen fiel ihm allerdings ein, daß sein Anruf *so legitim* auch nicht war.

Es dauerte eine Weile, bis er mit der Person verbunden war, die ihm die gewünschte Auskunft geben konnte, aber schließlich kam eine Frau an den Apparat, die er kannte. «Sophie», sagte er, nachdem sie sich begrüßt hatten, «ich möchte mit einer Schauspielerin namens Melanie Deal in Verbindung treten. Einer meiner Autoren ist der Ansicht, daß er sie für ein Stück, an dem er gerade schreibt, gebrauchen könnte», log er.

«Oh . . .» Darauf folgte eine Pause. «Sie ist vor drei Monaten gestorben. In Chicago. Sie war auf Tournee mit einem wiederaufgenommenen Stück und wurde Opfer eines Autounfalls. Ein betrunkener Schauspieler am Steuer und die Straßen vereist. Tut mir leid. Jammerschade. Sie war ein gewitztes junges Ding und hatte eine Zukunft. Tut mir schrecklich leid. War sie eine Freundin von Ihnen?»

«Nicht eigentlich», sagte Damon. Chicago, dachte er. Eine mehr für meine Träume. Dann legte er auf.

12

ER KAM AUF DEM FUSSBODEN ZU SICH. Er nahm Stimmengewirr wahr und den Geruch von verschüttetem Bier und Zigarettenstummeln; Gesichter starrten besorgt auf ihn nieder, und einer sagte: «Nicht bewegen. Sein Hals könnte gebrochen sein.» Einen Augenblick dachte er, er sei ohnmächtig geworden, und versuchte, sich bei den Gesichtern über ihm zu entschuldigen, aber es gelang ihm nicht, die Worte zu bilden. Dann erinnerte er sich. Als er von der Telefonzelle zu dem Platz zurückkam, wo er seinen Drink und sein offenes Notizbuch liegengelassen hatte, brüllten zwei neben ihm sitzende Männer sich gegenseitig an. Es hatte etwas mit Geld zu tun, entsann er sich. Dann ergriff der kleinere der beiden Männer, der ein Gesicht hatte wie ein alter Affe, eine Bierflasche, die auf der Bar stand, und schwang sie gegen den anderen Mann. Der duckte sich, nahm mit dem Schrei «Du diebischer Schuft» hinter Damon Deckung und suchte seinen Kopf zu schützen.

«Na, na», sagte Damon und packte instinktiv nach dem Arm des Mannes mit der Bierflasche, um dem Kampf Einhalt zu gebieten. Er verfehlte ihn, der Mann holte wie verrückt aus, und die Bierflasche krachte gegen Damons Stirn. Er war benommen über der Bar zusammengesunken. Dann mußte er ohnmächtig geworden und auf den Boden gerutscht sein.

Eine warme, klebrige Flüssigkeit tropfte ihm in Augen

und Mund. Er schmeckte Salz. Er setzte sich auf. Die Gesichter über ihm schwankten gegen die verbeulte Blechdecke. «Alles in Ordnung», sagte er mühsam, wischte sich über Augen und Mund und betrachtete seine Hand. Als er darauf Blut sah, sagte er ungereimt: «Das Blut des Lammes. Wenn Sie nichts dagegen haben . . .» Es verwirrte ihn, daß er im Mittelpunkt der Aufmerksamkeit all dieser fremden Leute stand, die gerade erst für einen friedlichen Drink vor dem Mittagessen in die Bar gekommen waren. Als Mann, der Szenen verabscheute, war er die Hauptfigur oder das Opfer einer solchen. Hände halfen ihm auf die Beine. Er hielt sich an der Bar fest, um nicht wieder auf den Boden zu rutschen. Sein Notizbuch war, wie er bemerkte, mit feuchtem Rostrot befleckt. Das Blut des Lammes, das das Papier befleckte, seinen wesentlichen Lebensstoff, jetzt der Altar des Opfers. Der Widder im Dickicht.

«Freundchen», sagte der Barmann, «die allererste Lektion lautet: Spiele nicht den Schiedsmann, wenn in der Kneipe die Fäuste fliegen.»

Damon lächelte schwach. «Ich werd's mir merken. Wo ist der Mann, der's getan hat?»

«Beide längst verschwunden», sagte der Barmann. «Ehrenwerte Herren.» Das klang resigniert. «Der Bursche, der Sie getroffen hat, hat einen Zehner hinterlassen, bevor er Fersengeld gab.» Der Barmann hielt einen Schein in die Höhe. «Er hat gesagt, es täte ihm leid; er wollte eigentlich den anderen Burschen umbringen. Sie waren beide sehr gut gekleidet. Heutzutage kann man sich auf nichts mehr verlassen.»

Eine Frau kam mit einem Verbandskasten aus der Küche gerannt. «Setzen Sie sich lieber, Mister», sagte sie. «Ich will Ihnen die Wunde auswaschen.»

Bevor sie ihn zu einem Stuhl führte, warf er einen Blick auf sein Bild im Spiegel hinter der Bar. Derselbe Geist starrte auf ihn zurück. Der Spiegel war zu dunkel, um das Blut zu zeigen.

Er sank auf einen Stuhl, und die Frau fing an, mit einem

feuchten Lappen an seiner Stirn zu tupfen, wodurch die Wunde zu brennen begann; indessen verringerte sich das Stimmengewirr, da die Trinker zu ihren Gläsern zurückkehrten. «Es sieht nicht allzu schlimm aus», sagte die Frau. Sie war dick und schwarz und roch nach Pfannenöl, aber ihre Hände, die ihn betreuten, waren geschickt und sanft. Sheilas Hände im Krankenhaus, fiel ihm ein.

«Gott sei Dank, daß die Flasche nicht zerbrochen ist», sagte die Frau. «Wie fühlen Sie sich?»

«Gut», sagte Damon. Er fühlte allerdings nicht eben viel, außer daß der Raum ihn in Wogen umspülte, und irgendwie klang das Wort *Chicago* wiederholt durch das leise Summen in seinen Ohren. Er war noch nie bewußtlos geschlagen worden. Er fand das Gefühl nicht unsympathisch. Erst jetzt kam auch die Erinnerung an seinen Fall – wie aus einer großen Höhe. Auch das war nicht unangenehm gewesen, sondern eher euphorisierend. Es gibt für alles ein erstes Mal, dachte er, dankbar für die sanften Hände und den feuchten Lappen, der seine Stirn, die Augen und den Mund gereinigt hatten.

«Sie werden gleich wieder obenauf sein, mein Schatz», sagte die Frau, als sie mit einem Pflaster einen kleinen Verband auf seiner Stirn festklebte. «Aber leider kann ich nichts für Ihre Kleidung tun. Rufen Sie vor dem Nachhausegehen lieber Ihre Frau an und geben Sie ihr eine Vorwarnung, daß Sie nicht ganz so aussehen wie heute morgen, als Sie aus dem Haus gingen.»

«Ich liebe Sie, verehrte Dame», sagte Damon. «Am liebsten würde ich Sie mit nach Hause nehmen.»

Die Frau lachte ein volles, rollendes Lachen. «Das habe ich schon lange nicht mehr gehört, und ich habe mit einer Menge Typen zu tun gehabt, die viel schlimmer verletzt waren als Sie. So, jetzt bleiben Sie erst mal ein Weilchen hier sitzen und warten ab, ehe Sie wieder losmarschieren.»

Damon stand auf. Er hatte das ängstliche Gefühl, daß er nie wieder aufstehen könne, wenn er auf dem Stuhl sitzen blieb. Durch schiere Willenskraft gelang es ihm, nicht zu schwanken.

«Ich will nur mein Glas leer trinken», sagte er und achtete darauf, daß er richtig artikulierte.

Die Frau sah ihn mitleidig an. «In Ihrem Alter, Schätzchen», sagte sie, «würde ich die jungen Leute ihren Streit unter sich ausfechten lassen.» Sie steckte die Verbandrolle und das Pflaster wieder in den Verbandkasten. «Wenn Sie Hlfe brauchen: ich bin in der Küche. Ich heiße Valeska.»

«Valeska», sagte er, entzückt von dem Namen und neugierig, aus welchem Land er stammen mochte. «Sie sind mein Engel, mein dunkler Engel. Meine Frau hat Hände wie Sie. Gestatten Sie.» Er beugte sich vor und küßte die breite ungefurchte Stirn unter dem ergrauenden Haar.

Sie lachte mit dem gleichen rollenden Klang. «Das mit den Händen und dem Engel weiß ich nicht recht, aber über das ‹dunkel› weiß ich Bescheid», sagte sie und ging zurück in die Küche.

Damon blickte streng um sich und entmutigte die anderen Gäste, ihm zu helfen. Peinlich berührt wandten die Männer, die ihm zunächst standen, ihre Blicke ab und widmeten sich angelegentlich ihren Drinks. Vor allem, dachte er, indem er die Männer, die ihm jetzt den Rücken zuwandten, drohend betrachtete, kein Mitleid und keine Scherze über den alten Mann, der das ungeschriebene New Yorker Gesetz gebrochen hatte, sich nicht, wie die schwarze Frau es formuliert hatte, in den Streit der jungen Leute einzumischen. Er sah, daß die anderen Trinker wie in einer Reaktion auf das Geschehene die Umgebung seines alten Platzes an der Bar mieden, und ging, fast ohne zu schwanken, von dem Platz, auf dem er gesessen hatte, zur Bar, wo sein Drink neben seinem geöffneten und mit Blut befleckten Notizbuch stand. Sein Glas war bei dem Handgemenge unberührt geblieben, aber das Eis darin war geschmolzen, und der erste Schluck schmeckte wie reines Eiswasser. «Barmann», sagte er mit fester Stimme, «bitte noch einen Drink.»

Der Bartender machte ein besorgtes Gesicht. «Wollen Sie wirklich, Mister?» fragte er. «Vielleicht haben Sie 'ne Gehirnerschütterung, und dann würde Ihnen der Alkohol schwer zu schaffen machen.»

«Einen Black and White», sagte Damon. «Ich bitte darum.»

Der Barmann zuckte die Achseln. «Es ist Ihr Kopf, Mister», sagte er, goß den Whisky in ein Meßglas, gab ihm ein frisches Glas mit Eis und eine kleine Flasche Soda.

Damon trank langsam, fühlte, wie sich seine Kraft neu belebte. Eine Scotch-Infusion, ein wahrer Lebenswecker. Vielleicht, dachte er, das Glas in der Hand, werde ich von nun an ein Gewohnheitstrinker. Mit dem Taschentuch säuberte er die befleckten Seiten in seinem Notizbuch; die Namen Machendorf, Melanie Deal und Mr. Eisner waren unter dem angetrockneten Blut verwischt. Als er seine Rechnung verlangte, sagte der Barmann: «Das geht auf Kosten des Hauses, Mister.»

«Wie Sie wünschen, Sir», sagte Damon. «Ich danke Ihnen.» Er ging ohne Schwanken zur Tür hinaus, war sich aber der rostfarbenen Flecken auf seinem Kragen und Jakkett und der verstohlenen Blicke der Männer an der Bar bewußt.

Es dauerte lange, bis er ein leeres Taxi erwischte, und während er vergeblich winkend am Rinnstein stand, sah er einen etwa zwölfjährigen Jungen über die Straße rennen und dabei den schnellfahrenden Autos ausweichen. Einen Augenblick traute er seinen Augen nicht. Denn der Junge trug einen Baseballhandschuh. Damon fühlte sich an ein Foto erinnert, das sein Vater von ihm aufgenommen hatte, als er gerade so alt war wie dieser Junge und auch gerade von einem Baseballspiel zurückkehrte. Er roch noch das frischgemähte Gras des Spielfeldes am Stadtrand. Der Junge trug keine Kappe und lächelte unbekümmert dem sich nähernden Taxi entgegen, er war dunkelhaarig und genau so gewachsen, wie Damon in dem entsprechenden Alter gewesen war, schlank und kräftig. Einen Augenblick schien es Damon, daß sein eigenes Lichtbild zum Leben erwacht sei, und er machte schon beinahe Anstalten, den Jungen vor einem auf ihn zudonnernden Taxi zu retten. Aber der Junge erreichte gerade eben noch unversehrt den Gehsteig und machte dem Fahrer eine lange Nase. Das hätte mein Tod sein können, dachte Damon verwirrt. Er schüttelte den Kopf und wandte sich ab, um dem Anblick dieses grinsenden, vertrauten, frechen Gesichts auszuweichen, das sein eigenes hätte sein können, als er noch in diesem Alter war.

Als er heimkam, war er sehr erleichtert, weil Sheila nicht zu Hause war. Manchmal kam sie von der Kindertagesstätte herüber, um sich ein Mittagessen zu kochen. Nun hatte er Zeit, sich umzuziehen, bevor sie ihn sah.

Er ging ins Badezimmer und betrachtete sein Gesicht im Spiegel. Unter der wettergegerbten Röte seiner Haut glaubte er einen grünlichen Schimmer zu entdecken und unter seinen Augen seltsame, mattweiße Säcke.

Dann erinnerte er sich an den Jungen mit dem Baseballhandschuh, der dem Taxi auswich. Er ging zurück ins Wohnzimmer und machte sich auf die Suche nach einem alten Fotoalbum, das er seit Jahren nicht mehr zur Hand genommen hatte. Er und Sheila besaßen nicht einmal eine Kamera, und wenn ihre Freunde Aufnahmen von ihnen machten, war er verstimmt über die Altersspuren in seinem Gesicht. Wenn man ihm eins dieser Bilder gab, sagte er «Danke» und zerriß es sofort. Der Verfall des Alters war betrüblich genug, auch wenn man darüber nicht Jahr für Jahr genauestens Buch führte.

Er fand das Album unter einem Stapel alter *New Yorker*. Diese ganzen Berichte und Kommentare, diese ganze elegante Prosa, die treffenden, verhaltenen Erzählungen, höflichen Biographien, gewitzten Karikaturen, Buchbesprechungen und Kritiken von Schauspielen, die längst vergessen waren! Er hatte niemals darauf zurückgegriffen oder die Hefte noch einmal gelesen und bezweifelte, daß er es je tun würde, aber dennoch hob er sie im untersten Fach des langen, vollgestopften Bücherregals in ordentlichen Stapeln auf. Vielleicht fürchtete er sich sogar, seine Lieblingsessays und -erzählungen noch einmal zu lesen. Das würde ihn an fröhlichere Zeiten erinnern, an alte Freunde, die verschwunden waren, an die Herausgeber der Zeitschrift, denen er das Werk einiger Klienten vorgelegt hatte; an jene Männer von höchster Intelligenz und Zuvorkommenheit, die später irgendwie aus seinem Leben verschwunden waren.

Er strich mit der Hand liebevoll-wehmütig an dem hohen Zeitschriftenstapel entlang und zog das Fotoalbum aus seinem Ruheplatz unter dem eindrucksvollen papiernen Denkmal seiner jahrelangen intensiven Arbeiten, Erfolge und Mißerfolge hervor – jenem gedämpften, vergänglichen Schrei nach der Unsterblichkeit.

«Ich bin mit einem Papierhamster verheiratet», hatte Sheila gesagt. «Ehe uns dieser Berg aus bedrucktem Papier begräbt, schleiche ich mich eines Tages, wenn du bei der Arbeit bist, hier rein und schmeiße den ganzen Krempel raus, den du angesammelt hast.»

Er staubte das Album ab, setzte sich an den Schreibtisch vor dem Fenster, wo das Licht gut war, und öffnete es. Es machte ihm Mühe, das Foto des zwölfjährigen Roger Damon zu finden. Er hatte die Bilder wahllos eingeklebt, wie sie gerade kamen, wenn er die großen Umschläge leerte, in denen er sie ungeordnet aufbewahrt hatte. Er war damals ans Haus gebunden gewesen; das Bein war noch im Gips, obwohl er schon aus dem Krankenhaus entlassen war; er war noch nicht mit Sheila verheiratet und versuchte, vor der Trauung die Wohnung in Ordnung zu bringen. Das lag nun schon über zwanzig Jahre zurück, und er konnte sich nicht erinnern, das Album seither angesehen zu haben.

Er durchblätterte die spröden, brüchig gewordenen Seiten. Er fand Bilder seines Vaters, der jungenhaft und stämmig aussah, seiner Mutter mit kurzgeschnittenem Bubikopf im Stil der zwanziger Jahre; ein Bild, das Maurice

Fitzgerald und ihn zeigte, beide an Bord eines Schiffes an die Reling gelehnt, Fitzgerald allein, der, breit lächelnd, selbst in Matrosenjacke und -hose verwegen aussah. *Fünf Faden tief.* Damon erinnerte sich an Fitzgeralds Stimme, als er es rezitierte, und an die Bitterkeit, als am nächsten Tag ein Schiff im Geleitzug sank, und er sagte: «Wir sitzen in einer Eierschale. Sag mir nicht Bescheid, wenn wir von einem Torpedo getroffen werden.»

Damon überblätterte einige Seiten, hielt bei einem Foto von Sheila inne, das kurz vor ihrer Hochzeit an einem Sommertag in Jones Beach aufgenommen worden war. Sheila sah in ihrem einteiligen schwarzen Badeanzug großartig aus. Damon seufzte und verweilte bei dieser Seite. Dann wandte er sie um – und da war das Foto, nach dem er gesucht hatte.

Er musterte das Bild eingehend. Der Baseballhandschuh, den er trug, war klein, nicht wie die großen gerippten Handschuhe, die heute benutzt werden, aber abgesehen davon hätten der Junge auf dem Foto und der Junge, den er in der Sixth Avenue gesehen hatte, Zwillinge sein können.

Er starrte nachdenklich aus dem Fenster und fragte sich, ob er den Jungen wahrhaftig gesehen hatte oder ob es eine Vision gewesen war, ein Streich, den seine Erinnerung ihm nach dem Schlag über den Schädel gespielt hatte. Der Barmann hatte ihn vor dem letzten Drink gewarnt, weil er ihm schwer zusetzen könne, und der Mann konnte recht gehabt haben. Er klappte das Album zu, stand auf, brachte es zurück und schob es wieder unter den Haufen alter Zeitschriften, wo die Vergangenheit – wenigstens für den Augenblick – unter Gedrucktem gut begraben lag.

Dann ging er ins Schlafzimmer und zog sich um. Danach lief er die Treppe hinunter, stopfte das blutbefleckte Hemd und den Schlips, den er getragen hatte, in den Müllschlucker und trug Hose und Jacke zur chemischen Reinigung, um sie säubern zu lassen. Er beschloß, Sheila von dem Streit in der Bar nichts zu erzählen. Das Pflaster auf der Stirn war klein, und er konnte sagen, daß er sich beim Aufstehen an der Schreibtischlampe im Büro den Kopf gestoßen und Miss Walton den Schaden repariert habe.

Als er von der Reinigung zurückkehrte, merkte er, daß er hungrig war und warf einen Blick in den Kühlschrank, um nachzusehen, was er dort für seinen Lunch finden mochte; dann erschien es ihm jedoch unklug, erkennen zu lassen, daß er schon mittags nach Hause gekommen war, was er während der Woche sonst niemals tat. Er wollte Sheila nicht mehr erklären müssen, als unbedingt notwendig war.

Als er eben ausgehen wollte, klopfte es an die Tür. Niemand, der Sheila und seinen Tageslauf kannte, konnte annehmen, daß zu dieser Tageszeit jemand in der Wohnung sein würde. Er erstarrte für einen Augenblick, ging dann auf Zehenspitzen zum Kamin und nahm den Schürhaken vom Kaminbesteck. Das Klopfen wiederholte sich, dann fing die Türglocke an zu klingeln und klingelte ununterbrochen weiter, als ob sich draußen jemand mit dem Körper gegen den Knopf lehne.

Er ließ den Schürhaken lässig in der Hand baumeln, als habe er gerade den Kamin gereinigt und geistesabwesend vergessen, den Haken dort zu lassen, rief «Ich komme!», ging zur Tür und öffnete sie. Ein großer Mann in Arbeitskluft stand draußen. «Tut mir leid, Mr. Damon», sagte der Mann, «aber der Vermieter sagt, Ihre Frau hat angerufen, weil Ihre Sprechanlage mit der Haustür nicht funktioniert.»

«Ach ja», sagte Damon, hielt aber den Schürhaken noch fest im Griff.

«Wir haben daran gearbeitet, mein Partner und ich», sagte der Mann, «und ich wollte nur testen, ob sie okay ist. Darf ich reinkommen?»

«Ja, gewiß.» Damon trat zurück und versperrte dadurch den Eingang zum Wohnzimmer. «Der Summer und die Sprechanlage sind gleich neben der Tür.»

Der Mann nickte und drückte auf den Summerknopf.

Dann betätigte er den Schalter für die Sprechanlage. «Ja?» Eine Männerstimme tönte aus der Muschel, hohl und mechanisch wie die geisterhaften Stimmen in den Echoräumen der Gruselfilme.

«Kumpel, ich bin in der Damon-Wohnung», sagte der Elektriker. «Kannst du mich hören?»

«Roger», sagte die Stimme. Damon fühlte zum ersten Mal Betroffenheit darüber, daß sein Vorname von ganzen Bereichen der modernen Gesellschaft zur Bestätigung einer einwandfreien Kommunikation benutzt wurde.

«Okay», sagte der Elektriker. «Ich bin gleich wieder unten, und dann können wir essen gehen.» Er wandte sich an Damon. «Das wär's. Wenn Sie nun alle Parteien im Haus veranlassen könnten, das Gerät zu benutzen, werden Sie von keinem unerwünschten Besucher überrascht.»

«Herzlichen Dank», sagte Damon. Er fummelte in seiner Tasche, zog zwei Dollarscheine hervor und reichte sie dem Handwerker. «Hier, besorgen Sie sich was zum Trinken.»

Der Mann grinste, als er das Geld nahm. «Wir sollten eigentlich schon morgens früh kommen. Ihre Frau sagte, die Putzfrau wäre dann in der Wohnung. Ich bin froh, daß wir gewartet haben. Von der Putzfrau kriegt man kein Trinkgeld! Hier . . .» Er brachte eine Brieftasche zum Vorschein und entnahm ihr eine etwas mitgenommene Karte. «Wenn Sie wieder mal einen Elektriker brauchen, rufen Sie uns nur an. Wir kommen gleich rüber.»

«Danke», sagte Damon. «Angenehme Mahlzeit.»

Der Mann ging, und Damon betrachtete die Karte in seiner Hand. «Acme-Elektrogeräte», las er. «P. Danusa.» Netter Mann, dachte Damon, ich hätte ihm fünf Dollar geben sollen. Wenn P. Danusa wieder einmal an die Tür kam, sollte er nicht Gefahr laufen, mit einem eisernen Schürhaken eins über den Schädel zu kriegen. Damon stellte den Schürhaken zurück in den Ständer und schickte sich an auszugehen, hielt jedoch inne, weil ihm einfiel, daß er beim Umziehen die Taschen geleert und das verräterische Notizbuch auf der Schlafzimmerkommode hatte liegenlassen. Er holte es, sah, daß es inzwischen getrocknet war und steckte es in die Tasche. Er hatte seine Liste noch nicht fertig. Und außerdem durfte er es nicht irgendwo liegenlassen, wo Sheila es finden konnte.

Als er die Wohnung verließ, schloß er die Tür mit zwei Schlüsseln, einem für das alte Schloß und einem zweiten für das neue, angeblich einbruchssichere Schloß, das Sheila gleich nach dem Lunch mit Oliver Gabrielsen hatte einbauen lassen. Sie hatte es widerwillig getan, aber sie hatte es getan. Sie hatte sich allerdings gegen die Stahltür und die Riegelstange gewehrt. «Ich weigere mich, so zu leben, als wären wir im Krieg», hatte sie gesagt, «bloß wegen eines verrückten Telefonanrufs. Wenn einer bis hierher kommt», fügte sie, von ihrem sizilianischen Blut entflammt, hinzu, «dann finde ich schon etwas, um ihm heimzuleuchten.»

Damon grinste, als er daran dachte. Es war ein Glück für Mr. P. Danusa, daß Sheila nicht das Klopfen an die Tür mit einem Schürhaken in der Hand beantwortet hatte. Sonst wäre es durchaus möglich gewesen, daß Mr. P. Danusa in diesem Augenblick mit einem Loch im Kopf am Fuße der Treppe läge. Damon ging *uptown* und hielt den Blick auf das Straßenpflaster gerichtet, so daß er niemanden, lebendig oder tot, jung oder alt, in der vorbeiströmenden Menge erkennen konnte. Er ging nicht geradewegs in sein Büro, sondern nahm irgendwo hastig einen Lunch und ging dann zu dem Laden für elektrische Geräte nahe der 50sten Straße. Der Verkäufer erkannte ihn und machte ein überraschtes Gesicht, als er einen automatischen Anrufbeantworter verlangte.

«Haben Sie nicht gestern einen gekauft?» fragte der Verkäufer.

«Habe ich.»

«Stimmt etwas daran nicht? Sie können ihn zurückbringen, wenn er defekt ist.»

«Er ist nicht defekt», sagte Damon. «Ich habe ihn in einer Bar liegenlassen.»

«Schade.» Der Verkäufer warf einen ausgiebigen Blick auf Damons Stirnpflaster und brachte dann ein neues Gerät zum Vorschein. «Das kommt auf sechsundneunzig Dollar und achtzig Cents», sagte der Verkäufer.

Damon gab ihm seine Kreditkarte und unterschrieb den Kontrollabschnitt. Gefahr, dachte er, als der Verkäufer die Schachtel einwickelte, ist ein teurer Luxus.

Diesmal ging er nicht zur Bar. Er war fertig mit Bars und Trinken, zumindest für den heutigen Tag. Er ging zurück zum Büro und gab weder Miss Walton noch Oliver eine Erklärung für seine lange Abwesenheit, obwohl beide ihn fragend anblickten.

«Was ist denn das, Roger?» fragte Oliver und tippte an die eigene Stirn.

«Die Beule der Weisheit», erwiderte Damon kurz angebunden, setzte sich an seinen Schreibtisch und fing an, zwei Kontrakte durchzusehen, die Miss Walton ihm hingelegt hatte.

Vor dem Essen an jenem Abend stöpselten Sheila und er den Nebenanschluß des Telefons im Schlafzimmer aus, verbanden den Anrufbeantworter mit dem Telefon im Wohnzimmer. Sheila sprach die erforderliche Formel darauf: «Mr. und Mrs. Damon sind zur Zeit nicht zu Hause. Falls Sie eine Nachricht hinterlassen wollen, warten Sie bitte auf den Piepton und nennen Sie Ihren Namen und Ihre Telefonnummer. Sie haben dreißig Sekunden Zeit. Danke.» Sie sahen einander unsicher an, als Sheila den Knopf drückte, durch den sie sich vergewissern konnte, daß der Text gut zu verstehen war. Ohne es auszusprechen, wußten sie beide, daß das Gerät eine neue Einmischung in ihr Leben darstellte, eine Kapitulation vor der Wirklichkeit, vor dem Gedanken, daß Mr. Zalovsky existierte und abgewehrt werden mußte.

«Die Wunderwerke der neuen Zeit», sagte Sheila ironisch, als sie das Band zurückspielten. «Wie haben wir nur ohne sie leben können? Und nun laß uns essen.»

Das Essen war fertig, und der Tisch war gedeckt, aber Damon sagte: «Ich möchte lieber auswärts essen. Heb das Zeug für morgen auf.» Er wollte nicht sagen, daß sie, wenn sie zu Hause blieben, Gefahr liefen, nur dazusitzen und den besseren Teil des Abends ängstlich auf das neue Gerät zu starren.

«Bist du sicher, daß du dem gewachsen bist?» fragte Sheila. Sie hatte seine Erklärung zu der Bandage auf seiner Stirn akzeptiert, hatte aber auch bemerkt, daß er zwei Aspirin genommen hatte, als er nach Hause kam. «Keine Kopfschmerzen mehr?»

«Wie weggeweht», sagte Damon. Er nahm niemals und zu keiner Zeit irgendwelche Schmerzmittel, und sie hatten in der ganzen Wohnung nach einer alten Packung Aspirintabletten suchen müssen, die die Reinemachefrau im Küchenschrank hintenan gestellt hatte. «Außerdem», sagte er, «möchte ich mir nach dem Abendbrot gern einen Film ansehen. Hier in der Nähe soll es *Breaker Morant* geben, und alle, die's gesehen haben, sprechen davon in den höchsten Tönen.» Mit dem Abendessen, dem Film und hinterher ein paar Drinks in einer Bar konnten sie bis beinahe ein Uhr früh außer Hause sein. Sechs oder sieben Stunden Frist, in der sie mit den Problemen fiktiver Gestalten befaßt waren, statt mit den eigenen.

Das Essen im Restaurant war gut, und Sheila war, wie immer, wenn sie allein mit Damon ausging, in bester Form, lebhaft und voller lustiger Anekdoten über die Kinder im Kindergarten und deren Mütter. Sie waren guter Stimmung, als sie sich's, gerade noch rechtzeitig zu Beginn des Films, auf ihren Plätzen bequem machten.

Der Film rechtfertigte alles, was sie darüber gehört hatten, und noch mehr; und sie sahen ihm fasziniert zu, aufmerksam und andächtig wie Kinder. Damon war überzeugt, daß sie ein Meisterwerk sahen. Das war ein Wort, das er fast niemals aussprach und auch nur selten dachte, aber an der gespannten Stille in dem vollen Theater konnte er ermessen, daß seine Ansicht auch von den anderen Zuschauern geteilt wurde, die am Ende der Vorstellung in Beifall ausbrachen – etwas, das er in der turnusmäßigen Vorführung eines Films in einem kleinen Kino noch nie gesehen oder gehört hatte. Sheila, die, so weit er zurückdenken konnte, noch nie im Theater geweint hatte, schluchzte am Ende, als die beiden Soldaten, die inmitten einer weiten Landschaft und wie eine Silhouette vor der aufgehenden Sonne auf Stühlen saßen, von einem Exekutionskommando erschossen wurden.

Mein Gott, dachte Damon, als er die eigenen Tränen abwischte, was für eine wunderbare Gabe ist doch das Talent, und wie oft wird es mißbraucht. Obwohl der Film von korrupten Machenschaften, dem kaltschnäuzigen politischen Zweckstreben und der blinden, überall vorherrschenden, mißgünstigen Bosheit der menschlichen Rasse handelte, die zu dem unvermeidlichen Tod der beiden Offiziere geführt hatten, konnte er das Aufwallen von Begeisterung und Hochachtung bei den Menschen rings um ihn spüren. Läuterung durch Mitleid und Schrecken, dachte er, obwohl sicher nicht mehr als eine Handvoll der im Theater anwesenden Zuschauer jemals von dieser These gehört oder gelesen hatten.

Doch als sie nach der Vorführung in ihrem Stammlokal den ersten Schluck von ihren Drinks nahmen, begann Damon voller Schwermut über den Film nachzudenken. So großartig er auch gewesen war, meinte er, sei dies jedenfalls nicht der richtige Abend gewesen, ihn sich anzusehen – sicher nicht für ihn. Natürlich waren die beiden Schauspieler, die mutig und gelassen, diszipliniert und mit soldatischer Würde in den Tod gegangen waren, nach der *Exekution* wieder aufgestanden, und der Regisseur hatte «Schnitt!» gerufen. Sie hatten gelacht, über irgendeinen Ausspruch gescherzt, waren unzweifelhaft hochgestimmt von dannen gegangen, um zur Feier ein Bier zu trinken – es war eine australische Filmproduktion –, und hatten sich darangemacht, ihren Rollentext für die Aufnahmen am nächsten Tag zu lernen.

Welche Witze war *er* bereit zu reißen, welche Rolle sollte er für morgen einstudieren, welcher Regisseur war zur Hand, um «Schnitt!» zu rufen und die Aktion zu beenden?

In den letzten paar Tagen, dachte er, hatten sich die Toten und mit ihnen Todesgedanken bei ihm gerührt. Zalovsky mit seiner Warnung, Harrison Gray, dessen Name eigentlich George war, Antoinetta und Maurice Fitzgerald, Gregor mit seiner Neutronenbombe, Melanie Deal, Opfer eines betrunkenen Fahrers. Meisterwerk hin, Meisterwerk her, er wäre besser bedient gewesen, wenn er Karten für irgendein albernes Musical gekauft hätte, worin niemand starb und das bei fallendem Vorhang mit einem Schwall von Tönen glücklich endete.

Er spürte das blutbefleckte Notizbuch in seiner Tasche. Das war die Wirklichkeit und nicht eine Formel der vorchristlichen griechischen Dramatiker; in seiner Tasche lauerte der Schrecken, aber weder Mitleid noch Läuterung.

Auch Sheila war bedrückt; und er vermutete, daß ihre Gedanken den seinen weitgehend glichen. In dieser Empfindung streckte er die Hand aus und ergriff die ihre. Sie gab seiner Hand einen kräftigen Druck und versuchte zu lächeln, aber er sah, daß sie den Tränen nahe war.

Als sie nach Hause kamen, war es nach ein Uhr. Wie magnetisiert wurden ihre Blicke auf den Anrufbeantworter gezogen. «Gehen wir zu Bett», sagte Sheila. «Heben wir uns dieses verdammte Gerät bis morgen auf.»

Der Tag war lang und ermüdend gewesen, und Damon schlief fast sofort ein; Sheilas warmer, nackter Körper hatte sich gegen den seinen geschmiegt. «Sheila, Schild», murmelte er, kurz bevor ihn der Schlaf übermannte.

Seine Träume marterten ihn, und er kämpfte sich wach. Als er wach war, zitterte er. Sorgsam rückte er von der friedlich schlafenden Sheila ab und stieg aus dem Bett. Er zog sich einen wollenen Schlafrock an und ging barfuß ins Wohnzimmer. Er machte kein Licht, sondern setzte sich an den Schreibtisch vor dem Fenster und blickte hinunter auf die leere Straße. Die Uhr auf dem Tisch zeigte auf vier. Die Träume kamen ihm wieder ins Gedächtnis: Er kleidete sich an für eine Beerdigung und wählte dafür einen dunkelblauen Sergeanzug. Ein Knopf am Ende des Ärmels war lose, und er zog daran, um ihn abzureißen. Aber nicht der Knopf, sondern der ganze Ärmel löste sich in seinen Händen von der Mitte des Unterarms. Im Traum, so erinnerte er sich, war er darüber ein wenig belustigt, aber im Wachen fand er es nicht komisch. Vom Zerreißen der Kleider, fiel ihm ein, hatte der Produzent Nathan Brown am Telefon gesprochen, als sie sich über Maurice Fitzgerald und die Reaktion der Frau unterhalten hatten, die den Anruf in dessen Londoner Wohnung entgegengenommen hatte.

Damon zitterte. Das war nicht der Schlaf, der, wie Shakespeare es beschrieben hatte, «das ganze Knäuel entwirrt und löst».

Ein weiterer Traum, den er gleich nach diesem gehabt hatte, wie eine schnelle Überblendung in einem Film, war noch verwirrender. Der Traum hatte, soweit er sich erinnerte, recht gewöhnlich angefangen; er hatte seine Brieftasche verloren und überall in einem großen Haus danach gesucht, das er nicht erkannte. Er hatte seinen Vater die Treppe herunterkommen sehen. Diesmal war sein Vater ein junger kräftiger Mann, während er selbst in seinem jetzigen Alter war, aber das schien in dem Traum keine Rolle zu spielen. Bei seinem Vater war sein verstorbener Bruder Davey, aber nicht zehnjährig, wie er zur Zeit seines Todes gewesen war, sondern als erwachsener Mann, der sich unerklärlicherweise in Lieutenant Schulter verwandelt hatte: mit Mantel, bläulichen Backen, lächerlich kleinem Hut und auch allem anderen.

Er hatte erklärt, daß er seine Brieftasche verloren habe und daß er einige Sachen kaufen müsse und Geld brauche. Sein Vater hatte gelacht und war weiter die Treppe abwärts gestiegen, hatte dabei aber unbekümmert über die Achsel zu Lieutenant Schulter gesagt: «Davey, gib dem Jungen etwas Geld.» Schulter hatte ein kleines Kunststoffding aus der Tasche gezogen und Damon ausgehändigt. «Da ist Kleingeld drin», sagte er und folgte dem Vater. Damon blickte auf diese sonderbare Kleingeldbörse, konnte aber weder einen Schlitz noch eine Klappe finden, um die Münzen herauszuholen. Er war seinem Vater und Schulter nachgelaufen und hatte gerufen, in dieser Börse könne nicht genügend Geld für die benötigten Einkäufe sein, und vor allem gebe es keine Möglichkeit, um hineinzulangen und es herauszuholen. Sein Vater und Schulter kletterten auf einen Schneewall, der sich an der Seite des Weges gebildet hatte, und keiner der beiden blickte zurück, als Damon versuchte, sie einzuholen, jedoch wiederholt von dem vereisten Wall abrutschte, wobei ihm die eigene Stimme verzweifelt in den Ohren gellte.

Dabei wäre er fast aufgewacht, aber der Schlaf übermannte ihn wieder, als er gerade das Gefühl hatte, er treibe aus der Tiefe eines ihm vertrauten Elements nach oben zu einem Licht, das sich hoch über ihm auf der Oberfläche befand – bis er wieder versank.

Danach mußte er geraume Zeit ruhig geschlafen haben, denn der darauffolgende Traum hatte keine Verbindung zu den anderen beiden. Er konnte sich nicht erinnern, wie der Traum begonnen hatte, aber plötzlich stellte er fest, daß er blutete: nicht aus irgendeiner Wunde, sondern aus jeder Pore seines Körpers, aus Stirn, Brust, Bauch, Penis, aus seinen Knien, Knöcheln und Fußsohlen. Der Traum war so lebhaft gewesen, daß er beim Erwachen sogleich mit der Hand über Kopf und Leib fuhr, um den wilden Blutfluß zu hemmen. Seine Hände blieben trocken. Er hatte einige Augenblicke starr im Bett gelegen, Sheilas friedlichem Atem gelauscht und sich gefragt, wie sie bei einem so dicht neben ihr stattfindenden Tumult noch weiter schlafen konnte.

Glaubst du an Vorahnungen? Vorahnungen wovon?

Dann hatte er sich leise aus dem Bett gestohlen, weil er wußte, daß er in dieser Nacht keinen Schlaf finden würde.

So saß er immer noch um sieben Uhr morgens, als der

Wecker auf dem Tischchen an Sheilas Seite des Bettes klingelte, und er hatte gehört, wie sie ins Badezimmer ging und das Wasser laufen ließ. Dann war Sheila gähnend in ihrem blauen Schlafrock erschienen, war zu ihm gegangen, hatte ihn auf die Stirn geküßt und gesagt: «Guten Morgen. Bist du schon lange auf?»

«Nur ein paar Minuten», log er.

«Hast du gut geschlafen?»

«Wie ein Murmeltier», sagte er.

Sie blickten beide auf den Anrufbeantworter, der mit dem Telefon auf dem Schreibtisch verbunden war. «Nun», sagte Sheila, «sollten wir vielleicht doch feststellen, ob jemand angerufen hat.» Sie sah ihn ängstlich an, und er wußte, daß sie gern von ihm gehört hätte, das könne noch etwas warten.

«Warum nicht?» sagte er möglichst unbekümmert.

Sheila stellte das Gerät an. Es spielte ihre Stimme zurück, dann hörten sie den Piepton, und danach kam eine Männerstimme, eine Stimme, die Damon nur einmal vernommen hatte, die er aber mit Sicherheit jederzeit wiedererkennen würde. «Hier spricht Zalovsky, Mrs. Damon», sagte die Stimme. «Die Nachricht lautet: ‹Sagen Sie Ihrem Mann, daß ich ihm auf den Fersen bleibe.›»

Sheila stellte das Gerät ab. «Großartige Erfindung», sagte sie, «findest du nicht? Eier und Speck?»

«Ja, Eier und Speck!» sagte Damon.

13

«ICH RUFE SO FRÜH AN, um dich noch zu erreichen, bevor du ins Büro gehst», sagte Sheila am Telefon zu Oliver Gabrielsen. Es war schon über eine Woche her, daß sie zusammen Mittag gegessen hatten. «Ist deine Frau da?»

«Sie ist Gott sei Dank ausgegangen, um frische Brötchen fürs Frühstück zu holen», sagte Oliver. «Ich muß auch mit dir sprechen. Ich wollte dich in der Schule anrufen.»

«Können wir gemeinsam lunchen?»

«Wo immer du möchtest.»

«Im gleichen Restaurant. Ein Uhr.»

«Ich werde da sein», sagte Oliver.

Als Sheila das Restaurant betrat, das nur ein paar Blocks von ihrer Schule entfernt lag, wartete Oliver bereits auf sie. Er stand vom Stuhl auf, küßte sie auf die Wange und trat dann zurück, um sie eingehend zu betrachten.

«Ich weiß, ich weiß», sagte sie, »ich sehe furchtbar aus.»

«Sagen wir nicht furchtbar», sagte Oliver, als sie sich an dem kleinen Tisch einander gegenüber setzten. «Sagen wir, nicht ganz auf deiner üblichen Höhe.»

«Es war eine schwierige Woche», sagte Sheila.

«Kann ich mir denken», sagte Oliver. «Ich habe im Büro auch etwas vom Flakbeschuß abgekriegt.»

«Inwiefern?»

Die Kellnerin kam und nahm ihre Bestellungen entgegen. Als sie fort war, fragte Sheila noch einmal: «Inwiefern?»

«Na ja, er sitzt an seinem Schreibtisch wie ein Zombie. Er sagt morgens kaum guten Tag», erklärte Oliver. «Allem Anschein nach hat er ein Fotoalbum mit ins Büro gebracht, und er holt es immer wieder vor, schlägt es auf und starrt stundenlang, wie es scheint, dieselbe Seite an. Einmal mußte ich mit einem Memo zu seinem Schreibtisch gehen, und da hat er die Seite mit der Hand bedeckt, als ob ich versuchen wollte, ihm ein militärisches Geheimnis zu entreißen. Hast du eine Ahnung, was er sich da ansieht?»

«Ich habe seit Urzeiten kein Fotoalbum im Haus gesehen«, sagte Sheila.

«Wenn er das nicht tut», fuhr Oliver fort, «dann verstaut er das Album in der untersten Schublade, der einzigen, die er verschlossen hält, nimmt einen Brief zur Hand, einen Bericht, irgendein Stück Papier und starrt das an. Gewöhnlich essen er und ich zwei-, dreimal in der Woche miteinander. Seit Montag vergangener Woche steht er einfach gegen ein Uhr auf und geht; und damit hat sich's. Das gleiche gilt für die Drinks nach der Arbeit. Wir schätzen uns glücklich, wenn er guten Abend sagt, bevor er die Tür hinter sich zumacht. Und wenn man ihm während des Tages eine Frage stellt, dann antwortet er die meiste Zeit nicht, oder scheint's nicht gehört zu haben, und man muß ihn noch mal fragen, bis er sich zusammenreißt und einen ansieht, als sei er aus einem Traum erwacht.»

Sheila nickte. «Zu Hause ist es genauso. Hast du eine Ahnung, was das Ganze zu bedeuten hat?»

«Nein.»

«Er hat dir nichts von einem Telefonanruf erzählt?»

«Nein.»

«Sagt dir der Name Zalovsky etwas?»

«Nie gehört.»

«Na schön, wenn du ihm helfen willst, mußt du endlich wissen, was dem allen zugrunde liegt», sagte Sheila. «Es begann vor zehn Nächten, als ich übers Wochenende verreist war. Etwa um vier Uhr morgens, so erzählte er mir, klingelte ihn das Telefon aus dem Schlaf. Irgendwer, der seinen Namen mit Zalovsky angab, bedrohte ihn, sagte, er sei aus Chicago, und Roger habe sich als übler Bursche erwiesen – so hat es der Mann gesagt: ein übler Bursche –, und das müsse er jetzt wieder ausbügeln. Er sagte, er würde an der Ecke unserer Straße auf ihn warten. Er sagte, es gehe um Leben und Tod.»

«Großer Gott», sagte Oliver, mit bleicher, sorgenvoller Miene. «Ist Roger gegangen?»

«Nein. Er hat aufgelegt. Ich habe dir bei unserem Lunch erzählt, wie gespenstisch er sich seither benommen hat, und du hast mir von der Pistole erzählt.»

«Na, wenigstens hat er sich meines Wissens bisher noch keine Pistole angeschafft. Das Antragsformular liegt noch auf seinem Schreibtisch. Hat dieser Zalovsky noch einmal angerufen?»

«Einmal», sagte Sheila. «Vor vier Nächten. Er hat eine Nachricht auf unserem Anrufbeantworter hinterlassen.»

«Ich wußte gar nicht, daß ihr einen Anrufbeantworter hattet», sagte Oliver überrascht.

«Ja, jetzt haben wir eben einen.» Sie wiederholte Oliver die Botschaft.

Sie verharrten in Schweigen, während die Kellnerin die Speisen auftrug, die sie bestellt hatten. Als sie gegangen war, sagte Oliver: «Ich würde mich todsicher auch komisch benehmen, wenn ich mitten in der Nacht solche Anrufe bekäme. Habt ihr irgendeinen Hinweis, wer es sein könnte? Und vielleicht, warum er anruft?»

«Nicht den geringsten», sagte Sheila. «Falls Roger einen Verdacht haben sollte, verschweigt er's mir. Deshalb wollte ich mit dir reden. Dahinter muß irgendein Geheimnis stecken, von dem bis jetzt nichts an die Öffentlichkeit gedrungen ist.» Sie zupfte verwirrt und betrübt Stücke aus ihrem Brötchen. «Er ist so ein liebenswerter Mann. Wo es auch sei: wenn er einen Raum betritt, dann scheinen sich alle Anwesenden zu freuen, daß er da ist. Gewiß kann sich das Ganze um eine Frau handeln, von der ich nie gehört habe. Auch jetzt noch, wo er schon ganz hübsch alt ist. Er läßt sich nie anmerken, daß er sich dessen bewußt ist, aber er scheint Sex *auszustrahlen,* und das ist ein sicheres Mittel, Unheil zu stiften. Ich hab's bei seinem ersten Anblick schon gespürt, obwohl er damals fast bewegungsunfähig in einem Krankenhausbett lag. Wo immer er hinkommt, scharen sich die Frauen um ihn. Und bewußt oder nicht: er war keinesfalls darüber erhaben, es von Zeit zu Zeit kräftig auszunützen. Das habe ich natürlich schon immer gewußt, und du wahrscheinlich auch . . .»

Oliver versuchte zu lächeln, brachte es jedoch nur zu einer verlegenen Grimasse. «Na ja», sagte er, «aber nach meiner Beobachtung hat er mehr Angebote ausgeschlagen als angenommen.»

«Gedämpftes Lob», sagte Sheila. «Auf alle Fälle habe ich mich damit abgefunden. Und in den letzten paar Jahren ist zumindest *das* nicht mehr vorgekommen. Ich habe ihn zu überzeugen versucht, daß die Anrufe nichts zu bedeuten hätten, irgendein Spinner, ein Kranker, der seinen Namen aus dem Telefonbuch herausgesucht und aus Jux angerufen hat. Aber davon kann ich ihn nicht überzeugen. Irgendwo in seiner Vergangenheit ist irgendwas passiert, ist irgendwer, der ihm ein Leid zufügen will, und das weiß er, und darum verhält er sich, wie er's tut.» Sie stocherte ohne Appetit in ihrem Essen. «Ich dachte, du wüßtest vielleicht etwas, was ich nicht weiß, von Feinden, die ich nie gekannt oder nie für möglich gehalten habe.»

Oliver wand sich vor Unbehagen. «Na ja», sagte er, «neulich ist er nach dem Lunch ins Büro gekommen – er war blaß und hatte ein Pflaster auf der Stirn, und als ich ihn danach fragte, hat er mich kurz abgefertigt, und selbstverständlich hatte ich gleich den Verdacht, daß ihn jemand geschlagen hätte, aber es ging mich schließlich nichts an...»

Sheila nickte. «Mich hat er deswegen auch angelogen. Er sagte, er hätte sich den Kopf an seiner Schreibtischlampe gestoßen und Miss Walton hätte ihn verbunden.»

«Wir haben nicht mal ein Heftpflaster im Büro», sagte Oliver. «Und als er spät an diesem Nachmittag, lange nach der Mittagszeit, zurückkam, trug er einen anderen Anzug als am Morgen.»

«Den habe ich erst gestern abgeholt», sagte Sheila. «Als ich zur Reinigung ging, um einen Pullover von mir abzuholen, wurde mir gesagt, sie hätten auch eine Jacke und eine Hose, die mein Mann ihnen vorige Woche gebracht habe. Derartige Besorgungen überläßt er sonst immer mir. Ich wußte nicht mal, daß er weiß, wo die Reinigung ist...» Sie sah Oliver scharf an. «Sonst noch was?»

Oliver zögerte. «Ich möchte nicht illoyal gegen Roger sein», sagte er. «Wenn er dir nicht erzählen will, was ihn bewegt, dann will ich nicht derjenige sein, der etwas verrät.»

«Worum handelt es sich?» fragte Sheila streng. «Wenn er sich nicht selber helfen kann, dann sind wir die einzigen, die ihm helfen *können.*»

Oliver seufzte. «Ja, so wird's wohl sein», sagte er. «Also: Als er vor zwei Tagen zum Essen ging, suchte ich einen Brief, den wir von einem Klienten im Westen erhalten hatten, und den ich für ihn beantworten sollte. Schon das sieht ihm nicht ähnlich. Wenn ein Brief an ihn adressiert ist, dann beantwortet er ihn gewöhnlich unverzüglich selber, aber in den letzten paar Tagen ...» Oliver ließ den Satz unbeendet. «Und üblicherweise hält er seinen Schreibtisch so ordentlich wie ein Buchprüfer seinen Rechenschaftsbericht. Aber da lag alles durcheinander, überall Papiere, Zettel mit Adressen, Anweisungen, die nicht unterschrieben waren, wahllos eines auf dem anderen. Ich mußte stöbern, um den Brief zu finden, aber schließlich fand ich ihn und nahm ihn an mich und entdeckte darunter ein offenes Notizbuch. Ich hatte bemerkt, daß er es den ganzen Morgen angestarrt und dann beiseite geschoben hatte, als sei er darüber verärgert.» Voller Unbehagen hielt er inne. «Nein wirklich, Sheila, wenn er meinte, daß du darüber Bescheid wissen solltest, dann würde er es dir selber sagen.»

«Du bist schon über zehn Jahre verheiratet, Oliver», sagte sie, «und hast immer noch keinen blassen Schimmer von der Ehe. Was für ein Notizbuch?»

«Das Notizbuch, das er immer in der Tasche mit sich rumträgt», sagte Oliver widerstrebend, «Gedächtnishilfen, Ideen für Magazinartikel, Adressen, dergleichen Dinge. Ja, und das war offen. Auf den offenen Seiten waren aber keine Adressen oder Notizen.» Er holte tief Atem, als müsse er sich für das wappnen, was er sagen wollte. «Auf die eine Seite hatte er geschrieben: *Potentielle Feinde – beruflich.* Auf der anderen Seite stand: *Potentielle Feinde – persönlich.* Und dann ein paar Namen unter den beiden Überschriften.»

«Was für Namen?»

«Ich konnte nur einen davon lesen», sagte Oliver. «Auf der beruflichen Seite: Machendorf. Du erinnerst dich – Roger hat in diesem Verleumdungsprozeß gegen ihn ausgesagt.»

«Roger würde gegen die eigene Mutter aussagen, wenn er glaubte, daß es sein muß», sagte Sheila. «Und die anderen?»

«Die konnte ich nicht entziffern.»

«Warum nicht?»

«Sie waren mit Blut überkrustet.»

Der Widerhall von Olivers letzten Worten schien zwischen ihnen zu hängen, sie beide zu zerstören und eine Zeitlang zum Schweigen zu bringen.

Dann sprach Sheila. «Dazu ist entweder nichts mehr zu sagen oder sehr viel mehr zu sagen. Was meinst du?»

«Sehr viel mehr», sagte Oliver.

Sheila nickte, hob aber auch gleich die Hand, um ihn am Sprechen zu hindern. Eine Frau mit einem kleinen Mädchen an der Hand kam lächelnd auf ihren Tisch zu.

«Mrs. Damon», sagte die Frau, «offenbar kennen Sie dieselben Lokale wie ich. Ich freue mich sehr, Sie zu sehen. Phyllis» – sie zog die Tochter an der Hand – «sag Mrs. Damon guten Tag.»

«Ich hab sie den ganzen Morgen lang gesehen», sagte das kleine Mädchen. «Ich habe ihr schon guten Tag gesagt.»

Sheila lachte und sagte zu Oliver, der aufgestanden war und auf die Vorstellung wartete: «Phyllis ist eine meiner Schülerinnen in der Schule. Eine meiner besten Schülerinnen, nicht wahr, Phyllis?»

«Mami findet das gar nicht», sagte Phyllis und blitzte ihre Mutter an.

«Aber Phyllis», sagte die Frau, «wie kommst du denn darauf?»

«Durch dich», sagte Phyllis.

Sheila lachte von neuem und stellte Oliver der Frau vor, die Mrs. Gaines hieß. Gleich danach nahm Mrs. Gaines ihre Tochter bei der Hand und wandte sich zum Gehen, kam jedoch noch einmal zurück. «Ach, es tut mir so leid, daß ich Sie neulich abends verfehlt habe. Ich hätte so gern Ihren Mann kennengelernt.»

«Wo war das?» fragte Sheila.

«Im Konzert. Ich habe Mr. Damon dort in der Pause gesehen, aber Sie waren gerade nicht da.»

«An welchem Abend war das?» fragte Sheila.

«Freitag. Als Mozarts *Requiem* gespielt wurde. War es nicht hinreißend?»

«Hinreißend», sagte Sheila.

«Sag Mrs. Damon hübsch auf Wiedersehn, Phyllis.»

«Ich sehe sie ja morgen früh», sagte das kleine Mädchen.

Mrs. Gaines zuckte hilflos die Achseln. «Die kindliche Logik. Es war ein Vergnügen, Sie kennenzulernen, Mr. Gabrielsen.» Dann führte sie das kleine Mädchen zum anderen Ende des Restaurants.

«Kluges kleines Mädchen», sagte Sheila. «Ich hoffe, sie wird später mal nicht wie ihre Mutter.»

Nach einer Pause sagte Oliver: «Dein ‹hinreißend› klang ein bißchen merkwürdig.»

«Wirklich? Ja, kann schon sein. Ich war nämlich Freitag abend gar nicht im Konzert. Und Roger hat mir auch nicht gesagt, daß er gehen wollte. Er hat angerufen und mir mitgeteilt, er müsse schnell Abendbrot essen und anschließend mit einem eurer Klienten einer Probe beiwohnen.»

«Aber», sagte Oliver, «was kann ihn deiner Meinung nach denn dazu bewogen haben?»

«Vielleicht Mozart», sagte Sheila.

«Was soll Mozart damit zu tun haben, daß er sich für dich eine Geschichte ausdenkt? Ein Konzert ist ja schließlich nicht wie ein Rendezvous mit einer Frau.»

«Gerade dieses Konzert», sagte Sheila betont langsam, «könnte als ein Rendezvous gedeutet werden. Mozarts letztes Werk, bestellt vom Grafen Waldegg-Stuppach, sollte als Seelenamt für dessen Frau gesungen werden.» Sheilas Stimme sank zu einem Flüstern herab. «*Dies irae. Lacrimosa.* Eine andere Art von Rendezvous. Denk daran, daß Roger katholisch getauft ist, auch wenn er keinen besonderen Gebrauch davon macht.»

Oliver fuhr sich mit der Hand übers Gesicht und bedeckte dabei die fast unsichtbaren weißen Augenbrauen und die blassen, verstörten Augen. «Welch ein Pech», sagte er, «daß wir diese Frau getroffen haben.»

Sheila zuckte die Achseln. «Sie wohnt in der Nähe, und die Schule ist nahe, und sie war heute vermutlich zu faul, um selber zu kochen. Und schließlich wird ein Rendezvous meistens so oder so entdeckt. Ich könnte einen Drink vertragen.» Sie winkte der Kellnerin. «Ich nehme einen Calvados», sagte sie zu Oliver. «Ich hatte mal einen Geliebten, der während des Krieges in der Normandie gekämpft und mich mit Calvados bekannt gemacht hat. Er pflegte seine Feldflasche damit zu füllen; das habe ihm, wie er sagte, den Krieg erträglich gemacht. Die meiste Zeit hätte es geregnet; Wasser war also genug da. Was willst du haben?»

«Das gleiche.»

«Zwei Calvados», sagte Sheila zur Kellnerin. Während sie warteten, daß die Kellnerin mit den zwei Gläsern zurückkam, tranken sie ihren Kaffee aus. *«Salut»,* sagte Sheila mit erhobenem Glas, als die Kellnerin sich entfernt hatte. «Wenn Roger Listen seiner Feinde anlegt, dann wäre es vielleicht ein guter Gedanke, wenn wir unsererseits auch welche machten. Mit oder ohne Blutflecken.» Sie lächelte matt. «Ich habe einen Anwärter. In meiner eigenen Familie. Ein Neffe, ein Sohn meiner Schwester. Er heißt Gian-Luca Sciacca. Er hatte Pech in Vietnam und ist dort schwer verwundet worden. Als er zurückkam, war er heroinsüchtig. Sein Vater warf ihn aus dem Haus, und er ging in eine Klinik, um die Sucht loszuwerden. Dort haben sie ihn über ein Jahr lang behandelt. Dann erschien er eines Tages an unserer Tür. Er schwor, er sei von dem Zeug herunter, aber er brauche eine Bleibe, während er sich einen Job suche, und außerdem sei er pleite. Ich habe das mit Roger besprochen, aber wir waren finanziell unter Druck und konnten uns nicht leisten, ihm ein Hotel zu bezahlen; deshalb schlug Roger vor, ihn bei uns wohnen zu lassen, bis er einen Job gefunden hätte. Das war insofern eine Belastung, als unser Extrazimmer kein richtiges Bett hat. Nur eine Couch. Roger benutzt es, wenn er zu Hause arbeiten oder Briefe schreiben muß. Gian-Luca mußte auf der Couch schlafen. Das ging ein paar Wochen lang gut, obwohl er durchaus kein angenehmer Mensch war, den man die ganze Zeit um sich haben mochte. Er ist ein mürrischer, schlampiger junger Mann, furchtbar aggressiv und mit einem massiven Groll auf die ganze Welt. Er fand einen Job als Angestellter in einer Versandabteilung, wurde aber rausgesetzt, als er mit einem Vorarbeiter in Streit geriet und mit dem Schraubenschlüssel auf ihn einschlug.» Sheila schüttelte traurig den Kopf, als sie daran dachte, wie die Anwesenheit von Gian-Luca ihre Ehe belastet hatte. «Danach hörte er auf, sich um eine Anstellung zu bemühen, und fing vermutlich an, auf der Straße zu dealen. Ich hatte den Verdacht, daß er wieder Heroin spritzte, und ich nehme an, daß Roger denselben Verdacht hegte. Dann verschwanden Gegenstände aus der Wohnung – eine silberne Kaffeekanne, altes Porzellan, ein silbernes Tablett, das uns Mr. Gray zur Hochzeit geschenkt hatte, ein langes Tranchiermesser mit Beingriff . . . andere Sachen.» Sie seufzte. «Eine Zeitlang merkte Roger nicht, daß dic Sachen fehlten. Die Lage war ohnedies schon schlimm genug, und ich hatte nicht den Mut, Roger zu beichten, daß mein Neffe uns für seinen täglichen Schuß zu Bettlern machte.»

«Arme Sheila», sagte Oliver leise.

«Das ‹arm› traf auf alle zu», sagte Sheila, «Gian-Luca eingeschlossen.»

«Was tat Roger, als er's merkte?»

«Das war vielleicht ein Abend», sagte Sheila mit dem Versuch, einen leichten Ton anzuschlagen, was ihr jedoch mißlang. «Es gab einen schrecklichen Streit, in dem Gian-Luca beim Haupte seiner Mutter schwor, daß er keine Drogen mehr brauche und daß er in seinem Leben nie etwas gestohlen habe. Roger forderte ihn auf, noch in dieser Minute das Haus zu verlassen, und wenn er's nicht täte, würde er die Polizei holen. Gian-Luca weigerte sich, zu gehen. Er legte sich einfach auf die Couch im Wohnzimmer, verschränkte die Arme und sagte, er werde sich nicht fortbewegen. Roger sagte nichts mehr. Er ging wortlos zur Couch, packte Gian-Luca und hob ihn hoch. Der Junge war so dünn und schwach, daß ihn ein Kind hätte tragen können, und Roger ist einer der kräftigsten Männer, die ich kenne, und er ist furchterregend, wenn er wütend wird. ‹Mach die Tür auf›, sagte er zu mir, während sich der Junge in seinen Armen zu wehren suchte. Ich öffnete die Tür, und Roger trug ihn zum Treppenabsatz und warf ihn die Treppe hinunter. Er war nicht verletzt, aber er schäumte vor Wut. Er kollerte die Hälfte der Stufen runter, ehe er aufstehen konnte. Dann schüttelte er die Faust gegen Roger und schrie: ‹Das sollst du mir büßen, du kaltarschiger, angelsächsischer protestantischer Schweinehund. Und du auch, du scheiß-italienische fette Trine.› Die übliche Konversation am Familientisch.» Sie lächelte gequält. «Roger ging ihm nach, die Treppe runter während ich mich an ihn hing, damit er den Jungen nicht totschlage, und der Junge kriegte es mit der Angst und ist fortgelaufen. Und weg war er.»

«Und wie ist es ausgegangen?» fragte Oliver.

«Das war's. Wir haben ihn nie wiedergesehen. Aber seine Mutter hat mich ein paar Monate später weinend angerufen und erzählt, daß Gian-Luca verhaftet worden sei, als er eine Dame in der Bronx mit einem großen Tranchiermesser bedroht und zugleich versucht hat, ihr die Handtasche zu entreißen. Allerdings entpuppte sich die Dame als Polizistin, und er wurde zu drei Jahren Gefängnis verurteilt. Das Messer war, wie ich vermute, dasjenige, das er aus unserer Küche geklaut hat. Die drei Jahre sind jedenfalls vor vier Monaten abgelaufen, und seither ist er vermutlich wieder auf dem Kriegspfad und bedeckt den Familiennamen mit neuem Glanz. Ich könnte mir denken, daß er sich einen Platz auf der persönlichen Liste verdient hat.»

«Das sollte ich meinen», sagte Oliver. «Hattest du Roger erzählt, daß er verhaftet worden war?»

«Nein. Das war vielleicht ein Fehler, aber ich wollte keine häßlichen alten Erinnerungen aufrühren. Ich erzähl's ihm heute abend», sagte Sheila. «Ich will ihm auch sagen, er soll den Anrufbeantworter abschalten, und wenn Zalovsky das nächste Mal anruft, soll er sich mit ihm verabreden. Roger ist mutig, und wenn er genau weiß, welcher Situation er sich gegenübersieht, dann wird er auch damit fertig. Jetzt ist er total ins Schwimmen geraten. Naturgemäß sieht er auf allen Seiten Gefahren und weiß nicht, wohin er sich wenden soll, und das reibt ihn auf. Ich tue so, als merkte ich nichts, aber er wirft sich im Schlaf herum, als müsse er in seinen Träumen mit Schatten kämpfen, und er sitzt fast die halbe Nacht aufrecht im Bett . . .»

«Das zeigt sich langsam auch in seinem Aussehen», sagte Oliver. «Ich habe ihn noch nie so angestrengt und abgespannt gesehen. Und die Arbeit häuft sich, aber er rührt sie nicht an. Ich versuche, so gut wie möglich alles aufzuarbeiten, aber ich bin nur Mannschaft, kein Offizier, und wenn eine Entscheidung fällig ist, dann muß er sie treffen. Aber dennoch . . .» Die Besorgnis war ihm anzusehen. «Es gefällt mir gar nicht, daß er das von dir erwähnte Risiko auf sich nimmt und, wem auch immer, allein und wahrscheinlich im Dunkeln an einem einsamen Ort gegenübertritt . . .»

«Er wird nicht allein sein», sagte Sheila entschieden. «Ich werde bei ihm sein.»

«Sheila», protestierte Oliver, «der Kerl ist vielleicht ein Mörder.»

«Das werden wir ja dann erfahren», sagte sie. «Und nun – was hast du zum Verbrecheralbum beizutragen?»

«Nichts wirklich Brauchbares, fürchte ich», sagte Oliver. «Ich hätte auch auf Machendorf getippt. Er ist brutal und ist in seiner Kindheit behandelt worden wie ein Dorfköter. Wenn man einen Mann danach beurteilen kann, wie er schreibt, dann ist er mit Gewalttätigkeit geladen. Und sonst ...» Er spitzte den Mund beim Nachdenken und sah dabei aus wie ein gedankenverlorenes Kind. «Sonst gibt's nur noch einen, der mir einfällt: Gillespie.»

«Das ist 'ne Überraschung», sagte Sheila. «Roger hält große Stücke auf ihn.»

«*Hielt* große Stücke auf ihn», erwiderte Oliver. «Nach seinem ersten Buch. Das war ein Wurf. Dann ist er verrückt geworden. Manisch-depressiv, paranoid, schizophren – egal, was du willst –, er war es. Als er sein zweites Buch anbrachte, meinte Roger, es sei eine Art absurden Wahnwitzes. Er gab es auch mir zu lesen, bevor er mit dem Burschen redete. Es war reines Kauderwelsch, dreihundert Seiten lang. Es ergab überhaupt keinen Sinn. Als er ins Büro kam, um mit uns darüber zu reden, war, was er selber sagte, ebenfalls völlig sinnentleert. Er hatte eine seiner manischen Perioden, wie mir schien, mußte dauernd lachen, ging heftig gestikulierend im Büro auf und ab, schrie, das Buch sei das Größte seit Joyce und er sei sicher, daß er den Nobelpreis dafür bekommen werde. Darauf begann er, noch ehe wir ein Wort dazwischenwerfen konnten, zu erzählen, daß er vom FBI und dem CIA und den Russen und den Juden verfolgt werde, weil er atomare Geheimnisse besitze, die sie aus ihm herausfoltern wollten. Die Leute gäben falsches Zeugnis wider ihn, er habe viele falsche Freunde, die sich in einem gigantischen Komplott gegen ihn verschworen hätten. Er wisse, wer sie seien. Der Tag des Gerichts werde kommen für sie. Aber inzwischen hätten sie auch seine Frau gegen ihn beeinflußt und hätten versucht, ihn in eine Irrenanstalt einzuliefern, und als ihr das nicht gelungen sei, habe sie die beiden Kinder mitgenommen und sei vor ihm davongelaufen. Das war ein Tag ... Junge!»

«In was für einer Welt wir doch leben», sagte Sheila. «Was für ein Geschlecht wir doch sind! Wir durchleben Tage wie den eben beschriebenen, wir erleben Szenen wie damals, als Roger einen kranken, ausgemergelten Jungen die Treppe hinabgeworfen hat, und dann gehen wir baden, gehen zum Essen, gehen ins Konzert, hören uns Beethoven an, freuen uns an einem Schauspiel, kaufen uns auf dem Heimweg eine Zeitung, schieben die Zeitung beiseite, um sie beim Frühstück zu lesen, nachdem wir die Schlagzeilen überflogen haben, die marktschreierisch von einem Massaker in Indien, einem Luftangriff im Libanon, einem Flugzeugabsturz mit zweihundert Toten berichten. Wir lieben uns, schnarchen, machen uns Sorgen um den Kontostand in der Bank, vergessen, uns in die Wahlliste einzutragen, treffen Vorbereitungen für einen Urlaub ...» Sie schnitt eine Grimasse, als gedenke sie aller ihrer Ferien ohne Freude. Dann schüttelte sie den Kopf und sagte: «Was habt ihr mit dem verrückten Mann und seinem Manuskript getan?»

«Was hättest du getan?» fragte Oliver.

«Wahrscheinlich genau das, was du und Roger getan habt», sagte Sheila müde, «gleichviel, was es war.»

«Wir haben versucht, ihn zu beruhigen. Wir haben ihm gesagt, wir würden das Buch lesen, aber es müsse gewiß noch daran gearbeitet werden, bevor wir es dem Verleger zeigen könnten, und daß Stellen darin seien, die wir nicht verstanden hätten.» Oliver hielt sein Glas Calvados gegen das Licht und blinzelte es an, als könne er dort, in der blaßgoldenen Essenz des Apfels – der ersten Frucht – eine Lösung von Gillespies Dilemma finden. «Gillespie nahm unsere Erklärungen ganz fröhlich auf. Er nannte uns seine erbärmlichen, erdgebundenen Freunde, selbstverständlich könnten wir sein Buch nicht verstehen, es sei für feinere, zartsinnigere Seelen geschrieben, die in künftigen Jahrhunderten die Welt bevölkern würden. Tatsächlich, sagte er, sei er hocherfreut, daß wir sein Buch nicht verstehen könnten; hätten wir's verstanden, dann hätte er gewußt, daß es ihm mißlungen sei; wir würden es erst verstehen, wenn wir viele Male gestorben und viele Male in einer neuen Inkarnation wieder zurückgekommen wären. All das immer wieder von einem wiehernden Gelächter unterbrochen. ‹Ich ehre euch›, sagte er. ‹Ihr seid die Boten meiner Apotheose. Überreicht das Manuskript Charles Bernard in meiner Verlagsanstalt; er hat eine Spur vom göttlichen Hauch, und ihr werdet für alle Zukunft in den Annalen der Literatur erwähnt sein.› Dann deklamierte er das ganze Sonett – du kennst es, das die Zeile hat, *Nicht Gold noch Bronze überlebt dies mächt'ge Lied.*»

«Roger hat mir kein Wort von alledem erzählt», sagte Sheila.

«Er hat keinem Menschen auch nur ein Wort davon erzählt, und er hat auch mich zu absolutem Schweigen verpflichtet. Er wollte die Schwierigkeiten des Autors nicht noch vergrößern, indem er verbreitete, daß er total ausgeflippt sei. Und das ist das erste Mal, daß ich es einem anderen Menschen gegenüber erwähne.»

«Was hat Roger Gillespie persönlich gesagt?»

«Was konnte er sagen?» erwiderte Oliver achselzuckend. «Er sagte, er wolle am nächsten Morgen das Manuskript eigenhändig abgeben. Dann regte er so diskret wie möglich an, es könnte nützlich sein, wenn Gillespie sich ein wenig mit einem Psychiater unterhielte. Gillespie sah ihn argwöhnisch an. Psychiater seien mit *jenen* verschworen, sagte er, sie schälten die Gehirne der Schriftsteller aus den Schädeln und hinterließen nur leere Hirnschalen. Dann blickte er auf eine Uhr an seinem linken Handgelenk, dann auf eine, die er am rechten Handgelenk trug, und schließlich holte er eine dritte aus seiner Tasche und blickte auch auf diese. Er flüsterte, als wolle er uns ein großes Geheimnis mitteilen. Die Zeit in Washington, die Zeit in Moskau und die Zeit in Jerusalem, vertraute er uns augenzwinkernd an. Zeit zum Gehen, sagte er und tanzte aus dem Büro.»

«Hat Roger am nächsten Tag das Buch *tatsächlich* an Mr. Bernard übergeben?» fragte Sheila.

«Hat er. Er hält sein Versprechen auch gegenüber anstaltsreifen Irren. Bernard fragte ihn, was er von dem Buch hielte, und Roger erwiderte: ‹Kein Urteil. Lesen Sie's selbst.› Zwei Tage später rief Bernard an. Er sagte, das Buch sei undurchdringlich – das war das Wort: undurchdringlich. Er ist ein anständiger Mensch, er hätte etwas viel Schlimmeres sagen können. Wir haben das Manuskript durch einen Sonderboten am nächsten Morgen zurückgekriegt. Wir hatten keine Ahnung, wo Gillespie wohnte, er hatte uns nur mitgeteilt, daß er eine ganze Anzahl von sicheren Häusern hätte und niemals zwei Tage hintereinander in demselben Bett schliefe. Wir konnten nichts tun als warten. Schließlich kam Gillespie ins Büro. Es war ein regnerischer Tag, aber er ging ohne Hut und Mantel und sah aus, als habe man ihn vom Meeresgrund hochgezogen. Er sagte, er komme wegen seines Vorschusses. Als Roger ihm mitteilte, es gebe keinen Vorschuß und das Manuskript sei zurückgeschickt worden, nahm er's anfänglich philosophisch. Sie haben Augen, sagte er, aber sie sehen nicht. Bernard sei ein heuchlerischer Freund, er habe ihn falsch eingeschätzt. Er habe auch Roger falsch eingeschätzt. Die Kabale, sagte er, habe viele üble Wurzeln, die sich immer noch ausbreiteten, aber der Tag des Gerichts werde zeigen, daß der Baum umgehauen werde. Sein Wortschatz war plötzlich quasibiblisch geworden. Er bettete das Manuskript in einen schadhaften Pappkarton und ging hinaus. Es regnete jetzt noch mehr als bei seinem Eintreten, und wenn er in diesem Wolkenbruch nur zwei Blocks weit gegangen ist, dann muß das Manuskript in diesem Pappkarton zu einem durchweichten, unleserlichen Kehricht geworden sein.» Oliver trank seinen Calvados aus. «Noch einen?» fragte er. «Nein, danke», sagte Sheila. «War das das Ende der Gillespie-Saga?»

«Nicht ganz«, antwortete Oliver. «Etwa eine Woche später kam er wieder ins Büro, um noch einmal seinen Vorschuß zu fordern. Er hatte sich seit seinem letzten Besuch nicht rasiert und muß auf Bänken oder im Asyl übernachtet haben, denn seine Kleidung war ziemlich schmutzig und ramponiert. Roger war gerade nicht da, und ich sagte, ich wisse nichts von einem Vorschuß. ‹Sagen Sie gefälligst Roger Damon›, sagte Gillespie zu mir, ‹das nächste Mal, wenn ich komme, soll er, verdammt noch mal, gefälligst anwesend sein.› Ich fragte ihn, wann das sein würde. ‹Wenn das Buch es mir befiehlt›, sagte er und ging. Er ging nicht nach Hause, wo immer das zu der Zeit gewesen sein mag. Er ging in Bernards Büro und fragte *ihn* nach dem Vorschuß, und als Bernard ihm sagte, daß es keinen Vorschuß geben werde, holte er eine Pistole hervor, begann, wie Bernard mir erzählte, bedrohlich damit herumzufuchteln und mit allerlei Gedichtfetzen und mit Zitaten aus seinem Buch um sich zu werfen. Glücklicherweise bemerkte Bernards Sekretärin, was sich da abspielte, und rief die Polizei. Als diese kam, lachte Gillespie sie aus und warf ihr die Pistole zu. Es war ein Kinderspielzeug. Man brachte ihn ins Krankenhaus Bellevue zur psychiatrischen Untersuchung, aber er legte seine normalste, überzeugendste, bescheidenste Platte auf; man hat ihn nach ein paar Tagen laufenlassen, und wir haben nie wieder etwas von ihm gesehen oder gehört.»

Sheila senkte gepeinigt die Lider. «Ich mag nicht daran denken, wo Mr. Gillespie sich im Augenblick aufhält und was er tut.»

«Ich auch nicht», sagte Oliver traurig. «Aber wir können nichts dagegen tun. Allerdings» – er machte eine Pause – «allerdings könnte man daran denken, daß bei seinem nächsten Auftritt im Büro die Pistole, die er in der Tasche hat, vielleicht keine Spielzeugpistole ist.»

14

ALS SHEILA NACH DEM MITTAGESSEN in die Schule zurückkehrte, lag dort ein Telegramm für sie, das der Arzt ihrer Mutter in Vermont aufgegeben hatte. Ihre Mutter befand sich in einem besorgniserregenden Zustand. Sie hatte einen Schlaganfall erlitten und war ins Krankenhaus von Burlington gebracht worden.

Sheila rief Damon im Büro an, aber Miss Walton sagte, Mr. Damon sei noch nicht von seiner Lunchpause zurückgekehrt, aber Mr. Gabrielsen komme gerade durch die Tür, und ob Mrs. Damon mit ihm sprechen wolle.

«Ja», sagte Sheila. Als Oliver schließlich am Telefon war, berichtete sie ihm von dem Telegramm und bat ihn, Roger auszurichten, er solle sie zu Hause anrufen, wo sie vor dem Abflug nach Vermont mit einer Maschine der Allegheny-Fluglinie ihre Koffer packen würde. Wenn er vor ihrer Fahrt zum Flughafen nicht mehr zurückkäme, dann würde sie zu Hause einen Zettel für ihn hinterlassen. «Oliver», sagte sie mit besorgter Stimme, «ich will dir nicht zur Last fallen, aber ich lasse Roger gerade in diesen Tagen äußerst ungern allein. Ich weiß nicht, wie lange ich fortbleiben muß, aber könntest du ihn nicht vielleicht für ein paar Tage zu dir ins Haus nehmen? Ich möchte nicht, daß er – vor allem nachts – allein in der Wohnung ist, und ich weiß, daß er sich weigern würde, in ein Hotel zu gehen.»

«Aber selbstverständlich, Sheila», sagte Oliver. «Ich will's versuchen. Ich kann allerdings für nichts garantieren. Er scheint zur Zeit überhaupt nicht zu hören, was ich sage. Aber ich werde mein Bestes tun. Ich will ihn auffordern, bei uns zu wohnen, oder biete ihm an, zu ihm zu ziehen, bis du zurückkommst, und tue auch sonst alles, was du vorschlägst.»

«Du bist ein lieber Freund, Oliver», sagte Sheila.

«Ich hoffe, daß alles gutgeht in Vermont.»

«Danke.» Sie legte auf, nahm sich ein Taxi und stellte in der Wohnung als erstes den Anrufbeantworter an. Niemand hatte eine Nachricht hinterlassen. Sie stöpselte das Gerät wieder aus und fing an, Sachen in eine Reisetasche zu werfen. Sie wartete, solange sie konnte, schrieb eine eilige Notiz für Roger, legte sie auf den kleinen Tisch in der Diele gegenüber der Wohnungstür, rannte die Treppe hinunter und hielt ein vorüberfahrendes Taxi an, das sie zum Flughafen bringen sollte.

Damon nahm seinen einsamen Lunch in einem Restaurant ein, in dem er nicht bekannt war. Er wollte an diesem

Nachmittag niemanden sehen, mit niemandem sprechen. Er hatte in der vergangenen Nacht wieder einen rätselhaften Traum gehabt und wollte sich ungestört überlegen, wie er zu deuten sei. In seinem Traum hatte er sich mit Sheila in einer großen Gesellschaft befunden und war umgeben von sehr vielen Menschen, von denen er keinen kannte. Das Essen war auf einem Büfett angerichtet, und die Leute wanderten mit ihren Tellern voller Speisen umher. Das Essen war ausgesucht gut und lag schwer im Magen, war aber sehr schmackhaft. Plötzlich trat sein Vater ein, aber nicht als der lächelnde rosige Mann in Damons früheren Träumen, auch nicht der junge, sorglose Mann, der seinem Bruder Davey – der sich irgendwie zu Lieutenant Schulter ausgewachsen hatte – zurief: «Gib ihm etwas Geld, Davey.» Diesmal stand der Vater im Alter irgendwo zwischen dem jungen Mann des einen Traumes und dem älteren des anderen. Er war schlanker geworden, trug eine verdrossene und höhnische Miene zur Schau, und Damon war erstaunt, ihn zu sehen, weil sein Vater eigentlich im Gefängnis sein müßte. Damon wußte nicht, weswegen er ins Gefängnis gekommen oder warum er wieder entlassen war, und fragte: «Wie kommt es, daß du wieder draußen bist, Papa?»

«Man hat gestern hundertzwanzig von uns entlassen», sagte sein Vater. Er sah sich mißmutig nach den anderen Gästen um, ging dann zu Sheila und fragte: «Bist du noch meine Frau oder nicht?»

«Natürlich», sagte Sheila, «bin ich noch deine Frau.»

«Warum ißt du denn dann diesen ganzen vornehmen Fraß?» fragte sein Vater, nahm ihr den Teller aus der Hand und stülpte ihn um, so daß der größte Teil der Speisen als zähe Soße auf den Boden tropfte.

Vielleicht war der Traum noch weitergegangen, aber an mehr konnte Damon sich nicht erinnern.

Damon, der einsam und verstört in dem lärmerfüllten Restaurant saß, versuchte sich zu erklären, was der Traum bedeuten mochte. Sein Vater hatte nie ein Verbrechen begangen, hatte stets seinen überlebenden Sohn bis zur Schwärmerei geliebt, war gestorben, bevor Damon Sheila kennengelernt hatte, hatte nie versucht, eine Freundin seines Sohnes für sich zu gewinnen und war gesegnet mit den sanftesten und liebenswürdigsten Manieren. War es möglich, daß mit dem Tod, mit der Verwesung des Körpers, auch ein fortschreitender Verfall der Seele eintrat? Oder verwandelte er, Roger Damon, im Unterbewußtsein des Schlafes das Bild seines Vaters als eines zärtlichen und liebevollen Mannes, wie er ihn gekannt hatte, in das eines mürrischen und widerwärtigen Gesellen, um der Versuchung zu entgehen, sich diesem einstmals lächelnden und ihm zuwinkenden Geist anzuschließen?

Was hatte die Zahl hundertzwanzig zu bedeuten?

Er hatte die Augen geschlossen und hielt sie mit den Händen bedeckt, während er sich über den Tisch neigte, um die anderen Gäste des Restaurants auszuschließen. Er war so tief in den Erinnerungen und Mutmaßungen befangen, daß er beinahe erschrak, als er die Stimme der Kellnerin vernahm, die ihn fragte: «Sonst noch einen Wunsch, Sir?»

«Nein, danke», sagte er. «Bitte die Rechnung.»

Er bezahlte seine Mahlzeit, gab ein Trinkgeld und ließ sich einen Dollar wechseln, weil er telefonieren wollte und nicht vom Büro aus anrufen mochte, denn er wollte vermeiden, daß Oliver das Gespräch ganz oder teilweise mitanhörte. Der Anruf galt Lieutenant Schulter. Seit er und Sheila Zalovskys Nachricht an jenem Morgen vor dem Frühstück abgehört hatten, hatte er täglich Lieutenant Schulter zu erreichen versucht, aber jedesmal, wenn er anrief, teilte ihm der Mann in der Mordkommission mit: «Lieutenant Schulter ist nicht zu erreichen.»

«Wann kann ich ihn sprechen?»

«Weiß ich nicht. Er kann Sie ja zurückrufen.»

«Nein, danke. Ich rufe wieder an.»

Er fand eine Bar, ging hinein, bestellte einen Whisky, um seine ehrlichen Absichten zu bekunden, ließ ihn aber auf der Bar stehen und suchte den rückwärtigen Teil des Raumes mit der Telefonzelle auf.

Diesmal hatte er Glück. Er wurde sofort mit dem Kriminalbeamten verbunden, und Schulters Stimme knarrte im Hörer: «Hier Lieutenant Schulter.»

«Lieutenant», sagte Damon. «Seit Tagen rufe ich immer wieder bei Ihnen an, aber . . .»

«Ich war wegen eines Falles unterwegs. Gibt's was Neues bei Ihnen?»

Damon erzählte von der hinterlassenen Botschaft.

«Soso. Vor vier Tagen, sagten Sie?»

«Ja.«

«Nichts seitdem?»

«Nein, kein Wort.»

«Vermutlich hat er das Spiel satt», sagte Schulter. «Erst hat er Sie nachts wachgehalten, jetzt ruft er wahrscheinlich fünf oder sechs andere Leute an. Ich würde mir nicht allzu große Sorgen machen.» Damon merkte, daß Schulter das Interesse an diesem Fall zu verlieren begann. «Bisher haben wir noch nicht viel, womit wir was anfangen könnten. Wenn Sie wollen, können Sie auch zu Ihrem zuständigen Revier gehen und eine Anzeige gegen Unbekannt wegen obszöner und erpresserischer Telefonanrufe machen, obwohl ich bezweifle, daß man Ihnen dort besser helfen kann als ich. In New York finden pro Nacht wahrscheinlich an die zehntausend derartiger Telefonanrufe statt. Sind Sie mit Ihrer Liste fertig?»

«Ich arbeite noch daran», erwiderte Damon und kam sich vor wie ein säumiger Schüler, der seine Hausaufgaben nicht gemacht hat und erwischt wird.

«Wenn sich etwas ergibt, rufen Sie mich an», sagte Schulter. «Ach ja, ich habe übrigens diesen Burschen McVane unter die Lupe genommen. Da ist nichts. Seine Nachbarn sagen, er hätte sein Haus schon über ein Jahr lang abends nicht mehr verlassen und er hätte auch bestimmt kein Messer im Haus, womit man auch nur ein Steak schneiden könnte.»

«Danke, Lieutenant», sagte Damon, aber der Beamte hatte bereits aufgelegt.

Er ging zurück zur Bar, trank die Hälfte seines Whiskys, zahlte und gab dem Barmann ein reichliches Trinkgeld. Wer weiß, dachte er zynisch, wann ein Barmann einem zum Feind werden mag?

Aber er wollte noch nicht zurück ins Büro. Er wußte, daß er in den letzten Tagen unausstehlich gewesen war, Miss Walton brüsk abgefertigt, eine unsichtbare Wand des Schweigens zwischen seinem und Oliver Gabrielsens Schreibtisch errichtet, Miss Walton angeraunzt hatte, weil sie den Anruf eines Mannes zu ihm durchgestellt hatte, den er, wie sie hätte wissen müssen, verabscheute und zu vermeiden trachtete; und zum Schluß hatte er ihr erklärt, daß er von nun an nur noch die Anrufe seiner Frau und eines Mr. Schulter entgegennehmen würde.

Die Atmosphäre im Büro hatte alle diese Vorfälle widergespiegelt. Oliver und Miss Walton sprachen miteinander nur noch in gedämpftem Ton. Und wenn er durch die Tür ins Vorzimmer trat, und sei es auch nur für einen Augenblick, dann blieben beide stumm. Die Stille, fand Damon, war dann mit Händen zu greifen.

Während er nun an der Bar stand und auf den Rest seines Whiskys starrte, den er nicht mehr trinken mochte, stieg Scham in ihm auf, weil er seine eigenen Probleme auf die Schultern seiner treu ergebenen und nicht eingeweihten Freunde lud. Da kam ihm ein Gedanke, der seine Geister neu belebte. Er würde sich aufmachen und beiden, Miss Walton und Oliver, ein Geschenk kaufen und ihnen das Geschenk als Friedensangebot, als Schuldbekenntnis und als Versprechen für künftiges kameradschaftlicheres Verhalten überreichen. Der Einkauf für andere, der Versuch, genau die Geschenke zu finden, die den Getreuen Freude machen würden, war ein Gegenmittel gegen die eigene Wehleidigkeit. Und beim Gedanken an die Getreuen fiel ihm ein, daß er auch etwas für Sheila besorgen sollte.

Beim Verlassen der Bar kamen ihm die Straßen heller

vor, als sie beim Betreten gewesen waren; seit jener Samstagnacht, da er den Telefonhörer auf dem Nachttisch abgenommen hatte, hatte er sich nicht mehr so beschwingt gefühlt.

Zuerst Miss Walton. Das arme Ding; sie war zu dick, als daß man ihr Aussehen durch irgendeinen weiblichen Krimskrams hätte verschönern können, und der einzige Schmuck, den er je an ihr gesehen hatte, war ein kleines goldenes Kreuz, das sie immer an einer dünnen Kette um den Hals trug. Er hatte die Hoffnung, daß Saks vielleicht etwas im Angebot hätte, das ihr unter Umständen gefallen könnte. Er müßte eine einfühlsame Verkäuferin finden. Auf dem Weg zum Warenhaus schnalzte er mit den Fingern. Er wußte, wonach er schauen wollte. Miss Walton war es immer zu kalt im Büro. Sowohl er als auch Oliver verlangten so viel frische Luft, wie sie nur kriegen konnten, und wenn sie arbeiteten, hielten sie die Temperatur so niedrig wie möglich, ohne sich buchstäblich dem Tod durch Erfrieren auszusetzen. Miss Walton trug stets einen dicken Pullover bei der Arbeit, in stummem Protest gegen die Vorliebe ihrer Chefs für das New Yorker Klima. Sie trug ihn allerdings auch im Sommer und hatte sogar noch einen zweiten Pullover darunter, wenn die Klimaanlage in Betrieb war. Solange Damon zurückdenken konnte, war es immer derselbe Pullover; eine freudlose, maronenbraune Wolljacke, die sie selbst gestrickt hatte. Da sie in den Jahren, die sie im Büro arbeitete, immer dicker geworden war, mußte sie auch immer neue Pullover gestrickt haben, um ihre schwellende Masse zu umhüllen, doch sie zeigten immer denselben Stil und dasselbe schwere Maronenbraun. Er entschloß sich, ihr eine Wolljacke zu kaufen, da dies ihrem Geschmack zu entsprechen schien, aber in einer fröhlicheren Farbe.

Selbstzufrieden beschleunigte er seine Schritte. Der alte Kopf funktionierte noch, fand er. Es war die erste Entscheidung seit zehn Tagen, die nicht DAS PROBLEM betraf, wie er es bei sich nannte – in Großbuchstaben.

Im Kaufhaus herrschte ein ansprechendes weibliches Summen. Frauen kauften leise. Das unterschied sich angenehm von dem hohen Diskant der Stimmen in Restaurants, wo Frauen sich zum Lunch versammelten – Restaurants, die er persönlich nach Möglichkeit mied.

Er fand die Abteilung, in der Damenpullover verkauft wurden. Als ihm das hübsche schwarze junge Mädchen, das ihn bediente – nachdem er ihr beschrieben hatte, was er suchte –, die Frage stellte: «Welche Größe, Sir?», war er ratlos. Er kannte die Größe der Jacken, die Sheila trug, und Sheila war eine kräftige Frau und trug zweiundvierzig. Soweit er es beurteilen konnte, war Miss Walton etwa zweimal so umfänglich wie Sheila, wenn auch nicht so groß. Er verstand nicht viel von Frauenkleidung, aber ihm war klar, daß er Größe vierundachtzig nicht verlangen konnte.

«Ja», sagte er zur Verkäuferin, «da bin ich nicht ganz sicher.» Er hob die Hände vor die Brust und beschrieb mit ihnen einen Halbkreis, der seiner Schätzung nach etwa den Rauminhalt erfaßte, den Miss Waltons Busen ausfüllte. «Ich würde sagen, das entspricht annähernd ihrer Größe.»

Die Verkäuferin lachte, zeigte dabei blitzende Zähne, und er lachte auch. Kaufen und Verkaufen war ein lustiges Unterfangen, ein freundliches Band zwischen den Rassen. «Ich fürchte, Sir, Sie werden hier nichts finden, das auch nur annähernd so groß ist. Ich schlage vor, daß Sie's in der Herrenabteilung probieren.»

«Danke», sagte er und begab sich zu den Fahrstühlen. Dabei mußte er denken: Wer auch das Personal für dieses Haus ausgesucht haben mochte – er hat eine gute Hand.

Er fand einen Pullover aus hellblauem Kaschmir, der ihm zwar zu groß war, als er ihn anprobierte, aber er kaufte ihn trotzdem, als der Verkäufer ihm versicherte, die Dame könne ihn umtauschen, falls er ihr nicht passe. Er fand den Preis zwar haarsträubend hoch, aber er war nicht in der Stimmung, sich um Geld zu grämen. Schließlich zahlte er ja mit einer Kreditkarte von Saks, und die Rechnung wurde erst am Ende des Monats präsentiert. Das gab dem Schmerz Aufschub.

Und da er sich nun mal in der Herrenkonfektion befand, meinte er, er könne sich eigentlich auch nach etwas Geeignetem für Oliver Gabrielsen umsehen. Er kannte Olivers Größe, weil Sheila für ihn zu Weihnachten einen Skipullover gekauft hatte.

Er stöberte glücklich zwischen den Gängen und in den Regalen mit Anzügen und Jacken und genoß das kleine Einkaufsfest; endlich begriff er, wie gern Frauen ganze Nachmittage beim Einkauf verbringen – und spürte doch zugleich, daß sich dies zu einer tödlichen Sucht auswachsen konnte.

Er kaufte einen blauen Flanellblazer mit Messingknöpfen für Oliver und bat, auch diesen als Geschenk einzupakken. «Wäre das alles, Sir?» fragte der Verkäufer. «Nicht auch etwas für Sie?»

Damon zögerte eine Weile. «Warum eigentlich nicht?» fragte er. Alle rückten an diesem Nachmittag mit großartigen Ideen heraus. «Was schlagen Sie vor?»

«Ich kann Ihnen eine neue Auswahl an Corduroyjacken zeigen», sagte der Verkäufer. «Sie sind diese Woche im Schaufenster ausgestellt. Halten fast ewig. Besonders praktisch, wenn Sie mal aufs Land gehen.»

«Ja, das leuchtet mir ein.» Wieder eine glänzende Idee. «Vermutlich werde ich binnen kurzem meine gesamte Zeit auf dem Land verbringen.» Plötzlich wurde seine Vorstellung, in den Ruhestand zu treten und mit dem Blick auf den Long Island Sund in Connecticut zu leben – was bisher nur die müßige Vision einer unsicheren Zukunft gewesen war – zur Wirklichkeit.

«Kommen Sie bitte mit, Sir», sagte der Mann und führte ihn zu einem langen Regal, auf dem die Jacken aufgereiht hingen. «Welche Größe haben Sie? Sechsundvierzig?»

«Sie schmeicheln mir», sagte Damon. Der Nachmittag wurde immer besser. «Vierundfünfzig käme der Sache wohl näher.»

Der Verkäufer machte ein zweifelndes Gesicht, aber er holte eine naturfarbene Corduroyjacke vom Bügel. «Probieren wir das mal, nur der Größe halber.»

Sie paßte wie angegossen.

«Sie sind viel größer, als man denken sollte», sagte der Verkäufer.

«Nun ja», sagte Damon. «Würden Sie sie bitte schikken?» Er gab dem Mann seine Adresse. «Liefern müssen Sie morgens, wenn die Putzfrau im Haus ist. Ich sage ihr deswegen Bescheid.»

Wieder holte er die Kreditkarte aus der Brieftasche. Die Jacke kostete mehr als jeder komplette Anzug, den er in seinem Leben gekauft hatte, aber er hatte auch seit sechs Jahren keinen neuen Anzug mehr gekauft. Inflation, dachte er leichthin, da kann man nur grinsen und das Maul halten. Die Brieftasche war alt und verschlissen, wie er sah. Er wußte nicht mehr, wie lange er sie schon hatte. «Wo ist, bitte, die Lederabteilung?»

«Unten», sagte der Mann.

Leise vor sich hin summend, wanderte Damon zur Lederabteilung und kaufte sich eine Brieftasche aus Schweinsleder. Die Inflation, stellte er fest, hatte auch vor der Lederabteilung nicht haltgemacht. Schadet nichts.

«Soll ich sie als Geschenk verpacken?» fragte der Verkäufer.

«Nein. Sie ist für mich. Ich stecke sie einfach in die Tasche, wenn's Ihnen recht ist.» Er legte die alte Brieftasche auf die Glasvitrine, in der die Brieftaschen ausgelegt waren, und leerte sie – Kreditkarte, Führerschein, Sozialversicherungs-Ausweis, Geldscheine, sichtbare Beweise seiner Existenz als Bürger im Land seiner Wahl. Er verstaute sie alle sorgsam in der neuen Brieftasche und steckte diese dann in seine Brusttasche. Als er sich zum Gehen wandte, fragte der Verkäufer: «Entschuldigen Sie, Sir, was soll mit dieser hier geschehen?» Er hielt das rissige, abgegriffene alte Stück Leder hoch, als beschmutze er sich damit die Finger.

«Schmeißen Sie sie weg», sagte Damon großartig. Dann fiel ihm Sheila ein. Darf den Skipper nicht vergessen in dieser Fiesta der Selbstverwöhnung. Sie wäre böse, wenn sie wüßte, daß er sie zuweilen in Gedanken als Skipper bezeichnete. Sie glaubte fest daran, daß in ihrem Haushalt alle Entscheidungen in gleichrangiger Übereinstimmung getroffen würden. Das war nicht der Fall. «Übrigens», fragte er den Verkäufer, «können Sie mir sagen, wo sich die Pelzabteilung befindet?»

Der Verkäufer sagte es, und abermals nahm er den Fahrstuhl, wobei er leicht an dem Karton mit Miss Waltons Strickjacke und Olivers Blazer trug. Roger Damon, Friedensbringer unter den Nationen, Verteiler von Gold, Wohlgefallen und Harmonie, aufsteigend in der Welt von Saks.

Die Verkäuferin, die ihn in der Pelzabteilung begrüßte, war eine hübsche grauhaarige Dame mit einer bildschönen Frisur. Sie entschuldigte sich, weil jetzt, zu Beginn des Frühlings, das Angebot geringer sei, aber sie würde sich glücklich schätzen, dem Herrn zu zeigen, was vorhanden war.

Die Jahreszeit spielte für Damon keine Rolle. Sheila würde noch viele Winter vorhanden sein. Er hatte in der Sonntagsausgabe des *Times-Magazine* eine Reklame für Sportpelze gesehen. Sheila könnte ein bißchen Sport gut gebrauchen, fand er. «Hier ist etwas in Zuchtnerz», sagte die Dame zu ihm. Es war ein heller dreiviertellanger Mantel mit Gürtel und einem Shawlkragen. Damon konnte sich nicht vorstellen, welchen Sport man in diesem Mantel betreiben könnte, aber er fragte nicht danach. Er fragte auch nicht, welchen Sport der Nerz in der Zuchtfarm betrieben hatte. Keine gefährdete Gattung. Seine ökologischen Prinzipien wurden nicht verletzt. Die elegante Dame, schätzte er, entsprach in etwa Sheilas Größe, Alter und Körperbau.

«Würden Sie den Mantel bitte anziehen, damit ich sehen kann, wie er an Ihnen aussieht?» fragte Damon. «Meine

Frau ist etwa so groß wie Sie und hat, wenn ich mich recht entsinne» – er versuchte zu lächeln, ohne daß ein Grinsen daraus wurde – «etwa die gleichen ... äh ... Formen.» Und dann, um sich das Wohlgefallen der Pelzabteilung von Saks für alle Zeiten zu sichern, sagte er: «Sie ist schön.» Er setzte nicht hinzu, daß die Verkaufsdame silbergraues Haar hatte, während das Haar seiner Frau ein schimmerndes Schwarz war und zu der Farbe des Mantels einen noch auffälligeren Kontrast bilden würde.

An der grauhaarigen Dame, die als Modell auf und ab ging, den Shawlkragen bis zu den Ohren hochgestellt, die Hände in die tiefen Taschen versenkt, den Mantel weit geöffnet wie Schmetterlingsflügel, um das Futter aus gerippter Seide sehen zu lassen, sah der Mantel großartig aus.

«Ich nehme ihn», sagte Damon.

Die Frau sah ihn scharf an. «Möchten Sie sich nicht noch andere Mäntel ansehen? Und haben Sie den Preis gesehen?»

«Nein», sagte Damon und fügte unsinnigerweise hinzu: «Ich bin in Eile.»

«Sehr wohl, Sir.»

Kein Feilschen an diesem Nachmittag. Endlich gehörte er zu jenem höchst bürgerlich gesinnten Stamm der Amerikaner, den unersättlichen Konsumenten. Er schwebte über der Erde. Kauf, kauf, kauf und sing dir die Sorgen vom Leib.

Achtlos, mit einem Schnörkel, unterschrieb er den Zettel für die Kreditkarte, dieses Totem des Stammes, ohne auf den Preis zu sehen, und versicherte sich, daß die Verkäuferin den Mantel am nächsten Morgen zwischen neun und zwölf liefern lassen würde.

Als er durch den Ausgang im Erdgeschoß das Warenhaus verließ, dachte er einen Augenblick daran, ins Büro zu gehen, um Miss Walton und Oliver ihre Geschenke zu überreichen. Aber der Überschwang des Geldausgebens, den er noch nie erlebt und nie richtig bewertet hatte, hatte jetzt von ihm Besitz ergriffen. Der Nachmittag war noch jung, und die Schätze der majestätischen Stadt waren um ihn gelagert und warteten auf seine Kreditkarte.

Er summte eine Melodie aus dem Musical *Camelot*, erinnerte sich an die Worte der Melodie «Der lust'ge Monat Mai» und sang sich im Kopf die Worte selber vor – «die Zeit für jede kesse Lust, verschämt und un . . .».

Er mußte laut kichern, so daß ein vorübergehendes Paar ihn fragend ansah. Es war ja erst April. Nicht gar so weit entfernt, dachte er. Aufgrund von Verhältnissen, die seiner Kontrolle entzogen waren, eilte er der Jahreszeit um einiges voraus. Wohin jetzt, was für einen Laden aufsuchen? Eine schwierige Entscheidung. Das Echo des Songs in seinem Schädel traf die Entscheidung für ihn. Er bog von der Fifth Avenue ab und ging in Richtung Madison Avenue zum großen Musikladen an der Ecke. Musik besänftigt die wilde Brust: nächster Punkt auf der Tagesordnung. Er wußte nicht, wie lange er im Laden verweilte, den Katalog durchblätterte; er merkte nicht, wie der bedienende Verkäufer immer zutunlicher wurde, wenn er die Titel der Schallplatten laut aussprach, die er sich wünschte – die späten Quartette; Beethoven, mein Vater, mein Bruder; Chopin, stürmischer und fingerfertiger Pole, Hasser Rußlands, Mozart, der leuchtende Springquell, Liszt, dieser dunkle Rhetoriker, Brahms, ein tiefer, mächtiger Seufzer aus Europas Mitte, Mahler, Richard Strauss, die untergegangene Welt Wiens, Poulenc, leicht und glockenrein, nicht genügend geehrt für sein Schaffen, *tant pis*, Elgar, Ives, auf ins zwanzigste Jahrhundert, ihr Männer, Gershwin, die schrillen blauen Klänge der Straßen New Yorks, Copland, Appalachische Tänze, westliche Rhythmen, die rasenden Rhythmen der Maya in Mexiko, Schostakowitsch, Strawinsky – war das die russische Seele? Frag an bei Lenin oder Tolstoj. Die Liste wurde immer länger, der Verkäufer immer strahlender. Wir müssen auch einiges von den großen Solisten haben, Artur Rubinstein zur Eröffnung, Casals, Stern, Schnabel, auch wenn's eine alte Aufnahme ist, Horowitz, Segovia für den Flamenco, Rostropowitsch zum Vergleich mit Casals. Geh noch nicht fort, junger Mann, da sind noch Opern zu bedenken. Angefangen mit Verdis *Falstaff, Cosi fan tutte* und natürlich *Die Zauberflöte.* Ich will mich mit meiner Frau besprechen und morgen noch ein paar andere kaufen. Lieber kein Wagner, wenn's Ihnen nichts ausmacht. Na schön, vielleicht *Die Meistersinger.* Und wir dürfen die Dirigenten nicht beiseite lassen ... Bernstein, Karajan, Toscanini. Sie scheinen einer von den jungen Leuten zu sein, die auch mit den neuen Größen Bescheid wissen. Ich vertraue Ihnen, daß Sie mir von denen das Beste geben.

Ich glaube, das genügt für einen Tag, junger Mann. Aber es wäre Blasphemie, diese ganze gloriose Anthologie des Klanges dem krächzenden alten Plattenspieler im Wohnzimmer anzuvertrauen. Lassen Sie mich eins von den neuen Modellen hören. Er ließ sich einige der neuen elektronischen Plattenspieler vorführen. Diese cleveren Japaner! Eine jede dieser Schallplatten klang, als säße das Orchester mitten im Raum, rein, klangstark, nicht orientalisch. Er stellte sich vor, daß er auf der Veranda von Onkel Briancellas kleinem Haus in Connecticut säße, er selbst als Landjunker im feschen Corduroyjackett, das garantiert fast ewig halten würde; daß er bei Sonnenuntergang über die goldene Fläche des Long Island Sunds blickte, zum Klang engelreiner Stimmen alterte und daß tausend himmlische, nur für das eigene Ohr bestimmte Instrumente ertönten. Das Gerät, das er wählte, war nicht das billigste, aber auch nicht das teuerste. Er schrieb einen Scheck aus; die Zahlen seien nicht wichtig, erklärte er dem Verkäufer, der sich in seinen Träumen schon mindestens zum Vizepräsidenten der Gesellschaft ernannt sah, zu der dieser Laden gehörte. Er solle sicherstellen, daß alles am nächsten Morgen geliefert werde. Und er verließ in höchster Selbstzufriedenheit den Laden.

Er war überrascht, als er auf die Straße trat. Die Sonne stand niedrig am Himmel; es war nach sechs Uhr. New York war hundert Grand Canyons, die der Menschenstrom gegraben hatte; die Sonne war ein sterbender Stern, der auf die Meadowlands in New Jersey niedersank. Alle großen Läden waren bereits für die Nacht geschlossen. Nachdem er sich jedoch die Musik ausgewählt hatte, die er in den letzten Jahren immer wieder hatte hören wollen, fiel ihm ein, daß es Bücher gab, die aus seiner Bibliothek verschwunden waren, die er jedoch in Connecticut um sich haben wollte; und daß es neue gab, die er in seinem tätigen Leben niemals Zeit gehabt hatte zu lesen. Gewiß könnte er sich ändern, könnte, entsetzt über die Summe, die er am heutigen Nachmittag ausgegeben hatte, zu seiner üblichen Sparsamkeit zurückfinden und in den kommenden Jahren des Alterns in der bloßen Erinnerung an die Bücher leben, die verschwunden waren, oder an jene anderen, die er von Freunden oder in öffentlichen Bibliotheken ausgeliehen und wieder zurückgegeben hatte. Glücklicherweise fiel ihm ein, daß die großen Buchläden in der Fifth Avenue den ganzen Abend geöffnet blieben. Als er vor langen Jahren nach New York zog, war es noch eine Stadt für Büchernarren; in fast jeder Seitenstraße gab es Läden, große, verstaubte Geschäfte, in denen alte bebrillte Angestellte, die man nach einem bestimmten Buch fragte, antworten mochten: «Ach ja, ich glaube, ich weiß, wo ich das wohl finden könnte.» Dann würden sie zwischen den knarrenden Regalen davongehen, um zehn Minuten später mit einer Schulausgabe von Burkes *On Reconciliation with the Colonies* oder einer Erstausgabe von Kiplings *Barrack Room Ballads* wieder aufzutauchen. Das Beste, was wir hatten, ist von der Flut der Zeiten weggespült, dachte er, von Sehnsucht gequält. Nimmermehr, nimmermehr, sprach der Rabe, nimmermehr.

Nicht zurückblicken. Vorausdenken. Generationen haben ihre eigenen Ansprüche. Raum ist zu einem der teuersten Güter auf diesem beengten, kleinen Auswuchs von wasserumgebenem Stein geworden. «Vergriffen» könnte leicht der Name eines jeden Verlags lauten, mit dem er jetzt zu tun hatte. Spreche mir keiner kummervoll von der

Höhe seiner Auflagen, denn zur Zeit von Scott Fitzgeralds Tod war kein einziges Buch aus seiner Feder mehr aufzutreiben, außer zu exorbitanten Preisen bei den Antiquaren, die auf den hinteren Seiten der Zeitschriften *The Nation* und *The New Republic* ihre Kleinanzeigen aufgaben. Halten wir uns nicht bei der Tatsache auf, daß der große Bestseller der letzten Jahre schon längst zu Makulatur zerfetzt worden ist.

Dennoch konnte man hier und da noch einen Schatz finden. Er dachte sich eine Liste aus, während er die Fifth Avenue entlangschritt. Die Liste war gewaltig. Als er an einer Verkehrsampel stehenbleiben mußte, dachte er darüber nach, was er den ganzen Nachmittag getan hatte – immer noch tat. Er hatte um sich und um die, die er – jeden auf seine besondere Art – liebte, eine *Mauer von Dingen* errichtet, von dauerhaften oder doch halbwegs dauerhaften Dingen: für Sheila einen Mantel, um sie für viele kommende Winter gegen den Wind zu schützen, er hatte Miss Walton, einer wetterfesten Blume an ihrem Schreibtisch, jetzt auf viele Jahreszeiten hinaus nach seinem demnächst fälligen Abgang Wärme verschafft; Oliver würde schick sein in seinem neuen Blazer für künftige Festlichkeiten in Long Island; er hatte seine Corduroyjacke, die garantiert fast ewig halten würde, hatte die Hunderte, Tausende von Konzerten, deren Anhörung und Verinnerlichung Jahre dauern würde. Die Bücher, die er soeben in seine Gedankenliste aufgenommen hatte, zusammen mit seiner eigenen überquellenden Bibliothek, versprachen Jahrzehnte ruhiger Nachmittage und Abende, bis man sie alle kannte. Er machte dem Tod eine lange Nase und ebenso Zalovsky; er hatte in den wenigen Stunden eines Aprilnachmittags seine Wette auf die Zukunft abgeschlossen und ging euphorisch auf den Buchladen zu, ja, er lächelte bei dem Gedanken: Auch wenn es Zalovsky auf irgendeine Weise gelänge, seine Hand auf alles Geld zu legen, das er besaß, dann würde sich die Summe sehr bald um den Betrag der heutigen Einkäufe drastisch vermindern.

Es war bezeichnend für ihn, daß er sich kein Fernsehgerät gekauft hatte, obwohl das Gerät, das sie zu Hause hatten, klein war, ein flimmerndes Bild produzierte und öfter kaputt war als heil. Das Fernsehen wies nicht in die Zukunft. Es gehörte dem Tag, dem Unmittelbaren, es überließ das Morgen dem Zugriff des Schicksals. Wenn er nach Connecticut zog, wollte er sein Gerät dem Roten Kreuz spenden.

Im Buchladen bestellte er zunächst die vollständige Ausgabe von Yeats' Gedichten, in ehrenvollem Gedenken an Maurice Fitzgerald und zur Lektüre für Oliver Gabrielsen – sofern dieser nicht in seinem blauen Blazer lieber modische Parties besuchte. Er war sich nicht schlüssig, was in diesen Regalen für Miss Walton von Nutzen sein könnte. Sie konnte die Kaschmirjacke nicht vierundzwanzig Stunden am Tag tragen. Er entschied sich für die Gedichte von Emily Dickinson, trockene, neuenglisch gefärbte Trostworte über ein Jahrhundert hinweg, von einer Jungfer zur anderen, um die einsamen Nächte von New York für die anhängliche, dienstbeflissene Seele, die in ihrem Fettwulst eingekerkert war, erträglich zu machen.

Das erste, was er für sich selbst orderte, war die zweibändige Ausgabe des ungekürzten *Oxford English Dictionary* im Mikrodruck, zu der ein Vergrößerungsglas geliefert wurde, um die Wörter lesbar zu machen. Schließlich, dachte er, zur Entschuldigung für diese Extravaganz, waren Wörter sein Beruf, und wenn man überhaupt etwas in diesem Jahrhundert als dauerhaft bezeichnen konnte, dann war es die englische Sprache.

Danach bestellte er eine hübsche Ausgabe der King-James-Bibel in großem, elegantem Druck. Sein eigenes Exemplar war zerfleddert und abgegriffen; die Seiten vergilbten und der Druck schien von Jahr zu Jahr kleiner zu werden.

Und dann bestellte er in unordentlicher Reihenfolge *Don Quijotte,* die gesammelten Essays von Waldo Emerson, die *Tagebücher der Brüder Goncourt,* Miltons *Verlorenes Paradies,*

Ortegas *Aufstand der Massen*, Auden, Lowells *The Confederate Dead*, Freemanns gigantische Biographie von Robert E. Lee und zum Ausgleich die Memoiren von General Grant, Bände, die Marlowes *Tamburlane* und *Dr. Faustus* enthielten, *The topless towers of Ilium – Sweet Helen make me immortal with a kiss* – dachte wehmütig daran, was das Wort «topless» in jenen Tagen bedeutete. Darauf dann Hugos und Rimbauds Gedichte, auf französisch. Lange Stunden des Eindringens in eine neue Sprache, die er seit seinem letzten Jahr im College nicht mehr richtig gepflegt hatte. Wer konnte es wissen – er und Sheila wollten vielleicht im Winter verreisen, wenn das Klima am Meer schwer zu ertragen war. Boswells *Londoner Tagebücher* wären vielleicht eine Reise anderer Art.

Mit Ausnahme von Hugo und Rimbaud hatte er die meisten Bücher schon früher einmal gekauft oder sich in Bibliotheken ausgeliehen; oder er hatte sie Freunden geborgt, die versprochen hatten, sie wiederzubringen, und es dann vergessen hatten. Man muß die Vergangenheit sammeln – köstliches Gepäck.

Die Liste, die er dem wartenden Verkäufer überreichte, war schließlich auf mehr als hundert Titel angeschwollen. Ein bloßer Tropfen in dem unendlichen Meer der Literatur, die die Zeiten zwischen den griechischen Dramatikern und Saul Bellow überspannte. Er käme vielleicht morgen wieder, sagte er dem Verkäufer, um mehr zu bestellen. Möge die Verzückung anhalten. Liebe Mrs. Genevieve Dolger mit ihrem *Klagelied*, die ihm diesen Nachmittag ermöglicht hatte. Gott segne ihr sentimentales, hausfrauliches Herz; mochten alle ihre Kuchen eine leckere Kruste bekommen. Mochte Zalovsky fluchen, wenn seine Visionen vom übel erworbenen Reichtum, den er vermutlich jetzt als sein rechtmäßiges Erbteil betrachtete, dahinschwanden. Mochte seine Stimme bettelhaft winseln, statt drohend zu höhnen. Als er am Tisch des Verkäufers stand und die lange Liste von Büchern überlas, die jetzt die seinen werden sollten, entschloß sich Damon fast freudig, von nun an den automatischen Anrufbeantworter abzuschalten, die Anrufe persönlich entgegenzunehmen und sich beim nächsten Anruf kaltblütig bereitzufinden, mit Zalovsky zusammenzutreffen, ihm gelassen und furchtlos zu begegnen, ohne Ansehen von Zeit und Ort. An diesem Nachmittag hatte er sich ein Amulett erworben, einen Talisman, der ihn schützen würde. Das war zwar unvernünftig, wie er wußte, aber so empfand er eben; und er war bereit, danach zu handeln.

Er bat den Verkäufer, die Bücher für Oliver und Miss Walton als Geschenke einzupacken. Die anderen Bücher wollte er im Karton in seinem verschließbaren Kellerabteil aufheben. Er wollte die Kartons erst öffnen, wenn sie nach Connecticut übergesiedelt waren. Sonst würde Sheila vor Verzweiflung über das riesige neue Durcheinander, den sie in der Wohnung anrichteten, in Tränen ausbrechen.

Als er aus dem Laden ging, triumphierte er in der Vorwegnahme dieser gewaltigen Lesefreude, die vor ihm lag. Er war schon im Begriff, den Weg nach Hause einzuschlagen, als ihm einfiel, daß er am Nachmittag zwar für den Geist gesorgt, aber das Fleisch vernachlässigt hatte. In der Madison Avenue gab es einen hervorragenden Laden für Wein und Spirituosen, den er hin und wieder für besondere Gelegenheiten in Anspruch nahm, weil man dort das größte Angebot an Wein und Champagner in ganz New York finden konnte; und er beeilte sich, dorthin zu gelangen, bevor der Laden schloß. Dort schritt er dann zwischen den Regalen entlang und las die großen Namen auf den Etiketten: Montrachet, Château Lafite, Château Mouton-Rothschild, Château Tache, Corton Charlemagne, Moët et Chandon, Dom Perignon, Château Petrus, Château Margaux. Die Namen läuteten in seinem Kopf wie Hochzeitsglocken.

Ja, junger Mann, Sie können jetzt meine Bestellung entgegennehmen. Einen Karton hiervon, einen Karton davon, drei Kartons vom Lafite. Ich weiß, daß er mindestens acht Jahre lang nicht trinkbar sein wird. Ich habe keinen geeigneten Keller, um ihn in der Stadt zu lagern, aber Sie können ihn in Ihrem Lagerhaus aufbewahren, bis ich ihn brauchen kann. Ich habe vor, demnächst in mein Haus in Connecticut überzusiedeln; dort gibt es einen hervorragenden Keller. Ach so, es ist schwierig, wenn nicht gar gesetzwidrig, Wein oder Branntwein über die Staatsgrenze zu transportieren? Macht nichts. Wenn die Zeit reif ist, werde ich mir einen großen Möbeltransporter chartern, um die Kartons darauf zu verladen; gleichzeitig werde ich eine große Anzahl Bücher und Bilder und derartige Dinge transportieren und versehe mich keiner Probleme. Übrigens darf ich wohl vermuten, daß Sie etwas Champagner in Ihrem Kühlschrank haben. Ich hätte gern zwei Flaschen Mumm; packen Sie sie bitte sorgfältig ein. Die nehme ich gleich mit. Mit einem Schnörkel unterschrieb er einen Scheck über zweitausendsechshundertunddreiundsiebzig Dollar und vierzig Cents und ging aus dem Laden; die Champagnerflaschen kamen zu den Geschenken für Oliver und Miss Walton dazu – Geschenke, deren Überreichung bis morgen warten mußte, weil das Büro inzwischen geschlossen war. Beladen, wie er war, würde der Heimweg ihn allzu sehr ermüden; er nahm sich daher ein Taxi. Der Champagner hatte sicher noch die vorgeschriebene Temperatur, wenn er die erste Flasche für Sheila und sich selber öffnete.

Als er die Wohnungstür aufstieß, rief er «Sheila», erhielt aber keine Antwort. Das Licht in der Diele brannte, und als er die Pakete abstellte, sah er die Nachricht in Sheilas Handschrift auf dem kleinen Tisch:

Lieber Roger, Mutter hat einen Schlaganfall erlitten und ist in besorgniserregendem Zustand. Ich bin nach Burlington gefahren, wo sie im Krankenhaus liegt. Ich habe versucht, Dich im Büro zu erreichen, aber als Du um vier Uhr noch nicht zurück warst, mußte ich mich beeilen, um das Flugzeug zu erreichen. Oliver möchte, daß Du bei ihm wohnst, bis ich zurück bin oder, wenn Dir das nicht zusagt, will er zu Dir ziehen. Bitte, sei darin nicht widerspenstig.

Und schlag es Dir bitte aus dem Kopf, mir nachzufahren. Eine Klinik mit einer sterbenden alten Frau, die selbst in ihren besten Tagen nichts von Dir wissen wollte, ist jetzt kein Aufenthaltsort für Dich. Zudem habe ich meine Schwester angerufen, und die wird auch da sein mit ihrem öden Mann, und ich weiß, was Du von denen hältst. Sie hat mir erzählt, daß Mutters Schwester, meine Tante, die Mutter von Gian-Luca, ebenfalls kommen will, und das ist eine Begegnung, die auch ich am liebsten vermeiden würde, und mit der Du ganz sicher nicht belastet werden solltest. Bitte ruf mich im Holiday Inn von Burlington an, damit ich weiß, daß es Dir gutgeht. Und bete für Mutter. *Gruß Sheila*

Langsam legte er den Zettel nieder; der Aufschwung, den er den ganzen Nachmittag gespürt hatte, schwand dahin und wich einem Gefühl der Schuld. Während er Geld ausgegeben hatte wie ein besoffener Ölsucher in Texas, dessen Bohrung soeben auf Öl gestoßen ist, hatte Sheila seiner bedurft, und er war nicht dagewesen. Er konnte die alte Dame nicht leiden, und sie hatte ihn bestimmt nie ausstehen können, aber er wünschte ihr nicht den Tod. Er wünschte niemandem den Tod. Oder daß irgendwer, und Sheila vor allen anderen, in dieser Woche mit dem Tod konfrontiert würde.

Er ging ins Wohnzimmer und machte Licht. Er sah, daß der automatische Anrufbeantworter ausgestöpselt war, und erinnerte sich an seinen Entschluß, das gleiche bei seiner Heimkehr zu tun. Telepathie. Er setzte sich schwerfällig nieder und starrte aufs Telefon. Sollte es sich nur einfallen lassen zu klingeln! Es klingelte nicht.

Er langte hinüber, hob den Hörer ab, wählte das Amt, erhielt die Auskunft in Vermont, die ihm die Nummer des Holiday Inn in Burlington mitteilte. Der Name paßte schlecht zu einem Hotel, in dem man abwarten mußte, ob die Mutter am Leben bleiben oder sterben würde. In früheren Tagen hatten die Amerikaner ihre Ortschaften treffender benannt – Tombstone, Death Valley, Laughing Water. Die Sprache, wie so manches andere, verfiel.

Sheilas Stimme klang gefaßt, als sie ans Telefon kam. Sie hatte bereits das Krankenhaus besucht, sagte sie, und war soeben ins Hotel zurückgekehrt, um sich dort einzutragen und etwas zu essen. Der Zustand ihrer Mutter sei unverändert. «Was immer das besagt», meinte Sheila. «Sie ist linksseitig gelähmt und kann nicht sprechen, und ich bin mir nicht sicher, ob sie mich erkannt hat. Man sollte es nicht für möglich halten, daß Vegetarier vom Schlag getroffen werden können.» Sie lachte bitter. «All diese Grasfresserei für nichts.»

«Sheila, Liebste», sagte Damon, «möchtest du nicht doch lieber, daß ich komme?»

«Ganz sicher nicht», sagte Sheila bestimmt. «Hast du Oliver schon angerufen?»

«Nein. Ich bin eben erst nach Hause gekommen.»

«Wirst du ihn anrufen?»

«Ja.»

«Du wirst doch heute nacht nicht allein in der Wohnung bleiben?»

«Nein. Das verspreche ich.»

«Roger . . .» Sie zögerte.

«Ja, was ist?»

«Ich habe heute mit Oliver geluncht . . .» Sie ließ die Worte verklingen, als sei sie nicht sicher, wie sie weiterreden solle.

«Ja?» Damon war klar, daß sie neben allem anderen, das sie besprochen hatten, auch über ihn gesprochen hatten.

«Er hat rein zufällig dein Notizbuch gesehen, Roger», sagte Sheila. «Du hast es offen auf dem Schreibtisch liegenlassen.»

«Und?» Er durfte nicht wütend werden. Er und Oliver gingen dauernd zwanglos zwischen ihren Schreibtischen hin und her.

«Es war offen, und er hat den Anfang von deinen beiden Listen gesehen – persönliche Feinde und berufliche Feinde. Er konnte nur einen Namen erkennen: Machendorf. Ich kann mir zwar vorstellen, warum du mit dieser Liste angefangen hast, aber ...»

«Das erkläre ich dir, wenn ich dich sehe, Liebste», sagte Damon sanft.

«Was ich dir sagen will und was ich dir sagen muß: Oliver und ich haben unsererseits eine eigene Verdächtigenliste angefangen. Ich sage das ungern am Telefon, aber, wer weiß; eines Tages könnte es zu spät sein ...»

«Ich glaube, meine Aufzeichnungen sind ziemlich umfassend», sagte Damon, der bedauerte, daß er nicht früher aufgelegt hatte. «Ich glaube nicht, du oder Oliver könnten ...»

«Hast du an Gian-Luca gedacht?» unterbrach ihn Sheila. «Seine Mutter ist hier, und ich habe mich nach ihm erkundigt. Er ist aus ihrem Blickfeld verschwunden. Nach allem, was man weiß, könnte er ebensogut tot sein. Aber trotzdem ...»

«Ich werde wegen Gian-Luca die Augen offenhalten, falls er sich jemals sehen läßt», sagte Damon, der dem Gespräch ein Ende machen wollte.

«Noch eins», sagte Sheila beharrlich. «Oliver hat mir erzählt, daß Mr. Gillespie, der übergeschnappt ist ...»

«Er hat sich seitdem nicht wieder sehen lassen», sagte Roger ungeduldig. «Ich habe tatsächlich den Eindruck, daß weder einer von denen, an die du und Oliver gedacht haben, noch einer von denen, die mir eingefallen sind, irgendwelche Bedeutung hat. Vielleicht ist niemand von irgendwelcher Bedeutung, oder es ist irgend jemand, der plötzlich vom Himmel fällt, jemand, der ...» Er geriet ein wenig ins Stottern. «Ach ja, es ist schwer in Worte zu fassen – einer, der unbekannt ist, ein ziellos böser Geist, und vielleicht erfahren wir's morgen oder erfahren's nie. Liebste», sagte er, «du hast jetzt genug Sorgen. Denke vorläufig nicht an diese. Bitte.»

«Nun gut», sagte sie. «Versprich mir nur noch einmal, daß du heute nacht nicht allein bleiben wirst.»

«Ist versprochen. Und noch eins ...»

«Was denn?» Sheilas Stimme klang ängstlich, als könne das «noch eins» sich als ein weiterer Schlag erweisen.

«Ich liebe dich», sagte Damon.

«Ach, Roger», sagte Sheila stockend. «Ich habe mir geschworen, nicht zu weinen. Gute Nacht, Liebling. Paß auf dich auf!»

Damon legte den Telefonhörer auf, schloß die Augen, dachte an die böse, alte, vegetarische Frau, die ihn nie hatte ausstehen können und nun vom Schlag getroffen und endlich sprachlos in einem Krankenhausbett lag. Es war kein glücklicher Monat. Das Sprichwort fiel ihm ein: «Ein Unglück kommt selten allein.» Gewiß, Sheila und er hatten *eines* erlebt. Nun seid bereit fürs nächste. Aber was mochte danach noch kommen?

Er öffnete die Augen und schüttelte den Kopf, um weitere schlimme Gedanken zu verjagen. Er war Sheila dankbar, weil sie ihn nicht nachkommen lassen und ihn vor dem Morast ihrer Familientrauer bewahren wollte; der verschlampten Schwester mit ihrem jämmerlichen Mann und der weinerlichen Tante, deren Sohn er die Treppe hinunterbefördert hatte.

Er erinnerte sich an den Tod seines eigenen Vaters, der kurz nach dem Krieg in einem Krankenhaus in New Haven gestorben war. Die ausgemergelte Hand, die Rogers Hand suchte, das letzte Band einer verfallenden Familie. Na schön, wenn Sheila auf Familienbesuch war, dann war die Zeit für ihn günstig, ebenfalls einen Besuch zu machen.

Er wählte Oliver Gabrielsens Nummer. «Mein Gott», sagte Oliver besorgt, «wo zum Teufel bist du gewesen?»

«Nicht weit weg», sagte Damon. «Ich mußte ein paar Einkäufe machen.»

«Du weißt von Sheilas Mutter ...»

«Ja. Ich habe eben mit Sheila gesprochen. Der Zustand ihrer Mutter ist unverändert.»

«Willst du zu mir kommen?» fragte Oliver. «Oder willst du lieber, daß ich zu dir in die Wohnung komme?»

«Weder – noch.»

«Roger», sagte Oliver beschwörend, «du kannst heute nacht nicht allein in deiner Wohnung bleiben.»

«Ich bleibe auch nicht», sagte Roger. «Ich verlasse die Stadt für ein paar Tage.»

«Wirst du mir sagen, wo du hinfährst?»

«Nein», sagte Damon. «Sieh zu, daß im Büro alles läuft. Ich melde mich.» Er legte auf. Oliver würde auf seinen blauen Blazer warten müssen.

15

AM NÄCHSTEN MORGEN STAND ER FRÜH AUF und ging von seinem am Rande von Ford's Junction gelegenen Motel geradewegs zum Friedhof. Der Friedhof stieß mit einer Seite an die Gleise der New York–New Haven–Hartford-Eisenbahnlinie und mit einer anderen an eine der beiden Hauptverkehrsstraßen. Er war gut gepflegt, gehörte aber wegen seiner Lage zwischen Kommerz und Transport nicht eben zu den Zierden des Städtchens, obwohl seine Bewohner, soweit bekannt, sich noch nicht darüber beschwert hatten. Seit Damon ihn bei der Beerdigung seines Vaters zum letzten Mal besucht hatte, war seine Belegschaft beträchtlich gewachsen.

Am Familiengrab der Damons standen drei Steine. Es war noch Platz für einen vierten - seinen eigenen. Der Vater war ein nachdenklicher und liebevoller Familienvater gewesen. Damon starrte auf die drei Gräber nieder - das seiner Mutter, seines Bruders Davey und seines Vaters; sie waren von sprießendem Aprilgras übergrünt. Bei der Beerdigung seiner Mutter war Damon nicht dabeigewesen; sie war gestorben, als er auf See war. Und nach Meinung beider Eltern war er zu jung gewesen, um bei der Beerdigung seines Bruders dabeizusein.

Es gab keine anderen Damons auf dem Friedhof, weil sein Vater als junger Mann von Ohio nach Ford's Junction übersiedelt war.

Hätte man Damon gefragt, warum er ausgerechnet an diesem Morgen nach so vielen Jahren zum Besuch des Familiengrabs gekommen sei, wäre es ihm schwergefallen, darauf zu antworten. Er wußte, daß es etwas mit den Träumen der letzten Tage zu tun hatte, in denen der Vater ihm erschienen war; und in seinem Alter war es mehr oder weniger natürlich, an den Tod und eine letzte Ruhestätte zu denken, aber der Entschluß, sich ein Auto zu mieten und nach Ford's Junction zu fahren, war gestern abend, nach dem Telefongespräch mit Sheila, instinktiv, fast automatisch erfolgt. Jetzt, wo er da war und den Menschen, die er einst geliebt hatte, seine Ehrerbietung erwies, spürte er ein Nachlassen der Spannung, ein wehmütiges, aber nicht leidvolles Friedensgefühl. Es wurde von dem Rattern eines nach New Haven fahrenden Zuges und den Geräuschen der Arbeit und der Gespräche an einer benachbarten Stelle, an der zwei Männer ein neues Grab aushoben, oder dem Geruch der frischen Erde – einem frühlingshaften, lehmigen Geruch, der des Todes spottete oder ihn zumindest erträglich erscheinen ließ – nicht beeinträchtigt.

Drei gute Menschen, die zu ihm gehört hatten; sein Vater, sanft und ehrbar und sehr arbeitsam, seine Mutter, ein Stab, auf den man sich stützen konnte zu jeder Zeit, sein Bruder, zu jung, um gesündigt zu haben. Familie, Familie ...

Ja, es war ein guter Gedanke gewesen, von New York in die Heimat seiner Jugend zu fahren, sich auf seine Familie zu besinnen und selbst einmal nachzusehen, ob die schlichten Gräber würdige und angemessene Orte für ihre untadeligen und geliebten Seelen geblieben waren.

Am Tag, nachdem er das Requiem von Mozart gehört hatte, hatte er den Wortlaut der Messe nachgeschlagen. Sein Gedächtnis war gut, und sein Schullatein reichte so weit, daß er den ersten Abschnitt behalten konnte. Über den Grabsteinen sprach er sie sich vor:

Requiem aeternam dona eis, Domine, et lux perpetua luceat eis.
Te decet hymnus, Deus, in Sion, et tibi reddetur votum in Jerusalem.
Exaudi orationem meam, ad te omnis caro veniet.

Er überging die Wiederholung der ersten drei Zeilen der Messe und flüsterte die letzten beiden düster hallenden Bitten – «Kyrie eleison, Christe eleison».

Ehre deinen Vater und deine Mutter, wie der Herr dir geboten hat, auf daß deine Tage gemehret werden und es dir wohl ergehe ...

Mit einem Gefühl der Scham, daß er ihre Pflege so viele Jahre anderen Menschen überlassen hatte, verließ er den Friedhof, fand in der Nähe einen Blumenladen, kaufte ein paar Zweige früh blühenden weißen Flieders und ging zurück zum Grab, wo er sorgsam die duftenden Blüten gegen die drei Grabsteine legte. Ruhet in Frieden, freundliche Seelen, dachte er, und bittet für mich.

Daß es dir wohl ergehe ...

Unmöglich zu verhindern, daß sich irgendeine Form der Selbstsucht sogar in die innigsten Handlungen einschlich.

Mit einem letzten Blick zurück verließ er den Friedhof und fuhr langsam mit seinem Leihwagen durch das Städtchen.

In die Vergangenheit versenkt, entschloß er sich, die Örtlichkeiten seiner freudvollen Kindheit und Jugend aufzusuchen – ein alter Mann, der die Quellen seiner Erinnerung speiste, sich der Zeiten entsann, da er sorglos und ohne Wunden gewesen war, um damit, wenigstens für einen Tag, die Schicksalsschläge und die Abnutzung durch das Alter wettzumachen. Er wollte zu ihrem alten Haus gehen, beschloß er, wo er geboren war und wo er achtzehn Jahre gelebt hatte, bis es Zeit war für ihn, das College zu besuchen. Seither hatte er nicht mehr dort gelebt. Er wollte an der Schule vorbeigehen, die er besucht hatte, sich der

Lateinklassen erinnern, der Verse von *The Ancient Mariner,* die der Englischlehrer vorgelesen hatte, sich an den Schulball erinnern, bei dem er zum ersten Mal mit einem Mädchen getanzt hatte, an das Footballfeld, wo er der Mannschaft an frostigen Oktobertagen zugejubelt hatte ... Vielleicht, dachte er, will ich auch einmal ins Telefonbuch hineinschauen, ob etwa ein paar Freunde, die ich mir als Kameraden fürs Leben vorgestellt und schon so bald vergessen hatte, im Städtchen geblieben sind.

Jetzt zu den Lebenden, dachte er, oder zu den noch Lebenden. Er ging ins Hotel zurück und rief, noch vor dem Frühstück, das Holiday Inn in Burlington an.

Sheilas Stimme am Telefon war ernst. «Ihr Zustand ist noch unverändert. Das sei ein gutes Zeichen, sagen die Ärzte. Ärzte ...» Sie seufzte. «Wir kleben an ihren Worten, versuchen, sie im möglichst günstigen Sinn zu deuten, legen unseren Glauben hinein. Das ist nicht ihre Schuld, aber man kommt davon nicht los. Wie steht's mit *dir*?»

«Gut», sagte er.

«Ist Oliver bei dir?»

«Nein. Ich bin gestern abend nach Ford's Junction gefahren. Ich bin hier in einem Hotel. Ich dachte, es wäre schön, mal ein paar Tage aus New York rauszukommen.»

«Ford's Junction», sagte sie fast vorwurfsvoll. «Hast du in diesen Tagen nicht ohnedies Erinnerungen genug?»

«Er hat mir gutgetan, dieser Morgen», sagte er. «Glaube mir. Es war die richtige Idee.»

«Ich will's hoffen.» Man hörte den Zweifel in ihrer Stimme. «Hör zu», sagte sie. «Ich kann nicht länger als ein paar Tage von der Schule wegbleiben. Bleib du nur, wo du bist, oder wandre umher, wo's dir gefällt. Aber komm erst wieder nach New York zurück, wenn ich auch zurückkommen kann. Ich hab's mir überlegt – die Osterferien fangen nächste Woche an, und dann können wir nach Old Lyme ins Camp fahren und uns gemeinsam entspannen und werden etwa zehn Tage lang keiner Menschenseele begegnen.

Wir können beide Ferien brauchen, und falls Mutters Zustand sich drastisch verändert, ist Burlington auch nicht so weit. Klingt dir das nicht auch wie eine glänzende Idee?»

«Ja, aber . . .» Er wollte etwas über die Arbeit sagen, aber Sheila unterbrach ihn.

«Denk darüber nach», sagte Sheila. «Du brauchst dich jetzt nicht zu entscheiden. Ruf mich morgen früh an, und dann reden wir mehr darüber. Ich habe dem Arzt versprochen, vor zehn im Krankenhaus zu sein. Gehab dich wohl, mein Liebster! Und laß die Toten in Frieden ruhen.»

Erst fuhr er zu dem Haus, in dem er zur Welt gekommen war und wo er gelebt hatte, bis er auf das College ging. Als er in die vertraute Straße einbog, verlangsamte er die Fahrt vor dem alten Haus der Weinsteins. Wie alle anderen Häuser schaute es auf einen gepflegten Rasen, und wie alle anderen Häuser, die mit Brettern oder Schindeln verschalt waren, war es bescheiden und altmodisch, hatte eine behagliche überdachte Veranda und viktorianische Schnörkel als Zierat. Aber für Damon war es mit besonderen Erinnerungen verknüpft. Manfred Weinstein, ebenso alt wie er, war von seinem zehnten Lebensjahr an, bis sie sich getrennt hatten, um an verschiedenen Orten zu studieren, sein engster Freund gewesen. Manfred war einer der besten Sportler im Städtchen, er war der Star-Mittelfeldspieler in der Baseballmannschaft der Schule gewesen. Er war pummelig und hatte hellbondes Haar, eine Stupsnase und eine kindlich-rosige Gesichtsfarbe, die selbst während der Nachmittage in der Sonne niemals bräunte. Aber sein kindlich-weiches Aussehen täuschte. Seine Stimme war tief und ungewöhnlich laut für sein Alter, und während der Wettspiele konnte man sie über dem tosenden Lärm der Menschenmenge vernehmen, wenn er den Pitcher anfeuerte. Er war ein recht guter Schüler, mit einer besonderen Vorliebe für Bücher, vor allem für Dumas und Jack London; aber er war zu fanatisch darauf versessen, sich als

Baseballspieler zu vervollkommnen. Als guter Freund schlug ihm Damon, der selbst kein besonders guter Spieler war, ganze Nachmittage lang Bodenbälle zu, die Weinstein elegant hochnahm, bis sie schließlich die Letzten waren, die sich noch auf dem verlassenen Spielfeld tummelten, wenn sich die Dämmerung bereits auf das Städtchen senkte. Bei seinen Freunden galt es als ausgemacht, daß Weinstein schließlich eine der beiden großen Ligen schaffen würde. Jetzt erst fiel Damon auf, daß er Weinsteins Namen niemals auf den individuellen Leistungstabellen der National League oder der American League gesehen hatte, und er fragte sich, was da wohl schiefgelaufen sei.

Weinstein hatte in New Haven, am Arnold College, studiert, das seine Studenten für die Sportlehrerlaufbahn ausbildete. Damon, der damals schon plante, als Schauspieler den Broadway zu erobern, hatte das Carnegie-Technikum besucht, das eine hochangesehene dramatische Fakultät besaß. Zur Sommerzeit hatte Manfred in der Nachmittags-Liga auf Cape Cod gespielt, die ihre Spieler von den Colleges in New England bezog, während Damon in verschiedenen Sommertheatern aufgetreten war.

Als der Krieg ausbrach, meldete sich Manfred zu den Marinesoldaten; Damon dagegen hatte die Handelsmarine erkoren, weil sich seine Familie damals schon in finanziellen Schwierigkeiten befand und das Geld, das er als Seemann der Handelsflotte verdienen konnte, dringend nötig war, um Vater und Mutter über Wasser zu halten. Als Damon zum Begräbnis seines Vaters nach Ford's Junction zurückkehrte, hörte er, daß Manfred auf Okinawa schwer verwundet worden war und immer noch als Patient in einem Marinehospital behandelt wurde.

Während er langsam vorbeifuhr und das Weinstein-Haus betrachtete, fühlte Damon ein jähes Bedauern, daß durch die Zufälle von Zeit und Geographie die enge Freundschaft der Knabenzeit so hatte dahinschwinden können. Er wußte nicht, was Manfred mit seinem Leben angefangen hatte, wußte nicht einmal, ob er noch lebte oder tot war; und er überlegte sich, ob sie sich wiedererkennen würden, wenn sie auf der Straße aneinander vorbeigingen.

Der behende junge Mittelfeldspieler war nicht der einzige Bewohner des Hauses gewesen, für den er sich interessiert hatte. Manfreds Schwester Elsie, ein Jahr älter als ihr Bruder, war das erste Mädchen, mit dem Damon ins Bett gegangen war – sie war achtzehn und er siebzehn Jahre alt. Sie war ein blondes, blauäugiges Mädchen mit einem süßen Gesichtchen gewesen, ein bißchen rundlich wie ihr Bruder, was ihr gut stand. Sie war ein schüchternes und romantisches Mädchen, obwohl ihr die etwas gebogene, schmale, längliche Nase eine exotische, fast schon strenge Schönheit verlieh; und sie sah älter aus, als sie war. Sie war eine der Besten in der Schule, eine wahre Leseratte, und half ihrem Bruder und Damon bei der Vorbereitung ihrer Geschichtsexamen, denn Geschichte war ihr Lieblingsfach. Sie hatte Damon anvertraut, daß sie an der Sorbonne in Paris studieren und in Europa umherreisen wolle, um die Schauplätze zu sehen, von denen sie gelesen hatte – Agincourt, das Amselfeld, die Schlachtfelder Napoleons, die Kirche von San Juan de Luz, wo Henri IV. die Prinzessin von Spanien geheiratet hatte und wo Velazquez gestorben war. Seit seinem zehnten Lebensjahr war Damon in sie verliebt, und er war von seinem Glück geblendet, als sie ihn zum ersten Mal geküßt und sich später von ihm hatte lieben lassen. Sie war damals noch unerfahren, genau wie Damon, und ihre Liebschaft war unbeholfen und kurz. Sie war deshalb kurz, weil Damon nach ihrem zweiten Rendezvous – es war eine hastige Angelegenheit, weil sie sich in Damons Zimmer befanden und er nicht wußte, wann seine Eltern zurückkommen würden – in seiner Unerfahrenheit und Scheu und bei einer nur sehr nebelhaften Vorstellung, welche Verhütungsmaßnahmen Elsie getroffen hatte, sie fragte, was sie tun würde, wenn sie schwanger würde.

«Ich würde mich umbringen», sagte sie gelassen.

Im Gedenken an diesen Nachmittag geriet Damon ins Grübeln über die drastische Wandlung der Sitten und Maßstäbe jugendlichen Verhaltens, die über Amerika hereingebrochen waren, seit er die höhere Schule besucht hatte. Abgesehen von Julia Larchs Sohn hatte er keine eigenen Kinder, aber bei den Teenager-Kindern seiner Freunde hatte er davon gehört, daß Jungen, die noch nicht einmal das Wahlalter erreicht hatten, Mädchen zu zwanglosen Wochenenden mit nach Hause brachten – wo ihre Eltern anwesend waren – und daß manche Mütter ihre Töchter vom fünfzehnten Geburtstag an die Pille nehmen ließen. Er war sich nicht sicher, ob das eine Änderung zum Guten oder Schlechten war, ob die Liebe, langfristig gesehen, dadurch gewann oder verlor, aber er bezweifelte, daß heutzutage ein achtzehnjähriges Mädchen den Entschluß äußern würde, sich wegen einer Schwangerschaft umzubringen.

Auf alle Fälle hatte er, durch ihre Worte erschreckt, Elsie nie wieder angerührt. Nachdem sie, ein Jahr vor ihm, von der Schule abgegangen war und das Städtchen verlassen hatte, um sich in Boston einen Sommerjob zu suchen und dann zu studieren, hatten sie sich nicht wiedergesehen. Manfred hatte sich nicht anmerken lassen, ob er von der Liebschaft zwischen seinem besten Freund und seiner Schwester etwas wußte, und als Damon an dem Haus vorbeifuhr, das er so gut gekannt hatte wie sein eigenes, überlegte er sich, ob Manfred aus Unwissenheit oder aus Taktgefühl geschwiegen hatte.

Damon, der sich an die unablässige und wesentliche Veränderung der New York umgebenden Landschaften und Ortschaften gewöhnt hatte, staunte, wie gleich sich diese Straße geblieben war, friedlich und mit dem Anschein, daß sie schon vor hundert Jahren genauso ausgesehen hatte und wahrscheinlich noch weitere hundert Jahre so aussehen würde. Der einzige Unterschied war der, daß die Bäume an den Straßenrändern seit seinem letzten Besuch ins Gigantische gewachsen waren; doch als er sich seinem ehemaligen Elternhaus näherte, sah es ungefähr so aus, wie er es in Erinnerung hatte – nur hatte es bei seinem letzten Besuch, beim Tode seines Vaters, einen weißen Anstrich gehabt, und jetzt war es dunkelbraun mit roten Fensterläden. Sein Vater hatte es ihm testamentarisch vermacht, aber es war mit Hypotheken überlastet; und Damon, der zu dieser Zeit noch versuchte, sich im New Yorker Showbusiness einen bescheidenen Platz zu ergattern, mußte einsehen, daß er selbst mit den Einnahmen einer eventuellen Vermietung die jährlichen Zahlungen nicht würde leisten können. Er hatte es verkauft und sich glücklich geschätzt, daß er mit dem Erlös die letzten Schulden seines Vaters begleichen konnte.

Die Jahre vor seinem Tode waren für den kranken alten Mann nicht einträglich gewesen, und seine Versuche, die Spielzeugmanufaktur in New Haven am Leben zu erhalten, zu der er so viele Jahre hindurch täglich gefahren war, hatten alle vorhandenen Reserven aufgezehrt. Als er starb, besaß er keinen Pfennig mehr.

Damon hielt das Auto an, stieg aus und betrachtete das Haus. Der Rasen war gut gepflegt, ein Kinderwagen und ein Fahrrad standen auf der vorderen Veranda.

Alle zwei Jahre hatte er seinem Vater geholfen, das ganze Haus weiß zu tünchen, und ebenso den Schuppen, den sein Vater benutzte, um die von ihm entworfenen Spielsachen zu gestalten, kleine Modelle von Pferdefuhrwerken, bei denen das ganze Zaumzeug maßstabgerecht in Leder ausgeführt war, mit winzigen Messingschnallen; uhrwerkgetriebene Modelle altmodischer Lokomotiven mit Kohlentender und Personenwagen, kleine Schaukelpferde auf Kufen, Zinnsoldaten in Uniformen des Unabhängigkeitskriegs und des Bürgerkriegs, vollständig mit Gewehr und von Pferden gezogener Artillerie.

Sein Vater war geschickt gewesen mit den Händen und bescheiden in seinen Zielen; und auch wenn er zuletzt, auf dem Totenbett, Damon gesagt hatte, er habe sein Leben mit albernen Spielereien vergeudet, erinnerte sich Damon doch auch an die Stunden, die er vergnügt pfeifend im Schuppen bei seiner Holzschnitzerei und dem sorgfältigen Bemalen zierlicher Miniaturuniformen zugebracht hatte.

Innen war das Haus stets so ordentlich und aufgeräumt gewesen wie sein Äußeres und das Grundstück ringsum. Seine Mutter war eine überaus gewissenhafte Hausfrau, und obwohl sie drei Nachmittage in der Woche in dem kleinen Büro neben der Werkstatt in New Haven zuzubringen pflegte, wo sie die Geschäftsbücher führte, Rechnungen prüfte und Korrespondenz erledigte, war das Haus immer voller Wohlgeruch und fleckenlos rein. Wenn Damon sich an die strenge neuenglische Ordnung erinnerte, in der er erzogen worden war, mußte er unwillkürlich lächeln bei dem Gedanken an das Grauen, das seine Mutter beim Anblick der verstaubten Stapel von Büchern und Schallplatten empfunden hätte, zwischen denen ihr Sohn in seinen späteren Jahren lebte.

Er unterdrückte den Wunsch, aus dem Auto zu steigen und an die Haustür zu klopfen, seinen Namen zu nennen, zu erfahren, wer jetzt dort lebte und vielleicht einen Blick ins Innere zu erhaschen. Heimweh konnte allzu leicht in Masochismus ausarten, und er war kein Masochist. Als er gerade im Begriff war, seinen Wagen zu starten, öffnete sich die Haustür, und ein dunkelhaariger Junge trat heraus. Er war mit einer Corduroyhose und einer Trainingsbluse bekleidet und trug einen Baseballhandschuh. Damon starrte auf ihn wie gebannt. Das könnte derselbe Junge gewesen sein, den er zwischen den Taxis auf der Sixth Avenue hatte durchschlüpfen sehen, oder der Zwilling des Jungen im Fotoalbum, der er selbst einst gewesen war. Der Junge schob das Fahrrad von der Veranda, schwang sich hinauf, warf Damon in seinem geparkten Wagen einen neugierigen Blick zu und fuhr davon.

Damon schüttelte den Kopf, unwillig über sich selbst und die Streiche, die ihm von der Zeit und der Erinnerung gespielt wurden. Er ließ den Motor an und wendete den Wagen in die Richtung, aus der er gekommen war.

Thomas Wolfe hat es ungenau ausgedrückt, als er schrieb, daß man nicht heimkehren könne, fand Damon. Wolfe *war* heimgekehrt, allerdings erst nach seinem Tode. Man konnte heimkehren, aber es war klüger, es zu lassen.

Als er langsam die Straße hinauffuhr, sah er einen Mann etwa seines Alters vor dem Weinstein-Haus mit dem Spaten eine Blumenrabatte abstechen. Der Mann hatte gelichtetes graues Haar, und die kindliche Rundlichkeit war um die Leibesmitte zu festem Speck geworden, aber Damon erkannte ihn selbst auf eine Entfernung von zwanzig Metern. Es war Manfred Weinstein.

Damon zögerte, bevor er auf die Bremse trat. Was hatten sie sich nach all diesen Jahren noch zu sagen? Hatten die erwachsenen Männer jene unausgesprochenen Verheißungen verraten, die die beiden Jungen verbunden hatten? Würden sie nicht beide verlegen sein, sich schämen, voneinander enttäuscht sein? Sie hatten sich zwanglos am Tag nach den Entlassungsfeierlichkeiten in der Schule getrennt. «Bis auf bald! Laß mal von dir hören. Viel Glück.» – «Dir auch.» Was an der Oberfläche wie ein beiläufiger Sommerabschied ausgesehen hatte, hatte sich verbreitert, vertieft, war zum Spalt, zur Kluft, zum Abgrund geworden. Es gab so manchen Abgrund, den man besser unüberbrückt ließ.

Damon hatte seinen Fuß schon probeweise auf dem Bremspedal. Er nahm ihn herunter, fing wieder an zu beschleunigen. Aber es war zu spät. «Heiliger Bimbam!» Es war wirklich Manfred Weinstein, der auf ihn zuschritt, den Spaten noch in der Hand. «Roger Damon!»

Damon stieg aus dem Wagen, und eine kurze Weile standen sie regungslos voreinander, starrten sich töricht grinsend an. Dann schüttelten sie sich die Hände. Weinstein ließ den Spaten fallen, und sie umarmten sich, was sie als Jungen und junge Männer nie getan hätten.

«Was zum Teufel tust du hier?» fragte Weinstein.

«Ich bin hier, um dich zu besuchen», sagte Damon.

«Immer noch der beschissene alte Lügenbold», sagte

Weinstein. Seine Stimme war so tief und laut wie früher, und Damon hoffte, daß keine leicht zu schockierenden Nachbarn in der Nähe wären, die hörten, wie Weinstein seinen Gefährten aus der Knabenzeit begrüßte. «Bei mir steht Kaffee auf dem Herd. Komm rein. Wir müssen eine Menge Zeit aufarbeiten, du und ich.»

Sie saßen an dem gescheuerten Holztisch in der Küche des Weinstein-Hauses, wo Weinsteins Mutter, eine große dicke Frau, die in Damons Erinnerung stets eine gestärkte blaue Schürze mit weißer Spitzenborte trug, ihnen Milch und Kekse vorgesetzt hatte, wenn sie nachmittags vom Ballspielen kamen. Jetzt tranken sie Kaffee aus Bechern, den Weinstein hinten auf dem Herd in einem Topf warmhielt. Er lebte allein. Während Weinstein nach dem Krieg im Krankenhaus lag, hatte sein Vater das Herrenbekleidungsgeschäft verkauft, in dem Manfred nach seinem Abgang vom College gearbeitet hatte. Damon unterbrach den Fluß der Erinnerungen. «Warum in aller Welt hast du Schlipse und Smokings verkauft?» fragte er. «Ich dachte, du wolltest Baseballspieler werden.»

«Ich auch», sagte Weinstein wehmütig. «Die Brooklyn Dodgers und der Red Sox in Boston hatten schon ein Auge auf mich geworfen. Dann habe ich mich saublöd angestellt.»

«Das sah dir aber nicht ähnlich.»

«Denkste! Ich könnte aus meinen Fehlern einen Wolkenkratzer bauen. Wie alle anderen vermutlich auch.»

«Was hast du getan?»

«Ich habe in meinem letzten Jahr in Arnold gespielt. Wir lagen 7:3 in Führung, und das Spiel war unterm Hut, und alle haben auf Leerlauf geschaltet, bis auf deinen heroischen Freund Manfred. Da kam ein Ball, der weit rechts von mir flog, aber zu weit für den Mann am dritten Mal, und ich habe einen Hechtsprung gemacht und ihn auch erwischt, aber ich war völlig aus dem Gleichgewicht, und da war erst mal ein langer, schwieriger Wurf. Ich hätte einfach den Ball behalten und dem Burschen seinen jämmerlichen

Schlag ins vordere Spielfeld lassen sollen; er hätte nichts dabei gewonnen. Statt dessen habe ich ihn wie ein Idiot seitlich über meinen Körper geworfen, und als mir der Ball gerade aus der Hand flog, hörte ich etwas in meiner Schulter krachen. Das war das Ende der Laufbahn. Innerhalb einer Sekunde.» Er seufzte. «Wer braucht einen Mittelfeldspieler mit einem lahmen Arm? Statt in den World Series um die nationale Meisterschaft zu spielen, endete ich, wie gesagt, als Verkäufer von Schlipsen und Smokings an rotznasige Yale-Studenten. Wie mein Vater zu sagen pflegte: Der Mensch muß essen. Er steckte voller weiser Sprüche dieser Art.» Weinstein grinste. «Immerhin bin ich froh, daß er da unten in Miami noch am Leben ist, fast neunzigjährig, ein fröhlicher Witwer unter grauhaarigen Damen – denn meine Mutter ruht sicher unter der Erde –, und er schickt mir immer noch hausgemachte Goldkörner der Philosophie aus dem Sonnenland. Ich habe nach dem Krieg geheiratet und eine recht gute Ehe geführt, so gut, wie eine Ehe nur sein kann. Meine Frau war eine gute Hausfrau, und sie hat nicht genörgelt, oder wenn sie's getan hat, dann weiß ich's nicht mehr, und sie hat mir zwei liebe Kinder geschenkt, einen Jungen und ein Mädchen, die sind jetzt erwachsene Leute und arbeiten in Kalifornien. Wechseln wir das Thema», sagte er brüsk. «Ich habe seit Jahren nicht mehr an diese Sekunde in New Haven gedacht. Ich weiß, was du treibst. Ich habe den bewußten Artikel über dich in der Zeitung gelesen. Du bist ganz schön auf der Höhe, oder?»

«Auf halber Höhe», sagte Damon. «Eine gute Frau. Die zweite. Ein Fehler, und danach habe ich aufgepaßt. Keine Kinder.» Und dann, in Erinnerung an Julia Larch: «Soviel ich weiß.»

«Ich hätte runterkommen und dich nach diesem Artikel besuchen sollen», sagte Weinstein.

«Hättest du's nur getan. Um alter Zeiten willen.»

«Alte Zeiten. Sekundenschnell vorbei.» Weinstein schloß einen Moment die Augen und wedelte dann mit der

Hand, als wolle er unsichtbare Spinnweben wegwischen. «Ich hörte, daß du nach mir gefragt hast, als du zur Beerdigung deines Vaters hier warst», sagte er, «und ich hatte vor, dir zu schreiben, aber ich war zu sehr damit beschäftigt, am Leben zu bleiben, um noch für andere Dinge Zeit zu haben.»

«Wie lange bist du im Krankenhaus gewesen?»

«Zwei Jahre.»

«Großer Gott.»

«Das war halb so schlimm», sagte Weinstein. «Niemand hat auf mich geschossen, und ich habe mich gebildet. Ich hatte nichts anderes zu tun, und ich habe alles gelesen, was ich in die Finger kriegen konnte.»

Damon fand, daß er alt aussah; die harten Linien in seinem Gesicht wurden schlaff. Der fesche Mittelfeldspieler war längst dahin. «Die Marinesoldaten . . .» Weinsteins Stimme war voller Wehmut. «Ich habe mich in der Woche nach Pearl Harbor gemeldet. Damals verkaufte ich Anzüge in meines Vaters Laden in New Haven und fand, das sei nicht der geeignete Platz, wenn die Amerikaner dabei wären, die Nazis zu bekämpfen.» Er lächelte bitter. «Ich habe nie einen Deutschen zu Gesicht bekommen. Was ich gesehen habe, waren zahllose kleine gelbe Gesichter. Die jüdische Frage . . .» Er schnitt eine Grimasse. «Den Gojim zu beweisen, daß die Juden einen Sack haben, selbst wenn das bedeutet, daß darauf geschossen wird. Vielleicht haben die Israelis diesen Eifer ein wenig gedämpft.» Er zuckte die Achseln. «Man weiß ja nie, ob man das Richtige oder das Falsche tut. Ich hab's zum Artilleriesergeant gebracht. Irgendwo im Haus liegt ein Ordensstern. Den habe ich, glaub ich, dafür bekommen, daß ich noch lebe.» Er lachte leise. «Als ich endlich aus dem Krankenhaus heraus war, hatte das Leben eines Ladenschwengels im Herrenausstattungsladen eines anderen keine große Anziehungskraft für mich. Ein Freund von mir, ein Kamerad aus meiner Einheit, war Wachtmeister bei der Polizei in New Haven und überredete mich, dort einzutreten. Das war kein schlechtes Leben. Für mich hatte es eine besondere Bedeutung. Ich will nicht tönen wie George Washington oder wie ein pensionierter Admiral mit blutunterlaufenen Augen, aber man kämpft mit anderen Mitteln für sein Land. Vielleicht bin ich sentimental, aber wenn man sein Leben aufs Spiel setzt, dann übernimmt man auch gewisse Verantwortungen. Wenn dieses Land Schiffbruch erleiden sollte, dann ist die Mißachtung von Recht und Gesetz daran schuld. Überfälle bei hellem Tageslicht, Rassenkrawalle, Attentate, Politiker, die rechts und links stehlen, ganze Bezirke, die in Flammen aufgehen, um Versicherungssummen zu kassieren, Kinder, die mit stumpfnasigen Revolvern Cowboy und Indianer spielen, pfundweise Rauschgift kaufen und dann über die Wehrpflicht ein Geschrei erheben; der Verein ‹Ein Gewehr für Jeden›, der erreichen will, daß jeder nervöse Irre zu Hause ein ganzes Waffenarsenal hortet, Leute, die ihr Auto fahren, als seien sie Apache-Indianer auf dem Kriegspfad.» Er grollte jetzt; die Stimme dröhnte durch das alte Haus. «Ich war eine Zeitlang bei der Verkehrspolizei, und wenn ich die Leute anhielt, die mit hundertfünfzig Sachen durch die Stadt fuhren, und sie daran erinnerte, daß in Connecticut die Höchstgeschwindigkeit siebzig Meilen pro Stunde beträgt, dann sahen sie mich an, als hätte ich ihnen gerade erzählt, ihre Mutter sei eine Hure, und sie hätten schon beinahe mal den Gouverneur des Staates gelyncht, weil sie glaubten, die Geschwindigkeitsbegrenzung wäre sein Einfall, und er hätte die Ehre des Staates besudelt, weil er plötzlich die geringste Unfallrate in Amerika hatte.» Er mußte über sich selber lachen. «Jetzt töne ich wie ein Prediger beim Erweckungsfest der Baumwollpflücker. Aber wer nicht an Recht und Gesetz glaubt, der glaubt an gar nichts. Ich habe eine Menge korrupter Bullen gesehen, aber das ändert nichts an der Idee. Außerdem hatte der Job für mich seinen Reiz. Vielleicht habe ich mich einfach daran gewöhnt, mit Schußwaffen und harten Burschen umzugehen . . .» Er sprach schon fast entschuldigend. «Auf alle Fälle habe ich vor fünf Jahren den Dienst quittiert, keine schlechte Pension, Lieutenant bei der Kriminalpolizei, das ist jetzt alles vorbei, gut, schlecht oder unentschieden. Ich arbeite im Garten, spiele etwas Golf, mache den Schiedsrichter bei lokalen Baseballspielen, gehe rüber zum Feld der Oberschule und versuche den Mittelfeldlern beizubringen, wie man für schnelle niedrige Bälle in die Hocke geht; gelegentlich besuche ich die Kinder in Kalifornien. Ich laufe hin und her in diesem alten Haus; es ist um Meilen zu groß für mich, aber das Städtchen hier ist nett, und es ist das einzige Zuhause, das ich je gekannt habe, und ich habe nicht die geringste Absicht, es aufzugeben . . .» Wieder lachte er leise. «Ja, da hast du's nun, Roger, das Leben von Manfred Weinstein in zwei Minuten. Nicht viel Stoff für ein Buch, oder?»

«Nicht so, wie du's darstellst, nein», sagte Damon.

Manfred lachte glucksend. «Einer der Gründe, weswegen ich dich immer mochte», sagte er, «war der, daß ich bei dir niemals richtig angeben konnte, selbst als ich damals im dritten Schuljahr 0.356 geschlagen habe. Ich bin froh, daß du dich nicht geändert hast.»

«Ich kenne einen anderen Polizisten, der bei den Marinesoldaten gedient hat», sagte Damon. Ihm wurde bewußt, daß er den gutmütigen alten Mann, der ihm gegenüber am Küchentisch saß und aussah wie jedermanns Großvater, und Lieutenant Schulter mit der knarrenden Stimme und dem steinernen Gesicht miteinander verglichen hatte. «Einen Mann namens Schulter.»

Weinstein machte ein überraschtes Gesicht. «Ich habe von ihm gehört. Wir haben Flugblätter von ihm bekommen. Mordkommission in New York.»

«Das ist er.»

«Was zum Teufel hast du mit einem Bullen von der Mordkommission zu schaffen?»

Damon seufzte. «Das ist eine lange Geschichte.»

«Wir haben den ganzen Tag Zeit. Wenigstens ich.» Ein hartes Glitzern erschien in Weinsteins Augen, und einen Augenblick konnte Damon den Artilleriesergeanten sehen, den Großstadtkriminaler, und erkennen, daß Manfred kein angenehmer Partner war, wenn er einen Fall bearbeitete.

«Na schön», sagte Damon, «es hat mit einem Anruf angefangen ...» Dann schilderte Damon den ganzen Hergang, Zalovskys Drohung, die Nachricht auf dem Anrufbeantworter, die Gespräche mit Schulter, die Listen (unter Auslassung seiner Träume), die Begegnung auf der Straße mit einem Mann, der seit Jahren tot war, den Jungen mit dem Baseballhandschuh in der Sixth Avenue, der sich erst vor einigen Minuten drei Türen von dem Haus entfernt, in dem sie jetzt saßen, auf ein Fahrrad geschwungen hatte. Weinstein hörte gespannt zu, forschte in Damons Gesicht, während dieser sprach, als ob er dort Aufschluß suche, und ließ jetzt ahnen, daß er und Schulter, bei aller noch so großen physischen Verschiedenheit, psychisch vieles gemeinsam hatten. Was die Franzosen *la déformation du métier* nennen. Da spukte doch noch mehr Französisch in seinem Gedächtnis, als er sich selber zugestand.

«Tatsächlich», sagte Damon, «zählen die Menschen, die meine Frau und ich als potentielle Täter ins Auge gefaßt haben, eigentlich nicht als Bedrohung. Kann sein, daß sie mir so weit feindlich gesinnt sind, um mich ein bißchen ärgern zu wollen, aber das ist auch alles. Ich habe lediglich versucht, ein paar Namen für Schulter zusammenzustellen. Ehrlich gesagt, Manfred, habe ich den Eindruck, daß die ganze Affäre nichts auf sich hat», sagte er im Bewußtsein, daß er sich wiederholte; «ich könnte ebensogut ein Pendel benutzen oder wahllos einen Namen aus dem Telefonbuch nehmen. Wenn wir nicht im zwanzigsten Jahrhundert lebten, dann würde ich die Religion bemühen und einen Priester ersuchen, den Dämon auszutreiben. Dämon, Damon – das kommt sich verflixt nahe, stimmt's?»

«Was sagt dein Instinkt dazu?» fragte Weinstein. «Danach würde ich mich richten.»

Damon zögerte; er dachte an die Träume und Gesichte seit dem ersten Anruf. «Ich glaube, irgendwo da draußen ist jemand, der mich umbringen will.»

«Das ist mir schon klar. Wie willst du damit fertig werden, wenn du wieder nach New York kommst?» fragte Weinstein.

«Ich habe mich entschieden. Bei seinem nächsten Anruf – sei es Tag- oder Nachtzeit – will ich auf die Straße gehen und mich mit ihm treffen. Dann soll ein für allemal Schluß sein.»

«Hast du das Schulter gesagt?»

»Noch nicht.»

«Willst du's ihm sagen?»

«Ja.»

«Willst du wissen, wie er reagiert, wenn du's ihm sagst?»

Weinsteins Stimme war hart geworden. «Er wird dir genau das sagen, was ich dir jetzt sage – daß du verrückt bist. Was der Bursche auch sein mag, er wird bewaffnet sein. Und außerdem wahrscheinlich so hirnverbrannt wie nur möglich. Du kannst dich glücklich preisen, wenn er dich nur entführt und irgendwo versteckt hält und auf das Lösegeld wartet, falls er hinter Geld her ist. Ich weiß nicht, was du in letzter Zeit getan oder gelesen hast, aber weißt du denn nicht, daß die Menschen heutzutage in ganz Amerika schon um einen Parkplatz, einen Dollar, um Wechselgeld oder ein Päckchen Zigaretten aufeinander einstechen oder schießen, bloß weil der eine weiß ist und ein anderer schwarz . . .?»

«Ich muß mit der Sache so oder so fertig werden, Manfred», sagte Damon. «Sie macht mich wahnsinnig. Ich habe das Gefühl, daß ich in einem Gespensterhaus sitze und daß irgendwer irgendwo wie bei einer Voodoozeremonie Nadeln in eine Puppe sticht; und die Puppe bin ich.»

Weinstein stand auf und goß Kaffee in Damons Becher, dann in den seinen. Er stellte den Topf wieder auf den Herd, rührte etwas Zucker in den Becher; das leise Klirren des Löffels gegen den Becherrand war das einzige Geräusch in dem leeren Haus. Er legte den Kopf zurück und blinzelte besorgt gegen die Decke, als sei er tief in Gedanken und versuche, ein verzwicktes Problem zu lösen; dann rieb er sich eine Seite seines Gesichts, wobei die Stoppeln seines eintägigen Bartes in der Handfläche ein kratzendes Geräusch verursachten.

Damon betrachtete ihn schweigend und bedauerte halb, daß er aus dem Auto ausgestiegen war und nun diesen wiedergefundenen alten Freund mit seinem Problem belastete, aber zugleich auch erleichtert, daß er es mit einem Mann teilte, dem sein weiteres Leben am Herzen lag und dessen Beruf es gewesen war, mit Verbrechern umzugehen und sie hinter Gitter zu bringen.

Schließlich sprach Weinstein, knapp und mit Autorität: «Auf keinen Fall», sagte er, «wirst du mit ihm, wer es auch sei, allein zusammentreffen. Am besten machen wir's so: Wir fahren zusammen nach New York, und ich bleibe bei dir. Nacht und Tag . . .»

«Aber . . .» wollte Damon einwenden.

«Kein Aber.»

«Das kann Wochen, Monate dauern, bis der Mann mich anruft. Vielleicht nie. Ich kann dich doch nicht aus deinem Haus lotsen, dich einer Gefahr aussetzen . . .»

«Ich habe Zeit im Überfluß», sagte Weinstein.

«Unsere Wohnung ist klein. Sheila und ich haben ein Doppelbett. Der einzige Platz, den ich dir zum Schlafen anbieten kann, ist die Couch in dem kleinen Zimmer, in dem ich gewöhnlich arbeite . . .»

«Ich hab schon schlechter geschlafen. Schließlich schulde ich dir einen Gefallen nach all den vergeudeten Nachmittagen, an denen du mir Bodenbälle zugeschlagen hast.»

«Ein hübscher Gefallen», sagte Damon ironisch. «Auch wenn ich den Ball mal falsch geschlagen hätte, wäre die Gefahr nicht sehr groß gewesen, daß du dadurch getötet worden wärst.»

«Trink deinen Kaffee», sagte Weinstein. «Er wird kalt.» Er schlürfte aus dem eigenen Becher. «Hier hab ich nichts zu tun. Und mir gefällt die Aussicht, mal wieder einen

Schweinehund aus dem Verkehr zu ziehen.» Er lächelte, zufrieden wie ein Kind. «Das wird ein Spaß. Wenn er Sperenzchen macht, habe ich meine Pistole bei mir.» Er grinste satanisch, als verspreche er sich eine besondere Lustbarkeit. «Es wird auch langsam Zeit, daß ich meinen alten Hintern aus dem Ruhestand hervorhole. Schon jetzt fühle ich mich jünger. Ruf lieber bei deiner Frau an und sag ihr, daß du einen Logiergast mitbringst. Es ist außerdem an der Zeit, daß ich diese Dame kennenlerne.»

«Okay, okay», sagte Damon. «Wenn du dich aufführen willst wie ein verdammter Narr – ich bin dir dankbar.»

«Wann willst du fahren?» fragte Weinstein. «Hast du hier in der Stadt noch was zu erledigen?»

«Eigentlich nicht. Was ich tun wollte, habe ich erledigt», sagte Damon und dachte an die Fliederzweige auf den Gräbern. «Ich habe mich tatsächlich nur umgesehen, als ich dich erblickte.»

«Sehr freundlich, alter Kumpel.» Weinstein lächelte. «Ich muß mich nur noch rasieren, als Gentleman verkleiden und die Pistole ölen. Hast du dein Hotelzimmer schon geräumt?»

«Nein.»

«Wenn du mich in einer Stunde abholen kommst, bin ich bereit. Weißt du auch, wie du zurückfahren mußt?»

«Wenn ich mich verfahre, frage ich nach dem Weg, Manni», lächelte Damon. Niemand, so hatte Weinstein ein für allemal klargestellt, dürfe ihn Manni nennen statt Manfred, und Damon hatte es nur ein- oder zweimal getan, wenn er auf seinen Freund wütend war oder ihn nekken wollte. Dann fragte er wieder ernst: «Glaubst du wirklich, daß du den Revolver brauchst?»

«Wir sind hier nicht in England, Roger. In den U. S. of A. gebrauchen Polizisten den Revolver. Wenn sie ihn vierundzwanzig Stunden zu Hause ließen, gäbe es überall, in jeder Stadt des Landes, eine zweite Bartholomäusnacht.»

«Hast du schon mal jemanden getötet?» Während Damon die Frage aussprach, bedauerte er sie bereits.

«Ich war in der Marineinfanterie. Wir waren nicht da, um Pingpong zu spielen.» Weinsteins Antwort klang belustigt.

«Ich meine, im Zivilleben.»

«Für einen Polizisten gibt es kein Zivilleben. Zwei. Ich habe zwei Männer in dem von dir so genannten Zivilleben getötet. Ich kann nur sagen, sie hatten's verdient. Und ich habe für jeden dieser Schufte eine Medaille bekommen. Keine Angst, ich schieße nicht, wenn ich nicht muß. Und ich versuche, den Schaden möglichst gering zu halten.»

«Über eins bin ich froh, alter Mittelfeldspieler», sagte Damon. «Daß du auf meiner Seite bist.» Beide standen auf. «Hör zu, Manfred», sagte Damon, «ich hätte dich gern schon früher etwas gefragt.»

«Und was wäre das?» Weinstein sah ihn argwöhnisch an.

«Was macht Elsie?»

«Sie ist tot», sagte Weinstein knapp. «Sie hat ihre Religion gewechselt und hat sich der Christian Science angeschlossen. Deswegen wollte sie auch keinen Arzt aufsuchen. Sie ist vor sechzehn Jahren gestorben. Sonst noch Fragen?»

Seine Stimme war barsch.

«Nein.» Noch ein Traum, dachte Damon, noch ein Schatten in der Prozession. «Ist sie jemals nach Europa gekommen?»

«Nein. Sie hat so einen Scheißkerl in Boston geheiratet, der es an keinem Arbeitsplatz länger als zwei Wochen geschafft hat, und sie mußte ihn unterhalten. Er war ein verkrachter Schriftsteller und gab furchtbar damit an, daß er ein Atheist sei, und machte sich über die Juden lustig, die, wie er sagte, den Pesthauch des Christentums über die Welt gebracht hätten – seine eigenen Worte –, Elsie mußte mich mehr als einmal zurückhalten, wenn ich den Kerl verprügeln wollte. Ich glaube, sie ist seinetwegen zur Christian Science übergetreten. Der Schweinehund lebt noch. Großes Pech. Das letzte Mal, daß ich von ihm gehört habe, baute er gerade diese verdammten Begegnungsgruppen auf, du weißt schon, wo jeder den anderen ‹fühlt›. Auf was die Leute alles reinfallen, wenn sie aufhören, an Gott zu glauben. Wie hältst du's damit, Roger?» fragte er herausfordernd.

«Halbe-halbe», sagte Damon.

«Besser als null-null», sagte Weinstein. «Wenn ich meine Religion ändern wollte, dann nur, um Katholik zu werden. Die vergeben den Sündern. Ein bißchen davon kann jeder brauchen. Ich habe mir den Mund fusselig geredet, als ich Elsie klarmachen wollte, sie könne zu den Priestern gehen, wenn sie nicht mehr Jüdin sein wollte; das hat Form und Rituale und eine weit zurückreichende Geschichte, und zumindest haben sie in den Kirchen bessere Musik.» Er lachte säuerlich. «Weshalb hast du mit ihr gebrochen?»

«Darüber möchte ich lieber nicht reden.» Man konnte einem religiösen Mann nicht erzählen, daß seine Schwester im Alter von achtzehn Jahren gedroht hatte, wegen der Folgen einer Affäre mit seinem besten Freund Selbstmord zu begehen.

«Auf alle Fälle hast du dir eine Menge Scherereien erspart. In mancherlei Hinsicht war sie furchtbar töricht. So, jetzt nichts wie weg. Und fahr vorsichtig. Ich will nicht, daß du dir den Hals brichst und mich um meinen Spaß betrügst. Ich gehe mit dir zu deinem Wagen.»

Sie traten auf die sonnige Straße, und Damon stieg in sein Auto. Bevor er den Motor anließ, sah er Weinstein nachdenklich an, in dessen Gesicht die Furchen von Alter, Leid und Brutalität tief eingegraben waren; aber die kalten blassen Augen waren jugendlich klar. «Du warst so ein ruhiger, friedlicher Junge», sagte Damon. «Ich kann mich nicht entsinnen, daß du dich je geprügelt hättest. Wer hätte gedacht, daß aus dir so ein harter alter Knabe werden würde?»

Weinstein grinste. «Ich», sagte er.

16

ALS DAMON WIEDER IM MOTEL WAR, rief er sein Büro an und ließ sich mit Oliver verbinden.

«Wo bist du?» fragte Oliver besorgt. Wenn Oliver, wie in diesem Augenblick, nervös war, wurde seine Stimme hoch und quiekend.

«Außerhalb der Stadt», sagte Damon. «Aber nicht weit weg. Ich bin nach dem Lunch wieder zurück.»

«Was macht Sheilas Mutter?»

«Unverändert. Sheila muß mindestens bis Mittwoch in Burlington bleiben.»

«Willst du heute nacht bei Doris und mir wohnen, oder soll ich zu dir rüberkommen?»

«Weder – noch.»

«Roger», sagte Oliver vorwurfsvoll, «Sheila wird mir böse sein. Sie wird denken, daß ich euch beide verraten habe. Wenn dir etwas passiert, wird sie's mir zur Last legen.»

«Sie wird nichts denken und sie wird niemand was zur Last legen. Ich habe es so eingerichtet, daß ein Freund bei mir einzieht und bleibt.»

«Das denkst du dir doch nicht aus, oder?»

«Habe ich dich schon mal angelogen?»

«Nur gelegentlich», sagte Oliver.

Damon lachte. «Diesmal nicht.»

«Proctor hat angerufen. Er will, daß du ihn zurückrufst. Er sagt, es sei wichtig. Er muß vor dem Wochenende eine Entscheidung treffen.»

«Ruf ihn an und sage ihm, daß ich am Nachmittag zurückrufe. Und mach dir keine weiteren Sorgen.»

«Ich werd's versuchen», sagte Oliver matt.

Damon legte auf, packte seine Sachen, bezahlte seine Rechnung und fuhr zu Weinstein, um ihn für die Fahrt nach New York abzuholen.

Als sie die Wohnung betraten, sah Damon voller Überraschung, daß die Diele vollgepackt war mit Bücher- und

Schallplattenpaketen, mit den Kartons, die Sheilas Pelzmantel, die Geschenke für Oliver und Miss Walton und die Corduroyjacke enthielten, die er für sich selbst gekauft hatte. Die zwei Flaschen Champagner, die er mit nach Hause gebracht hatte und die jetzt nicht mehr kalt waren, standen ebenfalls da. Er hatte seinen Einkaufsbummel vergessen und der Reinemachefrau auch keine Anweisungen hinterlassen, was sie mit dem Zeug anfangen solle.

«Du meine Güte», sagte Weinstein, «was ist denn das hier - eine Weihnachtsbescherung?»

«Ich habe gestern ein paar Sachen eingekauft», sagte Damon. War es wirklich erst gestern gewesen? Es schien Monate her. «Ein paar Dinge, die man unbedingt braucht, Bücher, Schallplatten und dergleichen.»

«Was ist denn da drin?» Weinstein deutete auf einen Riesenkarton.

«Das muß der Plattenspieler sein, den ich bestellt hatte.»

«Was bedeutet das alles? Bereitest du dich auf einen Nuklearüberfall vor?»

Damon lachte. «Nicht ganz so grimmig. Ich will ihn in unser Haus in Old Lyme bringen.» Während der Fahrt hatte er Weinstein von dem Haus erzählt und ihm erklärt, weswegen er Sheila am Abend nicht kennenlernen würde. «Das ist für meinen Alterssitz in den Wäldern gedacht und soll mich daran erinnern, was die Zivilisation in der großen Stadt geleistet hat.»

«Die Zivilisation in der großen Stadt wäre sehr viel erträglicher», sagte Weinstein trocken, «wenn sie nur dem hier Vorhandenen gliche.»

Sie gingen durch das Wohnzimmer, in dem sich Weinstein wohlgefällig umsah, und betraten den kleinen Raum, wo Damon arbeitete. «Hier wirst du wohl schlafen müssen.» Damon wies auf die kurze, schmale Couch.

«Welch ein Glück, daß ich nie zu meiner rechtmäßigen Größe emporgewachsen bin», sagte Weinstein. «Das wird reichen. Aber ich warne dich, ich schnarche.»

«Ich werde meine Tür zumachen.»

«Meine Frau hat immer behauptet, mein Schnarchen könne man bis Poughkeepsie hören. Eine Tür hilft dagegen nur wenig», sagte Weinstein. «Ich sehe übrigens, daß du zwei Schlösser an deiner Haustür hast. Das obere ist neu. Hast du das gerade erst angebracht?»

«Nach dem ersten Anruf.»

«Wie viele Leute haben Schlüssel dazu?»

«Nur Sheila und ich und die Putzfrau.»

«Vielleicht wäre es nützlich, wenn ich mal mit der Putzfrau sprechen könnte.»

Damon lachte. «Sie ist eine große, fette, schwarze Dame mit einer mächtigen Altstimme. Sie singt in ihrem Kirchenchor in Harlem. Wir sind schon mehrmals hingegangen, um sie zu hören. Sie arbeitet seit fünfzehn Jahren für uns, und wir lassen Geld im Haus liegen, Sheilas Schmuck ... sie hat niemals etwas angerührt. Das einzig Schlimme, das sie in ihrem Leben getan hat, war, einen falschen Ton zu singen, als sie erkältet war.»

«Okay», sagte Weinstein. «Streichen wir eine Altstimme. Verlaß dich trotzdem nicht allzu sehr auf Sicherheitsschlösser.»

«Tu ich nicht. Deswegen bin ich froh, dich bei uns zu haben, auch wenn ich nicht zum Schlafen komme.»

In diesem Moment klingelte das Telefon an beiden Apparaten – dem im Schlafzimmer und dem im Wohnzimmer. Weinstein sah Damon fragend an. «Willst du's annehmen?»

«Natürlich. Meine schöne Freundin ruft niemals am Nachmittag an.»

Es war Sheila. «Ich habe im Motel in Ford's Junction angerufen», sagte sie, «und da hat man mir gesagt, daß du ausgezogen bist. Ich dachte mir, daß du inzwischen zu Hause sein mußtest. Ist Oliver bei dir?»

«Nein.»

«Du hast mir versprochen, daß du nicht allein in der Wohnung bleiben würdest», sagte sie vorwurfsvoll.

«Ich bin nicht allein. Ich habe einen alten Freund bei mir. Du erinnerst dich an Manfred Weinstein aus Ford's Junction. Ich habe dir von ihm erzählt, aus unserer Kinderzeit. Jetzt stellt sich heraus, daß er ein pensionierter Polizeilieutenant ist. Er hat sich netterweise erboten, sich um alter Zeiten willen an mich zu heften wie ein Blutegel. Außerdem ist er schwer bewaffnet.» Damon sprach leichthin, als sei die Anwesenheit eines Hausgastes, der ein Schulterhalfter trug und darin eine stumpfnasige Pistole, Kaliber 38, eine amüsante Marotte.

«Denkst du dir das aus?» fragte Sheila argwöhnisch. «Damit ich mir keine Sorgen mache?»

«Du kannst ja mal mit ihm sprechen. Manfred», sagte er, «komm her und unterhalte dich mit der Dame des Hauses.»

«Gnädigste», sagte Manfred mit, wie gewöhnlich, dröhnender Stimme ins Telefon, «ich möchte mich sehr herzlich für Ihre Gastfreundschaft bedanken.»

Wenn Klangstärke beruhigend wirkte, dachte Damon, dann müßte Sheila beruhigt sein. Weinstein tönte wie ein zweihundertzwanzigpfündiger Bassist.

Weinstein hörte eine Weile zu, und Damon, der neben ihm stand, vernahm die Beunruhigung in Sheilas Stimme, wenn er auch die einzelnen Wörter nicht verstehen konnte.

«Machen Sie sich keine Sorgen, Gnädigste», sagte Weinstein, «er wird so sicher sein wie ein Baby in Mutters Schoß. Hoffentlich habe ich sehr bald das Vergnügen, Sie kennenzulernen.» Er gab den Hörer an Damon zurück. «Sie möchte noch mit dir sprechen.»

«Roger», sagte Sheila, «Mr. Weinsteins Angebot, sich um dich zu kümmern, ist zwar sehr nett, aber ich wünschte mir doch, daß ich gleich jetzt zu dir kommen und nach dem Rechten sehen könnte. Nur – es geht nicht. Mutters Zustand ist unverändert. Sie liegt im Koma, sagen die Ärzte, was immer das heißen mag. Am Dienstag kommt ein bedeutender Spezialist aus Boston, und bis der sie untersucht hat, muß ich mindestens hier bleiben. Ich habe die Schule angerufen, und die haben mir versichert, daß sie auch ohne mich zurechtkommen. Es ist ein beruhigendes Gefühl, nicht unentbehrlich zu sein.» Sie lachte ironisch.

«Für mich bist du unentbehrlich.»

«Was glaubst du wohl, was du für mich bist?» Sheilas Stimme hatte sich zum Flüstern gesenkt. «Mr. Weinstein ist hoffentlich nicht leichtsinnig, oder?»

«Ich kann nur sagen, daß er als Junge sehr besonnen war», sagte Damon mit dem Versuch zu scherzen, «und er ist kaum gealtert. Beeile dich nicht meinetwegen mit der Rückkehr. Mir geht's prima. Wie Manfred gesagt hat: wie einem Baby in Mutters Schoß.»

«Ich wünschte, das könnte ich glauben», sagte Sheila gequält. «Auf alle Fälle, besauf dich nicht mit deinem Kriminal-Freund.»

«Er trinkt nur Kaffee.»

«Trink nicht zu viel Kaffee.» Es war ein kläglicher kleiner Scherz.

«Und du, töne nicht wie eine jiddische Mama», sagte Damon mit einem noch kläglicheren Scherz. Aber Sheila lachte, wenn auch nicht recht überzeugend.

«Laß dir's gutgehen, mein Schatz», sagte sie. «Und ruf mich oft an. Es ist der einzige Lichtblick in der hiesigen Düsternis.»

«Ich hoffe, der Spezialist in Boston kann was helfen.»

«Hier ist keiner sehr optimistisch. Das Schlimmste wäre, wenn ihr Zustand so bliebe wie jetzt. Monate, Jahre . . .» Sheilas Stimme brach. «Es ist furchtbar. Ich schaudere, wenn ich das Zimmer betrete. Ich sehe sie dauernd vor mir, wie sie als junge Frau war. Und es regnet hier oben. Wie ist es in New York?»

«Heiter. Ein bißchen Smog.»

«Amüsier dich mit deinem Freund. Ich bin jetzt froh, daß du ihn gefunden hast. Sag ihm, ich mag einen Mann, der laut und klar redet. Sag ihm aber auch, ich hoffe, daß er seine Waffe nicht gebrauchen muß.»

«Ich werd's ihm sagen.»

«Ich muß jetzt Schluß machen. Ich rufe von einer Telefonzelle im Krankenhaus an, und draußen wartet eine Frau.» Kindlich hauchte sie einen Kuß in die Sprechmuschel.

Damon legte langsam auf.

«Die Dinge stehen nicht allzu gut in Burlington, stimmt's?» fragte Weinstein. Er hatte das wechselnde Mienenspiel in Damons Gesicht beobachtet, als dieser am Telefon sprach.

«Ja, das Alter», sagte Damon. Sheilas Mutter war nur ein paar Jahre älter als er, und das traurige Wort galt ihm so sehr wie ihr.

«Was willst du jetzt tun? Ich könnte dir helfen, die ganzen Sachen im Flur zu verstauen. Und ich könnte den Plattenspieler an das Radiogerät anschließen. Ich bin im Haus für derartige Dinge ganz gut zu gebrauchen und erinnere mich, daß du als Junge grauenhaft ungeschickt warst.»

«Daran hat sich nichts geändert», sagte Damon. «Sheila läßt mich nicht mal allein eine Glühbirne einschrauben. Aber ich bin hungrig und möchte zu Mittag essen.» Er hatte zeitig gefrühstückt, und es war schon ein Uhr. «Und ich muß den Wagen *uptown* fahren und der Hertzvertretung zurückgeben. Dann, finde ich, sollten wir uns im Büro sehen lassen. Ich habe tagelang geschwänzt, und die Arbeit wird sich auf meinem Schreibtisch türmen.»

«Großartig», sagte Weinstein. «Ich bin selber hungrig, und außerdem möchte ich gern sehen, wie dein Büro aussieht und mich ein wenig mit deinem Partner unterhalten.»

«Mach nicht zu viel her von dieser Angelegenheit. Ich habe ihn sowieso schon reichlich nervös gemacht.» Damon dachte mit Beschämung an sein Verhalten in den letzten Wochen zurück. «Ich war wie ein Zombie im Büro. Und er ist ein schüchterner, gelehrter junger Mann; er ist mir wohlgesinnt und muß inzwischen den Eindruck haben, daß ich sowieso schon spinne.»

«Keine Angst», sagte Weinstein. «Ich werde keine Foltermethoden anwenden.» Um dann hinzuzufügen: «Noch nicht.»

Als sie nach dem Lunch ins Büro kamen, stellte er Weinstein als einen Herrn vor, der zusätzliche Lektoratsarbeit für sie übernehmen werde, da sich seit dem Erfolg von *Klagelied* das Volumen der eingegangenen Manuskripte mehr als verdoppelt habe. Mr. Weinstein würde eine Zeitlang seine Lesearbeit im Büro leisten, um sich an ihre Routine zu gewöhnen. Damon wußte, daß dies merkwürdig klang, aber es war besser, als die Mitarbeiter wissen zu lassen, sie könnten jeden Augenblick bei einem Feuergefecht in die Schußlinie geraten.

Dann überreichte er Miss Walton und Oliver ihre Geschenke. «Ich weiß, daß ich in den letzten Tagen ein unmöglicher Zeitgenosse gewesen bin, und dies ist nur ein bescheidener Versuch, es wiedergutzumachen.»

Miss Walton versuchte mit mäßigem Erfolg, ihre Tränen herunterzuschlucken, als sie die Schachtel öffnete und den Kaschmirpullover erblickte. Ihr Kinn bebte, als sie Damon einen scheuen Kuß gab, was sie sonst nur tat, wenn sie Weihnachten einen Bargeldbonus erhielt. Sie drang darauf, den Pullover gleich anziehen zu dürfen. «Was für eine zartfühlende Art, mir nahezulegen, daß dieses schäbige alte Ding» – angewidert hielt sie den ungefügen, handgestrickten, stumpfroten Cardigan, den sie fast zehn Jahre lang täglich getragen hatte, in die Luft – «eine Scheußlichkeit war.» Sie stopfte ihn in den Papierkorb, kicherte und sagte: «Auf ewig Lebewohl, du elender Fetzen.»

Oliver riß die Verpackung von dem Yeatsbuch, bevor er sich den größeren Karton mit dem Blazer ansah, den Damon ihm gleichzeitig überreicht hatte. Wie gewöhnlich, stellte Damon mit Belustigung fest, kamen bei seinem weißblonden Partner Bücher vor allem anderen. Oliver blickte Damon vorwurfsvoll an, als er den Titel sah. «Roger», sagte er, «du glaubst doch nicht, daß ich keinen Band Yeats zu Hause hätte?»

«Ich wette mit dir um zehn Dollar, wenn du danach suchst, wirst du wohl feststellen müssen, daß jemand ihn sich geschnappt und praktischerweise vergessen hat, ihn zurückzugeben.»

Oliver lachte. «Jetzt, wo du's sagst», meinte er, «fällt mir auf, daß ich ihn seit langem nicht mehr gesehen habe.» Dann öffnete er den großen Karton, nahm den Blazer heraus, zog ihn an und stolzierte auf und ab wie ein Mannequin. Er paßte wie angegossen. Dann zog er ihn wieder aus und hing ihn sorgsam in den Schrank. «Der ist zu fein für wochentags», sagte er. «Viel zu extravagant, Roger. Tut mir gut, daß du mal nicht aufs Geld gesehen hast. Allerdings wird's mich auch was kosten.» Er lächelte dankbar, und Damon fürchtete schon, daß auch ihm die Tränen lockersäßen. «Meine Frau wird wild sein vor Neid, und ich werde ihr einen ähnlichen kaufen müssen.»

«Das wird dich keinen Cent kosten. Ich kauf ihr auch einen», sagte Damon großartig. «So wie ich dich behandelt habe, bist du wahrscheinlich zu Hause eine Plage gewesen. Sag ihr, es ist eine Friedensgabe vom Chef. Und nun, alle wieder an die Arbeit.»

Dann durchstöberte er den Manuskripthaufen, zog einen Roman von zwölfhundert Seiten eines völlig unbekannten Autors hervor und überreichte ihn Weinstein, der es sich bereits auf einer der Tür gegenüberstehenden Couch bequem gemacht hatte. «Hier», sagte Damon, «das sollte dich für den Rest des Nachmittags in Atem halten.» Dann zog er sich die Jacke aus, hing sie auf und setzte sich an seinen Schreibtisch. Er sah, daß Weinstein seine Jacke anbehielt, und hoffte, daß Oliver diese Förmlichkeit nicht auffallen würde. Als Weinstein das Büro für kurze Zeit verließ, kam Oliver an Damons Tisch und fragte leise, so daß Miss Walton ihn nicht hören konnte: «Wo hast du denn diesen Burschen aufgegabelt?»

«Er ist ein alter Freund von mir», sagte Damon. «Sein

Hauptfach war englische Literatur. Er ist besonders bewandert in Krimis.»

«Er sieht nicht aus wie ein literarischer Typ.»

«Du auch nicht. Literarische Typen kommen heutzutage in allen Verpackungen.»

«Wieviel zahlst du ihm?» Hin und wieder versuchte Oliver sich wie ein Partner zu gebärden.

«Nichts», sagte Damon. «Wir wollen sehen, wie er sich macht, bevor wir eine endgültige Entscheidung treffen. Ich bezahle ihn aus meiner eigenen Tasche.»

Oliver wollte protestieren, aber Damon winkte ab. «Das ist nur fair. Wir haben bloß deshalb so viel Überhang, weil ich lange Zeit alles habe schleifenlassen. Psst, da kommt er.»

Kurz vor Geschäftsschluß klingelte das Telefon. Es war Schulter. «Ich habe Neuigkeiten für Sie, Damon. Können Sie mich in zehn Minuten treffen? Gleiche Stelle wie letztes Mal?»

Damon spürte beim Ton dieser Stimme einen Schauder der Beunruhigung. «Ich komme. Ich bringe einen Freund mit, wenn Sie nichts dagegen haben.»

«Kann er den Mund halten?»

«Garantiert.»

«Zehn Minuten», sagte Schulter und hing auf.

Er saß in der Bar, trug denselben hochgeschlossenen Mantel und den lächerlich kleinen Hut und sah geheimnisvoll und bedrohlich aus, als Damon und Weinstein eintraten. Weder stand er zur Begrüßung auf, noch streckte er die Hand aus, als Damon Weinstein vorstellte, sondern knurrte nur und schlürfte seinen Kaffee. Die Kellnerin erschien, und Weinstein bestellte auch einen Kaffee. Damon bat um ein Bier. Immer wenn er mit Schulter sprach, spürte er, wie ihm die Kehle trocken wurde.

«Mr. Weinstein weiß, wer Sie sind», sagte Damon. «Auf beruflicher Basis.»

«Was wollen Sie damit sagen?» fragte Schulter argwöhnisch. «Beruflich?»

«Er war Kriminalbeamter bei der Polizei in New Haven. Jetzt ist er pensioniert. Ich kenne ihn seit meiner Kindheit. Er wohnt jetzt bei mir – funktioniert gewissermaßen als eine Art Leibwache –, bis unser kleines Problem gelöst ist.»

Schulter sah Weinstein mit neu erwachendem Interesse an, während dieser mit flinken Augen im Raum umherblickte und alles wahrnahm, die anderen Gäste und die Hantierungen der Kellnerinnen und der Barmixer.

«Bewaffnet?» fragte Schulter.

«Ich bin bewaffnet», erwiderte Weinstein, der jetzt Schulter ansah und ein wenig lächelte.

«Das empfiehlt sich auch.»

«Mit freundlicher Genehmigung der Polizeidienststelle von New Haven.»

«Haben Sie was dagegen, wenn ich bei der Polizei in New Haven nachfrage?»

«Habe nichts dagegen», sagte Weinstein. «Vorname ist Manfred.»

«Ich habe noch nie von einem Polizisten namens Manfred gehört», sagte Schulter.

«Es gibt für alles ein erstes Mal.» Weinsteins Lächeln verstärkte sich.

«Und nun», sagte Damon, «was ist *Ihre* Neuigkeit, Lieutenant?»

Schulter wartete, bis die Kellnerin Weinsteins Kaffee und Damons Bier serviert hatte. Als sie fort war, sagte Schulter: «Es handelt sich um die Larches. Mrs. Larch ist vor zwei Tagen in eine Irrenanstalt eingeliefert worden.»

«Großer Gott«, sagte Damon. Die Beunruhigung, die ihn bei Schulters Anruf befallen hatte, war berechtigt gewesen. Seit Zalovskys Anruf hatte sich das Unheil um ihn ausgebreitet wie konzentrische Wellen um einen Stein, der in den Teich geworfen wird. Und er war der Stein.

«Sie lief nackt auf der Straße umher», sagte Schulter. «Dann stellte sich heraus, daß sie schon fast ein Jahr lang in psychiatrischer Behandlung war. Der Psychiater sagt, sie leide an Schizophrenie. Ich fand, Sie sollten das wissen.»

«Danke», sagte Damon dumpf.

«Übrigens», sagte Schulter, «behauptet ihr Psychiater, sie hätte ihren Mann niemals wissen lassen, wer der Vater des Kindes ist. Sie hätte sich das Ganze ausgedacht. Mr. Larch ist, nach der Ausage aller Nachbarn, ganz verrückt nach dem Kind.»

«Nochmals danke.»

Weinstein machte ein erstauntes Gesicht. «Wer ist Mrs. Larch, Roger? Und was hat sie mit dir und dem Lieutenant zu schaffen?»

«Erklär ich dir später», sagte Damon.

«Gibt's was Neues bei Ihnen, Damon?» fragte Schulter. »Mehr Anrufe?»

Damon schüttelte den Kopf. «Nichts Neues. Keine Anrufe.»

«Ich würde Ihnen raten, eine Zeitlang Ihre Frau aus dem Verkehr zu ziehen.» Das war kein Rat, sondern eine Anweisung.

«Sie ist gegenwärtig nicht in der Stadt.»

«Sehen Sie zu, daß sie wegbleibt. Gut» – Schulter stand auf, zog den absurden Hut tief ins Gesicht – «ich muß nun weiter. Herr Kriminalrat», sagte er zu Weinstein mit einer Spur von Bosheit in der Stimme, «schießen Sie sich nicht ins Bein, wenn Sie Ihre Knarre ziehen.»

«Ich will's versuchen», sagte Weinstein liebenswürdig. «Bisher habe ich's noch immer geschafft.»

Schulter sah verdrossen zu Boden. «Ich hoffe, Sie haben Glück. Lassen Sie sich Zeit mit Ihren Drinks und rufen Sie mich an, wenn sich was tut.»

Damon und Weinstein betrachteten den breiten, bulligen Rücken, wie er sich durch die Tür schob und auf der Straße verschwand: «Liebenswürdiges Bürschchen, stimmt's?» sagte Weinstein. «Kein beflissener Bewunderer der Polizeipräfektur von New Haven. Und nun erzähle mir von Mrs. Larch.»

Damon erzählte, und Weinstein hörte schweigend zu. Noch während er sprach, bemerkte Damon das Mißfallen im Gesicht seines Freundes.

Als er geendet hatte, sagte Weinstein: «Für einen erwachsenen Mann hast du dich wahrhaftig aufgeführt wie ein verdammter Trottel. Läßt deinen Schwanz für die Familie denken. Du hast Schwein, daß sie's nur ihrem Psychiater erzählt hat. Würdest du im umgekehrten Fall dem Ehemann verübeln, wenn er dich zur Zielscheibe machte?»

«Red nicht daher wie ein verdammter Rabbi», sagte Damon ärgerlich. «Hast du dich nie für einen Nachmittag mit einem Mädchen davongeschlichen? Wenn du nein sagst, glaub ich dir nicht.»

«Jedenfalls habe ich mich vorgesehen. Von mir laufen keine unehelichen Kinder rum.»

«Da bist du ja fein raus», sagte Damon. «Bete für das Heil meiner Seele, wenn du das nächste Mal in einen Tempel gehst.»

«Reg dich ab, alter Freund», sagte Weinstein. «Was geschehen ist, ist geschehen. Jetzt müssen wir nur überlegen, was man dagegen tun kann.»

«Na schön», sagte Damon etwas besänftigt.

«Glaubst du nicht, daß das den Ehemann auf die Palme bringt?» fragte Weinstein. «Seine Frau in der Klapsmühle und du mit deinem Bild in der Zeitung und mit Artikeln, die erzählen, was für ein großartiger Mann du bist und wieviel Geld du verdienst.»

«Wer weiß. Vielleicht wäre es das beste, wenn ich ihn anriefe.»

«Wozu?» Weinstein schien überrascht.

«Um ihm - zum Beispiel - die Wahrheit zu sagen. Manche Menschen, darunter auch ich, haben die Gewohnheit, ihr Gewissen zu erforschen.»

«Gewissen ist beschissen», sagte Weinstein ungehalten. «Was soll das werden - Jom Kippur, als Versöhnungstag für die Gojim? Wenn der Mann schon vorher Grund hatte, dich zu erschießen, dann tut er's mit zehnmal größerer

Wahrscheinlichkeit, wenn du ihn anrufst. Er hat ohnedies schon genug Ärger. Nur um eine verstiegene egoistische Vorstellung zu befriedigen, wie sich deiner Meinung nach ein aufrechter Verführer benehmen sollte, lädst du ihm einen neuen Affen auf den Buckel. Auf alle Fälle war, nach deiner Darstellung, die Dame über einundzwanzig und wußte genau, was sie tat. Und woher willst du wissen, daß da nicht zu gleicher Zeit zwanzig andere Knaben drin waren?»

«Gewiß», sagte Damon, «das wäre eine Möglichkeit.»

«Wohl doch mehr als eine Möglichkeit. Sie mag jetzt irre sein, aber vor elf Jahren war sie nicht irre. Du hast Schulter gesagt, ich sei dein Leibwächter. Ich merke schon, daß ich auch noch dein Geisteswächter sein muß.»

Damon war von Weinsteins Heftigkeit erschüttert, aber auch von dessen höhnischen Anspielungen auf sein Gewissen verletzt. Der Jugendfreund war zum Ankläger geworden, und einen Augenblick bedauerte er, daß Weinstein ihn erkannt hatte, als er an dem Rasenstück vorbeifuhr, wo Weinstein das Blumenbeet abstach. «Du redest wie ein Bulle», sagte er. «Wenn ein Verbrechen nicht ausdrücklich im Gesetzbuch steht, dann drehst du dich um und blickst in die andere Richtung, auch wenn das Verbrechen direkt unter deiner Nase stattfindet.»

«Das kannst du zweimal sagen, daß ich wie ein Bulle rede», sagte Weinstein. «Und ein Bulle läuft nicht rum und *schafft* sich Ärger. Wenn dich dein Gewissen zwickt, dann mach einem Waisenhaus eine Schenkung. Oder geh zur Beichte und bekenne, daß du ein Sünder bist und vorhast, nicht wieder zu sündigen, und wirf eine Zehn-Dollar-Note in die Armenkasse.» Nichts war mehr von Jugendfreundschaft in seiner Stimme. «Und noch eins. Wie denkst du dir das mit deiner Frau? Was, glaubst du, wird sie tun – sagen: Willkommen zu Hause, ich bin entzückt, daß du endlich eine Familie hast? Werd doch erwachsen, Roger. Du steckst schon tief genug drin. Buddele das Loch nicht noch tiefer.»

«Du sprichst zu laut», sagte Damon. «Die Leute schauen schon her, um zu sehen, was das Gebrüll bedeuten soll. Vielleicht kommt einmal die Zeit, wo sie's wissen muß, und dann werde ich sprechen.»

«Ich hoffe, dieses Gespräch wird nie stattfinden. Und falls es doch stattfindet, dann sieh zu, daß ich nicht dabei bin.»

Sie gingen schnell *downtown* durch die zunehmende Dämmerung; keiner von ihnen sprach. Als sie schließlich an der 14ten Straße anlangten, war Damons Unmut geschwunden. Er blickte den Freund von der Seite an. Weinstein machte ein eigensinniges Gesicht.

«He, Mittelfeldler», sagte Damon. «Waffenstillstand?»

Einen Augenblick ließen Weinsteins Züge keine Änderung erkennen. Dann grinste er. «Na sicher, alter Kumpel», sagte er. Er streckte die Hand aus und schlug Damon freundschaftlich auf den Arm.

Bevor sie zum Essen gingen, half er Damon, die Bücher in den Keller zu schaffen und die Schallplatten einzuordnen. Damon hing Sheilas neuen Mantel in ihren Schrank, und Weinstein fing an, den Tonarm des Plattenspielers zu montieren und einen Draht für die Radioantenne zu spannen. Es dauerte nicht lange, und Damon machte sich einen Drink zurecht und schlürfte ihn genüßlich, nachdem er die erste Platte, das Triplekonzert von Beethoven, aufgelegt hatte.

Mitten hinein in die Schallplatte klingelte das Telefon. Damon erstarrte. «Na, mach schon», sagte Weinstein. «Antworte.»

Damon stellte sein Glas ab, ging zum Telefon, zögerte, seine Hand schwebte über dem Apparat, dann nahm er den Hörer ab. «Hallo», sagte er.

«Ich bin's, Oliver. Ich ruf nur an, um dir zu sagen, wenn ich wegen des Yeats gewettet hätte, dann hättest du die Wette gewonnen.» Er lachte. «Ich habe überall gesucht. Er ist nicht im Haus. Du bist ein weiser alter Bibliothekar, Partner. Bis Montag dann. Schönes Wochenende. Wir fahren morgens zu den Hamptons raus, und ich möchte dir verkünden, daß dabei der Blazer seine erste Bewährung bestehen muß.»

Weinstein hatte Damon aufmerksam beobachtet. Als Damon auflegte, sagte er: «Nun?»

«Das war Oliver Gabrielsen. Wegen eines Buches.»

«Hör zu, Roger», sagte Weinstein. «Ich will auf keinen Fall dein Telefon beantworten. Wenn der bewußte Kerl anruft, dann soll er nicht wissen, daß noch ein zweiter Mann im Haus ist.»

«Recht hast du.»

«Und ich will auch nicht am zweiten Apparat mithören», sagte Weinstein. «Ich will nicht, daß er's zum zweiten Mal klicken hört.»

«Daran hätte ich nicht gedacht.»

Weinstein nickte. «Du bist in einer anderen Berufssparte.»

«Ich lerne schnell.»

«Ein Jammer», sagte Weinstein. «Ich hoffe, du gehst darin nicht zu weit – jederzeit argwöhnisch gegen alles und jeden wie ich. Wo ist deine Küche? Soll ich für uns Abendbrot machen? Ich habe mich seit dem Tod meiner Frau zu einem recht guten Koch entwickelt.»

«Ich habe nichts im Haus», sagte Damon. «Und ich will dich als willkommenen Gast mit einem feinen, unkriminell gekochten französischen Diner ehren.»

«Ich komme widerstandslos mit, Wachtmeister», sagte Weinstein. «Laß die Tänzerinnen aufmarschieren.»

Tänzerinnen waren zwar nicht da, aber Weinstein arbeitete sich fröhlich durch eine Terrine Zwiebelsuppe und ein Steak *marchand de vin.* Der Ober sah geringschätzig auf ihn herab, wenn er an dem Tisch bediente, weil Weinstein gleich, als sie sich gesetzt hatten, einen schwarzen Kaffee bestellte und eine zweite Tasse verlangte, um das Steak herunterzuspülen, während Damon sich an einer halben Flasche kalifornischen Rotweins labte.

Weinstein schob mächtig ein, vertilgte ein halbes Dutzend Brotscheiben und aß Unmengen Pommes frites. Aber am Ende der Mahlzeit, die er mit einem großen Stück Apfeltorte mit Eis und einer weiteren Tasse Kaffee gekrönt hatte, lehnte er sich zurück und sagte: «Ach ja, ich hätte diesem Zeug wirklich Gerechtigkeit widerfahren lassen, als ich noch jung war und richtigen Hunger hatte, aber nie genügend Geld, woanders zu essen als in einfachen Kneipen. Na schön», sagte er, «wenn mein Job auch weiterhin so aussehen soll, dann hätte ich nichts dagegen, wenn sich der Bursche nicht vor meinem neunzigsten Geburtstag zeigt. Ach, Roger –» mit sentimentaler, leiser Stimme – «wir waren so gut befreundet . . . alle diese Jahre . . .» Er machte eine große umfassende Geste mit seinen Händen, als wolle er die verlorenen Jahrzehnte einfangen. «Warum haben wir mit unserem Wiedersehen gewartet, bis etwas so Scheußliches passierte?»

«Weil die Menschheit ihre besten Dinge niemals so einfach bekommt», sagte Damon beklommen.

In dieser Nacht schlief Damon ohne Träume, obwohl das Schnarchen der Schilderung von Weinsteins Frau entsprach und das Haus vom regelmäßigen Crescendo und Diminuendo in seiner Atmung widerhallte. Da kein Wecker Damon weckte, denn es war Samstag und deshalb kein Arbeitstag, schlief er bis fast zehn Uhr, später als je seit der Zeit, da er einst in der Handelsmarine, nach einer Fahrt, in deren Verlauf sechs Schiffe eines Geleitzugs versenkt worden waren, seinen Urlaub genommen hatte.

17

DAS WOCHENENDE VERLIEF ANGENEHM. Es stellte sich heraus, daß Weinstein ein Filmnarr war, mit einer speziellen Vorliebe für Filme über Verbrecher und Mörder. Bei den ernstesten Szenen lachte er fröhlich, etwa wenn sich die Detektive mit verdächtigen Gestalten Feuergefechte lieferten oder wenn sie komplizierte Anschläge so unbeirrbar entwirrten, daß keiner unter den Zuschauern – und schon gar nicht Weinstein – ihnen folgen konnte. Dazwischen bedachte er Damon mit Geschichten aus seinem eigenen Leben bei der Polizei. New Haven, so lernte Damon in diesen zwei Tagen, war nicht nur die Heimstatt der Yale University. Damon genoß die zwei Tage und bedauerte nicht länger, daß er an Weinsteins Haus vorbeigefahren war, als sein alter Freund gerade begonnen hatte, seinen Garten für die Frühlingssaat vorzubereiten.

Am Sonntag ließ sich Weinstein nicht nehmen, das Mittagessen selbst zuzubereiten: Rinderschmorbraten auf Yankee-Art mit Kartoffelpüree, jungen Erbsen, einer dikken Soße und Apfelkuchen. Mit einer Schürze um den umfänglichen Leib, die Ärmel hochgekrempelt, so daß die kräftigen behaarten Unterarme sichtbar wurden, und dem Revolverknauf, der aus dem über die Brust geschnallten Halfter hervorragte, bot er einen befremdlichen Anblick in der kleinen Küche, wo er sich mit den Töpfen und Pfannen zu schaffen machte. Anschließend räumte er alles geschickt wieder auf wie der gewiefteste Küchenchef. Damon mußte über seinen Anblick lachen, als er, von dem Duft verlockt, die Küche betrat.

Weinstein sah ihn verdrossen an. «Was gibt's da zu lachen?» fragte er.

«Dich», sagte Damon versöhnlich. «Es riecht köstlich.»

«Das ist nur so ein Standardessen», sagte Weinstein. «Du solltest mal meine Mahlzeiten kosten, wenn ich wirkliche *Kenner* am Tisch habe.»

Nach dem Essen besuchten sie eine Bar südlich vom Washington Square. Sie war spärlich, aber gemütlich beleuchtet, und während die anderen Trinker an der Mahagonibar in einiger Entfernung kaum mehr sichtbar waren, gab es genügend Licht, um die Gesichter in der Nähe zu erkennen. Am hinteren Ende der Bar, hoch oben auf dem Regal, stand ein Fernsehgerät. Es zeigte das Bild, aber der Ton war gnädig abgestellt.

Der Eigentümer, Tony Senagliago, hielt Trinken für eine seriöse Beschäftigung. Indem er dem Geschmack seiner Gäste am Fernsehprogramm mit der Darbietung stummer Bilder entgegenkam, die einen ständig wechselnden Regenbogen von Farben in den Raum warfen, zeigte er sein Verständnis dafür, daß seine besten Gäste in aller Stille oder in ruhigem Gespräch mit ihren Freunden trinken wollten. Dies war keine Bar, in der die Leute Umschau hielten nach Mädchen oder Männern. Frauen, die allein, in Paaren oder zu dritt kamen, wurden mit aller gebotenen Höflichkeit an eigene Tische geleitet. Wenn sie darauf bestanden, an der Bar zu sitzen oder zu stehen, sagte Tony bedauernd: «Na schön, dagegen gibt's kein Gesetz», und sorgte dafür, daß sie von seinen Barmixern mit äußerster Langsamkeit bedient wurden. Er hatte keine Angst, als männliches Chauvinistenschwein bezeichnet zu werden, und Damon mochte und bewunderte ihn dafür. Tony war ein nachdenklicher Leser, und in den guten alten Zeiten des Greenwich Village hatte eine große Anzahl von Schriftstellern in seinem Lokal «anschreiben» lassen. Wenn in Damons Büro ein besonders gutes Buch anfiel, erhielt Tony stets ein Exemplar; und wenn Tony es gelesen hatte, hörte Damon mit Respekt auf seine Meinung.

«Hübsches Lokal«, sagte Weinstein, der sich umsah, nachdem sie nebeneinander auf den hohen Stühlen an der Bar Platz genommen hatten.

«Für angenehme Nachmittage und Abende», sagte Damon. «Was wünschen der Herr?» fragte er in Gedanken an den Barmann in der Sixth Avenue, wo er den Anrufbeantworter hatte liegenlassen und beim Versuch, einen Streit zu schlichten, niedergeschlagen worden war. Dies, dachte er, war eine bessere Bar und eine glücklichere Stunde.

Ausnahmsweise bestellte Weinstein ein Bier. Als Damon von seinem Scotch mit Soda trank und Weinstein von seinem Bier, sagte dieser: «Ein Bier wird mich nicht umbringen. Obwohl die Ärzte schwören, daß ein einziger Teelöffel von diesem Zeug einen Süchtigen wieder umkippen läßt.»

«Du?» fragte Damon überrascht. «Warst du mal ein Trinker?»

«Sagen wir, ich hatt's mit dem Alkohol», sagte Weinstein ernst. «Ich bin mit meiner Frau im Wagen gegen einen Baum gefahren, und danach habe ich abgeschworen. Das war vor acht Jahren. Hast du gewußt, daß meine Mutter im ganzen Haus Whiskyflaschen versteckt hatte?»

«Nein.»

«Hatte sie aber.» Damon schüttelte erstaunt den Kopf. Diese vollendet mütterliche Dame mit ihrer blauen Schürze mit Spitzensaum, die ihnen nachmittags Milch und Kekse vorgesetzt hatte! Die Straße, in der er als Junge gelebt hatte, war nicht so unschuldig gewesen, wie sie in seiner Erinnerung lebte.

Seit ihrer Auseinandersetzung am Freitagabend hatten sie nicht wieder über Julia Larch und ihren Sohn gesprochen. Nach Damons Ansicht wiegte sich Weinstein in der Überzeugung, *diesen* Streit gewonnen zu haben; und Damon hatte die Absicht aufgegeben, sich mit Julias Mann in Verbindung zu setzen. Weinstein war ganz offensichtlich nicht der Mann, der gewöhnt war, bei einem Streit den kürzeren zu ziehen.

«Trinken», sagte Weinstein, «ist wie Radfahren – auch wenn man's noch so lange sein läßt, vergessen tut man's nie.» Er hatte sein Glas ausgetrunken und verlangte ein zweites Bier. «Wenn ich ein drittes bestelle, darfst du mir mit meiner Erlaubnis den Arm brechen.»

«Das macht dich menschlicher», sagte Damon. «Endlich mal eine Schwäche.»

«Wenn Schwäche menschlich ist», sagte Weinstein düster, «dann bin ich so beschissen menschlich, wie's nur geht.» Darauf wechselte er abrupt das Thema. «Ich habe nicht den Eindruck, daß wir deinem Oliver Gabrielsen etwas vormachen können.»

«Wie meinst du das?»

«Als du aus dem Zimmer gegangen warst, um mit Miss Walton etwas zu bereden, hat er mich gefragt, warum ich mir nicht die Jacke ausziehe. Es sei warm im Büro, sagte er, und es würde mir behaglicher sein. Und während er mit mir sprach, hat er dauernd auf den Wulst unter meiner Achsel geguckt. Und er hat mich gefragt, wo ich mein Literaturexamen gemacht hätte.»

«Was hast du darauf gesagt?»

«Ich habe einen Ort in Oklahoma erfunden. Ich muß mir den Namen merken, falls er mich wieder fragt. Christliche Universität in Butnam. So hieß mein Chef im Dienst.»

Damon lachte. «Wie ich Oliver kenne, schlägt er's nach. Wenn er dir nun erzählt, daß sie nicht existiert?»

«Dann sage ich ihm, sie hätte während des Krieges den Betrieb eingestellt.»

«Wäre es nicht einfacher, wenn du ihm gleich die Wahrheit sagtest? Über den größten Teil des Vorgefallenen weiß er ohnehin Bescheid. Meine Frau hat ihm alles erzählt.»

Weinstein machte ein ärgerliches Gesicht. «Warum bestehst du eigentlich so auf der Wahrheit? Es ist wie eine Art Besessenheit. Hast du nie die Regel gehört: ‹Nur soviel wissen lassen wie unbedingt nötig?›»

«Ja, die hat man auf das Manhattan-Projekt angewandt, als man die Atombombe baute. Den Leuten nur soviel davon erzählen, wie sie für ihren Job wissen mußten, und kein Wort mehr.»

«Das ist eine gute Regel», sagte Weinstein. «Überall. In der Regierung, beim Polizeidienst, in der Ehe. Findest du es nötig, daß deine Frau über dich und diese Verrückte in Indiana Bescheid wissen muß?»

«Nicht gerade jetzt, nein.»

«Was soll das heißen, nicht gerade jetzt? Niemals. Du sagst mir, daß du eine gute Ehe führst. Welchem Zweck sollte es, zum Teufel noch mal, dienen, wenn du sie zerstörst?»

«Lassen wir das mal fürs erste, ja?» sagte Damon. «Aber da wir schon mal von der Ehe sprechen, wie kommt es, daß du nicht wieder geheiratet hast?»

«Ich würde gern behaupten, für mich gebe es im Leben nur eine Frau», sagte Weinstein. «Aber da würde ich lügen. Die Ehe . . .» Er zuckte die Achseln und tat einen langen Zug von seinem zweiten Bier. «Wer würde mich schon heiraten? Ein fetter alter Polyp mit einem Gesicht wie der Strand von Iwo Jima und mit einer Pension, die gerade für Fleisch und Kartoffeln reicht. Was meinst du, würde ich kriegen? Eine altjüngferliche Schullehrerin, die bisher von jedem Mann, dem sie begegnet ist, verschmäht wurde, eine Witwe mit gefärbtem Haar und Titten runter bis zur Taille, die unter Personalien inseriert hat und einen männlichen Gefährten mit gleichgerichteten Interessen sucht, eine geschiedene Frau mit fünf Kindern, die Polizisten bevorzugt, weil ihr früherer Mann Verkehrspolizist gewesen ist? Nee . . .» Er trank mit einem zweiten mächtigen Zug das Bier aus. «Ich habe gewaltige Hochachtung vor zwei Dingen: vor mir und Sex. Ich würde sie verlieren, wenn ich nur das eine verdammte Wörtchen aussprechen würde: ‹Ja.›» Er starrte trübsinnig in das leere Glas, das vor ihm auf dem Tresen stand. «Die jüdische Religion empfiehlt, wenn eine Ehefrau stirbt, solle der Mann die Schwester der Frau heiraten. Ich habe meine Frau recht gern gehabt, und dagegen hätte ich auch nichts einzuwenden.»

«Und warum tust du's dann nicht?»

«Meine Frau hatte keine Schwester.» Er lachte heiser wie ein routinierter Komiker, der den eigenen Witz belacht.

Als das letzte Geschepper verklungen war, fragte Damon: «Bist du eigentlich ein gläubiger Jude?» Im Weinstein-Haus hatte er niemals besondere Anzeichen von Frömmigkeit entdeckt.

«Wie man's nimmt», sagte Weinstein, sofort wieder ernst, «ich esse zwar Schweinefleisch, und das einzige

Mal, daß ich in einer Synagoge war, mußte ich darin eine Verhaftung vornehmen, aber ich bin unzweifelhaft Jude, ob's mir gefällt oder nicht. Ich habe die Bibel gelesen, aber ...» Er schüttelte den Kopf. «Gläubig, nein, ich glaube nicht, daß man mich so bezeichnen kann. Religion ...» Er furchte die Stirn, als fiele es ihm schwer, seine Gefühle in Worte zu fassen. «Das ist wie eine riesige runde Wolke, in der sich ein Mysterium verbirgt.» Er hielt die Hände auseinander, als umfaßten sie eine große unsichtbare Kugel. «So groß wie der Planet, vielleicht wie das gesamte Sonnensystem, vielleicht ist es so groß, daß es nur in Lichtjahren gemessen werden kann. Und jede Religion krebst an der Außenseite dieser Wolke entlang, wobei die eine Religion vielleicht einen kurzen Blick auf einen Teil des Wolkeninneren erhascht, eine andere einen Wimpernschlag auf eine zweite, und so weiter und so fort, und niemand kriegt je den Wolkenkern zu sehen. Oder wie mein beschissener Schwager, der Atheist, zu sagen pflegte, vielleicht ist die ganze Geschichte nur erfunden, um die Menschen zu trösten, weil jeder weiß, daß wir sterben müssen, und die Religion liefert die große Lüge. Was ist die große Lüge? fragst du. Unsterblichkeit.» Er schnitt eine Grimasse, als sei das Bier in seinem Magen sauer geworden. «Er war so verdammt selbstsicher, daß man ihm hätte in den Arsch treten mögen. Ich kann es nicht ausstehen, wenn Menschen einer Sache sicher sind, die man nicht mit Zahlen oder Arithmetik oder zumindest mit sachverständigen Zeugen belegen kann. Sagen wir es so: soweit ich in Frage komme, sind die Geschworenen noch draußen am Beraten.» Er spielte zerstreut mit seinem leeren Glas auf dem Tresen. «Trost. Das ist kein schlechtes Wort. Aber von mir selber weiß ich ganz sicher, daß ich zu einem griesgrämigen alten Mann geworden bin. Nichts tröstet mich. Ich fühle mich nicht durch die Tatsache getröstet, daß ich sterben werde. Oder daß *du* sterben wirst. Eins weiß ich jedenfalls: daß ich mich nie über den Tod meiner Frau trösten werde. Und wenn es sich wirklich herausstellen sollte, daß ich eine unsterbliche Seele habe, dann wäre das die schlimmste Strafe von allen. Ich möchte todsicher nicht auferstehen, wenn die Posaune zum Jüngsten Gericht bläst. Und was die Vergebung anlangt, so können wir – wie ich schon neulich gesagt habe – alle etwas davon brauchen; aber ich habe mir selbst noch nicht vergeben, daß ich diesen dämlichen Wurf vom hinteren Mittelfeld versucht habe, und das ist schon beinahe fünfzig Jahre her. Ach ja ...» Er machte eine unwillige Geste. «Nächtliches Biergeschwätz.» Er rief den Barmann und bestellte noch ein Glas. «Roger», sagte er, «die Erlaubnis, mir den Arm zu brechen, ist aufs nächste Glas verschoben.» Er versuchte zu lächeln. «Vielleicht solltest du Schulter mal fragen, wenn du ihn siehst, was *ihn* denn tröstet. Tut mir leid», sagte er, «daß ich soviel rede. Über Dinge, von denen ich einen Dreck verstehe. Ich lebe schon so lange allein, daß mir der Mund überläuft, wenn ich in Begleitung ausgehe.»

«Ich bin verheiratet, und ich lebe nicht allein», sagte Damon, «aber auch mir läuft ziemlich oft der Mund über. Du solltest mich mal hören, wenn ich auf das Thema Ronald Reagan oder das Theater am Broadway zu sprechen komme.» Er sagte es leichthin, um Weinsteins Tiefsinn zu zerstreuen, aber er merkte, daß es ihm mißlang.

«Die Welt ...» sagte Weinstein verdrießlich. Er schüttelte den Kopf und sprach nicht weiter, als spotte, zumindest für diesen Abend, das Übel der Welt seiner Darstellungskraft. Er wandte sich kurz ab, um die Bilder auf dem Fernsehschirm anzustarren. Es handelte sich um eine Werbung für eine Bierbrauerei. Man sah brillant fotografierte Bilder von gigantischen Männern, weißen und schwarzen, die in gleißender Sonne an einem Ölbohrturm arbeiteten und dabei weidlich schwitzten, während sie Rohre herbeischleppten, Gelenke montierten, sich mit riesigen Ventilen mühten. Als dann die Sonne mit goldenem Glanz unterging, hörten die Männer mit der Arbeit auf, legten ihr Handwerkszeug nieder, warfen ihre Denimjacken und

Anoraks über die Schulter und begaben sich fröhlich in eine Bar, wo ihnen inmitten von stummem Gelächter und Rückenklopfen schäumende Biergläser vorgesetzt wurden – aber wegen der Rundfunkgesetze sah man sie nicht trinken.

«So ein Mist», sagte Weinstein knurrig. «Die fröhliche Rassengemeinschaft der amerikanischen Arbeiter. Wen wollen die eigentlich verhohnepiepeln?» Mit einem mächtigen Schluck trank er sein Bier aus. «Nichts wie raus hier.»

Als sie wieder in der Wohnung anlangten, war es schon fast Mitternacht, und Weinstein gähnte. Bevor er das kleine Zimmer aufsuchte, in dem er schlief, sagte er: «Tut mir leid, daß ich heut abend den Mund so weit aufgerissen habe. Ich werde am Morgen ein besserer Gesellschafter sein. Schlaf wohl, Junge.»

Bevor Damon in seinem eigenen Bett lag und das Licht ausmachte, lärmte Weinsteins Schnarchen schon durch die Wohnung.

Das Läuten des Telefons weckte ihn. Er hatte tief geschlafen und schien durch ein dunkles Gewässer aufwärts zu schwimmen, um an die Oberfläche zu kommen. Er drehte sich im Bett herum und nahm den Hörer ab. Er war sich bewußt, daß das Schnarchen aus dem Nebenzimmer aufgehört hatte. Das leuchtende Zifferblatt der Nachttischuhr zeigte zwanzig Minuten nach drei.

«Damon?» Er erkannte die Stimme. «Zalovsky. Ich muß Sie sprechen. Sie haben zehn Minuten. Ich bin ganz in Ihrer Nähe . . .»

«Augenblick», sagte Damon. «Ich schlafe noch.»

Er sah, daß sich die Tür seines Schlafzimmers öffnete; wie eine Silhouette vor dem Licht, das vom Korridor hereinströmte, stand in ihrem Rahmen Manfred Weinstein im Pyjama.

«Hören Sie gut zu», sagte Zalovsky. «Ich erwarte Sie, wie

ich sagte, in zehn Minuten. In den Washington Mews. Ich hoffe, Sie wissen, wo das ist.»

«Ich weiß, wo es ist.»

«Ein hübsches dunkles Plätzchen für eine kleine ernsthafte Unterhaltung. Wenn Sie wissen, was Ihnen frommt, dann versuchen Sie keine Tricks. Halten Sie sich für gewarnt.»

«Ich bin gewarnt.»

Zalovsky legte auf.

«Das war er», sagte Damon, als er den Hörer wieder auf die Gabel legte.

«Dachte ich mir», sagte Weinstein.

«Er ist in den Washington Mews. Wir sind heute abend auf dem Weg von der Bar dort vorbeigegangen. Man gelangt von der Fifth Avenue hinein, kurz bevor man zum großen Platz kommt. Am anderen Ende der Mews ist ein Fußgängerdurchlaß.»

«Ich bleibe dir auf der Spur», sagte Weinstein. «Vielleicht siebzig bis achtzig Meter hinter dir.»

«Gib mir ein bißchen Zeit, damit ich mit ihm reden und feststellen kann, was er eigentlich will», sagte Damon, als er anfing, sich anzukleiden.

«Keine Angst. Ich bin da, wenn du mich brauchst. Wie fühlst du dich, Junge? Nervös?»

«Nicht besonders. Vor allem neugierig.»

«Wacker.» Weinstein ging zurück in sein Zimmer, um sich anzuziehen.

Sie gingen nicht zusammen aus dem Haus. Weinstein wartete, nachdem Damon das Haus verlassen hatte, noch fast eine Minute unten im Vestibül und begann erst Damon zu folgen, als dieser gerade um die Ecke in die Fifth Avenue einbog.

Auf der Avenue war sehr wenig Verkehr. Gelegentlich sauste ein Auto vorüber, und Damon ging an den einzigen Leuten vorbei, die zu sehen waren, zwei Betrunkenen, die einander die Arme um die Schultern gelegt hatten und heiser sangen, während sie unsicher die Straße entlangschwankten. Sie sangen den Song der Artillerie *Die Lafetten, sie rollen entlang*; und Damon kam zu dem Schluß, daß sie Kriegskameraden gewesen waren.

Damon ging schnell. Er hatte einen klaren Kopf und war bemerkenswert ruhig. Er blickte nicht zurück, ob Weinstein ihm folgte. Als er zum Eingang der Washington Mews gelangte, blieb er stehen. Die kleine Straße, tatsächlich mehr ein Durchgang als eine Straße, war bis auf einen blassen Lichtschimmer, der von einem einzigen erleuchteten Fenster nahe dem Eingang der Mews herrührte, dunkel. Auf der Straße, die nur etwa hundert Meter lang war, konnte er nirgends eine Bewegung entdecken. Er ging auf der Straßenmitte bis zur Pforte am anderen Ende.

Der Lärm der zwei singenden Betrunkenen kam näher, als sie sich dem Eingang der Mews näherten, und Damon bekam es mit der Angst, daß durch irgendeinen hämischen Zufall einer von ihnen oder beide in einem der hübschen Häuser wohnten, die die kopfsteingepflasterte Straße säumten. Er befand sich etwa zwanzig Meter von dem letzten Haus entfernt, als sich ein Schatten, der in der Dunkelheit nur ein etwas tieferer Schatten war, aus einem flachen Hauseingang löste. «Gut», sagte die wohlbekannte Stimme, «Sie können da stehenbleiben.»

Damon konnte das Gesicht des Mannes nicht sehen und seine Größe und Gestalt nur ahnen.

«Na endlich», sagte Damon kühl, «was, zum Teufel, soll das Ganze eigentlich heißen?»

«Ich hab Ihnen doch gesagt, keine Tricks, oder?» Der Schatten kam näher.

«Ich bin hier, oder nicht? Allein.» Damon unterdrückte den fast unwiderstehlichen Drang, sich kurz umzusehen, ob Weinstein in Sicht sei.

«Sind die da Ihre Freunde?»

«Wer, die da?»

«Die zwei singenden Kerls.»

«Ich weiß nicht, wer die sind. Zwei Besoffene. Ich habe sie auf dem Hinweg überholt.»

«Sie kommen sich wohl ziemlich gerissen vor, oder? Besoffene. Wo haben Sie *den* Trick aufgeschnappt?»

Das lärmende Singen war jetzt lauter geworden und hallte zwischen den Häusern wider. Damon drehte sich um. Die beiden Männer waren am Eingang zu den Mews stehengeblieben: zwei dunkle Gestalten, die sich gegen das schwache Licht der Straßenlaternen in der Fifth Avenue abhoben. Die Betrunkenen schienen den Bewohnern der Mews ein Ständchen bringen zu wollen. Dann löste sich ein Schatten von der Mauer des einen Gebäudes nahe dem Eingang und geriet in den Lichtschein des einzigen erleuchteten Fensters der Straße. Es war Weinstein.

«Scheiße», sagte Zalovsky. Er versetzte Damon einen heftigen Stoß, so daß dieser gegen einen Türeingang stolperte. Es gab einen ungeheuren Knall, als Zalovsky feuerte und Damon Weinstein zu Boden gehen sah. Damon warf sich auf Zalovsky und schleuderte ihn zur Seite. Ein zweiter Schuß dröhnte. Dem folgte ein Schmerzensschrei, und Damon sah einen der Betrunkenen auf der Straße zusammensacken. Zur gleichen Zeit erhellten sich die Vorderfenster des Hauses gegenüber den beiden miteinander ringenden Männern. Zalovsky war außerordentlich kräftig und riß seinen Arm aus Damons Griff. Da er gegen das Licht stand, konnte Damon seine Züge nicht erkennen. Zalovsky atmete schwer. «Verdammter Scheißkerl», sagte er, «das soll dir schlecht bekommen.»

Damon rannte zum Eingang der Mews. Er war erst knapp fünf Meter gelaufen, als wieder ein Schuß fiel. Aber diesmal kam er von vorn. Weinstein, auf den Pflastersteinen kniend, hatte gefeuert.

Er hörte Zalovsky ächzen, darauf das Geräusch von Metall auf den Steinen. Er wandte sich um und blieb stehen. Zalovsky rannte von ihm fort zum rückwärtigen Eingang der Mews. Er hielt sich den rechten Arm und rannte unbeholfen und doch schnell. In zwei Sekunden war er durch das Tor und verschwunden.

Damon eilte zu der Stelle, wo Weinstein, nicht mehr

kniend, ausgestreckt auf dem Rücken lag. Sein Blut war dunkel auf den Pflastersteinen.

Von weit her hörte man das Jaulen der ersten Polizeisirene.

18

«SIE KÖNNEN JETZT REIN», sagte der Arzt. «Mr. Weinstein ist bei Bewußtsein und fragt nach Ihnen. Aber bitte nur für ein paar Minuten.»

Damon saß mit Lieutenant Schulter in dem kleinen Wartezimmer neben der Intensivstation des Krankenhauses, in das Weinstein und der von Zalovskys zweiter Kugel getroffene betrunkene Sänger eingeliefert worden waren. Nach dem Sänger hatte bisher niemand gefragt. Bei der Einlieferung hatte man nur noch seinen Tod feststellen können.

Es war ein langer Tag gewesen. Die Schüsse waren kurz nach halb vier Uhr morgens gefallen, und jetzt war es sieben Uhr abends. Verschiedene Kommissare hatten Damon verhört, während Weinstein auf dem Operationstisch lag; dann war Schulter erschienen und hatte den Fall übernommen. Barmherzigerweise hatte die Polizei alle Zeitungsleute vom Krankenhaus ferngehalten, aber Damon konnte sich ausmalen, wie die Titelseiten ausgesehen hatten. Er konnte Sheila erst um ein Uhr in Vermont anrufen, aber sie war bereits unterwegs und mußte jetzt jeden Augenblick eintreffen.

Schulter war überraschend sanft gewesen und hatte darauf bestanden, daß Damon Kaffee und Sandwiches bekam; aber immer und immer wieder forderte er ihn auf, jede Bewegung zu beschreiben, die jeder Beteiligte an der Schießerei gemacht hatte. Eine Blutspur lief, wie Schulter Damon erzählte, von dem Fleck, wo die von Zalovsky benutzte Pistole gefunden wurde, zum Durchlaß und zur Bordschwelle am Waverley Place. Ein Zeuge hatte gesehen, wie ein Mann sich in ein dort geparktes Auto geworfen hatte und davongefahren war. Bedauerlicherweise hatte sich der Zeuge nicht die Nummer des Fahrzeugs gemerkt. Aber noch bedauerlicher war, daß Damon keine Beschreibung seines Angreifers geben konnte, außer daß er von mittlerer Größe, untersetzt und sehr kräftig war, daß er gestrauchelt und fast gefallen wäre, als der Schuß ihn getroffen hatte, daß er sich aber zusammengerissen hatte und davongestolpert war. Die Kugel mußte in seine rechte Seite oder den rechten Arm eingedrungen sein, weil er den Revolver in der rechten Hand hielt und ihn unmittelbar nach dem Treffer hatte fallen lassen.

«Er wird mit einem großen Loch im Körper nicht allzu weit kommen», sagte Schulter. «Und bald - sehr bald - wird er sich einen Arzt nehmen müssen, der ihn zusammenflickt; und zehn Minuten nachdem er die Arztpraxis oder das Krankenhaus verlassen hat, werden wir ihm auf den Fersen sein.»

«Ich wünsche Ihnen alles Glück», sagte Damon. «Und mir auch.» Er war nicht so zuversichtlich wie Schulter.

Weinsteins Knie war getroffen und zerschmettert worden. Er hatte schnell eine Menge Blut verloren, und Schulter staunte, daß er trotzdem noch feuern und seinen Mann in dem schwankenden matten Licht hatte treffen können. Schulter ließ sich von dem Tod des Mannes, der in der Fifth Avenue, am Eingang zu den Washington Mews, *Die Lafetten, sie rollen entlang,* gesungen hatte, nicht weiter beeindrucken. Dergleichen Vorfälle seien in New York an der Tagesordnung, sagte Schulter. «Das sind eben die durchschnittlichen Verluste», war die von ihm gebrauchte Phrase. Es war offensichtlich, daß Schulter Zuschauer als eine normal gefährdete Gattung betrachtete.

Damon sprach es zwar nicht aus, aber es schien ihm doch, daß die versicherungsstatistischen Maßstäbe, nach denen Schulter die Lebenschancen eines jeden Menschen beurteilte, erheblich von den seinen abwichen. In seinem Fall war der Durchschnitt innerhalb der letzten Wochen in übelster Weise ad absurdum geführt worden. Zwar traf es zu, daß der frühmorgendliche Sänger die erste Person gewesen war, mit der er auf dem Weg zu Zalovskys Treffpunkt in eine Art von Berührung gekommen war – falls man das Überholen eines Betrunkenen auf der Fifth Avenue mitten in der Nacht so bezeichnen konnte. Aber Schulters Statistik bezog jene anderen Opfer auf Damons Liste, wie zum Beispiel Maurice Fitzgerald, Melanie Deal, Elsie Weinstein, Julia Larch und Sheilas Mutter, nicht mit ein; auch nicht Manfred Weinstein selber. Damon wußte, daß seine Ideen neurotisch, ja krankhaft waren, aber er konnte das Gefühl nicht loswerden, daß jede Verbindung mit Roger Damon einen Menschen zum Opfer machen konnte, auch wenn er nicht unmittelbar oder innerhalb der vergangenen zwei Wochen dabei ums Leben gekommen war.

Der Mann, der sein Leben gelassen hatte, war inzwischen identifiziert worden. Er hieß Bryant und war aus Tulsa, Oklahoma, zu einer Konferenz von Versicherungsmanagern nach New York gereist. Damon erinnerte sich an Fitzgeralds Worte: Vertretbare Verluste, und fragte sich, ob Schulter den unseligen Mr. Bryant dazuzählen würde.

Weinstein lag bleich und still im Krankenhausbett; Drainageröhren hingen von ihm herab und Infusionsschläuche waren durch Nadeln mit seinen Venen verbunden. Seine Wangen waren eingefallen, und die regungslose Gestalt unter dem Laken schien geschrumpft, aber seine jetzt tief in die Höhlen gesunkenen Augen waren wach. Er war der einzige Patient im Zimmer.

«Wie geht's dir?» fragte Damon mit gesenkter Stimme.

«Ich atme», erwiderte Weinstein schwach.

«Der Arzt sagt mir, daß du wieder gesund wirst.»

«Ich wette, das erzählt er jedem.» Weinstein versuchte ein kleines Lächeln.

«Auf alle Fälle wirst du in ein paar Monaten wieder gehen können», sagte Damon.

«Wohin?» fragte Weinstein. «Und wie steht's mit dir?»

«Gut», sagte Damon. «Unverletzt.»

«Das Glück der Iren.» Weinstein streckte die Hand aus, um die Damons zu ergreifen. Der Druck war schwach. «Ich hatte mir Sorgen um dich gemacht. Der Scheißkerl ist entwischt, stimmt's?»

«Ja. Nicht weit, nach Schulters Ansicht. Du hast ihn getroffen. Er kann nicht weit gekommen sein.»

«Ich hätte ihn mit einem Schuß umlegen müssen. Das verdammte dritte Bier», sagte Weinstein bitter. «Und dann bist du auf mich zugerannt und hast ihn gedeckt, so daß ich keinen zweiten Schuß mehr feuern konnte. Dann habe ich wohl das Bewußtsein verloren. Schöner Leibwächter! Wie ein Amateur aus der Provinz.»

«Auf alle Fälle», sagte Damon, «hast du mir das Leben gerettet. Wenn dich das tröstet.«

«Tröstet!» Ein mühsames Lachen kam über die blassen Lippen. «Einen der Burschen, die hinter mir gesungen haben, hörte ich schreien. Ist der auch getroffen worden?»

«Er ist tot . . .»

«Großer Gott!» Weinstein seufzte. «Hast du wenigstens etwas erfahren? Wer der Schurke ist? Was er verlangt?»

«Nichts», sagte Damon. «Er war äußerst mißtrauisch. Er hielt die beiden singenden Männer für meine Leibwächter, und dann hat er dich gesehen . . .»

«Es gibt immer Dinge, die man nicht vorhersehen kann . . .» sagte Weinstein mit heiserer Stimme. «Zwei Burschen gehen von einer Party am falschen Ort und zur falschen Zeit nach Hause. Schicksal!» Er zog seine Hand von Damons Hand zurück. «Tut mir leid, ich kann nicht mehr sprechen. Die haben mich mit allem möglichen vollgepumpt; sie wollen anscheinend, daß ich zwei Wochen lang benebelt bin. Paß auf dich auf! Und mach dir keine Sorgen um mich. Ich werde . . .» Er schloß die Augen und versank wieder in einen betäubten Schlaf.

Damon fühlte sich erleichtert, als er die Intensivstation verließ mit ihrer Atmosphäre verhaltener Spannung, den wachsamen Schwestern vor den Bildschirmen, auf denen elektrische Impulse erratische helle Linien zogen und dadurch Leben und Tod der grotesk bandagierten Leiber anzeigten; diese waren ihrerseits durch Schläuche mit ächzenden Geräten verbunden, die er durch offene Türen in anderen Räumen erblickte. Sterblichkeit, dachte er, als er an den geretteten Trümmern der Menschheit in dieser Abteilung vorbeiging, ist hier die Handelsware.

Sheila wartete auf ihn, und mit ihr ein Oliver, der jetzt blasser aussah als je zuvor. Sie hatte Oliver von Vermont aus angerufen, und er hatte sie vom Flughafen abgeholt. Ihr Koffer stand auf dem Fußboden zu ihren Füßen, und die Sorge hatte sich tief in ihr Gesicht gegraben. Sie legte die Arme um Damon, als er ins Zimmer trat, und hielt sich schweigend an ihn geschmiegt. Für Weinstein war an diesem Abend keine weitere Hilfe möglich, und Damon stolperte vor Müdigkeit; so folgten sie denn, mit einer letzten Mahnung an den Arzt, sie im Fall einer Krise in Olivers Wohnung anzurufen – denn Oliver hatte Sheila überredet, dort Quartier zu nehmen –, Lieutenant Schulter durch ein Gewirr von Gängen zu einem rückwärtigen Ausgang, um den Reportern am Hauptportal zu entrinnen. Da Schulter nun einen ermordeten Mann und zwei schwer Verwundete als Beweisstücke vorzeigen konnte, war der gelangweilte Ausdruck, den er bisher für Damons Probleme übrig hatte, einer fast väterlichen Fürsorglichkeit gewichen; und es war nicht mehr die Rede von Irren, die pro Nacht in New York zehntausend obszöne Anrufe machen. Er bestand darauf, mit in das Taxi einzusteigen und zu Olivers Wohnung zu fahren, und er half Damon aus dem Wagen, als sei dieser ein Invalide. «Keine Sorge», sagte er, als sie sich vor der Haustür verabschiedeten, «dieser Bursche wird nicht in dem Zustand sein, Sie weiter zu belästigen. Wenn Sie mich aus irgendeinem Grund brauchen oder wenn etwas vorfällt, was ich Ihrer Meinung nach wissen sollte, dann haben Sie ja meine Nummer. In den nächsten Tagen werden einige Protokolle zu unterzeichnen sein, aber das ist auch alles. Niemand wird die Bundespolizei damit behelligen.»

Dann zu Sheila: «Mrs. Damon», sagte er, «sorgen Sie gut für Ihren Mann. Er ist ein recht beherzter Mann, und er hat einen schlimmen Tag hinter sich.» Er tippte an seinen lächerlichen Hut, stieg wieder ins Taxi und fuhr davon.

Doris Gabrielson war eine kleine, eher rundliche Frau mit blondem Haar; sie sprach in einer Art Singsang, der alle ihre Sätze gegen Ende stimmlich in die Höhe trieb. Das war eine Angewohnheit, die Damon sonst immer gestört hatte, aber jetzt rührte ihn die offene Anteilnahme an seinem Geschick und die Wärme ihres Willkommens. Im Gastzimmer standen Blumen für sie, und alle Zeitungen waren ihren Blicken taktvoll entzogen. Sie hatte kalten Aufschnitt, Käse und Kartoffelsalat auf einem Büfett angerichtet und kredenzte Damon einen Scotch mit nicht sehr viel Soda, bevor sie sich zum Essen setzten. Sie reichte auch den anderen Drinks, schenkte sich selber ein und hob, bevor sie tranken, ihr Glas mit den Worten: «Auf bessere Tage. Und auf Mr. Weinsteins Gesundheit.»

«Amen», sagte Oliver.

Der Whisky brannte in Damons Kehle, als er hinabfloß, aber nach ein, zwei Minuten trat die Wirkung ein: ein angenehmes Gefühl der Entrücktheit, Traumhaftigkeit, ein Gefühl, das tröstlich war und beruhigend, die Empfindung, daß er nicht mehr für sich verantwortlich sei, daß er sich in anderen, sicheren Händen befand und von der Notwendigkeit erlöst war, eigene Entscheidungen zu treffen.

Er war nicht hungrig, aß aber pflichtschuldigst wie ein gehorsames Kind und trank durstig das kalte Bier, das Doris ihm einschenkte.

Nach der Mahlzeit sagte Damon: «Ich hoffe, ihr entschuldigt mich. Ich bin völlig erschöpft. Ich muß mich ein bißchen hinlegen.»

«Gewiß», sagte Doris.

Sheila folgte ihm ins Fremdenzimmer und kniete nieder, um ihm, der auf der Bettkante saß, die Schuhe auszuziehen. Seit sie ihn im Krankenhaus umarmt hatte, hatte sie kaum ein Wort mit ihm gewechselt, als hätte sie Angst, daß ein paar Worte einen Gefühlserguß auslösen könnten, den sie bisher in ihrem Innern verschlossen hatte.

«Ruh dich aus, Liebster», sagte sie, nachdem sie die Decke über ihn gebreitet hatte. «Und grüble nicht. Du hast liebevolle Freunde. Ich gehe jetzt mit Oliver nach Hause und packe einen Koffer mit Sachen, die du brauchst.»

Er streckte die Hand aus, um ihre Hand zu ergreifen, zog sie an seinen Mund und küßte sie. Ihr ganzer Leib schien zu erbeben, als sei sie von einem einzigen grunderschütternden Schluchzen ergriffen, aber es kamen keine Tränen. Sie beugte sich vor und küßte ihn auf die Stirn. «Schlaf gut», sagte sie, machte die Lampe aus und verließ das Zimmer.

Damon schloß die Augen und fiel fast unmittelbar in einen traumlosen Schlaf der Erschöpfung.

Als er aufwachte, wußte er zunächst nicht, wo er war, dann sah er Sheila, von einem Lichtstreifen erhellt, der durch den Spalt der etwas geöffneten Tür fiel, an seinem Bett sitzen und auf ihn niederstarren. In der Wohnung war es vollkommen still. Er fühlte sich krank. Er hatte ein brennendes Gefühl hoch in der Brustmitte und wußte, daß ihm gleich übel würde. Er schob sich mühsam aus dem Bett. «Entschuldige mich», sagte er undeutlich mit schlafschwerer Zunge, «ich muß mich übergeben.»

Sheila half ihm und geleitete ihn zur Gasttoilette, deren Tür offenstand und die von einem mildem Licht erhellt war. Er schob Sheila zurück, stolperte in die Toilette und schloß die Tür hinter sich. Er erbrach das gesamte Abendbrot, dazu den größten Teil der Sandwiches und den Kaffee, den er im Lauf des Tages zu sich genommen hatte. Er spülte sich den Mund, bürstete sich die Zähne mit Zahnbürste und Zahnpasta, die Sheila auf dem Regal über dem Waschbecken für ihn hingelegt hatte; darauf wusch er sich das Gesicht mit eiskaltem Wasser. Als er ins Schlafzimmer zurückkehrte, fühlte er sich besser.

«Kartoffelsalat bekommt mir anscheinend nicht», sagte er zu Sheila.

Sie lachte trocken. «Mörder vielleicht auch nicht?» sagte sie.

Unwillkürlich hätte auch er beinahe gelacht. «Wieviel Uhr ist es?» fragte er.

«Halb drei.»

«Zeit, sich auszuziehen. Auch für dich.» Als er sich seiner Kleider entledigt hatte, stieg ihm der Geruch von schalem Schweiß, Angst und der festhaftende medizinische Dunst des Krankenhauses in die Nase. Alles, was er angehabt hatte, warf er auf einen Haufen unter das offene Fenster und legte sich nackt ins Bett. Er bemerkte, daß Doris die zwei Betten im Gastzimmer rücksichtsvoll dichter zusammengerückt hatte, weil sie oft bei den Damons zu Gast gewesen war und bemerkt hatte, daß sie zusammen schliefen. Plötzlich fühlte er unglaublicherweise ein übermächtiges Liebesbegehren; und als Sheila im Nachtgewand aus dem Badezimmer kam, sagte er: «Zieh das Zeug aus. Und komm ganz dicht an mich ran.»

Sie machten keinen Gebrauch von dem zweiten Bett und wachten erst spät am Morgen auf.

Eine Woche lang verließ er die Wohnung der Gabrielsens überhaupt nicht. Er fühlte, daß er sich keinem Reporter stellen, keinen Telefonanruf beantworten, keinen Vertrag lesen oder selbst entscheiden könne, was er in einem Restaurant essen wollte. Sheila, die ihre Arbeit wiederaufnehmen mußte, fand Zeit, Weinstein täglich im Krankenhaus zu besuchen, und kam jeden Abend mit beruhigenden Nachrichten über seine fortschreitende Genesung zurück. Oliver erledigte die Arbeit im Büro, aber er erzählte Damon nur, daß alle, mit denen sie irgendwann einmal zu tun gehabt hatten, täglich anriefen, um sich nach seinem Befinden zu erkundigen und ihm beste Wünsche zu übermitteln, verlor aber kein Wort über den Geschäftsgang. Er log auch treulich, wenn man ihn fragte, wo Damon sich befinde, und erzählte allen und jedem, daß er es nicht wisse. «Es ist erstaunlich», sagte er, «wie leicht man jemanden in

New York aus den Augen verlieren kann.» Damon schien er in diesen letzten paar Tagen sichtlich gealtert, und er meinte, in Olivers hellblondem Haar ein wenig Grau entdecken zu können.

Niemand brachte eine Zeitung in die Wohnung, wofür Damon dankbar war. Er hoffte, daß sich seine Stimmung mit der Zeit ändern würde, aber gegenwärtig wollte er gar nicht wissen, wie die Welt zurechtkam, was der Präsident in der jüngsten Rede gesagt hatte, in welchem Land eine neue Revolution ausgebrochen war, welches neue Verbrechen dem CIA in die Schuhe geschoben wurde, wessen Stück am Broadway Premiere gehabt hatte, wie die Zinsen stiegen oder wer gestern morgen gestorben war.

Glücklicherweise hatte die Baseballsaison begonnen, und er sah sich stundenlang, in einer Art Tribünenrausch, Spiele an, ohne für eine bestimmte Mannschaft Partei zu ergreifen; zufrieden, einen überwältigenden Beweis von schneller, jugendlicher Geschicklichkeit und amerikanischer Vitalität auf dem kleinen Bildschirm zu erblicken. Wenn die Nachrichten kamen, stellte er das Gerät ab.

Die anderen taten ebenfalls so, als hätten sie kein Interesse an den Geschehnissen der Welt, und stellten das Gerät nie aufs Geratewohl an. Er nahm ihre Rücksicht stumpf als gegeben hin, wie ein krankes Kind. Wenn er keinem Baseballspiel zusah, hielt er stundenlang ein aufgeschlagenes Buch vor sich in den Händen, ohne jemals eine Seite umzublättern. Doris, die anfangs versucht hatte, lebhaft und lustig und gesprächig zu sein, fügte sich bald der Erkenntnis, daß Damon nichts wünschte, als sich selbst überlassen zu bleiben, und schlich leise und unauffällig im eigenen Haus umher. Tagsüber, wenn die anderen fort waren, brachte sie ihm seine Mahlzeiten auf einem Tablett, so daß er allein für sich essen konnte. Sie hatte auch schnell begriffen, daß es zwecklos war, ihn nach seinen Wünschen für die Mittags- oder Abendmahlzeit zu fragen, und stellte die Mahlzeiten nach eigenem Gutdünken zusammen; auf das Tablett stellte sie dann – abgesehen vom Essen – eine einzelne Rose in einer kleinen Vase und eine halbe Flasche Wein. In den ersten zwei oder drei Tagen trank er von dem Wein; da er aber davon Sodbrennen bekam, ließ er die Flasche später stehen.

Er äußerte sich weder bei Doris noch bei Sheila darüber, daß er seinen Zustand jetzt für ein psychisches Leiden hielt; und obwohl Oliver die kleine Bar im Wohnzimmer mit Damons bevorzugtem Whisky aufgestockt hatte, rührte dieser die aufgereihten Flaschen nicht an. Sheila gab keinen Kommentar zu dieser plötzlichen Abstinenz.

Wenn er nachts oder während seines langen täglichen Nachmittagsschlafes träumte, erinnerte er sich beim Aufwachen nicht mehr an den Traum. Er schlief jede Nacht in dem kleinen Bett mit Sheila im Arm, wie ein Tier, das zur Winterszeit im Körper eines Artverwandten Wärme sucht. Sheila berichtete ihm, nach der ersten Woche sehe es so aus, als könne Weinstein in etwa zwei Monaten – allerdings an Krücken und mit Gipsverband – das Krankenhaus verlassen. Im Lauf der langen Gespräche, die sie täglich mit Weinstein führte, habe sie sich sehr mit ihm angefreundet und könne den Gedanken nicht ertragen, daß er nach Hause zurückkehre und wieder allein lebe, und daß niemand ihn in dem großen leeren Haus versorge. Sie hätte ihm gesagt, wenn er imstande sei, das Krankenhaus zu verlassen, würde sie ihn und Damon zu ihrem Haus in Old Lyme fahren, wo er völlig genesen könne und Damon sich nicht den Fragen und Beileidskundgebungen seiner Freunde und den Anforderungen seines Berufes auszusetzen brauche. Zuerst, erzählte sie Damon, habe Weinstein gesagt, das käme gar nicht in Frage, er habe sich jahrelang selbst versorgt und wolle ihnen nicht zur Last fallen, bloß weil er seine Pflicht vernachlässigt und Damon so schlecht beschützt hätte. Aber Sheila hatte ihm gesagt, seine Pflicht sei noch nicht beendet – Weinstein könne ja seinen Revolver mitnehmen, für den Fall, daß Zalovsky Freunde hatte, die ihn unbedingt rächen wollten, oder auch, falls Zalovsky selber auftauchen sollte – trotz Schulters zuversichtlicher Prophezeiung, daß Zalovsky, tot oder lebendig, nicht mehr imstande sein würde, weiteren Schaden anzurichten.

Sheila fragte Damon nicht, ob er ihren Plan für gut oder schlecht hielt, und Damon stellte weder Fragen noch machte er Vorschläge. Er fragte auch nicht nach dem Zustand von Sheilas Mutter. Er war in der Selbstsucht des Kranken gefangen wie in einem Gehäuse; und obwohl er wußte, daß er sein Leben schließlich selbst wieder in die Hand nehmen mußte, war die Zeit dafür noch nicht gekommen.

Zartfühlend machte Sheila keinen Versuch, ihn aus der hermetischen Lethargie zu reißen oder ihn aufzuheitern. Seine Nerven - das war seine Erkenntnis, und er nahm an, daß es auch die ihre war - waren noch zu sehr aufgerauht; und er konnte an den stillen Tagen und in den dunklen Nächten seinen Gespenstern ebensowenig entrinnen wie den zahlreichen Toten und Verwundeten. Obgleich er sich Mühe gab, möglichst gelassen und umgänglich zu erscheinen, wußte nur er allein um die Anstrengung, die ihn dies kostete und daß ein einziges falsches Wort ihn in Tränen oder Wut ausbrechen lassen würde. Sheila durfte nicht wissen, wie sehr er von dem Gefühl gepeinigt wurde, daß noch nichts entschieden sei; von seiner Vorahnung des Bösen, einer Ahnung, daß alles, was bisher geschehen war, nur als Vorspiel diene, als rätselhafte, zynische Andeutung von künftigem Unheil und Verhängnis.

Ebensowenig erzählte er Sheila, daß er sich jetzt immer häufiger nach den kargen Mahlzeiten, die er herunterwürgte, erbrechen mußte. Ganz gewiß hatte Doris, die sich behutsam von ihm fernhielt, keine Ahnung davon, daß ihr Hausgast an mehr litt als an den Nachwirkungen des erlittenen Schocks.

Eins nach dem anderen, dachte Damon dumpf. Wenn ich die Energie aufbringe, diese Wohnung zu verlassen, dann suche ich insgeheim einen Arzt auf, erzähle ihm, daß mein Blut und meine Knochen zuschanden werden und daß ich nun endlich der ärztlichen Diagnose bedarf.

Das kam schneller, als er erwartet hatte, und nichts war mehr länger zu verheimlichen.

Am Morgen des achten Tages nach dem Schußwechsel wachte er früh in einem Anfall lähmender Magenschmerzen auf. Mühsam, mit dem Versuch, Sheila nicht aufzuwecken, kroch er aus dem Bett; tief gekrümmt, sich mit den Fingerknöcheln auf den Boden stützend, um nicht zu stürzen, schleppte er sich zur Toilette. Unwillkürlich entrang sich ihm ein Stöhnen. Er wankte in die Toilette, hatte aber weder den Willen noch die Kraft, die Tür hinter sich zu schließen. Er blickte nicht auf, als er Sheilas Hand auf seiner Stirn fühlte, von ihr gestützt wurde und sie sagen hörte: «Keine Sorge, Liebster, ich bin bei dir.»

Bald darauf war auch Oliver im Badezimmer. Damon schämte sich seiner Nacktheit, konnte aber nicht aufblikken, um festzustellen, ob Sheila einen Schlafrock trug. Olivers Stimme klang weit entfernt wie das Echo in einem leeren Gang, als er fragte: «Welche Telefonnummer hat dein Arzt?»

Auch Sheilas Stimme war kaum kenntlich, als sie antwortete: «Er hat gar keinen.» Damon registrierte eine zwanzig Jahre alte Beschwerde in ihrer Stimme. «Und mein Arzt ist Gynäkologe.»

Irgendwie kam das Damon komisch vor, und wie er da über die Toilette gebeugt stand, hörte er sich lachen.

«Dann rufe ich unseren Arzt an», sagte Oliver. «Hoffentlich ist er nicht verreist.»

«Nicht nötig.» Damon spürte plötzlich, wie der Schmerz verging und seine Kehle nicht mehr von Krämpfen gepackt war. «Alles in Ordnung.» Er richtete sich auf und zog sich würdevoll seinen Schlafrock an, der an der Toilettentür hing. «Ich habe mir ein bißchen den Magen verdorben, weiter nichts.» Er warf einen Blick auf Sheila, war dankbar, daß sie Zeit gefunden hatte, ihren Schlafrock anzuziehen, blickte aber gleich wieder weg, weil der Ausdruck ihrer Augen und ihres Mundes ihn ängstigte. «Ich will mich wieder hinlegen und noch ein bißchen schlafen.»

«Sei nicht so verflucht spartanisch», sagte Sheila, als sie seinen Arm ergriff und ihn zurück zum Bett brachte. Als er wieder lag, fühlte er, wie sich seine Muskeln entkrampften, sein Magen sich beruhigte und der Stachel des Schmerzes verging. Er lächelte Oliver und Sheila, die auf ihn herabblickten, ermutigend an. «Mir geht's wieder prima», sagte er. «Ehrlich gesagt, habe ich einen furchtbaren Hunger. Könnte ich vielleicht etwas Orangensaft und Toast und Kaffee kriegen?»

Der Arzt war ein großer, gutaussehender alter Mann namens Brecher. Er hatte graues Haar und eine energisch-sachliche Manier, die Vertrauen einflößte. «Nun, ein bißchen Ruhe», sagte er, «und ein paar Tage milde Kost, etwas Maalox vor den Mahlzeiten und keine Grübeleien» – dazu machte er eine strenge Miene, als ob das Grübeln eine der schlimmsten Krankheiten sei, denen er in den vielen Jahren seiner Praxis in New York begegnet war – «dann sind Sie wieder so gut wie neu.»

Damon war froh, daß Oliver so gescheit war, einen vernünftigen praktischen Arzt der alten Schule zu haben, statt eines neumodischen Technikers, der seine Patienten eilends ins Krankenhaus beförderte und sie der kompletten Skala medizinischer Torturen aussetzte, einschließlich des Besuchs von Spezialisten, von denen jeder entdeckte, daß der arme Leidende genau von jener Seuche befallen war, die er seit seinem Abgang von der Universität stets so fachmännisch diagnostiziert hatte. Damon dankte dem Arzt überschwenglich und versicherte ihm, daß er sich im Augenblick besser fühle als in den ganzen letzten Monaten, während Sheilas Ausdruck immer grimmiger wurde und der Unglaube in ihren Augen sichtbar war wie eine im Wind wehende Fahne. Erleichtert durch die Versicherung des Arztes, daß seine Krankheit nicht bedeutend sei, und durch die maßvolle Behandlung, die er verschrieben hatte, löste sich die Wolke, die über Damons Seele geschwebt hatte wie der Morgennebel im Sonnenschein, und er fand es sogar an der Zeit, der (wie er jetzt beschämt annehmen mußte) hypochondrischen Schwäche ein Ende zu machen. Er brannte darauf, auf den Beinen und unter Menschen zu sein und sich zu vergewissern, daß sein Geschäft unter Olivers unsicherer, wenn auch hingebungsvoller Leitung nicht in Schutt und Asche versank.

Als der Arzt gegangen war, kam Sheila, die ihn zur Tür begleitet hatte, mit noch finsterer Miene zurück.

«Du benimmst dich wie ein Kind», sagte sie zu Damon, «wie ein kleiner Junge auf dem Spielplatz, dem man auf die Nase geschlagen hat, so daß sie fürchterlich blutet, und der behauptet, es tue gar nicht weh. Was weißt du schon von dir – du schaust ja nicht mal in den Spiegel, außer wenn du dich rasierst. Vielleicht kannst du einem Arzt etwas vormachen, aber deine Frau kannst du nicht für dumm verkaufen. Es tut weh, und je eher du's zugibst, desto besser. Du bist krank, und alle Spiegelfechterei der Welt kann mich nicht vom Gegenteil überzeugen. Wir sprechen darüber, wenn ich heute abend von der Arbeit komme.»

Mit tiefdunklen, gewittrigen Augen verließ sie das Zimmer und knallte die Tür hinter sich zu.

Bewundernswerte Frau, dachte er, als er sich gegen die Kissen zurücklegte. Recht oder unrecht, sie äußert ihre Meinung ohne Rückhalt.

Aber als Sheila am Nachmittag von ihrer Arbeit zurückkehrte, sprachen sie nicht über seine Symptome. Ihre Augen waren rot und geschwollen, als hätte sie stundenlang geweint. Gregor Khodar hatte in der Schule angerufen, nachdem er vergeblich versucht hatte, sie in ihrer Wohnung zu erreichen. Ebba Khodar war an diesem Morgen durch eine in einem geparkten Auto versteckte Bombe getötet worden, als sie in Rom auf der Straße an einer Bank vorüberging. Nichts war mehr von ihr vorhanden, das noch kenntlich gewesen wäre und das eine Beerdigung gelohnt hätte, hatte Gregor Sheila erzählt.

In dieser Nacht mußte Damon im Bett, wo er die nach einer Dosis Schlaftabletten in gnädigem Tiefschlaf liegende Sheila umschlungen hielt, an Lieutenant Schulter und seine durchschnittlichen Verluste denken. Der Lieutenant hatte nicht daran gedacht, die Stadt Rom in seine Statistik einzubeziehen.

Während Sheila in dem verdunkelten Zimmer in seinen Armen schlief, ließ Damon endlich seinen Tränen freien Lauf. Welche Warnungen, fragte sich Damon in seiner Qual – Qual um seinen Freund und um sich selbst –, hatte diese liebe und einfache Frau unbeachtet gelassen?

19

ER VERSUCHTE, GREGOR EINEN BRIEF ZU SCHREIBEN, und hatte bereits drei Bogen zerknüllt und in den Papierkorb geworfen; jetzt war er beim vierten Entwurf. Sein Kopf war dumpf, alle Gedankengänge blockiert, alle Wahrnehmungen umnebelt. Es sei hoffnungslos, fand er, als er auf das Blatt niederstarrte, auch nur versuchsweise in Worte zu fassen, was er bei dem empfand, was in Rom geschehen war; und er war schon im Begriff, auch diesen Bogen wegzuwerfen, als zaghaft an die Tür des Gastzimmers geklopft wurde.

«Herein», sagte er.

«Tut mir leid, wenn ich dich störe, Roger», sagte Doris, «aber Dr. Brecher ist am Telefon und möchte mit dir sprechen.»

«Danke», sagte Damon und folgte ihr in die Diele, wo das Telefon auf einem Tisch stand. Als sie die Diele verließ, damit er unbelauscht mit dem Arzt reden konnte, fiel ihm auf, daß Doris fertig angekleidet war, mit Rock und Pullover, das Haar hübsch frisiert und das Make-up tadellos, obwohl es erst zehn Uhr morgens war. Seit er und

Sheila in der Wohnung lebten, hatte er sie noch nie im Morgenrock oder mit wirrem Haar gesehen; und ihm wurde klar, daß sie ihm zuliebe am frühen Morgen so adrett war, damit er nicht den Eindruck gewänne, daß er einer gewissermaßen ungezwungenen hausfraulichen Schlamperei im Wege sei. Er müßte sie für ihren Takt belohnen, fand er. Aber ein andermal.

Er nahm den Hörer auf. «Dr. Brecher?» fragte er.

«Mr. Damon», erwiderte der Arzt, «ich habe mir Ihretwegen die ganze Nacht Gedanken gemacht. Ich glaube, daß Sie nicht *alle* Symptome Ihrer möglichen Leiden beschrieben haben. Wenn Sie sich zum Beispiel übergeben haben, war dann in dem Erbrochenen etwas Schwarzes?»

Damon zögerte ein wenig. Es stimmte, ein- oder zweimal hatte er kleine schwarze Klumpen entdeckt, aber er hatte zuvor Kaffee getrunken und sie darauf zurückgeführt. «Eigentlich nicht», sagte er. Nach dem, was Ebba Khodar zugestoßen war, erschien ihm die Sorge um eine zweifelhafte Funktion seines Körpers als zynische Frivolität.

«Bitte, Mr. Damon», sagte der Arzt, «das könnte sehr wichtig sein. Ich will nicht den Teufel an die Wand malen, aber oft zeigt ein Mann wie Sie, der sich sein ganzes Leben lang einer glänzenden Gesundheit erfreut hat, die Neigung, gewisse Symptome herunterzuspielen und als vorübergehendes Unwohlsein abzutun.»

«Nun ja, Herr Doktor», sagte Damon, «jetzt, da Sie's erwähnen: ich habe das von Ihnen Beschriebene tatsächlich wahrgenommen. Ja, vor kurzem, ein paarmal, nicht oft. Allerdings spüre ich im Augenblick gar nichts.» Er war sicher, daß Dr. Brecher bei aller großen Kunstfertigkeit nicht sicher sein konnte, ob diese Auskunft genau zutraf oder nicht.

«Um wirklich sicherzugehen», sagte Dr. Brecher, «brauchen Sie eine viel eingehendere Untersuchung, als ich sie bei Ihnen vornehmen kann. Ich werde einen Termin mit Dr. Zierfandler in der Boylston-Klinik für Sie vereinbaren.

Er ist einer der besten Diagnostiker der Stadt, und ich bin erst dann beruhigt, wenn er Sie untersucht hat.»

«Das ist für mein Gefühl zu viel Aufwand um . . .» Damon hielt inne. Ein plötzlicher Schmerz, ein heißes Pulsen in der Magengegend erschwerte ihm das Sprechen, ging aber gleich wieder vorüber. «Jawohl, Doktor», sagte er, «besten Dank für Ihre Mühe. Ich werde ihn konsultieren.»

«Meine Sekretärin wird Sie anrufen, wenn Sie einen Termin bei Dr. Zierfandler haben. Wenn er sagt, daß es nichts auf sich hat, dann kann ich mich und können Sie sich und kann sich Ihre Frau beruhigen. Die aufgewendete Zeit wird sich lohnen.»

«Ich danke Ihnen, Doktor», sagte Damon und legte auf. Er ging zurück ins Gastzimmer und setzte sich an den kleinen Schreibtisch, wo er versucht hatte, den Brief an Gregor zu formulieren. Er starrte auf die wenigen Worte, die er bisher zu Papier gebracht hatte, und erschrak, wie verändert seine Handschrift aussah: zittrig und fast unleserlich. Die Ellbogen auf den Schreibtisch gestützt, vergrub er den Kopf in den Händen und schloß die Augen.

Am nächsten Morgen war er im Boylston General Hospital im Herzen von Manhattan. Das Hospital war ein so ausgedehnter Komplex und so groß, daß es aussah, als könne – vorausgesetzt, jedes Bett innerhalb der hochragenden Steinmauern wäre belegt – kein Mensch mehr auf den Beinen, unterwegs auf den Straßen der Stadt und von jeglicher Krankheit unbehelligt sein.

In Dr. Zierfandlers Praxis kam er sich etwas töricht vor, weil er in den letzten vierundzwanzig Stunden keinen wie auch immer gearteten Anfall mehr erlitten hatte. Fast war er entschlossen, seinen Termin abzusagen, aber als er es Sheila gegenüber bemerkte, gab ihm ihr wütender Gesichtsausdruck zu erkennen, daß es mit ihr keinen Frieden geben würde, solange er behauptete, zu einer Untersuchung bestehe kein Anlaß. Oliver hatte sich ebenfalls eingeschaltet und seinen Bruder, einen Chirurgen am Sinai-Hospital in Los Angeles, angerufen, der Dr. Brechers hohe Meinung von Zierfandler bestätigte.

Dr. Zierfandler war ein kleiner, hellhaariger, scharfnasiger, äußerst konzentrierter Mann, ein unbeirrbarer und unermüdlicher Forscher in den Dschungeln versteckter Krankheiten. Seine Befragung war gründlich. In welchen Zeitabständen wiederholten sich die Schmerzen? Blut durch den Magen-Darm-Trakt? Wie funktioniere die Darmentleerung? Masern in welchem Alter? Woran ist Ihre Mutter gestorben? Ihr Vater? Haben Sie je an Hepatitis gelitten? Sind Sie allergisch gegen Penicillin? Wie oft müssen Sie in der Nacht aufstehen, um Wasser zu lassen? Haben Sie eine Syphilis gehabt? Einen Tripper? Keuchen Sie beim Treppensteigen? Haben Sie in letzter Zeit zu- oder abgenommen? Wie oft in der Woche haben Sie Geschlechtsverkehr? Im Monat? Welche Operationen haben Sie überstanden? Lassen Sie sich jedes Jahr gründlich untersuchen? Wann haben Sie das letzte Mal vor dieser – äh – Episode einen Arzt konsultiert? Aha, vor etwa fünfundzwanzig Jahren? Die Augenbrauen wurden überrascht, mißfällig hochgezogen. Der Federhalter in Dr. Zierfandlers Hand kritzelte hurtig auf der Tabelle, die er ausfüllte. Sind Sie in irgendeiner Kasse, privat oder öffentlich? Wann haben Sie die Schmerzen zum ersten Mal gespürt? Beschreiben Sie sie bitte. Wie sind Ihre Eßgewohnheiten? Haben Sie eine Vorliebe für scharf gewürzte Speisen? – Pickles, Chili, Pastrami? Wie würden Sie Ihre Trinkgewohnheiten bezeichnen?

«Mäßig.»

Dr. Zierfandler lächelte müde, um zu zeigen, daß er diese Behauptung viele Male in seiner Laufbahn gehört habe, von Säufern, Männern, die als Animiertrunk am Morgen ein ganzes Wasserglas Gin vertilgten, von Patienten, die wegen *delirium tremens* im Krankenhaus gelegen hatten, und anderen, die aus verantwortlichen Stellen entlassen worden waren, weil sie zum Lunch fünf Martinicocktails, gefolgt von drei Gläschen Brandy, getrunken hatten.

«Was bezeichnen Sie als mäßig, Mr. Damon?»

«Zwei Scotch Whisky vor dem Abendbrot, eine halbe Flasche Wein zum Abendbrot, gelegentlich eine Abendgesellschaft.»

Das Lächeln wurde schief, die Hand kritzelte schneller. Später erfuhr Damon, daß Dr. Zierfandler trotz seines Namens, der eine Traubensorte kennzeichnete, ein fanatischer Antialkoholiker war, mit einem Abscheu vor Alkohol, den nur ein Sohn aufbringen konnte, der Mutter und Vater total betrunken in der Gosse hatte liegen sehen.

«Machen wir weiter. Sind Sie in der letzten Zeit außergewöhnlichen Spannungen ausgesetzt gewesen?»

Damon zögerte. Er überlegte sich, ob ein großer Diagnostiker innerer Störungen einen Mordversuch, das Bombenattentat auf die Frau eines seiner besten Freunde, die allesamt äußere Störungen waren, der Erwähnung als außergewöhnliche Spannungen für würdig erachten würde. «Ja», sagte er und hoffte, der Herr Doktor würde es damit auf sich beruhen lassen.

«Körperlich? Geistig?» Der Herr Doktor war, wie Damon feststellen konnte, nicht gewöhnt, irgend etwas auf sich beruhen zu lassen.

«Man könnte vermutlich beides nennen», sagte Damon. «Wenn's Ihnen nichts ausmacht, möchte ich lieber nicht davon reden.» Er wollte die Sekunden nicht noch einmal durchleben, als die Schüsse in der dunklen, engen Straße dröhnten, als Weinstein fiel und der Betrunkene vor Schmerz aufschrie und auf dem Pflaster zusammenbrach. «Das hat alles in der Zeitung gestanden.»

«Ich bin leider zu sehr beschäftigt, um die Zeitungen sorgfältig zu lesen.» Dr. Zierfandler, zufrieden mit seinem Geschäft, schürzte die Lippen.

«Sagen wir, großen Spannungen», erklärte Damon.

Dr. Zierfandler überflog mit einem geübten Blick auf die Tabelle, was er geschrieben hatte. Er schien ans Ende seiner Frageliste angelangt zu sein. Es gab sicher noch Fragen, die er hätte stellen können, fand Damon. Zum Beispiel: Wie steht's mit Ihrer Seelenverfassung? Haben Sie gesündigt? Hat sich zur Zeit, als Ihr Bruder starb, vermischt mit Ihrer kindlichen Trauer, nicht auch ein Gefühl der Freude eingeschlichen, daß Sie jetzt der einzige Sohn waren und die ungeteilte Liebe und Aufmerksamkeit von Mutter und Vater empfangen würden? Glauben Sie an Träume, Schicksal, das Übernatürliche? Betrachten Sie sich als einen glücklichen oder unglücklichen Mann? Welches Alter halten Sie für angemessen, zu sterben? Schummeln Sie bei Ihrer Steuererklärung? Wo würden Sie am liebsten sein, falls ein Atomkrieg ausbräche? Sie sagen, Sie seien nie verwundet worden: Glauben Sie das? Gibt es, Ihrer Ansicht nach, einen Gott? Wenn Sie das glauben, meinen Sie dann, daß Ebba Khodars Tod auf einer Straße in Rom in Gottes Plan für die Menschheit enthalten war? Sind Sie der Meinung, daß kommende Dinge ihre Schatten vorauswerfen? Sind Sie einer Meinung mit dem Dichter, wenn er sagt: «Nicht in äußerster Nacktheit, sondern in Wolken des Glanzes gehüllt kommen wir?»

Damon beobachtete den Arzt genau, als Zierfandler mit zuckender Nase die Stirn faltete, während die Augen wie ein Radarschirm das Geschriebene abtasteten. Mit dem, was Damons Antworten seinem geübten beruflichen Verstand offenbarten, schien er nicht recht einverstanden.

«Tatsächlich», sagte Damon, «fühle ich mich im Augenblick vollkommen gesund.»

Der Arzt nickte ungehalten. Diese Masche hatte er schon mal gehört. «Ich fürchte», sagte er, «die Sache ist nicht ganz so harmlos, wie Sie denken. Die einzige Methode, die Ursache genau herauszufinden, ist eine Generaluntersuchung – Röntgen, Enzephalographie, Kardiogramm, Blutstatus, Gallenblase, Leber, Lunge, Nieren, Urin- und Stuhlprobe usw. – Sie müssen ein paar Tage zur Beobachtung hier bleiben. Dann werde ich die Röntgenbilder und die Untersuchungsergebnisse einem Chirurgen vorlegen.»

«Einem Chirurgen?» Damon fühlte eine plötzliche Trokkenheit im Mund. «Wozu sollte ein Chirurg gut sein?»

«Es ist immer besser, sicherzugehen», sagte Dr. Zierfandler geschmeidig. «Sozusagen, um alle Wege im Auge zu behalten. Bei all unseren Apparaten und diagnostischen Techniken ist der Weg ins Innere des Körpers zuweilen der einzige Weg, um Gewißheit zu erhalten.»

Wenigstens, dachte Damon, hat er nicht gesagt, eine Unze Vorbeugung ist besser als ein Pfund Heilbehandlung.

«Ich will Sie nicht aufregen», sagte Dr. Zierfandler begütigend. «Der Chirurg soll sozusagen in Reserve gehalten werden.»

Wenn er noch einmal «sozusagen» sagt, dachte Damon, dann stehe ich auf und verlasse dieses Sprechzimmer.

«Kennen Sie einen Chirurgen, der etwas von innerer Medizin versteht und zu dem Sie Vertrauen haben?» fragte Dr. Zierfandler mit gezücktem Bleistift, um den Namen niederzuschreiben.

«Nein.» Damon fühlte sich etwas beschämt, daß er als aufstrebender Mann in seinem Beruf ein so bedeutendes kulturelles Zubehör wie einen persönlichen Chirurgen übersehen hatte.

«Dann würde ich Dr. Rogarth vorschlagen», sagte Dr. Zierfandler. «Er ist eine Koryphäe in seinem Fach, und er operiert hier im Haus. Hätten Sie etwas dagegen, wenn ich ihn bei Ihrem Fall hinzuziehe?»

«Ich bin in Ihrer Hand, Doktor», sagte Damon bescheiden, dachte aber dabei: Dieser Laden strotzt nur so von Koryphäen.

«Gut, könnten Sie – sagen wir etwa morgen mittag – ins Krankenhaus kommen?»

«Ganz wie es Ihnen paßt.»

«Wünschen Sie ein Privatzimmer?»

«Ja.» Gelobt sei das *Klagelied,* dachte Damon. Vor dessen Erscheinen hätte er um das billigste Bett im Haus gebeten. Wohlstand hat seine Annehmlichkeiten. Man konnte ohne

Zeugen leiden, und jedes Stöhnen, das man mitanhören mußte, war das eigene.

«Stellen Sie sich auf einen Aufenthalt von mindestens drei Tagen ein.» Dr. Zierfandler stand auf. Die Unterredung war beendet. Er streckte die Hand aus, als auch Damon stand. Als sie sich die Hände reichten, war Damon überrascht von der Spannung im Griff des Arztes, als sei die Hand durch geladene elektrische Drähte an seinem Arm befestigt. Wenn er einmal Dr. Zierfandler besser kannte, dachte Damon, als er die Praxis verließ, würde er auch eine lange Liste von Fragen haben, die den Arzt und *seine* Gesundheit betrafen.

Fünf Tage später befand er sich in einem hübschen Privatzimmer und wurde für eine auf sieben Uhr morgens am nächsten Tag angesetzte Operation vorbereitet. Diese sollte ein – wie der Chirurg und Dr. Zierfandler übereinstimmend festgestellt hatten – höchstwahrscheinlich gefährliches Geschwür im Verdauungstrakt beseitigen. Die Untersuchungsergebnisse waren ungünstig ausgefallen. Dr. Zierfandlers Vermutung hatte sich bestätigt, und die beiden Ärzte hatten dringend vor den Folgen gewarnt, die sich aus einem Aufschub der Operation ergeben könnten.

Oliver hatte abermals seinen Bruder angerufen, und der Bruder hatte erklärt, daß der Chirurg, Dr. Rogarth, einen hervorragenden Ruf genieße. Als Oliver es Damon berichtete, hatte dieser nur bitter gelächelt und Oliver gefragt, ob er sich an seinen Ausspruch erinnere, daß er im ganzen Leben noch nicht krank gewesen sei. «Das war mir eine Lektion», sagte Damon. «Die Götter lieben das Prahlen nicht.» Er wollte sich den Anschein geben, als sei er gefaßt und nehme alles auf die leichte Schulter, doch er war in Panik, und dieses Gefühl störte ihn. Alles hat darauf hingeführt, dachte er, alles, was seit diesem verdammten Anruf geschehen ist.

Dr. Rogarth war nicht in Panik. Beleibt, mit rosigen Wangen, im perlgrauen Anzug strömte er ins Zimmer, ein breiter, gemächlicher Mississippi von einem Mann, seine Gesten überlegt und päpstlich, seine Rede unbeeilt und gemessen. Er hatte weiche, schwammige Hände; nicht eben das, was man bei einem hervorragenden Chirurgen erwarten würde. Er setzte sich auf einen Holzstuhl neben dem Bett. «Ich habe Mrs. Damon den Ablauf geschildert», sagte er. «Ich glaube, sie teilt meine Zuversicht, daß alles gut verlaufen wird. Der Anästhesist, der Sie untersucht hat, ist sicher, daß es keine Komplikationen gibt. Ich denke, daß Sie nach der Operation wieder in dieses Zimmer zurückkehren werden, wenn Sie aus der Narkose erwacht sind – so etwa vier bis fünf Stunden nachdem Sie es verlassen haben.» Er sagte das her, als habe er es auswendig gelernt und könne es tausendmal wiederholen – wenn nötig, auch auf dem eigenen Totenbett. «Falls Sie noch Fragen haben, will ich sie nach bestem Wissen beantworten.»

«Ja», sagte Damon. «Ich habe eine Frage. Wann kann ich wieder nach Hause?»

Ein trauriges kleines Lächeln erschien flüchtig auf den vollen, mädchenhaft geschwungenen Lippen, wie ein Kräuseln, das friedlich über eine weite Wasserfläche gleitet. Menschen, denen der Arzt gewogen ist und deren Wohlbefinden er den größten Teil seines Lebens widmet, sind immer bestrebt, ihn bei der ersten Gelegenheit wieder zu verlassen und zu fliehen, besagte dieses Lächeln. «Es ist unmöglich, in solchen Fällen genau zu sein. Ich würde annehmen, zwölf, vierzehn Tage, je nach Ihrer Genesungskraft. Haben Sie sonst noch Fragen?»

«Nein.»

Dr. Rogarth stand auf, zog sich die perlgraue Weste über den behaglichen Wanst. «Sie sollten nach fünf Uhr am heutigen Nachmittag nichts mehr zu sich nehmen. Ein Krankenwärter wird Ihnen heute abend die Brust rasieren und ein Klistier geben, das Ihnen eine ruhige Nacht garantiert. Morgen früh gibt Ihnen die Schwester eine Spritze, bevor Sie dieses Zimmer verlassen. Sie werden vermutlich schon schlafen, ehe Sie zum Fahrstuhl gerollt werden. Ich hoffe, Sie haben eine gute Nacht, Sir.»

Als er das Zimmer verließ, kam Sheila herein. Sie war in die Cafeteria gegangen, um dort eine Tasse Kaffee zu trinken. Damon hatte mitgezählt. Es war ihre sechste Tasse an diesem Nachmittag. Gewöhnlich trank sie eine Tasse Kaffee zum Frühstück, und das reichte ihr für den Tag. Es war das einzige Zeichen von Spannung, das sie sich gestattete. Ihr Gesicht war ruhig und gefaßt, und das Haar war sorgfältig gebürstet. Sie lächelte Dr. Rogarth an, der eine winzige Verbeugung andeutete.

«Ich bin bloß eben mal vorbeigekommen», sagte der Arzt, «um mich zu vergewissern, daß Ihr Mann gelassen und zuversichtlich ist. Es freut mich, sagen zu können, daß ich ihn ausgezeichnet finde.»

«Mit Narben scherzt, wer niemals Wunden fühlte», sagte Damon leichthin. Leeres Bravado, dachte er, für die oberen Ränge. Tribünenmätzchen, hätte es Manfred Weinstein in seinen Baseballtagen genannt. «Dies ist eine Premiere für mich.»

«Sie sind ein Glückspilz», sagte Dr. Rogarth. «Ich persönlich hatte in den letzten fünfzehn Jahren drei schwere Operationen.»

«Dann sind Sie eine wandelnde Reklame für Ihre Kunst», sagte Damon; eine kleine Schmeichelei für den Messerhelden.

Dr. Rogarth lächelte trübe. «Ich bin zu dick», sagte er. «Ich trinke nicht und ich esse kaum, und doch bin ich zu dick.» Er schritt majestätisch aus dem Zimmer.

«Das ist bislang seine erste Äußerung», sagte Damon, «die menschlich klang. Nämlich, daß er zu dick ist.»

«Fühlst du dich wohl?» Sheila stand vor ihm und sah ihn fest an.

«Großartig. Ich finde es bloß lächerlich, daß ich hier am Nachmittag im Bett liege.»

«Das Krankenhaus steht schon über fünfzig Jahre», sagte Sheila. «Du wirst seine Routine in nur fünf Tagen nicht umkrempeln können. Ich habe Manfred angerufen. Er ist kregel wie ein Eichelhäher. Er hoppelt im ganzen Krankenhaus umher und hat bereits einen Haschring aufgedeckt. Außerdem hat er eine zwanzigjährige Krankenschwester aufgetan, die er ernstlich zu heiraten gedenkt. Er sagt, er will mit dir wetten, daß er eher das Krankenhaus verläßt als du, und er gibt dir eine Vorgabe von acht zu fünf.»

Damon grinste. «Vielleicht veranstalten wir zusammen eine Entlassungsfeier.»

«Ich habe ihm gesagt, ungeachtet dessen, wer zuerst rauskommt, müsse er jedenfalls zu uns kommen und mindestens so lange bleiben, bis er die Krücken wegschmeißen kann.»

«Dann hast du zwei übellaunige Männer am Hals. Bestelle lieber eine Pflegerin, die dir auch bei der Hausarbeit helfen kann.»

«Ihr beiden könnt so übellaunig sein, wie ihr wollt», sagte Sheila entschieden. «Ich brauche keine Hilfe. Du kennst mich ja. Ich kann jedermanns Laune mit eigener Laune übertrumpfen.»

«Das könnte sogar wahr sein.» Damon streckte die Hand aus, um die ihre zu ergreifen. «Wenn ich so deine Hand halte», sagte er leise, «dann fühle ich, daß mir nichts Schlimmes widerfahren kann.»

Er spürte ganz plötzlich einen krampfhaften Schmerz in seinem Leib und umklammerte unwillkürlich ihre Hand.

«Was ist los?» fragte sie erschrocken.

«Nichts.» Er versuchte zu lächeln. «Das letzte Zucken von Doris' Kartoffelsalat.» Er wünschte sich, daß die Stunden schnell vergehen möchten und daß das versprochene Betäubungsmittel schon gewirkt hätte. Zum ersten Mal in seinem Leben sehnte er sich danach, bewußtlos zu sein.

Mittag war schon vorüber, und Sheila und Oliver saßen immer noch in dem privaten Krankenzimmer. Sie waren beide zugegen gewesen, als Damon um sieben Uhr früh mit einem letzten, halb betäubten Winken seiner Hand hinausgefahren wurde. Aber inzwischen hatten sie alle Gesprächsthemen erschöpft und erstarrten jedesmal wieder, wenn sie vom Flur her Schritte vernahmen. Sheila, die bei Beginn ihrer Ehe mit Damon das Rauchen aufgegeben hatte, hatte bereits ein ganzes Päckchen Marlboro verqualmt, und das Zimmer war, selbst bei geöffneter Tür, mit dichtem Rauch gefüllt. Beide, Rogarth und Zierfandler, hatten Sheila versprochen, daß sie ihr gleich nach Beendigung der Operation Bericht erstatten würden.

Seitdem waren fünf Stunden vergangen, und keiner von beiden hatte sich bisher sehen lassen.

Endlich kam Dr. Rogarth ins Zimmer, noch im grünen Operationskittel und mit der Chirurgenkappe auf dem Kopf, die Gazemaske in die Stirn geschoben. Sein Gesicht war müde und ernst.

«Wo ist er?» fragte Sheila. «Wie geht es ihm? Was hat so lange gedauert?» Ihre Stimme war hart, ohne jede Spur ihrer sonstigen melodischen Artikulation. «Sie hatten gesagt, er würde um diese Zeit schon wieder hier sein.»

«Tut mir leid, Mrs. Damon», sagte der Arzt. «Er ist auf der Intensivstation. Ihr Gatte ist ein sehr kranker Mann; sehr, sehr krank.»

«Was soll das heißen?»

«Die Operation war viel umfangreicher, als wir erwartet hatten», sagte Rogarth matt. «Bitte, versuchen Sie, ruhig zu bleiben, gnädige Frau. Es gab Komplikationen. Das Geschwür war, wie sich herausstellte, durchgebrochen. Wir fanden infiziertes Gewebe rund um den Durchbruch, und das mußte entfernt werden. Alles, was recht ist, aber Ihr Mann hätte schon tagelang vor Schmerzen schreien müssen ...»

«Er pflegt nicht zu schreien.»

«Vom medizinischen Standpunkt aus», sagte Dr. Rogarth, «ist Stoizismus durchaus kein Vorteil. Diese Komplikationen hätten durch eine frühere Operation vermieden werden können. Der Blutverlust war so groß ... so groß.» Sein Blick schweifte umher, seine Stimme wurde flach. «Es war unmöglich, ein genaues Bild zu gewinnen. Wir tun alles, was wir können. Er ist an sämtliche lebenerhaltenden Systeme angeschlossen, an Respirator, Transfusionen ... Ich muß jetzt wieder hin. Ich muß mich mit Dr. Zierfandler und den anderen Ärzten, die dabei waren, besprechen. Es scheint, als hätte schon wieder eine Blutung eingesetzt. Wir hoffen, daß sie von selber aufhört.»

«Und wenn sie's nicht tut?» fragte Sheila scharf.

«Deshalb wollen wir ja beraten. Wir glauben nicht, daß er einem weiteren operativen Eingriff gewachsen wäre. Wir müssen sehen, was sich tun läßt, hoffen, daß die Transfusionen ausreichen werden ... Noch laufen sie.»

«Wie viele Transfusionen hat er denn bisher bekommen»? fragte Oliver.

«Zwölf.»

«Großer Gott», sagte Oliver. «Und Sie wollen ihm noch mehr geben?»

«Es ist notwendig. Der Blutdruck ist drastisch abgesunken ... verstehen Sie ... wir müssen bis zum Äußersten gehen.»

«Ich weiß zwar nicht viel von Medizin», sagte Oliver, und seine Stimme klang genau so feindselig wie Sheilas, «aber mein Bruder ist Chirurg am Cedars-Sinai Hospital in Los Angeles, und der hat mir einmal gesagt, viele aufeinanderfolgende Transfusionen seien furchtbar riskant.»

Rogarth lächelte trübe; seine ganze päpstliche Gewißheit war dahin. «Ich teile die Meinung Ihres Bruders», sagte er. «Aber wenn er heute hier zugegen wäre, sähe er sich bestimmt zu denselben Maßnahmen gezwungen, die wir ergreifen. Ich muß jetzt gehen. Die andern warten auf mich ...» Er wandte sich zur Tür.

«Ich will ihn sehen.» Sheila streckte die Hand aus und packte den Arzt am Arm.

«Das ist im Moment nicht möglich, Mrs. Damon», sagte Dr. Rogarth begütigend. «Die Ärzte sind mit ihm beschäftigt. Vielleicht irgendwann am Nachmittag. Kommen Sie zur Intensivstation. Ich kann nichts versprechen. Tut mir schrecklich leid ... Das ist so oft der Fall ...» Es klang vage. «So furchtbar oft. Man sucht nach etwas Bestimmtem und findet etwas ganz anderes. So viel Blutverlust [illegible] Dr. Ziertandler wird versuchen, zu Ihnen runterzukommen und Sie über das Weitere auf dem laufenden zu halten.»

«Ist er bei Bewußtsein?»

Rogarth zuckte die Achseln. «Schwer zu sagen», sagte er und ging hinaus.

Oliver legte den Arm um Sheila. «Er wird sich durchbeißen. Das weiß ich einfach. Er ist kräftig ...»

«Ihr Gatte ist ein kranker Mann, sehr, sehr krank», sagte Sheila so eintönig wie Rogarth. «Ärztliches Kauderwelsch. Übersetzung: halten Sie sich bereit für die Minute seines Todes. Und bald.»

«Schscht, schscht.» Oliver zog sie an sich und küßte sie auf die Stirn. «Ich rufe meinen Bruder an. Wenn einer uns raten kann, was hier zu tun ist, dann er.»

«Dreitausend Meilen weit entfernt», sagte Sheila. «Mir kommt es so vor, als sei alles dreitausend Meilen weit entfernt.»

Er erwachte oder glaubte, daß er erwache. Er fühlte keinen Schmerz. Es ist vorüber, dachte er. Ich bin durchgekommen. Aber das war nicht sein Bett. Er war, wie es schien, in einem kleinen Theater. Eine weiße Leinwand bildete den Hintergrund einer erhöhten Bühne. Er war allein. Zumindest war seine Präsenz die einzige, die er in diesem Raum spürte. Er wußte nicht zu sagen, ob er saß oder stand oder lag. Die Leinwand war von einem weißen Licht erleuchtet; dann erschien darauf ein Bild. Ein Lichtbild von Dr. Rogarth in Perlgrau, lächelnd. Darunter der Titel – «Dr. Alexander Rogarth präsentiert: ‹Der Tod des Roger Damon.›»

Damon war wütend. «Das ist überhaupt nicht komisch», sagte er oder dachte er oder könnte er gesagt haben.

Dann wurde ihm bewußt, daß er leicht schräg auf dem Boden des kleinen Bühnenvorraums lag, während das

Licht auf der Leinwand erlosch. Neben ihm, in der gleichen Schräge, lag Maurice Fitzgerald. Sie hatten nicht ihre natürliche Größe, sondern waren in die Länge gezogen; sie waren beide junge Männer und trugen beide Abendkleidung.

«Denen ist es ernst», flüsterte Damon in der seltsamen Art des Zugleich-Sprechens-und-nicht-Sprechens, die er sich angeeignet zu haben schien. «Es gibt keine Drinks.»

Dann wurde ihm bewußt, daß die Beine eines Leichnams aus der Kulisse zu seiner Linken hervorstaken. Die Zehen der Leiche waren schwarz und geschwollen, als seien sie lange Zeit an ihrer Wurzel mit Draht umwickelt gewesen, um die gesamte Blutzufuhr zu unterbinden. Einer der Füße war am Spann durchbohrt und zeigte ein klaffendes dunkles Loch. Damon wußte, daß es Christus war, der da lag, mit der Wunde des Nagels, der seinen Fuß an das Kreuz geheftet hatte. Er war Christus, und Christus war er und wurde für die Bestattung hergerichtet. Er wurde von unsäglichem Leid übermannt, konnte sich aber nicht rühren.

Dr. Rogarth, immer noch in seinem perlgrauen Sakko, trat aus der Kulisse und berührte den schwarz angelaufenen Fuß, die verkrampften Zehen. «Das habe ich mir gedacht», sagte Rogarth. «Die Zehen wurden durch vorsintflutliches Wasser vereist, das selbst nie gefriert, aber alles, was es berührt, in Eis verwandelt.»

«Ich glaube, er hat mich erkannt», sagte Sheila zu Oliver. Sie saßen in dem kleinen Wartezimmer der Intensivstation. Eine kleine grauhaarige Frau in einem hübschen Flanellkostüm saß ihnen leise weinend gegenüber. Sheila hatte gegen acht Uhr abends die Erlaubnis erhalten, Damon für ein paar Minuten zu sehen. «Seine Augen waren offen, und ich glaube, er wollte mir zuzwinkern. Mit all den Schläuchen, vor allem den beiden, die in die Kehle hineinführen, hätte er auch dann nicht sprechen können, wenn er's gewollt hätte. Sie geben ihm immer noch Blut. Das sammelt sich dann in der Brust und in der Bauchhöhle; sein Leib ist schrecklich aufgetrieben und wird jede Minute größer. Das drückt ihm dann wieder auf die Lunge, und er hat Schwierigkeiten beim Atmen, und sie haben ihn an Sauerstoff angeschlossen.» Sie sprach eintönig, als verlese sie einen trockenen Jahresbericht bei einer Elternversammlung. «Die Blutzirkulation in den Beinen ist ganz schlecht, und sie sind kalt wie Marmor. Ich habe die Schwester gebeten, seine Füße in eine warme Decke zu wickeln. Man sollte denken, daß die da drinnen von selbst auf so einen Gedanken kämen. Niemand macht einem ein bißchen Mut. Zierfandler sagt nur immer wieder: ‹Ihr Gatte ist ein sehr kranker Mann.› Jetzt gibt er zu, daß sie eine große Arterie angeschnitten haben. Bevor er mir das erzählt hat, haben alle nur immer davon geredet, daß ein übermäßiger Blutverlust eingetreten sei. Koryphäen auf ihrem Gebiet!» sagte sie bitter.

Jetzt war er auf einem Schiff. Er fühlte das Stampfen großer Maschinen. Irgendwie wußte er, daß sie sich auf einem Schiff befanden, irgendwo in warmen pazifischen Gewässern, vermutlich vor der Küste von Indonesien, und sie drehten dort einen Film unter der Regie von Mr. Gray. Nur war Mr. Gray nicht da. Er war verschwunden. Geheimnisvolles Indonesien. Damon mußte ohne ihn weitermachen.

Er ging unter Deck. Ein Mann in einem weißen Kittel war über einen Radiosender gebeugt. Der Mann hatte einen schütteren bräunlichen Bart; er war jung und hatte ein gütiges Gesicht. «In Abwesenheit von Mr. Gray», sagte Damon zu dem Mann, «will ich die Regie des Films übernehmen. Ich ernenne Sie zum Kapitän des Schiffes.» Der Mann mit dem Bart machte ein ärgerliches Gesicht. «Ich hab was anderes zu tun», sagte er.

Ein sehr hübsches eurasisches Mädchen mit einem flachen Gesicht ging durch das Zimmer. Sie trug blaue Jeans und ein Männerhemd darüber, das lose an ihr herabhing. Damon wußte, daß sie der Star des Films sein wollte. Sie war auch dazu ausersehen, im Film zu singen, aber wenn sie sprach, war ihre Stimme ein rauhes, unmelodisches Krächzen. Damon zuckte zusammen, als er sie hörte. «Sie müssen etwas für die Stimme des Mädchens tun», sagte er zu dem Mann mit dem Bart.

«Lassen Sie mich in Frieden», sagte der Mann unwirsch. «Sehen Sie denn nicht, daß ich beschäftigt bin?»

«Ich habe meinen Bruder angerufen», sagte Oliver. Das war am nächsten Morgen. Sheila hatte im Krankenzimmer geschlafen, Oliver auf der Couch im Wartezimmer. Immer wenn einer von den Ärzten an ihnen vorbeiging, schien dieser verärgert. «Er hat gefragt, ob man ein Arteriogramm gemacht hat, um festzustellen, wo die Blutung herrührt. Hat man das?»

Sheila schüttelte benommen den Kopf.

«Du solltest es ihnen auf alle Fälle vorschlagen», sagte er. «Weißt du, was das ist?»

«Nein.»

«Ich auch nicht.»

Sheila nickte. »Ich werd's versuchen. Ich weiß nicht, ob überhaupt irgend etwas noch Zweck hat. Die Ärzte scheinen ihn aufgegeben zu haben. Die tun nur noch so, als ob. Gott sei gedankt für die Schwestern. Die lassen ihn keinen Augenblick allein. Die Nachtschwester hat gesagt, er produziert keine roten Blutkörperchen mehr; ihre Anzahl ist bis zur kritischen Menge abgesunken. Und er hat Atembeschwerden. Sie meinen, daß er jetzt eine Lungenentzündung hat. Durch einen der Schläuche saugen sie dauernd Flüssigkeit aus seiner Lunge ab. Seine Augen sind noch offen, aber er scheint mich nicht zu erkennen.»

Etwas später trat Zierfandler mit vor Schlaflosigkeit geröteten Augen und nervös zuckender Nase ins Zimmer. «Mrs. Damon», sagte er, «ich finde, Sie sollten sich etwas ausruhen, oder wir müssen Sie auch noch behandeln. Es hilft Ihrem Mann überhaupt nichts, wenn Sie sich so verschleißen.»

«Blutet er noch?» fragte Sheila, ohne auf seine Worte einzugehen.

«Leider ja.»

«Werden Sie ein Arteriogramm machen?»

Zierfandler schaute sie argwöhnisch an. «Was wissen Sie von einem Arteriogramm, Mrs. Damon?»

«Nichts.»

«Sie haben mit anderen Ärzten gesprochen.» Dies im Ton des Vorwurfs.

«Aber natürlich. Ich würde mit tausend Ärzten sprechen, wenn ich glaubte, daß einer von ihnen meinem Mann das Leben retten kann.»

«In der Tat», sagte Zierfandler widerwillig, «haben wir beschlossen, heute morgen ein Arteriogramm zu versuchen.» Dann verfiel er wieder in seine verbindlichere pedantische Manier, wie ein Lehrer im Kindergarten. «Bei diesem Verfahren wird eine Kanüle in der Leistenarterie gelegt und ein Katheter hindurchgeschoben bis zu der Stelle, an der wir die Verletzung vermuten. Dann spritzen wir ein Kontrastmittel, zum Beispiel eine Farbe, ein. Nun werden Röntgenaufnahmen gemacht, und mit einigem Glück können wir die betreffende Stelle, an der sich die Verletzung befindet, ausmachen. Dann werden Gelatinekügelchen unter Druck durch den Katheter in die Arterie geblasen, zwei, drei, vier, je nach der Größe der Verletzung. Wenn alles gutgeht, verkleben diese Kügelchen den Riß. Garantieren für den Erfolg kann man leider nicht. Wenn die Blutung aufhört, müssen wir noch einige Tage abwarten, ob die Verklebung hält. Ist das ganz klar, Mrs. Damon?»

«Danke. Ja.»

«Ich gehöre nicht zu den Ärzten», sagte Dr. Zierfandler mit Stolz, «die den Patienten oder seine Vertrauten im dunkeln lassen wollen. Ich halte es für richtig, die Dinge beim Namen zu nennen, auch wenn sie im Augenblick noch so dramatisch aussehen.»

«Dafür bin ich dankbar», murmelte Sheila.

«Sobald ich's weiß, sag ich Ihnen, wie es aussieht. Und

bitte: Folgen Sie meinem Rat und ruhen Sie sich aus.»
«Nochmals danke schön», sagte Sheila.

Zierfandler hastete aus dem Zimmer. Er bewegte sich im Trab durchs Krankenhaus, als sei das die einzige Gangart, die in dem unendlich großen, ihm zur Aufsicht anvertrauten Bereich mit dem allgegenwärtigen Tod Schritt halten könne.

«Er ist ein Arschloch, wenn ich so sagen darf», erklärte Oliver, «aber er scheint ein toller Arzt zu sein.»

«Ja», sagte Sheila zustimmend. «Hätte nur *er* operiert anstatt des anderen.»

Er befand sich in einem Steingewölbe hoch oben auf einem Gebäude. Dann erkannte er, daß er sich an einem besonderen Platz in einem Krankenhaus befand. Ihm gegenüber war ein hell erleuchtetes Zimmer, in dem die Krankenschwestern und ihre Freunde eine Party zu haben schienen und fröhlich miteinander aßen, tranken und schwatzten. Aus mehreren Kassettenrekordern hörte man das unablässige Geleier von Trauermusik. Ein junger Arzt sagte: «Das ist ein echter Fund. Ich habe ihn heute bekommen: die Musik, die bei der Beerdigung des Königs Albert von Belgien gespielt wurde. Das hat zweihundert Dollar gekostet, aber das war's wert.»

Er sagte – oder glaubte, er sage zu Sheila, die in seinem Bewußtsein ein und aus zu schweben schien und sich dicht über ihn neigte: «Sag ihm, er soll die verdammte Musik abstellen.»

In demselben Raum wie er befand sich ein alter Mann. Ein muskulöser junger Neger im Unterhemd, der aussah wie ein früherer Boxer, schlug wild auf Brust und Unterleib des alten Mannes ein. Damon merkte, daß der alte Mann sterben würde; und das tat er auch. Damon wußte, daß er als nächster dran war, aber seine Hände waren zu beiden Seiten des Bettes festgebunden, und dagegen konnte er nichts ausrichten. Die Leiche des alten Mannes wurde fortgekarrt, und der Schwarze wandte sich ihm zu und begann mit seinen nackten und muskulösen Armen wild auf ihn einzuschlagen. Von Zeit zu Zeit hielt der Schwarze inne und rasierte ihn mit einem altmodischen Rasiermesser. Nach jedem Strich klebte er ein dünnes Heftpflaster auf Damons Wange und schrieb mit einem Kugelschreiber Datum und Tagesstunde darauf. Dann schlug er wieder auf ihn ein. Damon weigerte sich zu schreien und ergab sich gelassen darein, von dem schwarzen Mann getötet zu werden.

Aber da hörte man eine Lachsalve aus dem hell erleuchteten Zimmer, das seinem gegenüberlag, und irgendwer sagte: «Wir kommen zu spät zur Party. Legt ihn bis morgen woandershin.»

Er wurde verlegt, wußte aber nicht, wohin, und alle gingen fröhlich schwatzend davon, und er war allein unter dem grellen Licht, das ihm schmerzhaft in die Augen schien.

Sheila schwebte wieder über ihm. «Du mußt mich hier wegbringen», sagte er, obwohl er irgendwie wußte, daß kein Laut über seine Lippen kam.

«Liebster», schien Sheila zu sagen, «die Leute zahlen Unsummen, um in diesem Raum sterben zu dürfen.»

«Dann halte mir wenigstens», sagte er lautlos, «den schwarzen Mann vom Leib. Der will mich töten. Die wollen mich alle töten. Du mußt die Polizei holen. Oliver soll die *Times* anrufen. Er kennt alle Mitarbeiter der Zeitung. Und du mußt dich auch davonmachen. Dich töten sie auch.»

Sheila entschwebte wieder, und er versuchte zu schlafen, aber das grelle Licht hielt ihn wach. Eine große Uhr hing an der Wand, aber sie ging rückwärts und sehr schnell, so daß die Zeiger auf dem Zifferblatt in steter Bewegung waren. Die wollen mich mit der Zeit narren, dachte Damon, ich soll den Tag nicht mehr von der Nacht unterscheiden können. Das war eine höchst raffinierte Folter.

«Er kann nicht sprechen», sagte Sheila zu Oliver, «aber irgendwie hat er mir klargemacht, daß er einen Stift und ein Stück Papier haben will. Immerhin hat das Arteriogramm – bisher jedenfalls – funktioniert, und sein Zustand scheint jetzt etwas stabiler zu sein. Er kann einen Stift halten und wenigstens *irgendwas* zu verstehen geben. Was er schreibt, kann man fast überhaupt nicht lesen, aber ich habe so viel herausbekommen, daß er glaubt, der schwarze Pfleger versuche, ihn zu töten. Der Mann tut nur, was man ihm aufgetragen hat – er klopft den Brustkorb ab, um das Zeug zu lockern, das sich in der Lunge festsetzt, so daß es abgesaugt werden und Roger atmen kann. Aber versuch mal, das einem Mann klarzumachen, der die meiste Zeit nicht bei Sinnen ist. Damon hat nicht die geringsten Rassenvorurteile, aber wahrscheinlich steckt irgendwo in uns, wider alle Vernunft . . .» Sie zuckte hoffnungslos mit den Schultern. «Für alle Fälle habe ich dem leitenden Arzt der Intensivstation gesagt, er soll den Mann von Roger fernhalten. Er hat ohnehin schon genug auszuhalten. Jetzt stellt sich heraus, daß man ihm am ersten Tag sechsundzwanzig Bluttransfusionen verpaßt hat. Niemand weiß, wieso er noch am Leben ist. Seine Nieren streiken. Sie haben angeordnet, daß er an ein Dialysegerät angeschlossen wird, aber die behandelnden Ärzte können erst morgen früh damit anfangen. Und sie müssen schnellstens den Schlauch aus seiner Kehle entfernen und eine Tracheotomie durchführen, sonst gehen seine Stimmbänder kaputt. Das ist das erste Hoffnungszeichen –» Ihre Stimme war voll bitterer Ironie. «Die glauben tatsächlich, er hat noch eine Chance, am Leben zu bleiben, und wollen sogar, daß er dann auch noch sprechen kann. Nun kommt der Spezialist für diese Behandlung erst am Montag, das heißt heute in vier Tagen, und dann könnte es zu spät sein. Man sollte glauben, daß sich in einem so riesigen Betrieb stets einer finden ließe, der das sofort durchführen kann. Da liest man immer wieder Berichte in den Zeitungen, daß die Leute so einen Eingriff auf dem Fußboden eines Restaurants mit einem Federmesser fertigkriegen, wenn einem ein Stück Fleisch im Halse steckenbleibt. Und nicht mal über den Namen der Operation können die sich einigen. Ein Arzt nennt's Tracheotomie, ein anderer sagt Tracheostomie.» Sheila schüttelte verwundert den Kopf. «Der richtige Name ist doch wichtig! Ein einziges ‹s› mehr oder weniger kann den Sinn eines Wortes radikal ändern. Woher ich das weiß? Jetzt wünschte ich mir, daß ich in jungen Jahren Medizin gelernt hätte statt Kinderpsychologie. Dann könnte ich mich vielleicht dieser grauenhaften, schwerfälligen Krankenhausmaschine widersetzen.»

Oliver ließ all das schweigend über sich ergehen. Er hatte Damon mehrere Male besucht und hatte mit einigen jüngeren Ärzten und den sympathischen Schwestern gesprochen; obschon von Damons Aussehen alarmiert, war er doch geneigt, den Ärzten und Schwestern, mit denen er gesprochen hatte, zu glauben, daß Damon, der jetzt die ersten schlimmen Tage überstanden hatte, am Ende höchstwahrscheinlich genesen werde. Wenn er mit seinem Bruder telefonierte, was er täglich tat, und so gut wie möglich die Behandlung beschrieb, die man Damon angedeihen ließ, dann bestätigte ihm sein Bruder, daß die Ärzte ihr Handwerk verstanden. Aber Sheila war, das fühlte er, einem Zusammenbruch nahe. Sie schien bereits erheblich an Gewicht verloren zu haben, und ihr einst schimmerndes dunkles Haar hing ihr strähnig und glanzlos um den Kopf; ihre Gesichtszüge waren scharf, kantig und spitz geworden. Sie hatte stets zu den Frauen gehört, die sich knapp und selbstsicher äußern können; deshalb waren ihre ausschweifenden Tiraden so erschreckend, als ob ihre Persönlichkeit in unvertraute, scharfzackige, unbeherrschte Fragmente auseinanderbräche. Gern hätte er sich ein Herz gefaßt und ihr nahegelegt, daß es um Damons und ihrer selbst willen vielleicht das beste wäre, wenn sie sich jeweils für zwei oder drei Tage aus dem Krankenhaus entfernte; die Atmosphäre der Intensivstation zerstöre sie ebenso sehr wie Damon. Aber er wußte, daß er das nicht vorschlagen durfte. Sheila würde denken, daß er Flucht und Verrat das Wort rede. Jetzt verbrachte sie fast den ganzen Tag und die Nacht im Wartezimmer, nickte zuweilen auf einem Stuhl ein, wachte jäh wieder auf und stürzte in Damons Zimmer, um zu sehen, ob er ihr etwas mitzuteilen hatte. Allerdings war sie seine einzige Verbindung zur Welt, durch sie konnte er sich mitteilen, sie war die einzige, die sein Gekrakel auf dem Papier entziffern konnte. Er litt jetzt sehr unter Durst und schrieb fortwährend das Wort *Wasser* auf den gelben Notizblock, der neben seinem Bett lag. Die Ärzte und die Schwestern versicherten, daß er alle notwendige Flüssigkeit intravenös erhalte und durch den Schlauch, der durch die Kehle in den Magen führte; durch eben diesen Schlauch wurde er auch mit einem nahrhaften Brei gefüttert, der ihm angeblich fünfzehnhundert Kalorien pro Tag zuführte. Trinken durfte er nicht, weil alles, was er schluckte, sofort in seine überstrapazierte und verkrampfte Lunge fließen würde. Das einzige Mal, daß man versucht hatte, ihm etwas kaltes Gelee einzuflößen, war es gleich wieder unverändert aufgestoßen. Sheila war auf den Gedanken gekommen, ein Dutzend Zitronen zu beschaffen, einige Tropfen auf ein glyzeringetränktes Schwämmchen zu träufeln und sie über seine vertrockneten Lippen rinnen zu lassen. Er lächelte – oder versuchte zumindest, dankbar zu lächeln, als hätte ihm der Geschmack und die milde Säure der Frucht wenigstens für den Augenblick die Illusion verschafft, daß sein Durst gelindert werde.

«Das wird er alles vergessen», sagte Oliver, um Trostworte bemüht, «wenn er einmal wieder draußen ist. Darin sind sich alle Schwestern einig.»

«Folter.» Sheila schien seine Worte nicht gehört zu haben. «Er schreibt stets das eine Wort – Folter –, bevor er etwas anderes schreibt.» Sie nahm ein gefaltetes Blatt Papier aus ihrer Tasche und las aus der irrenden, fast unleserlichen Schrift, die für Oliver aussah wie ziellose Vogelspuren im Sand: «‹Muß raus hier. Muß raus. Rufe Anwalt.

O . . .› Das bist du, Oliver. ‹O weiß Nummer. Verfügung. Haftprüfung. Gefängnis.›»

«Die Schwestern sagen, so geht es mit jedem», sagte Oliver. «Sie haben dafür sogar eine Bezeichnung. Das Intensivstation Syndrom.»

«Die haben dich beschwatzt», sagte Sheila vorwurfsvoll. «Die finden dich ja so nett. Ich sehe dich mit ihnen Kaffee trinken und mit ihnen für ein Sandwich zu einem Delikatessenladen gehen. Auf wessen Seite bist du eigentlich?»

«Großer Gott, Sheila», sagte Oliver verdrießlich.

Sheila holte tief Atem. «Tut mir leid, Oliver. Verzeih mir. Ich weiß manchmal nicht, was ich rede.»

«Schon gut.» Er streichelte ihre Hand.

Ein Arzt kam durch das Zimmer, und Sheila sah ihm hoffnungsvoll entgegen. Der Arzt beachtete sie nicht und ging in das angrenzende Konferenzzimmer, wo sich der Stab versammelte, um Fälle zu besprechen und Vorträge anzuhören.

«Er sieht allmählich aus wie ein Skelett», sagte Sheila. «Man kann jeden Knochen in seinem Gesicht sehen. Man sollte nicht glauben, daß die Arme eines Mannes – und noch dazu so kräftige Arme – so schnell verkümmern können. Er scheint pro Tag fünf Pfund abzunehmen. Es ist, als ob er Stückchen um Stückchen vor meinen Augen dahinschwände.»

20

ER WURDE VON VIER MASKIERTEN MÄNNERN in eine Höhle getragen. Obwohl kein Wort gesprochen wurde, wußte er, daß der Anführer der vier Zalovsky war. Die Höhle war hoch und geräumig, schattig, aus dem Fels gehauen. Er konnte sich nicht bewegen, aber sobald er in der Höhle war, bemerkte er den gemeißelten Steinsarkophag, der auf ihn wartete. Dann bemerkte er, daß er nicht allein begraben werden sollte. Vor einer Mauer, größer, als er gewußt hatte, königlich und hoch aufgerichtet, in ein fließendes, rosenfarbenes Gewand gehüllt, das Haar über die Schultern wallend, die Gestalt in violettes Licht getaucht, unbeweglich im Tod, stand seine Frau. Nur konnte er sich nicht auf ihren Namen besinnen. Coppelia war der einzige Name, den er heraufbeschwören konnte, und er wiederholte ihn voller Zorn immer und immer wieder. Dann änderte er ihn in Cornelia, wußte aber, daß auch das nicht stimmte.

Dann fühlte er einen scharfen Schmerz in seiner Hand, der ihn weckte oder annähernd weckte, und die Höhle und die hohe, violett beleuchtete Gestalt verschwanden. Er erinnerte sich, daß der Name seiner Frau Sheila war und daß sie lebte, und er war dem ungeschickten Arzt dankbar, der versuchte, ihm für weitere Tests Blut aus der Hand zu entnehmen, weil der Schmerz seinen Traum unterbrochen hatte. Es war der Arzt mit dem schütteren Bart; ihn hatte er zum Kapitän des Schiffes ernennen wollen, auf dem er zu fahren glaubte. Nur war ihm jetzt nicht mehr gestattet, zwischen den Decks auf und ab zu steigen, sondern er war unten eingesperrt und fast die ganze Zeit an beiden Handgelenken gefesselt. Die hurtige, rückwärts laufende Uhr, die die Stunden verfälschte, war noch sichtbar. Das war ein schlaues Mittel, hatte er erkannt, um ihn am Schlaf zu hindern. Er brachte sich bei, das Wort *Schlaf* fast leserlich auf den gelben Schreibblock zu schreiben. Wer auch im Dienst war, um ihn zu foltern, machte dies zu seiner ersten Pflicht: ihn am Schlafen zu hindern. Jederzeit schien ihm das helle Neonlicht in die Augen. An das Tageslicht erinnerte er sich nicht.

Fortwährend stachen sie mit Nadeln in ihn hinein, um ihm Blut zu geben oder zu nehmen. Seine Adern waren kollabiert, und die meisten Ärzte konnten für ihre Nadeln überhaupt kein geeignetes Ziel mehr finden; seine Arme und Hände und Füße waren schwarz und blau von ihren unablässigen Versuchen, und er verfluchte Dr. Zierfandler in seinem Herzen, weil er bei jedem Erscheinen entweder eine Blutübertragung oder eine Blutprobe anordnete. Jeder Diensthabende schien berechtigt, ihm Blut zu entnehmen oder einen Schlauch in seine Venen einzuführen, ohne Rücksicht darauf, wie ungeschickt er oder sie waren, und er empfand rührende Dankbarkeit gegenüber jenen Menschen, die seine blutentleerten, versteckten Adern beim ersten Versuch fanden. Leider konnte er sich an sie oder ihre Namen nicht erinnern.

Ein gemischter Heereszug von Ärzten schien sich für ihn zu interessieren, von denen jeder irgendeinem Spezialisten gemäß einer undurchsichtigen medizinischen Reihenfolge zugeordnet war. Ärzte für seine Lunge, seine Nieren, seine Kehle, in der sich an der Stelle, wo die Tracheotomie durchgeführt worden war, ein Schlauch befand, für die wundgelegenen Stellen an seinem Körper, die bis auf die Knochen gingen und immer wieder gereinigt und neu verbunden werden mußten. Die Blase wurde durch einen Katheter entleert; und zum Zweck der Darmentleerung kämpfte er ohne viel Erfolg mit einer Bettschüssel und hatte Träume, in denen er genießerisch pinkelte und auf einer Toilette saß. Er war nackt und ausgeliefert und wurde behandelt wie ein Stück Fleisch im Metzgerladen und lebte – wenn man das «leben» nennen konnte – im Dauerzustand der Erniedrigung.

In turnusmäßigem Wechsel klopften die Krankenschwestern seine Brust kräftig ab, damit er den Schleim aushusten konnte, der sich in seinen Bronchien gebildet hatte. Der Schwarze hielt sich von ihm fern, aber Damon sah ihn im Gang lauern und auf seine Chance warten. Damon warnte Sheila noch einmal vor dem Mann und schrieb ihr eine flehentliche Bitte, die Polizei zu rufen, bevor es zu spät sei.

Dann hörte er eines Tages in der Ferne den Klang von Sirenen. Das Geräusch kam näher, und triumphierend glaubte er, daß der Auftrag, den er seiner Frau gegeben hatte, an die richtige Stelle gelangt sei. Er sah, wie die Schwestern und Ärzte davoneilten und nur den schwarzen

Mann zurückließen, der nun in sein Zimmer kam, über ihm stand und sagte: «Die denken wohl, sie lassen mich hier rumstehen und die Strafe auf sich nehmen. Aber da irren sie sich. Und falls Sie glauben, daß Sie hier noch mal rauskommen, dann irren Sie sich auch, Mister.» Da erst wurde Damon klar, daß der Schwarze ein Abgesandter Zalovskys war, der sich ins Krankenhaus eingeschmuggelt hatte, um zu beenden, was Zalovsky begonnen hatte.

Darauf setzte sich der schwarze Mann auf Damons Brust und machte sich daran, einen dynamitgefüllten Elektrokasten dicht vor Damons Mund aufzubauen. «Wenn die durch die Tür kommen», sagte der Schwarze, «dann fliegt dies Ding in die Luft. Und Sie auch.»

Damon fühlte eine eisige Ruhe und war froh, daß er so schnell sterben durfte.

Als der Schwarze mit seiner Arbeit fertig war, sprang er wieder von Damons Brust herab und verschwand, und Damon fand sich allein an einem plötzlich lautlosen Ort, an dem zum ersten Mal fast alle Lichter gelöscht waren, während die Sirenen näherkamen – um dann wieder zu verklingen, bis alles absolut still war.

Verlassen, verlassen, dachte Damon. Sheila hatte ihn verraten, hatte ihm nicht geglaubt. Er lag wartend in den Schatten und bedauerte nur, daß die Maschine nicht explodiert war.

Gefesselt und außerstande zu rufen, versuchte er immer wieder durch Stöhnen, durch Signale, die er mit den Augen zu geben suchte, durch schwaches Knipsen mit den Fingern die Schwestern und Ärzte, die fortwährend an der Tür seines Zimmers vorübergingen, dazu zu bringen, daß sie ihm zu trinken gaben. Sie gingen an ihm vorüber, als sei er ein Bettler an der Kirchentür und sie seien in Eile, zu einer Hochzeit oder Taufe zu gelangen.

Er war die ganze Zeit an einen Sauerstoffapparat angeschlossen, weil er sich, nach der Diagnose einiger Ärzte, eine Virus-Lungenentzündung zugezogen hatte, während andere es als Stauungslunge oder als Lungenkollaps bezeichneten. Er nahm ein distanziertes kühles Interesse an seinem Zustand und ihren Behandlungsversuchen, und wenn Dr. Rogarth eine seiner seltenen Visiten machte, schrieb er in Druckbuchstaben auf den Notizblock: «Werde ich sterben?»

Dr. Rogarth erwiderte: «Wir werden alle sterben», und Damon versuchte, den Kopf verachtungsvoll vom Anblick dieses Menschen abzuwenden, was ihm aber nicht gelang.

Einer der Ärzte, so schien es Damon, war damit betraut, ihm das Wasser vorzuenthalten. Er hatte einen schütteren feuchten blonden Schnurrbart, sehr langes, dunkelblondes Haar, irre, schlaue Augen; in seinem losen, offenen, hinter ihm herwehenden weißen Kittel fegte er ein und aus. Er war mit einem geheimnisvollen Projekt befaßt, das einen persischen Teppich zum Gegenstand hatte und vorsah, Damon in Posen zu zwingen, die von den Figuren auf dem Teppich vorgegeben waren, und ihn in diesen Posen zu fotografieren. Damon, gepfählt auf brennendem Sand, vor ragenden Monumenten, den Wänden von Grabmälern; all dies in unbarmherzigem Sonnenlicht; er fand sich, auf einer kleinen Insel inmitten eines Sees, in dem die Mittagssonne sich spiegelte wie Salven von Artilleriefeuer, von einem kahlen Baum herabhängend. Wie durch Zauberei wurde er in Bruchteilen einer Sekunde von einem Ort zum anderen transportiert, während der Arzt, den Damon jetzt für einen Zauberer hielt und der stets von einer runzligen Schwester in zerknittertem Kittel begleitet war, mit seiner Kamera drauflosknipste und dabei fröhlich vor sich hin summte. Irgendwie gelang es Damon, sich mit ihm zu unterhalten, und der Zauberer war nicht abgeneigt, zuweilen sogar recht launig mit ihm zu plaudern.

«Was führen Sie eigentlich wirklich im Schilde?» fragte Damon einmal.

«Das werden Sie sehen, wenn ich fertig bin», erwiderte der Zauberer. «Wenn Sie's denn wissen müssen: Ich nehme an einem Wettbewerb teil. Ein Reisemagazin hat für die Fotomontage, die dem Geist und dem Muster meines Teppichs am besten entspricht, einen Preis ausgesetzt. Sie, wie alle anderen, müssen lernen, dabei mitzuhelfen, ohne sich dauernd über das Wasser zu beklagen.»

Das war die erste Andeutung, daß sich auch andere in der Macht des Zauberers befanden.

«Alle Klagen würden aufhören», sagte Damon, «wenn Sie sie nur so viel trinken ließen, wie sie wollen.»

Der Zauberer lachte. «Na schön. Morgen vormittag von zehn bis zwölf dürfen alle nach Herzenslust trinken. Dann werden sie um zwei Uhr – und darauf können Sie sich verlassen – wieder nach Wasser jammern.» Er band Damon vom Baum los und lachte, als Damon zum Ufer des Sees rannte und sein Gesicht in die kühle Tiefe tauchte.

Um genau zwei Uhr fesselte ihn der Zauberer von neuem, und er war durstiger als je zuvor; überall und rundum hörte er Stimmen jammern: «Wasser, Wasser!» Und über all dem Jammern vernahm er das Lachen des Zauberers.

Plötzlich, er wußte nicht wie, konnte er Tag und Nacht nicht mehr auseinanderhalten. Nachts befand er sich auf dem Schiff unter Deck; und während dieser Stunden ließen sie ihm nicht die Lichter in die Augen scheinen. Seine Nachtschwester, die er jetzt kannte, war eine schlanke Frau mit feinen Zügen, sehr sonnenverbrannt und mit einer leisen, entzückenden Stimme. Einer der Ärzte, ein jüngerer, bulliger Mann mit einem Stiernacken, besuchte sie öfter, wenn sie an Damons Bett Nachtwache hielt. Er scherzte über die Sonnenbräune der Frau. «Ich wäre gern dabei», sagte er, «wenn du das nächste Sonnenbad nimmst», und lachte anzüglich. Er machte auch andere schlüpfrige Bemerkungen vor ihr. Schlüpfrige Bemerkungen, wiederholte sich Damon voller Ekel. Vor einem so feinen und zarten Geschöpf. Und ihm brach fast das Herz, als eines Nachts, nachdem der stiernackige Arzt in das Zimmer geschlüpft war, um ihr etwas ins Ohr zu flüstern, die Schwester sich über Damon beugte und leise sagte: «Ich gehe mal ein paar Minuten hinaus.» Er wußte, wohin sie ging: Sie stieg mit dem lüsternen Arzt in das leere Bett eines armen Teufels.

Das nächste, was er wußte: Er war allein mit dem Arzt in einem offenen Boot, das über einen See zu einer Insel segelte. «Ich weiß, warum Sie mich zu der Insel bringen», sagte Damon.

«Warum?» fragte der Arzt.

«Sie wollen mich dort umbringen», sagte Damon ruhig.

Wütend zog der Arzt einen blitzenden Metallgegenstand aus der Tasche und geißelte Damon damit. Der Schmerz war unerträglich, verging aber in Sekundenschnelle. «Ich bin hier, um Ihnen das Leben zu retten», sagte der Arzt. «Vergessen Sie das ja nicht.»

Er war tief unten im Laderaum des Schiffes. Seine Hände waren an einen Holzbalken gebunden. Er kniete vor dem Balken, und neben ihm kniete ein anderer Mann, den er noch nie gesehen hatte und der ebenfalls festgebunden war. Zwei Schwestern rannten unablässig eine offene Treppe, die zu einem anderen Deck führte, auf und nieder. Er kannte die beiden: Es waren Julia Larch und – wie er vermutete – ihre Tochter. Trotz ihres beträchtlichen Altersunterschiedes glichen sie einander aufs Haar. Sie schenkten Damons Stöhnen und dem Stöhnen des anderen Mannes, die beide um einen Schluck Wasser flehten, keine Beachtung. Schließlich trat Julia Larch erbost zu ihnen. Sie gab durch nichts zu erkennen, daß der vor ihr kniende Mann der Vater ihres Sohnes war. «Sie bekommen mittags etwas zu trinken», sagte sie. «Und jetzt seien Sie still.»

Die immerwährende Uhr war da. Sie lief jetzt normal. Man konnte auf dem großen Zifferblatt keine Bewegung der Zeiger erkennen. Sie stand auf zwanzig Minuten nach neun.

Mit unmenschlicher Selbstbeherrschung sah er erst wieder auf die Uhr, als seines Dafürhaltens mindestens eine Stunde vergangen war. Es war zwanzig Minuten nach neun. Der gefesselte Mann neben ihm stöhnte immer lauter; und immer, wenn die eine oder die andere Schwester, nämlich Julia Larch oder ihre Tochter, auf der Treppe erschien, krächzte er durch seine geschwollenen Lippen: «Wasser, Wasser!»

Sie schenkten ihm keine Beachtung, sondern eilten geschäftig auf und ab.

Nach einiger Zeit wurde das Stöhnen des Mannes immer schwächer, und er rollte seinen Kopf in krankhafter Weise unablässig von einer Seite auf die andere. Damon hätte gern etwas für ihn getan, und sei es nur, daß er ihn erwürgt hätte, um seinen Qualen ein Ende zu machen, aber die Hände waren ihm gebunden und seine Zunge geschwollen; er konnte nur grunzende Laute des Mitgefühls von sich geben. Es war die längste Zeitperiode in Damons Leben, länger als seine Reise nach Europa, länger als irgendeine Überquerung des Nordatlantik während des Krieges. Als er schließlich wieder zur Uhr aufblickte, war es eine Minute vor zwölf. Er sah hinüber zu seinem Nachbarn. Von dort kam ein letztes leises Ächzen, wie der Seufzer eines Säuglings, und der Kopf des Mannes fiel nach vorn. Er war tot.

Damon hörte die Schiffsglocke Mittag schlagen. Julia Larch erschien mit einer Wasserkaraffe und zwei Gläsern. «Wo ist der andere?» wollte Julia wissen.

«Er ist tot.» Damon sah Julia gierig zu, wie sie ein Glas Wasser einschenkte, und leckte sich dabei die Lippen. Er schaute sich nach dem anderen Mann um. Die Lappen, die ihn an den Holzbalken gebunden hatten, hingen noch, aber der Körper war nicht mehr da. «Sie haben ihn abgeholt oder in Staub verwandelt und weggeblasen», sagte Damon töricht und sah zu, wie Julia das volle Wasserglas hinstellte, um seine Hände loszubinden. Als die Hände frei waren, nahm er das Glas, leerte es mit einem Zug und stellte es wieder hin, um es füllen zu lassen. Mit unbewegtem Gesicht goß Julia noch einmal ein, und er leerte es wieder, ohne abzusetzen. Fürs erste befriedigt, sagte er vorwurfsvoll zu ihr: «Wenn du zwei Minuten früher gekommen wärest, dann wäre er noch am Leben.»

Julia zuckte die Achseln, das leere kleine Gesicht ungerührt. «Vorschriften sind Vorschriften», sagte sie.

Von diesem Augenblick an durfte er trinken, soviel er wollte. Sheila brachte ihm jeweils sechs kleine Dosen Ananassaft; und davon schien er nie genug bekommen zu können und wunderte sich über das herrliche tropische Aroma der Frucht, wenn der Saft in eisigem Schwall seine Kehle hinunterlief. Der Zauberer und seine runzlige Gehilfin verschwanden, und der einzige Damon sympathische Arzt unter den vielen, die in der Intensivstation ein und aus gingen, ein kleiner Mann mit einem Eulengesicht und einer großen Hornbrille, der die Tracheotomie durchgeführt hatte, kam ins Zimmer. Er teilte ihm mit, daß er am nächsten Tag den Schlauch in seinem Hals durch einen anderen ersetzen wolle, der Damon das Sprechen ermöglichen werde; er müsse nur den Trick lernen, beim Einatmen den Finger auf ein Loch in der Röhre zu legen und den Atem zu nutzen, um ein paar Worte zu sagen. Der Mann hieß Dr. Levine, und er hatte Damon schon vor längerer Zeit versprochen, daß er eines Tages wieder normal sprechen würde. Er war der einzige unter den Ärzten, der ihm Hoffnung gemacht hatte; und deshalb mochte Damon ihn leiden.

Wie versprochen kam Dr. Levine am nächsten Morgen mit dem neuen Schlauch. «Zunächst einmal», sagte er, «wollen wir dieses Dingsda herausholen.» Er ergriff die dünne Plastikröhre, die an das Behältnis mit Nährlösung zu Damons Häupten angeschlossen war und durch seine Nase in den Magen führte. «Dr. Zierfandler findet es an der Zeit, daß Sie anfangen, wieder normal zu essen.»

Damon beobachtete ihn voller Angst. Er war sicher, daß er nicht normal essen konnte und deshalb Gefahr lief, zu verhungern. Aber Dr. Levine schien zuversichtlich und zog den Schlauch rasch heraus, so daß er von dem Behälter auf dem Metallgestell herabbaumelte. Dann ergriff er den neuen Metalltubus, der Damon das Atmen erleichtern und mit der Zeit, dem Arzt zufolge, ihm auch dazu verhelfen würde, zusammenhängende Laute von sich zu geben, die als Sprache gedeutet werden und ihn mit anderen Menschen in Kontakt bringen konnten. «Das wird ein bißchen weh tun», sagte der Arzt, «vielleicht auch sehr. Aber es geht schnell vorüber, und wenn ich Ihnen eine Betäubungsspritze geben würde, dann wäre der Einstich mit der Nadel schmerzhafter für Sie.» Danach faßte er ohne Umstände zu, packte geschickt den alten, eiterverkrusteten Schlauch und schob den neuen ein. Der Arzt hatte zu Recht gesagt, daß es weh tun würde, aber Damon versuchte, seinem Gesicht nichts anmerken zu lassen, weil Sheila und Oliver im Zimmer waren und angstvoll zusahen.

Die neue gebogene Metallröhre verursachte ein seltsames Gefühl in der Kehle. «So . . .» Dr. Levine drückte den Finger auf das Loch in der Röhre wie ein Flötenspieler, «holen Sie tief Atem und versuchen Sie zu sprechen.»

Damon holte tief Atem. Er spürte, daß er Angst hatte. Trotz allem, was der Doktor gesagt hatte, war er sicher, daß ihm das Sprechen nicht gelingen würde. Aber er probierte es. Zu seinem eigenen Erstaunen kam ein Laut heraus. Dann sagte er klar und verständlich, obwohl ihm die eigene Stimme fremd und metallisch in den Ohren klang: «Bringt mich hier raus.»

Oliver und Sheila lachten. Sheilas Lachen war schrill, ja hysterisch.

«Versuchen Sie's noch mal», sagte Dr. Levine.

Damon schüttelte den Kopf. Für diesen Tag hatte er genug gesagt.

Sheila saß in Dr. Zierfandlers Vorzimmer. Sie hatte sich die Haare legen lassen und sich anstelle des zerknitterten Pullovers und des alten Rocks, die zu wechseln sie seit Tagen nicht für nötig befunden hatte, neue Sachen angezogen. Sie wollte für das unvermeidlich bevorstehende Gespräch einen sicheren und beherrschten Eindruck erwekken.

Zierfandlers Sekretärin sagte: «Der Herr Doktor läßt bitten.»

Sheila stand auf, glättete die Falten an ihrem Rock und schritt entschlossen in das Sprechzimmer, wo Zierfandler noch über die Tabelle eines Patienten gebeugt war, der soeben das Zimmer verlassen hatte. Er sah gehetzt und erschöpft aus. Sheila wußte, daß er jeden Morgen um fünf ins Krankenhaus kam und es oft um elf Uhr abends noch nicht verlassen hatte. Er hatte von einer Frau und zwei Kindern gesprochen, und Sheila fühlte Mitleid mit ihnen, obwohl sie niemals ein Anzeichen ihrer Existenz zu Gesicht bekommen hatte und auf Zierfandlers Schreibtisch keine Familienfotos zu sehen waren. «Er ist ein Heilungsfanatiker», hatte Oliver gesagt, und Sheila fand, daß diese Bezeichnung den hageren, immer gehetzten Mann richtig beschrieb.

Zierfandler blickte auf, lächelte kurz, die Augen gerötet, das Gehirn hoffnungslos überfrachtet von Tausenden ungeheilter Leiden. «Bitte setzen Sie sich», sagte er. «Ich freue mich, daß wir uns ein paar Minuten unterhalten können. Sie wissen schon, was ich Ihnen zu sagen habe.»

«Ja», sagte Sheila. «Und ich glaube, daß Sie sich täuschen.»

Zierfandler seufzte. «Ich kann ihn nicht aus der Intensivstation entlassen, Mrs. Damon. Ihr Mann ist noch immer sehr krank. Sein Leben hängt an einem Faden. Ich lüge nicht und ich vertusche nichts vor meinen Patienten und ihren Familien, wie Sie sehr wohl wissen. Gewiß, Patienten, die lange Zeit auf der Intensivstation ausharren müssen, verfallen leicht in eine tiefe seelische Depression. Aber im Falle Ihres Mannes müssen wir erst einmal den Körper retten. Wir haben unser Berufsethos, unsere berufliche Erfahrung.»

«Das erkenne ich alles an, Herr Doktor», sagte Sheila,

die versuchte, mit ruhiger Stimme zu sprechen, «aber ich weiß auch so einiges, nachdem ich so viele Jahre mit diesem Mann zusammengelebt habe. Er ist auf dem absoluten Tiefpunkt. Er hat dermaßen abgenommen, daß er nur noch aus Haut und Knochen besteht. Und er nimmt immer weiter ab. Er will nichts essen ...»

«Das Nahrungskonzentrat, das ich verschrieben habe, mit Milch vermischt ...»

«Das Rezept ist mir genauestens bekannt. Sie können es verschreiben, aber er nimmt nur einen winzigen Schluck davon und dreht das Gesicht zur Wand. Ich bringe ihm Leckerbissen mit ... Räucherlachs, Kaviar, Suppen, Obst ... Er nimmt nur Saft zu sich. Wie lange kann er sich Ihrer Meinung nach mit Saft am Leben halten? Er ist von einer schicksalsergebenen Lethargie befallen. Er sucht nur noch nach einem Vorwand, um zu sterben.»

«Sie übertreiben, Mrs. Damon.»

«Ich will, daß er von dieser verdammten Intensivstation verlegt wird! Hier ist er von sterbenden Menschen, von den Apparaten und dem Zubehör des Todes umgeben. Er soll wieder in sein Zimmer gebracht werden, damit irgend etwas, irgendeine Veränderung vollzogen wird. Er lebt hier in Gefangenschaft wie ein wildes Tier, wie jene Tiere, die hinter Gittern die Nahrungsaufnahme verweigern, die sich lieber niederlegen und sterben.»

«Es ist unmöglich, ihn zu verlegen», sagte Zierfandler knapp. «Er braucht die Apparate, den Sauerstoff, die Monitoren ... für das Herz, den Puls, den Blutdruck ... für die Bestimmung der roten Blutkörperchen, von denen er immer noch gefährlich wenige hat. Jeden Augenblick könnte eine Krise eintreten. Er braucht eine reaktionssichere, ständige Überwachung. Die Intensivstation ist der einzige Ort, an dem ich etwas Derartiges garantieren kann. Verstehen Sie doch, Mrs. Damon, wir sind für sein Leben verantwortlich ...»

«Das bin ich auch», sagte Sheila. «Und da, wo er ist, hat er damit abgeschlossen.»

«Ich verstehe Ihre Angst», sagte Dr. Zierfandler milde. «Sie urteilen aus subjektiver Sicht. Wir müssen unsere Entscheidungen auf einer objektiven Basis treffen. Bitte haben Sie Vertrauen zu uns.»

«Habe ich nicht», sagte Sheila. Sie stand auf und verließ das Sprechzimmer.

Als Oliver am selben Abend nach der Arbeit in die Intensivstation kam, wie er es an jedem Abend tat, fiel ihm auf, daß Sheila viel besorgter war als bei seinem Abschied am vergangenen Abend. «Was ist geschehen?» fragte er.

«Ich muß mit dir sprechen», Sheila sah sich im Zimmer um. In dem Raum hielten sich noch zwei andere Besucher auf, und der Oberarzt, dem die Leitung der Station anvertraut war, unterhielt sich flüsternd mit einem von ihnen in einer Ecke. «Ich möchte hier lieber nicht reden. Gehen wir raus und trinken eine Tasse Kaffee.»

«Geht es ihm schlechter?» fragte Oliver besorgt.

«Es geht ihm täglich schlechter», sagte Sheila kurz; sie sprach erst wieder, als sie in dem kleinen Café in der Nähe des Krankenhauses an einem Tisch saßen, wo sie zuweilen eine Kleinigkeit aßen. Das Café wurde auch von den Krankenschwestern während der Arbeitspausen besucht. Eine Gruppe von drei Schwestern saß in der Nähe des Eingangs, und Sheila lotste Oliver an einen Tisch im rückwärtigen Teil, wo sie allein waren.

«Was ist passiert?» fragte Oliver. Seit der Schießerei war sein Gesicht von Sorge gezeichnet, und dieser Ausdruck hatte sich mehr und mehr verstärkt. Auf Sheila wirkte er wie ein kleiner Junge, dem in einer Menschenmenge die Mutter abhanden gekommen ist und der krampfhaft das Weinen unterdrückt, während er unter den Gesichtern ringsum nach dem ihren sucht.

«Etwas Absonderliches», sagte Sheila. «Und ich weiß nicht recht, was es ist.» Dann erzählte sie ihm von ihrem Gespräch mit Dr. Zierfandler. «Wenn Roger täglich mehr auf den Hund kommt», sagte sie, «dann wäre es doch nur sinnvoll, etwas anderes zu versuchen. Aber wenn ich mit den Ärzten spreche, ist es, als ob ich gegen eine Mauer rede. Sie tun so, als ob sie mir zuhörten, aber sie tun's eben doch nicht. Fällt *dir* dazu etwas ein?»

Oliver schnitt eine verlegene Grimasse, und aus seiner Kehle kamen einige unverständliche Geräusche. «Na ja», sagte er endlich, «ich wollte dich nicht ängstigen, aber . . .»

«Aber was?»

«Es ist eigentlich nur eine Vermutung . . .» Er hielt abermals inne.

«Sprich weiter, Oliver», sagte Sheila ungeduldig. «Rede nicht um den heißen Brei.»

«Sie teilen die Verantwortung untereinander auf.»

«Wer teilt die Verantwortung auf? Die Verantwortung *für was*?» Sheila hatte Mühe, mit gedämpfter Stimme zu sprechen.

«Sie alle miteinander. Die Ärzte. Sheila, ich habe das unter dem Siegel der tiefsten Verschwiegenheit erfahren.»

«Hör, verdammt noch mal, auf, in Rätseln zu sprechen, Oliver.»

«Du kennst doch die hübsche blonde Schwester Penny.»

«Ja.»

«Ich habe ein-, zweimal mit ihr gegessen.» Er wurde rot. «Sie ist hochintelligent, abgesehen davon, daß sie höchst attrak –»

«Keinen Steckbrief», sagte Sheila brutal. «Sprich weiter.»

«Du erinnerst dich doch, daß Roger einmal geschrieben hat, du solltest dir einen Anwalt nehmen.»

«Natürlich erinnere ich mich.»

«Ja, und das hat jemand gelesen, bevor man es dir gegeben hat. Oder einer von ihnen – ich meine von den Ärzten – hat es gelesen. Ich vermute, der hat es den anderen gesagt. Sie glauben, er hat's deshalb geschrieben, weil ihr, du und Roger, den Dr. Rogarth, das Krankenhaus, überhaupt alle wegen des Kunstfehlers verklagen wollt. Auf Millionen Dollar.»

«Roger würde nie im Leben jemand verklagen. Immer wenn er in der Zeitung von einem dieser Prozesse gelesen hat, ist er wild geworden; er hat mir immer wieder gesagt, daß dadurch die ärztliche Kunst in den Vereinigten Staaten ruiniert wird.«

«Das weißt du. Das weiß ich. *Die* wissen's nicht. Zumindest glaubt Penny, daß sie's nicht wissen. Sie sind ganz durcheinander vor Angst. Und dann hat sie mir noch was erzählt – die Penny.»

«Und zwar?»

Oliver blickte sich um, weil er sich vergewissern wollte, daß sich ihnen niemand unbemerkt genähert hatte. «Als sie ihn nach der Operation auf die Intensivstation brachten, sagte einer der diensthabenden Ärzte: ‹Schon wieder ein Opfer von Dr. Rogarths Metzgerkünsten.›»

«Mein Gott», sagte Sheila. Dann vorwurfsvoll: «Dein eigener Bruder hat dir gesagt, daß er einer der besten im ganzen Land sei.»

«Das tut mir leid», sagte Oliver entschuldigend. «Wenn er sich geirrt hat, so war er doch jedenfalls guten Glaubens. Wenn mein Bruder bestätigt hat, daß Rogarth zu den besten Operateuren im Lande gehört, dann ist es ihm so gesagt worden. Vielleicht ist Rogarth es einmal gewesen. Vielleicht auch nie», sagte Oliver achselzuckend. «Der Leumund. Es gibt Schriftsteller, die Roger nicht mal mit der Feuerzange anfassen würde, die aber seit zwanzig Jahren grandiose Kritiken einheimsen. Und was die Ärzte anlangt – das ist eine geschlossene Körperschaft. Milde ausgedrückt, ist es bei ihnen nicht gebräuchlich, sich gegenseitig madig zu machen. Und dann hat mir Penny noch was anderes erzählt. Als Roger nach der Operation auf die Intensivstation kam, standen auf der ersten Seite des beigefügten Operationsprotokolls zwei Buchstaben.» Er zögerte. «Ich weiß nicht, ob ich das erzählen soll, Sheila.»

«Welche zwei Buchstaben?» Ihre Stimme war wild.

«VD», sagte Oliver.

Sheila furchte die Stirn. «Was soll das bedeuten?»

«Penny sagt, es bedeutet ‹Volle Deckung›.» Oliver seufzte, als hätte er sich einer riesigen Bürde entledigt. «Sie wußten, daß ihnen ein schlimmer Fehler unterlaufen war, und alle wurden angehalten, die Reihen zu schließen, um ihn zu vertuschen.»

Sheila schloß die Augen und bedeckte sie dann mit den Händen. Als sie die Hände wieder senkte, war ihr Gesicht steinern. «Diese Schweine», sagte sie leise. «Diese zynischen Schweine.»

«Du wirst das doch nicht weitersagen, oder?» fragte Oliver besorgt. «Wenn sie das bis zu Penny zurückverfolgen können, dann fliegt sie innerhalb von zwei Minuten.»

«Mach dir keine Sorgen um Penny. Das erledige ich auf meine Weise. Roger ist morgen raus aus dieser verfluchten Abteilung. Warum hast du mir das nicht schon früher erzählt?»

«Was hätte das geholfen? Jetzt haben sie Angst. Was würde es Roger helfen, wenn sie außerdem noch wütend wären?»

«Oliver», sagte Sheila, «ich kann heute abend nicht zurück ins Krankenhaus. Ich weiß nicht, was ich dort tun oder sagen würde. Bitte nimm mich mit in ein hübsches Restaurant, wo gesunde Leute sind, die sich an einer guten Mahlzeit freuen und gegen niemanden Ränke schmieden, und spendier mir ein paar Drinks und eine gute Flasche Wein. Vorausgesetzt, daß du kein Rendezvous mit der hübschen Penny hast.»

Abermals wurde Oliver rot. «Wir sind nur ganz zufällig im Fahrstuhl nach unten gefahren», sagte er verwirrt, «und sie kam gerade von ihrer Schicht, und es war Essenszeit, und –»

«Du brauchst dich nicht zu entschuldigen», sagte Sheila. Sie lächelte. «Auch wenn Roger im Krankenhaus liegt, darfst du dir hin und wieder ein hübsches Mädchen anlachen. Aber geh nach oben und sag Roger, falls er wach ist – was nicht wahrscheinlich ist –, du hättest dich dafür stark gemacht, daß ich heute abend mit dir ausgehe, weil mich das Krankenhaus marode macht. Das wird er verstehen. Weiter unten in der Straße ist ein Lokal. Dort warte ich an der Bar auf dich. Sei nicht entsetzt, wenn ich bei deiner Ankunft schon beschickert bin.»

Als Zierfandler um sechs Uhr am nächsten Morgen seine übliche Visite machte, war Sheila schon da und saß voller Ingrimm in dem kleinen Sessel beim Fenster. Zierfandler war, wie immer bei seiner Morgenvisite, vergnügt und lebhaft. Er betrachtete die Fiebertabelle am Fuß des Bettes, berührte Damons nackte Zehen, die nicht mehr schwarz waren, und fragte den Patienten, wie es ihm gehe.

Damon, der inzwischen diesen Mann haßte, dessen Anwesenheit in jeder Morgendämmerung den Beginn eines weiteren, endlosen, qualvollen Tages bedeutete, sagte: «Lausig.»

Zierfandler lächelte, als zeige dieser Energiebeweis, daß sich Damon auf dem Weg der Besserung befinde. «Ihre Zehen sind immer noch eisig», sagte er und ließ dabei durchklingen, daß er diese Tatsache als ein Zeichen von Damons Böswilligkeit deute.

«Manchmal frieren sie», sagte Damon. «Manchmal – wie zum Beispiel jetzt – fühlen sie sich an, als stünden sie in Flammen.»

«Vielleicht ein kleiner Gichtanfall», sagte Zierfandler.

«Zum Donnerwetter, ich habe über einen Monat keinen Tropfen Alkohol angerührt», sagte Damon.

«Das eine braucht mit dem anderen nichts zu tun zu haben. Ich werde jemanden schicken, der Ihnen am Vormittag etwas Blut abzapft, und dann werden wir ein paar Tests damit machen.»

Damon stöhnte. «Könnten Sie vielleicht jemand finden, der tatsächlich weiß, wo die Venen im menschlichen Körper zu finden sind? Die Klempner, die Sie mir hier reingeschickt haben, haben bei mir zehnmal hintereinander zugestochen, um zwei Tropfen Blut zu kriegen.»

«Ihre Venen -» sagte Zierfandler traurig. «Über Ihre Venen äußere ich mich nicht mehr.» Er hängte die Tabelle wieder am Fuß des Bettes auf, nachdem er etwas darauf notiert hatte, und wandte sich zum Gehen.

Sheila, die den Arzt nicht begrüßt und kein Wort gesprochen hatte, während er im Zimmer war, stand auf. «Ich hätte Sie gern kurz gesprochen», sagte sie. «Draußen.» Sie folgte ihm auf den Gang.

«Das wird hoffentlich nicht zu lange dauern», sagte Zierfandler. «Ich bin sowieso schon spät dran.»

«Ich will, daß Mr. Damon in ein Privatzimmer verlegt wird«, sagte Sheila. «Heute.»

«Unmöglich. Ich hab Ihnen schon mal erklärt, daß -»

«Wenn er nicht verlegt wird», sagte Sheila rundweg, «dann gehe ich zu unserem Anwalt und erwirke einen Gerichtsbeschluß, um ihn hier herauszukriegen; und ich lasse ihn in ein anderes Krankenhaus überführen.» Sie bemerkte das kleine Zucken im blassen Auge des Arztes, als sie das Wort *Anwalt* aussprach.

«Ich will sehen, was ich tun kann», sagte Zierfandler.

«Sie werden nicht nur sehen, was Sie tun können. Sie werden ihn bis drei Uhr heute nachmittag verlegt haben.»

«Mrs. Damon», sagte Zierfandler, «Sie zwingen mich dauernd zu Handlungen, die meiner gesamten Ausbildung und meinen Grundsätzen zuwiderlaufen. Sie diktieren eine Behandlung, Sie hören auf den Klatsch von Schwestern und konfrontieren mich mit unmöglichen Forderungen. Jetzt drohen Sie mir mit einem Gerichtsverfahren . . .»

«Drei Uhr heute nachmittag», sagte Sheila und ging zurück ins Zimmer, wo Damon versuchte, wieder einzuschlafen.

An jenem Morgen hatte Damon seine letzte Halluzination.

Aus Gründen, die man ihm nicht gesagt hatte, durfte er auf dem Schiff nach Gutdünken umherwandern. Auch das Schiff selber hatte sich gewandelt. Es war nicht mehr ein schäbiges Frachtschiff, sondern ein weißgestrichenes Schiff, das dicht besetzt war mit Passagieren. Alle waren mit Packen und Abschiednehmen beschäftigt, weil das Schiff in Kürze in den Hafen einlaufen sollte. Ohne daß man es ihm gesagt hatte, wußte Damon, daß Seattle der Hafen war. Damon begriff auch, daß alle anderen an Land gehen durften, er selbst aber auf dem Schiff zu bleiben hatte.

Unter großem Getöse der Schiffssirene wurde das Boot festgemacht. Die Krankenschwestern, die er inzwischen voneinander unterscheiden konnte, und für die er, wie er jetzt wußte, eine hoffnungslose Zuneigung entwickelt hatte, gingen an ihm nicht mehr in ihrer weißen Tracht, sondern in reizvollen, farbenfrohen Reisekostümen vorbei; frisch frisiert und mit sorgfältigem Make-up liefen sie auf dem Deck mit klackenden hohen Absätzen hin und her, winkten ihm herzlich zu und verschwanden. Nur eine Schwester hielt an, um ihm auf Wiedersehen zu sagen. Es war die hübscheste von ihnen – Penny. Tränen strömten aus ihren tiefblauen Augen mit den blonden Wimpern über das engelsgleiche Gesicht.

«Warum weinst du?» fragte er teilnehmend.

»Ich bin in Oliver Gabrielsen verliebt», sagte sie, «und er ist in mich verliebt, und er ist verheiratet.»

«Ach, Penny», sagte er, «du bist zum Weinen geboren. Du wirst immer weinen.»

«Ich weiß», sagte sie schluchzend. Sie küßte ihn mit feuchten und weichen Lippen und ging, ihre Tasche im Arm, die Gangway hinunter.

Der stiernackige Arzt, der jetzt eine Windjacke mit Reißverschluß trug, auf der «University of Virginia» stand, blieb vor Damon stehen. «Leb wohl denn, alter Knabe», sagte der Arzt freundlich. «Gibt es etwas, das ich dir von Land mitbringen kann?»

Damon überlegte eine Weile. «Bringen Sie mir eine Coca-Cola», sagte er. «Mit Eis.»

«Das soll geschehen», sagte der Arzt und schüttelte ihm mit stählernem Griff die Hand. Dann ging auch er die Gangway hinunter, und Damon hatte das riesige Schiff ganz für sich.

Am gleichen Nachmittag wurde Damon in ein Privatzimmer verlegt. Er fragte Sheila nicht, wie oder warum das geschah, und sie sagte es ihm nicht. Das Zimmer hatte eine eigene Dusche und Toilette. Mit Hilfe eines Gehstuhls – weil er ohne Stütze nicht stehen konnte – gelangte Damon zur Toilette und setzte sich mit einem Gefühl darauf, das an Ekstase grenzte. Als er fertig war, hievte er sich mit Hilfe des Gehstuhls wieder hoch und betrachtete sich im Spiegel. Bevor er die Intensivstation verließ, war er vom Krankenhausfriseur rasiert worden. In sein Gesicht hatten sich tiefe Linien eingegraben. Was ihm aus dem Spiegel entgegenstarrte, war ein blutleeres, graues Gesicht, das er kaum erkannte und dessen Haut sich wie fleckiges Pergament über die Knochen spannte; die Augen lagen tief in den Höhlen und hatten jeglichen Glanz verloren. Das sind die Augen eines Toten, dachte Damon; dann setzte er den Gehstuhl ungeschickt Zoll um Zoll und mit aller Vorsicht wieder in Gang und stapfte zurück in das Zimmer, wo ihm Sheila und die Schwester ins Bett halfen; sie mußten ihm die Beine hochheben, weil er nicht stark genug war, das selber zu tun.

Er sah mit Genugtuung, daß sich keine Uhr im Zimmer befand.

«Ich habe die *Times* mitgebracht», sagte Sheila. «Willst du sie dir ansehen?»

Damon nickte. Er hielt die Zeitung vor sein Gesicht. Das Datum sagte ihm nichts. Die Schlagzeilen waren ihm unverständlich. Die Sprache hätte ebensogut Sanskrit sein können. Er ließ die Zeitung auf die Bettdecke fallen. Er fing an, heftig zu husten. Die Schwester ergriff einen dünnen Schlauch und führte ihn durch das offene Loch des Kehlkopftubus' und durch die Luftröhre in seine Bronchien, dann schaltete sie den Apparat ein, um den Schleim aus den Bronchien abzusaugen. Er hatte sich an diese Behandlung gewöhnt, merkte aber jetzt zum ersten Mal, wie schmerzhaft sie war.

Sheila hatte ihm einen Schokoladen-Milchshake mitgebracht, der mit Speiseeis und einem rohen Ei versetzt war. Er hatte von Kindheit an eine leidenschaftliche Liebe zu Milchshakes; jetzt trank er ein paar Schluck davon, schob ihn aber wieder zurück. Sheila machte wegen dieser Verweigerung ein besorgtes Gesicht, und das tat ihm leid, aber mehr von dem Getränk bekam er nicht herunter.

Die Verbände auf seiner Brust und seinem Leib waren entfernt worden, aber er mochte sich die Narben nicht ansehen. Die Schwestern wechselten die Verbände und spülten und sterilisierten vier- oder fünfmal am Tag die eine riesige noch vorhandene Wunde auf seinem Rücken, wo er sich durchgelegen hatte; und auch das – was er bisher kaum gespürt hatte – war ausnehmend schmerzhaft; ebenso wie der Einstich der Nadel, wenn Medikamente intravenös gespritzt oder wieder neue Transfusionen gelegt wurden. Er erinnerte sich sehr deutlich an alle seine Halluzinationen, war sich jedoch nicht im klaren, ob das Vorgänge waren, die er tatsächlich durchlebt oder lediglich geträumt hatte; daher sprach er zu niemandem davon. Hin und wieder bedauerte er, daß er nicht schon vorher hatte sterben dürfen, und war sich sicher, daß er das Krankenhaus niemals lebendig verlassen würde; die vor ihm liegende Zeit bedeutete nur eine unnötige Verlängerung seiner Qual.

Sheila und den Schwestern, die ihn in drei Schichten von je acht Stunden rund um die Uhr betreuten, nahm er übel, daß sie immer wieder von ihm verlangten, das Bett zu verlassen und zu gehen, erst mit Hilfe des Gehstuhls, dann an einem Stock: mehrmals am Tag ein paar Schritte. Er versuchte zu essen, aber alles Eßbare, das ihm angeboten wurde, fühlte sich in seinem Mund an wie trockene Wolle, die er mit Mühe kaute und dann wieder ausspuckte.

Seine Tagesschwester wog ihn täglich. Teilnahmslos nahm er zur Kenntnis, daß er hundertachtunddreißig Pfund wog. Im Verlauf der Tage nahm er weder zu noch ab. Als er ins Krankenhaus eingeliefert wurde, hatte er hundertfünfundsiebzig Pfund gewogen.

Ein Sauerstoffgerät war im Zimmer aufgestellt worden, obwohl Dr. Zierfandler Sheila gegenüber behauptet hatte, daß das unmöglich zu bewerkstelligen sei. Aber Sheila war zur Oberschwester im Zentralbüro neben dem Hauptportal gegangen, einer älteren Irin, mit der sie sich angefreundet hatte. Die Schwester hatte nur verächtlich geschnaubt, als Sheila ihr Dr. Zierfandlers Behauptung wiederholte, und ihr gesagt, sie könne ihr innerhalb von dreißig Minuten alle erforderlichen Geräte beschaffen. Damon haßte den Apparat und die Sauerstoffmaske und glaubte zu erstikken, wenn man sie ihm auflegte; man mußte ihn daran hindern, die Maske wieder abzureißen. Oliver war ein häufiger Gast im Zimmer und versuchte, ihn mit Schilderungen aufzuheitern, wie gut die Geschäfte im Büro liefen, aber Damon schnitt ihm das Wort ab und sagte «Scheiß drauf, Oliver», wenn dieser anfing, über Verträge zu sprechen.

Eine Erinnerung, die Damon von seinem Traum blieb, war das hübsche Gesicht der Krankenschwester Penny, die weinte, als sie sich beim Anlegen des Schiffes von ihm verabschiedete. «Oliver», fragte er, «willst du Penny heiraten?»

Oliver machte ein schuldbewußtes Gesicht. «Ich weiß nicht, wovon du redest», sagte er.

«Ich muß dich warnen», sagte Damon. Der Traum hatte sich zur Wirklichkeit verhärtet. «Doris ist gut für dich. Und sie ist ein Siegertyp. So hübsch wie sie ist, bleibt Penny doch eine der ewig zu kurz Gekommenen in der Welt. Du würdest für den Rest deines Lebens das Brot des Kummers essen.» Die Sterbenden, dachte er, haben ihr Recht auf ein letztes ehrliches Wort.

21

TROTZ SEINER AUFRICHTIGEN VERSUCHE, die Speisen, mit denen Sheila ihn zu locken suchte, und die nahrhaften Milchshakes zu trinken, die sie für ihn bereitete, konnte er sein verlorenes Gewicht nicht aufholen, und die paar Schritte, die er auf dem Gang zuwege brachte, erschöpften ihn für den Rest des Tages. Aber die Spannungen und die Verzweiflung, die ihn auf der Intensivstation fast überwältigt hatten, waren verschwunden. Jetzt fühlte er sich ruhig und in alles ergeben, was ihm noch bevorstehen mochte.

Der Gedanke an den Tod war ihm inzwischen so vertraut, daß er ihn nicht mehr schreckte. Wenn ihn die Ärzte und Schwestern unbehelligt ließen, so dachte er, würde er friedlich und mit einem erlösten Lächeln auf dem Gesicht sterben können – es sei denn, die Halluzinationen wären erst *nach* seinem Tode eingetreten und er wäre später durch ein Wunder der modernen Medizin wieder zum Leben erweckt worden. Das würde die Redensart von der «Ruhe des Grabes» zu einem überwältigend schlechten und außerordentlich geschmacklosen Witz stempeln. Fünfundsechzig war kein übles Alter für die letzte Reise. «Es war an der Zeit», wie er einmal zu Sheila gesagt hatte, als einer seiner älteren Klienten aus gutem und zureichendem Grund in Hollywood Selbstmord verübt hatte.

Er legte den Finger über das Loch im Schlauch in seinem Hals, holte nach Dr. Levines Anweisung tief Atem und fragte Sheila, ob er schon einmal klinisch tot gewesen und wieder zurück ins Leben gebracht worden sei. «Nein», sagte sie, die außerstande war zu lügen, selbst wenn es die Umstände dringlichst erforderten, «niemals.»

Dr. Levine, der einzige Arzt im Haus, der nach Damons Dafürhalten etwas zu heilen verstand, schaute mehr beiläufig herein und sagte: «Es wird allmählich Zeit, daß Sie wieder sprechen wie ein Mensch.» Unzeremoniell und ohne weitere Umstände griff er zu und zog den Tubus aus der Kehle. Dann sagte er ebenso unbekümmert: «So, nun reden Sie, Mann.»

Ungläubig blickte Damon empor zu dem scharfgeschnittenen, eulenäugigen Gesicht und dachte: Was habe ich zu verlieren? Er holte tief Atem. Dann sagte er mit seiner normalen Stimme: «Vor achtzig und sieben Jahren errichteten unsere Vorväter auf diesem Kontinent eine neue Nation . . .»

«Schön, das wäre es», sagte Dr. Levine knapp. Er schüttelte Damon die Hand. «Dies ist das letzte Mal, daß Sie mich sehen. Hoffentlich haben Sie beim nächsten Mal, wenn Sie den Mund aufmachen, etwas Interessanteres mitzuteilen», und ging.

Damon machte sich die neu erworbene Gesprächigkeit zunutze und sagte zu Sheila und der Schwester, die diese Operation besorgt mitangesehen hatten:

«Dieses Zimmer ist verdammt heiß. Stellt die Klimaanlage höher, wenn ihr gestattet.»

Er war ein Mann, der in seinem ganzen Leben – ausgenommen die katastrophalen Jahre als Schauspieleleve – die meiste Zeit mit Lesen oder, wenn andere Leute sprachen, Zuhören verbracht hatte, aber jetzt begann er der Lüge zu huldigen, daß es die Gabe des Sprechens sei, die die menschliche Rasse von den übrigen Lebewesen unterscheidet.

Das Zimmer war voller Blumen, Geschenken von Freunden, Klienten, Produzenten, Redakteuren und sonstigen Gönnern; und bis Damon darauf bestand, daß das Telefon aus seinem Zimmer entfernt wurde, riefen täglich mindestens zehn Leute an, die ihn besuchen und aufheitern wollten. Er hatte sich geweigert, den Hörer abzunehmen, und Sheila hatte allen den Zutritt verwehrt, außer Oliver und Manfred Weinstein. Weinstein war am ersten Tag nach seiner Entlassung aus dem Krankenhaus zu Besuch gekommen; das Gehen fiel ihm schwer, und er brauchte einen Stock, aber das Bein war einigermaßen geheilt. Er hatte ziemlich viel an Gewicht eingebüßt, und seine Wangen waren nicht so rosig wie früher, aber *sein* Ende war ganz offensichtlich noch nicht gekommen.

Weinstein war nicht der Mann, ein Blatt vor den Mund zu nehmen. Als er auf Damons ausgezehrtes Gesicht hinunterblickte, sagte er: «Mein Gott, Roger, wer hat dich denn erschossen?»

«Der amerikanische Ärzteverein», erwiderte Damon. «Wann kannst du denn endlich deinen Stock wegschmeißen?»

Weinstein schnitt eine Grimasse, die Damon an Weinsteins siebzehnjähriges Gesicht erinnerte, als er, ohne geschlagen zu haben, zur Mannschaftsbank zurückkehrte, und der Lauf, der das Spiel gewonnen hätte, kurz vor dem Ziel baden ging. «In dieser Saison lasse ich andere gewinnen», sagte Weinstein. Er wollte nach Kalifornien fliegen, um seinen Sohn zu besuchen, versprach jedoch, sofort wieder zurückzukommen, wenn Damon aus dem Krankenhaus entlassen würde. Er war wütend, weil die New Yorker Polizei seinen Revolver konfisziert hatte, denn sein Waffenschein galt nur für den Staat Connecticut. «Polypen», sagte er verächtlich. «Ich kann von Glück sagen, daß sie mich nicht ins Gefängnis gesteckt haben, weil ich verhindern wollte, daß ein alter Freund von mir ermordet wird.»

Er hatte mehrmals mit Schulter gesprochen, aber Zalovsky war spurlos verschwunden. Der Revolver hatte keine Aufschlüsse gegeben. Schulter neigte zu der Ansicht, daß Zalovsky schwerer verletzt war, als man zunächst angenommen hatte, daß er wahrscheinlich an seinen Wunden gestorben und in aller Stille von den Mitgliedern der Mafiafamilie begraben worden war, zu der er gehörte. Weinstein glaubte eher, daß er höchstwahrscheinlich außer Landes gegangen sei: nach Südamerika oder Sizilien oder Israel. Weinstein war davon überzeugt, daß sich das gesamte organisierte Verbrechen in den Händen von Italienern, Kubanern oder Juden befand und daß Zalovsky – wie immer sein wahrer Name lauten mochte – eine bloße

Marionette in einem unbedeutenden Erpresserring war. «Werde gesund, alter Knabe», sagte er, bevor er ging. «Ich möchte für mein beschissenes Knie wenigstens etwas vorzuzeigen haben.» Aber Damon las im Gesicht seines Freundes, daß dieser an ein Wiedersehen nicht glaubte.

Oliver machte sich stark für Genevieve Dolger, die wöchentlich zweimal einen Riesenkorb mit Blumen ins Krankenzimmer schickte, wundersamerweise das Tortenbacken aufgegeben und während Damons Aufenthalt im Krankenhaus einen neuen Roman mit dem Titel *Cadenza* beendet hatte. Ihr Verleger hatte den Vorschuß für sie vervierfacht, und Oliver feilschte mit den Taschenbuchverlagen und den Filmleuten um Riesensummen. Sie sei darauf versessen, sagte Oliver, Damon wenigstens einmal zu besuchen und ihm für alles zu danken, was er für sie getan hatte. *Bevor es zu spät ist* – vollendete Damon den Satz in seinen Gedanken. «Sie sagt, sie sei heftig in dich verschossen», fuhr Oliver fort und zog seine fast unsichtbaren Augenbrauen ungläubig hoch. «Sie sagt, du seist der einzige Mann in ihrem ganzen Leben, bei dem sie sich richtig als Frau gefühlt hätte.»

Damon seufzte zwar, sagte aber doch, er wolle sie empfangen. Das gehört sich schon so, dachte er – ohne Genevieve wäre er nicht in einem Privatzimmer mit Tag- und Nachtschwestern, die ihn betreuten, und es gäbe keinen Doktor Zierfandler, der zum Preis von hundert Dollar pro Visite jeden Morgen, Woche um Woche, teilnehmend in sein Zimmer trat, hätte es nicht *Klagelied* und jetzt *Cadenza* gegeben.

«Meinetwegen», sagte er. «Aber sag ihr, nur zehn Minuten. Und sag ihr, ich sei zu schwach, um mir anzuhören, daß sie in mich verliebt ist.»

Aber bevor er die Zuneigung von Genevieve Dolger über sich ergehen lassen mußte, hatte Damon sich mit einer anderen Dame auseinanderzusetzen.

«Deine Verflossene, Elaine Dingsbums, hat gestern

zweimal angerufen», sagte Sheila. Sie kam gerade von der Zentrale im Stationszimmer, wo man freundlicherweise Nachrichten für sie und Damon entgegennahm, da Damon ja das Telefon aus seinem Zimmer hatte entfernen lassen. «Sie sagt, sie *müsse* dich einfach sehen.»

«Sparman», sagte Damon. «Sie hat einen Mann namens Sparman geheiratet. Ist aber schon lange wieder geschieden.»

«Was soll ich ihr sagen?» Sheila hatte Elaine niemals kennengelernt, und Damon merkte, daß sie sie auch jetzt nicht kennenlernen wollte. Aber er meinte, wenn er schon sterben müsse – immer noch eine bedrohliche Möglichkeit –, dann war er es einer Frau, die er einstmals zu lieben geglaubt hatte und mit der er in ihrer beider jungen Jahren kurze Zeit glücklich gewesen war, schuldig, ihr die Genugtuung eines letzten Abschieds zu gewähren. Zudem hatte sie vielleicht durch ihren Freund, den Spieler, und durch dessen anrüchige Verbindungen einen Anhaltspunkt, wer Zalovsky war und worauf sein Sinn stand – was sie ihm aber nur persönlich anvertrauen konnte. Und schließlich war es ihr stets gelungen, ihn auf irgendeine Weise aufzuheitern, manchmal willentlich, manchmal auch nicht so ganz willentlich, und er fand, daß er ein bißchen Aufheiterung vertragen könne.

«Sag ihr, ich würde mich freuen, sie zu sehen.» Er merkte zwar, daß seine Antwort Sheila nicht paßte, aber er konnte nicht seine gesamte Vergangenheit verleugnen, nur weil er seiner Frau dadurch einen Augenblick des Mißvergnügens bereitete. Sheila wollte etwas sagen, aber in diesem Moment kam einer der Ärzte ins Zimmer, der im Team der Spezialist für Lungenleiden war. Der Arzt war ein gutaussehender junger Mann mit frischer Gesichtsfarbe und wunderbar geschnittenem und gekämmtem langem mahagonifarbenem Haar. Er kam regelmäßig jeden Tag, nahm Damon von weitem flüchtig in Augenschein und sagte jedesmal wieder: «Wollen Sie sich nicht von der Schwester auf die Dachterrasse fahren lassen, wo Sie frische Luft schnappen können?» und ging. Auch er verlangte hundert Dollar pro Tag, obwohl Damon seinen Rat nie befolgte, da ein paar Atemzüge des New Yorker Smogs und der Autoabgase ihm keine bleibende Wohltat für seine gepeinigte Lunge zu bieten schienen.

Als Elaine am folgenden Nachmittag ins Zimmer trat, bedauerte er, Sheila erzürnt zu haben, als er von ihr verlangte, seiner Verflossenen einen Besuch zu gestatten. Sie war von Kopf bis Fuß in Schwarz gekleidet, und zum ersten Mal seit ihrer frühen Bekanntschaft sah er ihr Gesicht ohne jegliche Spur von Make-up. Die Tatsache, daß ihre Erscheinung dadurch gewann, wurde durch die Grabesgarnitur ihrer Witwenkleidung und den gramzerfurchten Gesichtsausdruck zuschanden. Sheila hatte taktvollerweise das Zimmer verlassen, als die Etagenschwester ankündigte, daß eine Mrs. Sparman beim Empfang wartete.

«Mein armer Liebling», sagte Elaine und wollte sich vorbeugen, um ihn auf die Stirn zu küssen, aber er wandte brüsk den Kopf zur Seite. «Ich wäre schon früher gekommen, aber ich habe von nichts gewußt. Wir waren in Vegas und dann unten in Nassau, und ich bin erst seit zwei Tagen wieder in New York. Welch ein Trauma . . .»

«Elaine», sagte er, «du siehst in diesen verdammten Kleidern aus wie eine Krähe. Das drückt auf mein Gemüt. Geh lieber wieder nach Hause und komm ein andermal wieder, in Flittern oder einem Bikini oder sonstwas, das mehr Freude macht.»

«Du solltest nicht denken, daß ich frivol bin», sagte Elaine gekränkt.

«Du *bist* aber frivol», sagte er. «Das ist das einzige, was ich an dir noch schätze.»

«Ich kenne mich aus mit Invaliden», sagte Elaine. «In ihrem Schmerz kehren sie sich gegen ihre Liebsten und Nächsten.»

«Ich habe keine Schmerzen», sagte Damon, «und du bist nicht meine Liebste und Nächste.»

«Ich weigere mich, gekränkt zu sein», sagte Elaine mit Würde. «Aber wenn dir dieses einfache Kleidchen mißfällt: Ich habe meinen Mantel draußen gelassen, und der ist nicht schwarz.»

«Geh und zieh ihn dir an», sagte Damon. Das Sterben wäre leicht, dachte er, wenn sie einen nur in Ruhe ließen.

«Ich bin gleich wieder da.» Elaine stelzte aus dem Zimmer, wobei ihre gut gerundeten Waden pseudo-jugendlich in ihren reinseidenen schwarzen Strümpfen glänzten.

Als sie zurückkam, trug sie einen hellorangefarbenen Mantel mit einem roten Fuchskragen.

Es gibt kein Ende der Schmach, die ein im Bett liegender Mann erleiden muß, dachte Damon und blinzelte, als ein vereinzelter Sonnenstrahl, der durchs Fenster seines Zimmers fiel, Elaine aufleuchten ließ wie eine Christbaumkugel. «Ist es so besser?» fragte sie.

«Viel.»

«Du hast ja schon immer eine leichte Ader gehabt», sagte Elaine. «Ich dachte, vielleicht in einem solchen Augenblick . . .» Sie ließ den Satz unbeendet.

«Reden wir nicht weiter von solchen Augenblicken, wenn's dir nichts ausmacht, Elaine», sagte Damon.

«Heute morgen, bevor ich herkam, habe ich für dich gebetet», sagte Elaine.

«Ich hoffe, deine Gebete sind zum Himmel aufgestiegen.»

«In St. Patrick's», sagte Elaine, die den Leuten immer zu verstehen gab, daß sie die Wichtigkeit einer guten Adresse zu schätzen wußte.

«Du bist ja nicht mal katholisch», sagte Damon.

«Ich war eben gerade in der Fifth Avenue. Katholiken glauben auch an Gott.» Elaine war, gelinde ausgedrückt, ökumenisch. Wenn alle Menschen ihre wandelbaren theokratischen Überzeugungen teilten, dachte Damon, dann würde das das Ende aller Religionskriege bedeuten.

«So sagt man», erwiderte Damon. «Nun möchte ich dich

etwas fragen. Hast du auf einer deiner Reisen mit deinem Freund mal etwas von meinem ... äh ... Problem gehört?»

«Freddie hat überall rumgefragt. Jeden, den er kannte, und er kennt einige große, wichtige Leute auf der ... sagen wir ... auf der Schattenseite des Gesetzes, könnte man es nennen.» Elaine schürzte zierlich ihre breiten, fleischigen, ungeschminkten Lippen. «Er hätte sich dabei einige sehr komische Blicke eingehandelt, erzählte er mir. Das war riskant für ihn, kann ich dir versichern. Das sind nicht eben die Kreise, wo man unbeschadet viele Fragen stellen kann, aber Freddie würde für mich durchs Feuer gehen ...»

«Hat er was gehört?» fragte Damon ungeduldig.

«Nichts», sagte Elaine.

«Okay.» Damon legte sich zurück und schloß die Augen. «Ich bin furchtbar müde, Elaine. Es war so lieb von dir, mich zu besuchen, aber ich glaube, ich sollte jetzt ein bißchen schlafen.»

«Roger ...» Elaine zögerte. Es war sonst nicht ihre Art zu zögern. «Kannst du mir einen Gefallen ...»

«Was denn?» Er hielt die Augen geschlossen. Er wollte den orangeroten Mantel nicht länger ansehen müssen.

«Erinnerst du dich an das Foto, das ich dir zum Geburtstag geschenkt habe, im ersten Jahr unserer Ehe .. ?»

«Im *einzigen* Jahr unserer Ehe.» Er öffnete noch immer nicht die Augen.

«Das von uns beiden zusammen am Strand, das ich vergrößern ließ und in den Silberrahmen gesteckt habe. Weißt du noch?»

«Ich weiß.»

«Du warst damals so jung und hübsch. Das weckt so viele Gedanken. Ich hätte es gar zu gern. Glaubst du, daß du's noch finden kannst?»

«Ich hinterlasse es dir in meinem Testament.»

Elaine schluchzte, und er öffnete die Augen, um zu sehen, ob sie heuchelte oder nicht. Tränen rollten ihr über die blassen Wangen. Das war nicht geheuchelt. «So habe ich es nicht gemeint», sagte sie vorwurfsvoll, von Schluchzern unterbrochen.

«Du kriegst es, meine Liebe», sagte er, streckte den Arm aus und streichelte ihr die Hand.

«Bitte, werde gesund, Roger», sagte sie mit bebender Stimme. «Auch wenn du mich nie wiedersehen willst. Ich will wissen, daß du wieder auf den Beinen und glücklich bist.»

«Ich will's versuchen», sagte Damon leise. Dann legte er sich zurück und schloß die Augen. Als er sie ein paar Sekunden später wieder öffnete, war Elaine verschwunden.

Als die Schwester am nächsten Tag meldete, daß eine Mrs. Dolger auf der Station sei und nach ihm frage, sagte er ihr, sie möge sie eintreten lassen. Er fügte hinzu, die Schwester möge während der ganzen Zeit, die Mrs. Dolger im Zimmer weilte, anwesend sein.

Als die Schriftstellerin bei ihm eintrat, die sein Alter – falls ihm ein solches beschieden war – finanziell gesichert hatte, stockte ihm vor Überraschung der Atem. Die pummelige kleine Hausfrau aus der Vorstadt war verschwunden und hatte einer grazilen, schön gekleideten Dame mit sorgfältig frisiertem gefärbtem Haar Platz gemacht. Sie trug ein hübsches grünes Tweedkostüm, das aussah, als stamme es aus Paris, und hatte in der Hand eine passende grüne Krokodilledertasche; seit ihrer letzten Begegnung mußte sie zwanzig Pfund abgenommen haben. Er fragte sich, welchen Torturen sie ihren Mann und die Kinder unterwarf.

Ihre Stimme dagegen war die gleiche geblieben, bescheiden, bittend und dankbar. «Ach, Roger», sagte sie, «ich habe jeden Tag angerufen, und man hat mir jeden Tag wieder gesagt, Ihr Zustand sei immer noch kritisch.»

«Jetzt nicht mehr. Sie sehen bildschön aus, Genevieve.»

«Ich habe mich gefangen», sagte sie bestimmt. «Ich habe diät gelebt und Gymnastikkurse besucht und habe angefangen, *Vogue* zu lesen. Und abends bin ich erst zu Bett gegangen, wenn ich mindestens zehn Seiten geschrieben hatte. Ich kann gar nicht in Worte fassen, wie dankbar ich Ihnen und Oliver bin. Was *Cadenza* betrifft, war er ein Fels in der Brandung. Trotzdem», fügte sie hastig hinzu, «bleiben Sie doch einsame Spitze.»

«Ich werde die Fahnen durcharbeiten, wenn Sie sie bekommen haben», sagte Damon, in der Hoffnung, daß sie ihnen verspätet zugehen und die Verleger sich allen Änderungen widersetzen würden, weil sie den Veröffentlichungstermin schon um Wochen überzogen hatten.

«Erst», sagte sie, «müssen Sie mal wieder gesund werden. Das ist das Wichtigste. Ich habe Ihnen ein kleines Geschenk mitgebracht.» Trotz des schnittigen Tweedkostüms und der Krokodilledertasche und der zwanzig Pfund weniger Gewicht als bei ihrer letzten Begegnung war ihre Rede noch immer schüchtern. Sie hatte beim Eintreten einen quadratischen Konditorkarton auf den Tisch gestellt, den sie jetzt nahm und öffnete. «Ich weiß, wie scheußlich die Krankenkost ist», sagte sie, «deshalb habe ich selber eine Torte für Sie gebacken. Eine Apfeltorte. Mögen Sie Äpfel?» fragte sie besorgt.

«Ich liebe Äpfel.» Er sagte ihr allerdings nicht, daß er seit fast zwei Monaten kein festes Essen mehr zu sich genommen hatte.

«Glauben Sie, daß wir einen Teller und Messer und Gabel bekommen könnten?» fragte Mrs. Dolger die Schwester. «Ich möchte Sie mit meinen eigenen Augen ein Stück Torte essen sehen.»

Die Schwester warf einen fragenden Blick auf Damon, und Damon nickte. Ich krieg's runter, dachte er, und wenn's mich umbringt.

«Wir kaufen uns ein neues Haus in Amagansett», sagte Mrs. Dolger. «Unser altes Haus liegt unmittelbar an der Straße und ist fürchterlich laut, und es gibt keinen Platz darin, den ich wirklich mein eigen nennen und wo ich arbeiten kann. Und ich weiß, daß ich mit dem Blick auf den Ozean besser schreiben könnte. Wenn ich eingerichtet bin, müssen Sie mal rauskommen und uns besuchen – auf einen schönen langen Besuch. Natürlich mit Ihrer Frau.»

«Ist Amagansett nicht furchtbar weit weg? Ich meine für Ihren Mann. Wo er doch sein Büro in New York hat?»

«Er tritt am Ende des Monats in den Ruhestand. Er braucht nicht mehr zu pendeln. Er meint, es liegt wenig Sinn darin, eine reiche Frau zu haben, wenn man sich an ihrem Geld nicht gütlich tut.» Sie kicherte wie ein Backfisch. «Wer hätte wohl gedacht, daß ich in diesem Leben einen Mann unterstützen müßte?»

Die Schwester kam zurück mit einem Teller samt Messer und Gabel, und Mrs. Dolger schnitt ein «V» aus der Tore. «Ich hoffe, daß sie mir gelungen ist», sagte sie besorgt. «Bei Torten kann man nie wissen. Die haben ihren eigenen Kopf.»

Die Schwester kurbelte das Kopfende des Bettes hoch; Damon setzte sich auf und nahm den Teller von Mrs. Dolger entgegen. «Es sieht köstlich aus», sagte er, um den Zeitpunkt hinauszuzögern, an dem er den ersten Bissen in den Mund stecken mußte.

«Jeder kann machen, daß eine Torte gut *aussieht*», sagte Mrs. Dolger. «Aber die Schönheit bei Torten ist die Schönheit des Geschmacks.» Sie kicherte abermals, entzückt über ihre eigene Gewitztheit, mit der sie die abgedroschene Redensart umgewandelt hatte.

Damon holte tief Atem und schnitt sich ein möglichst winziges Stück vom Ende des «V». Mit übertriebener Behutsamkeit steckte er es in den Mund, als sei es brennend heiß. Er fing an, methodisch zu kauen. Er schluckte. Es blieb unten. Und es war tatsächlich köstlich. Bislang hatte er einzig den Geschmack von Ananassaft vertragen können. Er schnitt sich ein wesentlich größeres Stück von dem Tortendreieck ab und aß es mit Genuß. Der Anblick von Mrs. Dolgers Gesicht, die ihn beobachtete, erinnerte ihn an den kindlichen und seligen Gesichtsausdruck einiger seiner Klienten bei der Lektüre begeisterter Kritiken über eines ihrer Bücher, das gerade erschienen war.

Er aß den Rest seines Tortenstücks.

«Bravo», sagte die Schwester, die seit Wochen ohne Erfolg versucht hatte, ihm alle möglichen Speisen einzutrichtern.

In einem plötzlichen Schwall der Zuneigung für Genevieve Dolger sagte er: «Jetzt hätte ich gern noch ein Stück.» Er wußte, das war gröbste Angeberei, und er riskierte dabei, daß er das Ganze wieder ausbrechen mußte, nachdem Mrs. Dolger das Zimmer verlassen hatte, aber er fühlte, daß er dieser lieben und ihm ergebenen Frau seine Dankbarkeit beweisen müsse und daß bloße Worte dafür nicht ausreichten.

Mrs. Dolger, die über dieses ihr erwiesene Kompliment zugleich strahlte und errötete, schnitt ein größeres Stück Torte ab und legte es ihm auf den Teller. Er aß es mit Genuß und mußte sich nicht übergeben.

«Wenn Sie mich morgen früh wieder wiegen, Miss Medford», sagte er zu der Schwester, «möchte ich wetten, daß ich mindestens zwei Pfund schwerer bin.»

Miss Medford war skeptisch. Als sie ihn am Morgen gewogen hatte, hatte er, Skelett, das er immer noch war, bloße hundertachtunddreißig Pfund auf die Waage gebracht.

Mrs. Dolger verließ ihn mit vielen kleinen fahrigen Gesten, die zu ihrer neuen Frisur, dem eleganten grünen Tweedkostüm und der Krokodilledertasche nicht recht passen wollten. «Wenn ich irgend etwas für Sie tun kann», sagte sie an der Tür, «was es auch sei, mein lieber Roger, dann brauchen Sie es nur zu sagen.»

Ihm war klar, daß sie damit nicht nur im Sinn hatte, ihm noch eine Torte zu backen, wenn er es verlangte, und er hoffte, daß Miss Medford, die so scharfäugig war wie ein vorgeschobener Artillerieposten, aus Mrs. Dolgers Worten nicht mehr heraushörte als ein großzügiges Angebot ihrer Dienste als Bäckerin.

Er war auch erleichtert, daß Sheila an jenem Tag nach Burlington fahren mußte, weil sich ihre Mutter soweit vom

Schlaganfall erholt hatte, daß sie wieder nach Hause konnte, und Sheila gebeten hatte, ihr dabei zu helfen. Sheila glaubte, die Genesung ihrer Mutter deute darauf hin, daß die Lawine von Unglücksfällen, die über sie, ihre Mutter und Damon in den letzten Monaten niedergegangen war, zu Tale gerollt sei. Wenn Sheila dieses Gefühl hatte, war Damon um ihretwillen glücklich. Er persönlich hielt den Umstand, daß eine alte Frau, die ihn stets mißbilligt hatte, wieder sprechen und im fernen Vermont aus dem Bett aufstehen konnte, kaum für ein Ereignis, das ihm eine schnelle Erlösung prophezeite.

Viel verheißungsvoller war es für ihn gewesen, daß er zwei Stück Apfeltorte hintereinander hatte essen können, obwohl er am nächsten Morgen, als er von Miss Medford gewogen wurde, immer noch bloße hundertachtunddreißig Pfund auf die Waage brachte.

22

«HERR DOKTOR.» Sheila saß in Zierfandlers Sprechzimmer. Auf seiner Seite des Schreibtischs fummelte Zierfandler nervös mit einem Bleistift herum. «Herr Doktor», sagte sie, «wir bringen ihn einfach nicht dazu, etwas zu essen, solange er in diesem Krankenhaus ist. Er hat vor zwei Wochen zwei Stück Apfeltorte gegessen, die ihm eine Freundin mitgebracht hat, und das war's – abgesehen von diesem elenden Pulver, das wir nach Ihrer Anweisung mit Wasser oder Milch anrühren.»

«Es ist lebenserhaltend», sagte Zierfandler. «Es enthält alle Vitamine, Proteine, Mineralien . . .»

«Es erhält nicht *sein* Leben», sagte Sheila. «Er *will* sein Leben nicht erhalten. Wenn wir Glück haben, können wir ihn beschwatzen, täglich ein halbes Glas von dem Zeug zu schlucken. Er will nach Hause. *Das* wird ihm das Leben erhalten.»

«Ich kann die Verantwortung nicht übernehmen . . .»

«*Ich* werde die Verantwortung übernehmen», sagte Sheila. Ihr Zorn, den sie noch beherrschte, der aber trotzdem unverkennbar war, kam ihr zustatten. «Wenn nötig», sagte sie und bediente sich der Drohung, die gewirkt hatte, als sie Damon aus der Intensivstation herausgeholt hatte, «gehe ich morgen zu einem Anwalt und erwirke eine Verfügung, daß Sie ihn in meine Obhut entlassen.»

«Sie riskieren dabei, daß Sie Ihren Gatten umbringen», sagte Zierfandler, aber Sheila wußte, daß er sich geschlagen gab.

«Dieses Risiko nehme ich auf mich», sagte sie.

«Wir müssen noch eine ganze Reihe von Tests machen.»

«Dafür räume ich Ihnen drei Tage ein», sagte Sheila unter Mißachtung aller Höflichkeitsfloskeln. Jede Verstellung war jetzt geschwunden; sie waren Gegner, und der Sieg des einen bedeutete eine schmähliche Niederlage des anderen.

Damon ließ die Röntgenaufnahmen, die Computertomographie und die Blutentnahmen ohne Klage oder ein Zeichen des Interesses über sich ergehen. Sheila hatte ihn von ihrer Unterredung mit Dr. Zierfandler nicht in Kenntnis gesetzt, und er hatte sich damit abgefunden, daß er das Krankenhaus nicht mehr lebend verlassen würde. Der *New York Times* konnte er immer noch keinen Sinn abgewinnen, und die einzige Nahrung, die er ohne Würgen zu sich nehmen konnte, war immer noch der eisgekühlte Ananassaft. Seine Gedanken schweiften umher; und als Sheila ihm erzählte, daß Manfred Weinstein ihr aus Kalifornien geschrieben habe, weinte er und sagte: «Er hat einen falschen Wurf in seinem Leben getan», als sei der lange Wurf aus dem Mittelfeld sein – Damons – Fehler gewesen. Er konnte sich erinnern, daß eine Dame im grünen Kostüm in sein Zimmer gekommen war und ihm ein Stück Apfeltorte gegeben hatte, aber an den Namen der Frau konnte er sich nicht erinnern. Miss Medford zwang ihn von Zeit zu Zeit, aus dem Bett aufzustehen und mit einem Stock im Gang auf und ab zu gehen; nachdem er jedoch einmal am Ende des Korridors aus dem Fenster geguckt hatte, interessierten ihn diese Spaziergänge nicht mehr, und Miss Medfords Versicherung, daß sein Schritt von Tag zu Tag kräftiger werde, schien ihm äußerst unwichtig.

Er lebte ein bißchen auf, als ihm Sheila nach zwei Tagen mit Röntgenaufnahmen, Tests und Untersuchungen mitteilte, daß die Ärzte ihn einstweilen für gesund erklärt hatten.

Aus reinem Aberglauben teilte Sheila ihm nicht mit, warum er diese ganzen Untersuchungen über sich ergehen lassen mußte. Um ihn nicht enttäuschen zu müssen, wollte sie bis zum letzten möglichen Augenblick vor seiner Befreiung warten, ehe sie ihm die Neuigkeit mitteilte. So war es Miss Medford, die ihm die frohe Botschaft überbrachte. «Sie stehen heute früh in der Zeitung, Mr. Damon», sagte Miss Medford, als sie ins Zimmer trat, um die Nachtschwester abzulösen. Sie wedelte mit einem Exemplar der *Daily News*. «Da, in dieser Spalte! Da ist von einer Frau die Rede, die ein Buch geschrieben hat, und Ihre Agentur hat mit ihr einen Vertrag über ein paar Milliarden Dollar abgeschlossen oder so ähnlich.»

«Was man vor acht Uhr morgens liest, sollte man nie glauben», sagte Damon. Er machte sich noch Gedanken über Dr. Zierfandlers eisige Haltung, als dieser um sechs Uhr früh seine Morgenvisite machte.

«Es heißt da, daß Sie heute nach Ihrem furchtbaren Schicksalsschlag, der Schießerei in der Fifth Avenue, wie sie es nennen, aus dem Krankenhaus entlassen werden. Man glaubt, Sie seien dabei verwundet worden. Dr. Rogarth ist nicht erwähnt.» Miss Medford lachte hämisch. Sie gehörte nicht zu den Bewunderern dieses Arztes. Wenn er – was selten vorkam – bei Damon Visite machte, während sie Dienst tat, hatte sie sich aufgeführt, als sei sie gerade in diesem Augenblick aus dem Gefrierfach ihres Kühlschranks genommen worden. «Wollen Sie's lesen?»

«Nein, danke», sagte Damon. «Ich habe keine besondere Vorliebe für Märchen. Wie kommt bloß solcher Quatsch in die Zeitungen?»

«In jedem Krankenhaus, wo ich bisher gearbeitet habe, gab es immer jemanden – eine Schwester, einen Arzt, Pfleger, Sekretär, der einen von der Presse kennt – einen Vetter oder Freund, irgend jemanden, der ihnen gegen gewisse Informationen Karten für Premieren beschafft . . . Glauben Sie ja nicht, daß wir hier eine Ausnahme sind.»

«Hat Ihnen denn jemand gesagt, daß ich heute rauskomme?»

«Nein», gab Miss Medford zu. «Kein Wort.»

«Lassen Sie mich weiterschlafen», sagte Damon. «Ich hatte so einen hübschen Traum, in dem ich mit meinem Vater zum Footballspiel ging.»

Erst als Sheila mit frischen Hemden und frischer Unterwäsche ankam, ihn aus dem Bett holte und anfing, ihn anzuziehen, begriff er, was mit ihm geschah, und brach in Tränen aus. «Oliver wartet unten», sagte Sheila, «mit einem Mietwagen. Wir fahren aufs Land nach Old Lyme. Wir können dich nicht drei Stockwerke hoch zu unserer Wohnung klettern lassen, und weder Oliver noch ich können dich tragen.»

Die Schwester ließ es sich nicht nehmen, ihn in einen Rollstuhl zu setzen und bis zum Eingang des Krankenhauses zu schieben, obwohl Damon protestierte, weil er auf seinen eigenen zwei Beinen das Krankenhaus verlassen wollte und sich kräftig genug fühlte, es zu schaffen.

Es war ein milder, sonniger Frühlingstag, und Damon tat einen tiefen Atemzug, als er durch die Tür rollte und dann langsam und mühevoll aufstand. Er sah Oliver lächelnd neben dem Mietauto stehen. Damon winkte munter mit dem Krückstock, den ihm das Krankenhaus verschafft hatte. Alles war scharf gezeichnet – Oliver, die Knospen an den Bäumen, die den Hof säumten, die Form seiner eigenen Hand, die den Stock hielt.

Er fühlte sich weder krank noch gesund, fühlte nur eine vibrierende Wachsamkeit; die hellen Farben im Freien ließen ihn blinzeln. Er hörte hinter sich die leise Stimme von Miss Medford, die Sheila letzte Anweisungen für die Behandlung der Wunde auf seinem Rücken gab; sie war immer noch nicht verheilt. Er machte einen Schritt in Olivers Richtung. Dann sah er einen Mann in einer blauen Windjacke hinter dem Auto hervortreten, das neben Olivers Wagen geparkt war. Damon wußte, wer es war, aber warum er es wußte, war ihm schleierhaft. Der Mann ging zwei Schritte auf ihn zu. Damon konnte sein Gesicht erkennen. Es war schlaff und rund und gelblich wie feuchter Teig; die Augen des Mannes sahen aus, als seien sie ihm ins Gesicht gestanzt worden. Der Mann zog etwas aus der Tasche. Es war eine Pistole, und er zielte damit auf Damon.

Endlich, dachte Damon mit sinnverwirrter Erleichterung, komme ich den Dingen auf den Grund.

Ein Schuß dröhnte. Damon blieb stehen. Jemand schrie. Dann brach der Mann auf der Straße zusammen, einen knappen Meter von der Stelle entfernt, an der Oliver stand und die Autotür offenhielt.

Schulter tauchte, mit einer Pistole in der Hand, von irgendwoher auf, und mit ihm zwei andere große Männer, die ebenfalls Pistolen hielten.

Damon ging gelassen zu der Stelle, wo Schulter und die beiden anderen Männer sich über den Körper beugten, der auf dem Pflaster lag. Schulter kniete nieder, legte sein Ohr auf die Brust des Mannes und stand wieder auf. «Er ist tot», sagte er. «Endlich haben die verflixten Zeitungen mal was Nützliches gedruckt. Ich hatte so eine Ahnung, daß er sich zeigen würde.» Er funkelte vor Vergnügen, wie ein Jäger, der soeben einen kapitalen Hirsch zur Strecke gebracht hat, dessen eindrucksvolles Geweih eine großartige Trophäe über dem Kamin abgeben würde. «Kennen Sie ihn?»

Damon blickte nieder auf den toten Mann, dessen Jacke mit glänzendem Blut bedeckt war. Das Gesicht war friedlich. Damon hatte es nie zuvor gesehen. «Das könnte jeder Mann sein», sagte er verwundert zu Sheila, die ihn mit den Armen umschlungen hielt. «Er hat seine Botschaft nicht ausgerichtet.»

Er saß in Old Lyme im Garten und blickte auf den Sund hinaus. Es dämmerte, und die Lichter entlang der Küste leuchteten nach und nach auf; das Wasser hatte sich in dunklen Stahl verwandelt. Aus dem Innern des Hauses hörte er Sheila leise vor sich hin summen, während sie das Abendessen bereitete. Er war hungrig. Abgesehen von Frühstück, Mittag- und Abendessen machte Sheila für ihn um elf Uhr morgens und um fünf Uhr nachmittags und bevor sie schlafen gingen in dem raschelnden alten Haus, das knarrte wie ein Boot im Seewind, einen Milchbecher mit Ei. Er hatte in den zwei Wochen zehn Pfund zugenommen und ging ohne Stock im Garten umher.

Schulter hatte sie einmal besucht. «Es ist doch verdammt merkwürdig. Wir haben keinen Fetzen gefunden, der ihn identifiziert hätte. Keinen Führerschein, keine Kreditkarte oder was es sonst gibt. Niemand hat die Leiche für sich beansprucht. Die Pistole war eine alte deutsche P 38, die wahrscheinlich irgendein GI aus dem Krieg mit nach Haus gebracht hat. Die kann leicht schon durch zwanzig Hände gegangen sein. Das ist alles, was wir wissen. Sonst nichts.» Schulter schüttelte verwundert den Kopf. «Der kam stracks aus dem Nirgendwo. Vom Straßenpflaster. Aus der Gosse. Von nirgendwoher», sagte er.

«Nirgendwo», sagte Damon in der Dämmerung vor sich hin. Er dachte daran, daß er gewünscht hatte, im Krankenhaus sterben zu dürfen, und daß er sich nicht gefürchtet hatte, als er den Mann mit der Pistole hinter dem geparkten Auto auftauchen sah.

Sheila, noch in der Schürze, kam mit zwei Gläsern Whisky-Soda aus der Küche; eins für ihn und eins für sie. Er nahm sein Glas, während sich Sheila auf dem Stuhl neben ihm setzte; und beide blickten hinaus auf den dunkelnden Sund. Er griff nach ihrer Hand. «Du Heilende», sagte er. «Lebenspendende.»

«Daß du mir nur nicht sentimental wirst auf deine alten Tage», sagte Sheila. «Ich bin nur die Dame, die dir vorm Essen den Whisky bringt.»

«Welch ein angenehmes Fleckchen Erde», sagte Damon, und sie tranken sich zu.

Irwin Shaw
im Albrecht Knaus Verlag

ABREISE UND HEIMKEHR
Erzählungen

AUF LEBEN UND TOD
Roman

DER WOHLTÄTER
Roman

ENDE IN ANTIBES
Roman

GRIFF NACH DEN STERNEN
Roman

IM RÜCKBLICK
Erzählungen

Irwin Shaw / Ronald Searle
PARIS! PARIS!

Weltberühmt geworden bereits mit seinem ersten Roman garantiert Irwin Shaw mit jeder Erzählung, jedem Roman spannendes Lesevergnügen.

Knaus K

Albrecht Knaus Verlag *München und Hamburg*

GOLDMANN VERLAG

6x LITERARISCHES LESEVERGNÜGEN

(6849)

(6861)

(6731)

(6771)

(6556)

(6652)

GOLDMANN VERLAG

Internationale Bestseller

6680/

6524

6701

6606

6733

6407

6660

6696

6444

GOLDMANN
VERLAG

Goldmann Taschenbücher

Informativ · Aktuell
Vielseitig · Unterhaltend

Allgemeine Reihe · Cartoon
Werkausgaben · Großschriftreihe
Reisebegleiter
Klassiker mit Erläuterungen
Ratgeber
Sachbuch · Stern-Bücher
Indianische Astrologie
Grenzwissenschaften/Esoterik · New Age
Computer compact
Science Fiction · Fantasy
Farbige Ratgeber
Rote Krimi
Meisterwerke der Kriminalliteratur
Regionalia · Goldmann Schott
Goldmann Magnum
Goldmann Original

Goldmann Verlag · Neumarkter Str. 18 · 8000 München 80

Bitte
senden Sie
mir das neue
Gesamtverzeichnis

Name ______________________

Straße ______________________

PLZ/Ort ______________________